春在不觉处：
宁夏文学的特质与魅力

张富宝 —— 著

黄河出版传媒集团
阳光出版社

图书在版编目（CIP）数据

春在不觉处：宁夏文学的特质与魅力 / 张富宝著
. -- 银川：阳光出版社, 2022.12
ISBN 978-7-5525-6619-2

Ⅰ. ①春… Ⅱ. ①张… Ⅲ. ①中国文学－当代文学－
文学评论－文集 Ⅳ. ①I206.7-53

中国版本图书馆CIP数据核字(2022)第230458号

春在不觉处：宁夏文学的特质与魅力　　　张富宝　著

责任编辑　谢　瑞
封面设计　晨　皓
责任印制　岳建宁

黄河出版传媒集团
阳 光 出 版 社　出版发行

出 版 人　薛文斌
地　　址　宁夏银川市北京东路139号出版大厦（750001）
网　　址　http://www.ygchbs.com
网上书店　http://shop129132959.taobao.com
电子信箱　yangguangchubanshe@163.com
邮购电话　0951-5047283
经　　销　全国新华书店
印刷装订　宁夏凤鸣彩印广告有限公司
印刷委托书号　（宁）0024902

开　　本　710 mm×1000 mm　1/16
印　　张　25.75
字　　数　300千字
版　　次　2022年12月第1版
印　　次　2022年12月第1次印刷
书　　号　ISBN 978-7-5525-6619-2
定　　价　68.00元

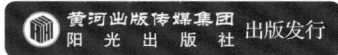

# | 目 录 |

历史描述与精神阐释

# 宁夏文学 60 年：历史、现状与问题

从"一棵大树"（张贤亮）的"横空出世"，到"三棵树"（石舒清、陈继明、金瓯）、"新三棵树"（季栋梁、漠月、张学东）的惊艳崛起，再到"文学之林"（"宁夏作家群""西海固作家群""文学宁军"等）的茁壮成长，经过数十年的发展和积累，今天的宁夏文学已经积木为林，蔚为壮观，"小省区"的"大文学"终成气候。除了张贤亮曾连续获得过全国中短篇小说奖之外（鲁迅文学奖的前身），石舒清、郭文斌、马金莲相继获得鲁迅文学奖，路展、赵华曾经获得全国优秀儿童文学奖，在十一届骏马奖评选中更有 19 人次获得全国少数民族文学创作骏马奖[1]，

---

[1] 全国少数民族文学创作骏马奖是由中国作协、国家民委主办的国家级奖项，作为少数民族文学奖最高级别的国家奖，宁夏文学在其中占据着重要的地位，获奖作品涉及诗歌、小说、散文、评论等多个门类，尤以诗歌和小说方面成就最为突出，这也与宁夏文学发展的整体情况相吻合。据笔者统计，宁夏获奖的具体情况如下：1. 从 1981 年第一届到 2016 年第十一届，每届都有获奖，从无缺席；2. 共有 17 人、19 人次获奖，其中小说获奖 11 人次，诗歌获奖 5 人次，散文获奖 1 人次，评论获奖 2 人次。诗人高深（第一届、第二届）、小说家石舒清（第五届、第八届）都曾两次获奖；3. 从 1981 年第一届到 1999 年第六届，主要是以诗歌为主，1999 年开始至今，基本是小说独占天下，诗歌、散文等再未能获奖。这从另一个方面说明，在 1999 年之前，宁夏少数民族的诗歌创作成绩比较突出。

还有多人捧回其他各种级别和类型的众多奖项（如"五个一工程"奖、庄重文文学奖、茅盾文学新人奖、《人民文学》奖、《小说选刊》奖、《诗刊》奖、十月文学奖、《民族文学》奖等）。宁夏作家的作品频繁出现在各种重要的选刊、年度选本当中，有很多文字被译介到国外，引发越来越多的关注。除了张贤亮的大多数小说被搬上银屏之外，近年来，宁夏作家的作品频频"触电"，比如作家石舒清的小说《清水里的刀子》和《表弟》都已经被改编为电影，广受各界好评。除此之外，宁夏680多万人口中有着数千名实力不俗的基层作家，这些作家来自各行各业，他们满怀着对文学的热爱和虔诚，扎根在宁夏的广袤大地之中，用手中的文学之笔描绘着对生活的热爱与憧憬。

## 宁夏文学日渐显现出品牌效应

无疑，宁夏文学日渐显现巨大的品牌效应，一如宁夏的羊肉、枸杞、红酒、长枣、硒砂瓜与贺兰石一样，赢得了广泛的赞誉。特别需要指出的是，文学生活在宁夏人的精神世界中占据着非常重要的地位，起着无可替代的作用，它既是一种自觉自在的文化习惯，更是一种坚忍执着的精神信仰。正因为对文学与生俱来的偏爱与推崇，宁夏这块曾经以"出卖苍凉"为主的"苦甲之地"被外界称之为"文学的福地"。2011年10月10日，宁夏西吉县被中华文学基金会命名为"中国文学之乡"，西吉县也成为中国文学史上首个被命名为"文学之乡"的县，这是文学对西吉的特别眷顾；2017年10月13日，同心县被中国诗歌学会授予"中国诗歌之乡"，以李进祥、马占祥、马泽平、马骥文等回族作家为代表的同心文学显现出强大的综合实力；近期，银川市西夏区、灵武市和固原市原州区这些历史更为悠久、文化积淀更为深厚的城市，正在着手积极申报"中华诗词之乡"与"中国诗歌之乡"，着力打造更具文化活力、更具人文气息的都市文化景观；2018 年 12 月 20 日，由中国作家协会和宁夏回族自治区党委宣传部主办、中国作协创研部和宁夏文联承办的"中国文学的宁夏现象"研讨会在北京隆重召开，同时精选中青年作家作品 20 卷作为《文学宁夏丛书》由作家出版社重磅推出，代表了当前宁夏文学的最高水准和整体风貌。这在某种程度上是一个标志性的高端事件，将"宁夏文学"提升到"中国文学现象"的层面，这在当代文学史上无疑是极为重要而辉煌的一笔，是宁夏的一种莫大的幸福与荣耀！时值中华人民共和国成立 70 周年、宁夏回族自治区成立 60 周年之际，宁夏文学迎来了一个崭新的时代！对于宁夏文学的创造者与研究者们来说，更应该以此为契机，对"中国文学的宁夏现象"这一理论命题进行更为深入的探究。

可以这样说，"宁夏文学"（或"文学宁夏"）的出现，不仅使"宁夏"这一曾经遥远而陌生的地理名词变成了一个丰富生动、充满内蕴的文学形象和文化想象，散发出神秘而亮丽的光芒；与此同时，它也为聒噪、矫情与聪明的当代中国文学注入了一股新鲜的血液，增添了一种新的元素，贡献了一种新的可能性，进而为中国当代文学的兴衰变迁提供了一种特殊的参照。

毫无疑问，宁夏作家的创作具有深厚的内功和鲜明的"本土化"特色，他们的创作不盲从，不随风，保持着相对的封闭性、独立性和纯粹性，他们无不立足于自己脚下的大地，无不执着于西北乡土的风俗人情，无不体现独具风格的地方性乃至民族性特征。宁夏作家对"本土化"的选择是本能的、天然的，这种文学的生长方式也决定了他们的文学是充满精神性的、生命性的与宗教性的。从这种意义上来说，"本土化"不仅是宁夏作家地域身份的外在表征，也是其写作策略的具体实践，更是其一种内在的精神信仰。对于一个活力四射的作家群体来说，他们不仅很好地承续了宁夏文学的历史传统，更是在此基础上不断拓展进取，形成了各自迥异的个性特色，从单薄、生涩而渐渐丰满、成熟，展现出多元化的面相。[①]

尤其是，在"同时代写作"的背景之下，宁夏作家的创作无疑可以视作中国当代文学的一个重要的参照"标本"，对这一标本的解剖与分析，将会大大加深我们对宁夏文学的认识和理解，同时也能抵达中国当代文学的"问题场域"与"核心地带"。作为一种多民族文学的样态，宁夏文学在 60 年来的发展中，已经形成自己独一无二的特质与魅力，譬如对纯粹的文学精神的坚守，譬如对乡土与故园的眷顾，譬如对"善美情怀"的弘扬，譬如对日常生活的发现，譬如对西北人本真原初的个性心理和复杂幽微的社会文化心理的深描……

## 宁夏文学的拓荒期

在本文当中，宁夏文学指的是 1958 年宁夏回族自治区成立之后的宁夏籍或在宁夏生活、工作的作家的新文学写作，为了便于叙述，遵照惯例，我们把 1958 年视作宁夏文学的开端。也就是说，宁夏文学的发

---

①张富宝、郎伟：《宁夏青年作家群创作的"本土化"特征》，《朔方》，2010 年第 10 期。

生与发展，是与新中国和自治区的诞生同频共振、同步而行的。

　　从1958年到1978年的20年，是宁夏文学的拓荒时期。1958年10月，伴随着宁夏回族自治区的成立，党的文艺政策也逐步开始落实，京、津、沪、辽等地一些有影响力的文艺工作者为支援社会主义建设来到宁夏，还有一批陕甘宁解放区的老文艺工作者也陆续来到宁夏工作，他们成为宁夏文学主要的拓荒者，为宁夏文学后来的发展与壮大打下了坚实的基础。1961年3月，经过了长达3年的准备，宁夏文学艺术工作者代表会议顺利召开，宁夏回族自治区文学艺术界联合会正式宣告成立，宁夏的文学艺术工作终于有了专门的组织和管理机构。除了有文学制度的保障之外，1959年5月，《朔方》文学杂志社的前身《群众文艺》创刊（1960年7月改名为《宁夏文艺》，1980年4月再改名为《朔方》），宁夏文学终于有了自己的专门刊物。此后的事实表明，《朔方》对宁夏文学的发展推进发挥了极为重要的作用。

　　在这一时期，宁夏文学的创作队伍很小，作品比较单薄，影响力微乎其微。最初，宁夏作家中仅有程造之一人是中国作家协会会员，直到20世纪60年代初，中国作家协会才在宁夏发展了第一批会员，包括姚以壮、朱红兵、哈宽贵、王十仪等人。除了少数作家的作品之外，宁夏作家基本没有走出自治区。1979年以前，宁夏没有出版过一本个人的文学作品专集，也没有一部长篇小说。在这一时期，李震杰、罗飞、高深、赵玉如、吴淮生、丁文庆、刘国尧、路展、秦中吟、王世兴、杨少青等人慢慢开始发力，取得了一定的文学实绩，他们在《人民文学》《宁夏文艺》《收获》《诗刊》等刊物上发表作品。1968年宁夏回族自治区成立十周年之际，宁夏人民出版社编辑出版了宁夏第一本诗歌集

《飘香的沙枣花》。此后，"塞上诗人"肖川逐渐成长为中国诗坛的一员骁将。他先后发表200首诗歌，主要诗集有《塞上春潮》、组诗《六盘新颜》《采油姑娘的欢乐》《塞上煤城》《乡恋》、叙事长诗《两地心》《写给故乡的诗》等。

这一代作家的共同点是：他们大都是"移民作家"或者是支边知青，宁夏本土的作家极为少见；他们的创作与现实生活关系紧密，具有较为扎实的教育背景和较为开放的文学视野；他们在诗歌创作方面取得了更为突出的成绩，而在小说等其他文体上成就不高；他们基本上都是散兵游勇，没有形成集团化的队伍，只能依靠极为有限的文学阵地坚持写作；他们普遍缺乏全国知名度，创作时间有限，缺乏重量级作品，也没有形成共同的区域特征。

## "宁夏出了个张贤亮"

从1979年到1992年，是宁夏文学的崛起时期，也是宁夏文学赢得全国性乃至世界性声誉的时期，这一时期形成了以"两张一戈"（张贤亮、张武、戈悟觉）为代表的创作团队，尤其是以张贤亮的创作最为耀眼和突出，一度成为当代文学史上极为重要的文学热点。也就是说，党的十一届三中全会以来，宁夏文学迎来了真正的转机，文学事业开始迅猛发展，老中青作家群一起登台亮相。在这一时期，除张贤亮之外，张武、戈悟觉、路展、高深（回族）、高嵩、吴淮生、肖川、杭行、秦中吟、李唯、马知遥（回族）、南台、冯剑华、余光慧、荆竹、查舜（回族）、郑正、都沛、吴善珍、导夫等作家和诗人，都通过各自的不懈努力，奉献出了具有较高水准的作品。

应该说宁夏文学的真正起点是在1957年。时年，21岁的张贤亮在《延河》文学月刊上发表了"以全部真诚唱出"的长诗《大风歌》，充满激情和乐观地呼唤"新时代的到来"，引发了全国性的关注，从而成了一个重要的开端性的"文学事件"。这首诗的主题关乎建设一个新的社会，是"献给在创造物质和文化的人"，具有浪漫主义的理想情怀："我是无敌的、我是所向披靡的、我是一切！／我是六万万人民呀！／啊！我是新时代的大风"。[①]无疑，这首诗具有张贤亮文学创作的"早期特征"，它孕育着张贤亮最基本的那些文学质素，作品中有一种难以抑制的蓬勃的生命力，积极、乐观、明朗，同时又不安、激动、思变，紧扣时代的脉搏与现实的境遇，而这些都成为张贤亮此后小说创作的基本美学特征。

《大风歌》发表之后，张贤亮很快就因之获罪，被打为右派，遭受劳教、管制、监禁十余年。直到1979年9月获得平反，1980年调到《朔方》文学杂志社任编辑。1979年重新执笔创作后，张贤亮的创作就呈现出井喷的状态（也因为此，我们把这一时段宁夏文学的时间起点认定为1979年），先后发表了短篇小说《邢老汉和狗的故事》（1979年）、《灵与肉》（1980年）、《肖尔布拉克》（1983年）等；中篇小说《土牢情话》（1980年）、《绿化树》（1984年）等；长篇小说《男人的风格》（1983年）、《习惯死亡》（1989年）等。其中《灵与肉》《肖尔布拉克》分别获1980年及1983年全国优秀短篇小说奖，《绿化树》获第三届全国优秀中篇小说奖（1984年）。这些作品在当时的文坛产生了巨大的反响，把宁夏文学提升到一个前所未有的高度，这些都在预

———————————
① 张贤亮：《大风歌》，原载于《延河》1957年第7期。

示着宁夏文学的张贤亮时代的到来，难怪著名文学批评家阎纲这样宣称：
"宁夏出了个张贤亮"。①

无疑，张贤亮是一个有着重要文学史地位和世界级影响的作家，是宁夏文学很难超越的一座高峰。尽管张贤亮从出道至今，一直伴随着巨大的争议，但他的充满激情与原创性的作品，已经成为宁夏文学不可回避的历史遗产和文学传统。张贤亮对于宁夏、对于宁夏文学都有着不可估量的意义。但时至今日，我们在这方面可能认识还不够到位。作为新时期宁夏的第一代作家，张贤亮对于宁夏文学乃至中国当代文学都有特别的贡献，主要表现在：第一，张贤亮的写作是"同时代写作"的典范，他的作品始终独领风潮，紧贴时代脉搏，以自己丰富的人生经历为切入点，关注社会现实的重大变革与前沿阵地，具有强烈的知识分子意识和家国情怀；第二，他的作品具有深厚的思想底色和哲学气质，尤其是对马克思主义哲学与黑格尔的美学的独到理解，使得其社会心理的深度剖析具有触及灵魂的深度；第三，他的作品具有乐观、明朗、幽默的情调，同时又带着忧郁、痛伤与孤独的氛围，形成了一种独特的带有西北风情的"苦难书写"，显现出一种蓬勃而深邃的"生命力"与凝重、深沉、雄浑的美学特质。哲学家李泽厚就极为敏锐地发现了张贤亮作品中"对那原始、质朴、粗犷、富有生命力的阔大的美的歌颂"，并对此给予了很高的评价②；第四，他有着广泛而独特的"艺术趣味"（即"艺术的通感"，打破诗歌、小说、音乐、美术、雕塑、电影等之间的界限）和扎实的家学积淀，具有自觉的写作意识，非常注重于文体的探索与艺

---

①阎纲：《〈灵与肉〉与张贤亮》，原载于《朔方》1981 年第 1 期。
②李泽厚：《走我自己的路》，生活·读书·新知三联书店，1986 年，第 96-97 页。

术创新，在小说的节奏、冲突与气氛的营构上，都有自己的洞见。①无论是小说的主题内容，还是表达形式，张贤亮始终都是一个尝鲜者。比如，他被认为是新时期最早写"性心理"的作家（《男人的一半是女人》），第一个写"饥饿心理"的小说家（《绿化树》），第一个写城市改革的，第一个写中学生早恋的，第一个写劳改队的……；比如，他的小说《浪漫的黑炮》被称为"黑色幽默"……这些在当时中国作家的创作中是非常大胆与先锋的。

## 本土青年作家群的强势崛起

从 1992 年之后到新世纪的第一个十年，是宁夏文学的成熟时期，是宁夏文学真正的本土化时期，是宁夏青年作家群全面崛起的时期，也是形成"中国文学的宁夏现象"的时期。之所以以 1992 年这个时间为节点，一个原因是张贤亮在这一年之后逐渐淡出，宁夏文学的张贤亮时代结束；另一个更重要的原因是这一年邓小平发表南方谈话，中国社会全面步入市场经济的发展阶段。这一时期中最具标志性的是石舒清、郭文斌相继获得鲁迅文学奖，同时，"三棵树""新三棵树"以及"文学宁夏"等这些概念开始深入人心。自 20 世纪 90 年代中期开始，宁夏文学创作的面貌发生了根本性的改观，以本土作家为主的青年作家群开始在中国文坛异军突起，显现出巨大的活力，渐渐形成以石舒清（回族）、陈继明、金瓯（满族）、季栋梁、漠月、张学东、郭文斌、郎伟（回族）、马宇桢（回族）、杨森君、杨梓、王怀凌、单永珍（回族）、了

---

① 于卫东：《张贤亮：怎样写小说》，原载于《朔方》2016 年第 8 期。

一容（东乡族）、杨建虎、马占祥（回族）、林一木等为代表的青年作家群，掀起宁夏文学的第二个高潮。1994年，石舒清以小说集《苦土》入选中国作协和中华文学基金会主持出版的"21世纪文学之星丛书"，宁夏青年作家开始在国家级的层面显露峥嵘。之后，马宇桢的《季节深处》（1996年）、陈继明的《寂静与芬芳》（1998年）、张学东的《跪乳时期的羊》（2002年）、了一容的《挂在轮椅上的铜汤瓶》（2006年）、牛学智的《世纪之交的文学思考》（2007年）等5部作品接连入选"21世纪文学之星丛书"，加上2014年"80后"作家刘汉斌的散文集《草木与恩典》，宁夏共有7人7部作品入选"21世纪文学之星"丛书，呈现出群体迸发的态势。其入选标准与入选率之高，不仅成为宁夏文坛的一大盛事，在中国文坛也都比较少见。2000年，《人民文学》《小说选刊》等单位联合在北京召开宁夏青年作家陈继明、石舒清、金瓯等的作品研讨会，合力推出陈继明、石舒清、金瓯等"宁夏三棵树"，宁夏文学开始集体发声。2001年，石舒清"一鸣惊人"，以短篇小说《清水里的刀子》荣获第二届鲁迅文学奖，再次为宁夏文学带来巨大的声誉。2002年，《中国作家》《人民文学》《文艺报》等在北京联合举办规格极高的宁夏青年作家小说作品研讨会，向全国推出季栋梁、漠月、张学东等新"宁夏三棵树"，至此，宁夏文学之树傲然挺立于全国文学之林。2004年，中国作协开始启动重点作品扶持项目，经宁夏作协推荐，杨梓的长诗《西夏史诗》、杨森君的《西域诗篇》、张学东的长篇小说《超低空滑翔》、查舜的长篇小说《月亮是夜晚的一点明白》、李义的长篇小说《景绿叶》、了一容的长篇小说《黑窑洞》、牛学智的理论专著《批评30年地图》先后入选。2005年，《小说选刊》、宁夏人民出版社、宁夏作家协会联合在北京召开宁夏青年作家郭文斌小说研讨会，其小说集《大年》引起热烈反响。与此同时，李进祥、张九鹏、平原、韩银梅、赵华、马金莲、阿舍等作家也以富有成果的创作姿态进军中国文坛。短短几年时间，宁夏的文学前赴后继，蓄力而上，呈现集团化创作态势。2006年，《十月》杂志社专门为宁夏青年作家全年开辟小说专栏"文学宁夏"，这样"文学宁夏"作为一个重要的概念被提了出来，只是还没有作出理论上的界定。同年，郭文斌不负众望，以短篇小说《吉祥如意》摘得第四届鲁迅文学奖。2009年，《民族文学》刊发了"宁夏少数民族作家作品专辑"，集中展现了宁夏少数民族作家的实力与风采。当然，以上这些事实，都只能涉及宁夏文学繁荣的部分内容。

总之，这一时期，宁夏文学的发展取得了显著的成就和重要的收获，主要体现在：第一，第一代移民作家基本退出了历史舞台，宁夏本土作家迅速成长和崛起，成为宁夏文学真正的生力军；第二，青年作家以群体的方式集体涌现，队伍之整齐、实力之突出、影响之广远，都是中国当代文学中罕见的；第三，代表性的作家呈现出群星闪耀而不是一人独尊的局面，文学生态发展良好，形成相互激发、相互促进、相互补充的态势；第四，宁夏文学获得了很好的口碑，尤其是在短篇小说的创作方面成就最为突出，形成了独特的气质和风格，"宁夏文学"这一概念甚至被评论界看作是一种特殊的"文学类型"甚或是一种特别的"文学精神"，具有"标本"的意义；第五，少数民族文学成为"托举宁夏文学的一双大手"（评论家郎伟语），作为一种多民族形态的文学，宁夏文学可以说是异彩纷呈，体现出多元性与包容性的特征。仅以全国少数民族文学创作骏马奖为例，从1993年开始，杨继国、杨少青、石舒清、马宇桢、马知遥、金瓯、郎伟、了一容等分别以《回族文学与回族文化》（评论集）、《大西北放歌》（诗歌集）、《苦土》（小说集）、《季节深处》（小说）、《亚瑟爷和他的家族》（长篇小说）、《鸡蛋的眼泪》（小说集）、《伏天》（小说集）、《负重的文学》（评论集）、《挂在月光中的铜汤瓶》（小说集）等作品囊括第四届至第九届全国少数民族文学创作骏马奖。一时间，宁夏少数民族文学迎来了前所未有的繁荣局面。第六，由小说曾经的一枝独秀，渐渐趋向于各种文体的均衡发展，呈现出更为丰富与多元的特征，在诗歌、散文、杂文、报告文学、儿童文学等领域，也都有重要的创获，不仅大大丰富了宁夏文学的内涵，拓展了宁夏文学的版图，更是为中国当代文学增添了多彩多姿的一笔。以诗歌为例，可以毫不夸张地说，宁夏诗歌在这一时期所取得的成就一点也不亚于宁夏小说的成就，只不过在主流媒体的声音与现行的评价机制中，它被严重忽略和遮蔽了。仅以《诗刊》杂志社主办的中国诗歌的"黄埔军校""青春诗会"来说，迄今为止宁夏已有 6 人入选，他们分别是杨梓（1999 年）、单永珍（2006 年）、高鹏程（2006 年）、马占祥（2012 年）、马骥文（2017 年）、马泽平（2019 年），这在很大程度上都说明了宁夏诗歌的综合实力。总体上来说，宁夏诗歌有着比宁夏小说更为齐整、数量更多的创作队伍，他们的作品也呈现出更为复杂与多样的面貌。比如导夫的"山河之侧"，杨梓的"西夏史诗"，杨森君的"西域诗篇"，贾羽的"北国草"，王怀凌的"西海固"，张联的"傍晚"，单永珍的"西部行走"，高鹏程的"博物馆"，杨建虎的"闪电中的花园"，林一木的"时光之书"等，都提供了极富阐释力的诗歌文本，无论是在对文学主题的深化、在对宁夏地域文化特质的开掘、在对历史人文的审视与想象，还是在艺术形式的探索与创新等方面，甚至比宁夏小说走得更远。进一步而言，如果离开了诗歌的滋养，宁夏小说恐怕就会逊色不少；去除了诗歌的板块，宁夏文学就不会完整，犹如凤凰缺失了一只美丽的翅膀。其实早在张贤亮开始，他就是以诗歌为写作基点的，后来的石舒清、陈继明、季栋梁、郭文斌等小说家，实际上都是不折不扣的诗人。而宁夏文学之所以保有一种特别的诗意，或许也与宁夏诗歌秘密相关。

第七，在这一时期，一直被大家所诟病的长篇小说也取得了丰硕的成果，出现了长篇小说的热潮，创作队伍人数剧增，作品数量与质量均有很大的提升。在 20 世纪 80 年代，宁夏的长篇小说除了张贤亮的《男人的风格》（1983 年）、《习惯死亡》（1987 年）以及查舜的《穆斯林的儿女们》（1986 年）等屈指可数的几部之外基本乏善可陈。但从 90 年代中后期开始，在作家、文联、出版社等各方的共同努力之下，宁夏长篇小说呈现井喷之势。1992 年，张贤亮发表长篇小说《烦恼就是智慧》（后改名为《我的菩提树》），再次引发广泛关注。此后，宁夏长篇小说便一发不可收拾，形成了一个创作高潮。老作家们身体力行，作出了很好的表率。1996 年，张武的《涡漩》和南台的《一朝县令》相继出版，使得宁夏文学面貌一新。1998 年，高耀山的长篇小说《风尘岁月》出版。1998 年开始，宁夏文联和作协着手打造宁夏长篇小说创作扶持机制，启动了"金骆驼丛书"出版计划，到 2008 年为止一共出版了 5 辑共 16 部长篇作品，这些作品取材广泛，内容厚实，极大地推动了宁夏长篇小说的发展。进入 21 世纪，宁夏长篇小说创作态势不减。2000 年，高耀山出版《激荡岁月》，继续推出系列长篇。2001 年高嵩的历史小说《马鬼骚》在《中国作家》杂志 9 月号发表。回族作家查舜相继出版《青春绝版》（2002 年）、《月亮是夜晚的一点明白》（2007 年）、《穆斯林的儿女们》（2011 年，修订本）等多部长篇小说。2005 年，火仲舫的三卷本长篇小说《花旦》出版。2011 年以来，黄河出版传媒集团阳光出版社又推出"阳光书系·长篇佳作系列"，继续为宁夏长篇小说助力。值得注意的是，在这一时期，宁夏青年作家也不甘落后，奉献出一大批优秀的长篇小说，引发了更高的关注度，如《一人一个天堂》（陈继明，2006 年）、《西北往事》（张学东，2007 年）、《妙音鸟》（张学东，2008 年）、《超低空滑翔》（张学东，2009 年）、《孤独成双》（李进祥，2010 年）、《奔命》（季栋梁，2010 年）等。进入新世纪第二个十年之后，依然在延续着长篇小说的热潮，《人脉》（张学东，2011 年）、《乌孙》（阿舍，2011 年）、《秘密与童话》（梦也，2012 年）、《底片》（石舒清，2012 年）、《上庄记》（季栋梁，2014 年）、《马兰花开》（马金莲，2014 年）、《农历》（郭文斌，2016 年）、《拯救者》（李进祥，2016 年）、《锦绣记》（季栋梁，2017 年）、《尾》（张学东，2017 年）等长篇小说的存在，使得宁夏文学变得更为丰富、精彩和厚重。

## 宁夏文学的滞缓期与瓶颈期

但新世纪的第二个十年以来，宁夏文学整体上进入滞缓期与瓶颈期，不再保持过去的那种强劲的冲击势头，虽然一些已经成名的作家还保持着稳定的创作量，但已经不复有高峰期时候的辉煌。2011 年，郭文斌的长篇小说《农历》获得茅盾文学奖提名，以第七名的成绩跻身十强之列，这是宁夏作家距离茅奖最近的一次。2012 年，李进祥以《换水》

（中短篇小说集）获得第十届全国少数民族文学创作骏马奖。2014年，季栋梁的长篇小说《上庄记》和马金莲的长篇小说《马兰花开》同时获得中宣部第十三届"五个一工程"奖。同年，儿童科幻文学作家赵华以《亚特兰蒂斯四号》获得第五届华语科幻星云奖（最佳少儿原创科幻图书奖银奖）。2016年，马金莲以《长河》（小说）获得第十一届全国少数民族文学创作骏马奖。2017年，赵华以科幻小说《大漠寻星人》获得全国优秀儿童文学奖，再次把宁夏的儿童文学创作提升到全新的高度。直到2018年，马金莲摘得鲁迅文学奖，似乎给稍嫌沉寂的宁夏文学注入了一剂强心针。但宁夏文学的困境并未因此而改变，它亟待更大的突破。

当然，宁夏文学在这一时期也出现了一些新的发展态势，借助于网络传媒的推波助澜，在自媒体涌现出一些新的自由作家群体，他们中的佼佼者，其写作呈现出一些迥异于宁夏传统文学的"异质性"，但惜乎未能产生足够大的冲击波。譬如在诗歌写作方面，查文瑾、木耳、刘岳、马泽平、马晓雁、王强、火禾、念小丫、马生智、曹兵、雪漫六盘、禾必、杨阿龙、苏娟娟、赤心木、米拉、王瑞等，都有很好的写作潜力，代表了宁夏诗歌目前的"新实力"。在这些活跃的新媒体中，影响力比较大的微信公众平台有"心的岁月""萤火虫智库·地平线诗刊""甘宁界""泥流""枕旁书""原野湃""暖书房"等，它们对宁夏文学的宣传推介与深化发展起到了积极的作用。以"心的岁月"为例来说，2016年12月6日开始运营，现有订阅用户近3000人，刊发的文章，主要以宁夏文学与评论为主，最高阅读量达到7000余人次。2018年1月6日开始，在诗人林一木的创意之下，平台策划了"花冠诗人·宁夏女诗人自选作品展"，共推出 30 位宁夏女诗人的作品，引起了很大的反响。此后，为了全面、准确、真实地反映新时期 60 年来宁夏诗歌的整体风貌和主要成就，全面展示宁夏诗歌的艺术成就，重塑宁夏诗歌的整体形象，进一步扩大宁夏诗歌的影响力，平台又陆续推出"妙音雅集·宁夏诗人代表作大展"，目前已展出 103 个宁夏诗人的作品，广受文艺界的关注和好评，也产生了始料未及的关注度和影响力。2018 年 12 月 20 日开始，推出了慢骑士的私人宁夏诗歌年度选本（也是宁夏诗歌的第一个年度选本），总共 4 期"一人一首｜宁夏好诗选"，虽然"不具有权威性、代表性与全面性，难免剑走偏锋、挂一漏万"，但因其独立与公允的立场也颇具说服力，得到了很多诗人与研究者的认可。2019 年 3 月 27 日，陆续推出"啄木之声·宁夏诗歌评论选"，现已完成 58 期内容，并已与出版社达成了出版协议，初步实现了成果的纸媒化。此后，还将持续跟进宁夏散文、宁夏小说等的相关专题，进一步丰富品牌的内涵。另外，平台开设的"原创调频"栏目主要面向学生群体和文学爱好者，已经成为他们茁壮成长的丰饶园地，尤其在宁夏高校大学生群体中有比较好的口碑和比较大的影响，经由这里走出的文学新人，有的已在文坛初露头角。总之，"心的岁月"一方面致力于宁夏文学品牌的宣传与维护，另一方面致力于文学新人的发现和推介，始终坚持个人立场、专业水准，崇尚独立自由、兼容并包，尽量消除江湖习气与圈子文化的影响，力图更为客观、公正、平等面对每一位作者和每一件作品。

## 什么是"宁夏文学"？为什么是"宁夏文学"？

时至今日，"宁夏文学"依然还是一个亟待探究的、尚待丰富和发展的未完成的概念，它迫切需要宁夏作家的集体反思与建构，也迫切需要更多研究者的深度开掘与清理。在一定意义上来说，石舒清（《清水里的刀子》，2001年，第二届）、郭文斌（《吉祥如意》，2006年，第四届）、马金莲（《1987年的浆水与酸菜》，2018年，第七届）相继获得鲁迅文学奖，成为了宁夏文学的高光时刻，也正因为如此，他们的作品具有典型的"宁夏文学"的特征，对这些作品进行解剖分析，将会更加有助于我们去解开"宁夏之谜"，充分认识宁夏文学的特质与魅力。

值得注意的是，石舒清、郭文斌和马金莲，他们都是出自西海固的作家，那么这三位作家的作品有什么异同？这个非常值得研究。尽管鲁奖一直存在着很大的争议，但作为一个国家级的大奖，它的影响力也无可否认。当然，获奖与否和作家的实力有关，也与运气有关，更与时代的文学潮流与审美趣味有关。宁夏作家之所以能够连续获得鲁迅文学奖，其中最主要的原因是，他们的作品都代表了一种特别的被需要的类型，一种在中国当代文学中一直都是比较沉静和稀缺的类型。对于那些习惯了都市的物质过剩与感官狂欢的读者来说，它始终保持着独立的品格与精神的纯净度，与"主流文学"保持着若即若离的距离，它就像是一幅传统意味浓厚的江山社稷图，具有生生不息的自然之趣和无穷的生命境界。如果说，石舒清获奖的时代是中国社会市场经济走向繁荣的时代，是欲望写作与身体写作日盛的时代，在一片喧嚣和聒噪之中，他的

"清水"和"刀子"使人看到了"暗处的力量";那么,郭文斌获奖的时代是新世纪,在经历过市场经济的冲击之后,人们变得更加迷茫空虚的时代,是需要心灵的抚慰和安详的时代。正是从《吉祥如意》开始,郭文斌找到了一条通变之路,他建构起了自己的"安详诗学",并且在更大的"文化乡愁"中去完成自己的志业;而马金莲的获奖的时代则是新时代,是文学重回人民的、文化张扬自信的时代,她的身上还带着一个山麻雀变成金凤凰的"励志神话",她的作品像一块保存完整的生态湿地,能给人以新鲜而舒适的呼吸。

同样是写西海固的日常生活,同样是写乡土乡村,石舒清是"沉",沉入到最深的地方,甚至是钻到精神心理的无言地带,有着鲁迅式的阴郁与冷峻,他是内敛的、节制的、厚重的,他的视角是老人的;郭文斌是"纯",返回到生命最初的源头,写童心、童趣、童真,他是安详的、幸福的、诗意的,他的视角是儿童的;而马金莲则是"贴",是本色化的、介于前二者之间的、原生态的呈现,她既没有往最深邃的地方去沉淀,也没有向最诗意的地方去提纯,她就像流水一样默默流淌,娓娓道来,她就是在以丰富的场景与细节展现生活本身。尤其是,她的作品中有一种独特的女性视角,这为她的小说注入了一种迷人的东西,她的叙事是一种柔性的叙事,是一种弱的叙述,但却非常动人。如果说宁夏文学具有自己的特质和魅力,那么它正是在这些地方一点一点显露出来的,宁夏真正优秀的作家其实不是一幅面孔,而是各有各的不同。

无疑,这些作品的共同特点就是宁静、纯粹、安详、朴实,仿佛都沉积在时间与人性的深处,过滤了时代的风云激荡,不玩弄写作技巧,不迷恋声色欲望,而是靠着真诚的情感去直入人心。朱光潜说:"文艺到了最高的境界，从理智方面说，对于人生世相必有深广的观照与彻底的了解，如阿波罗凭高远眺，华严世界尽成明镜里的光影，大有佛家所谓万法皆空，空而不空的景象；从情感方面说，对于人世悲欢好丑必有平等的真挚的同情，冲突化除后的谐和，不沾小我利害的超脱，高等的幽默与高度的严肃，成为相反者之同一。"①宁夏作家笔下所表现出来的情感，即是一种"真挚的同情"，是一种悲悯的情感，是一种"不沾小我利害"的爱与超越的情感，它是在对人生世相有"深广的观照与彻底的了解"之后产生的情感，所以就显得尤为珍贵。宋代的契嵩认为："天地至远而起于情，宇宙至大而内于性，故万物莫盛乎情性者也。"说得再透彻不过，情性，是存在的开端与本源，关乎万物的根本。而对于情性的表现，一直就是中国文学的本根，正是在情性之中寄寓着作家对社会人生、宇宙世界的感悟、想象与思考。正是在这里，我觉得宁夏文学是一种"有情的写作"，它承接的正是中国古典文学"有情的传统"。而在一个"后情感的时代"，在一个现代人越来越冷漠与孤独的物质时代，在一个越来越轻浮与虚无的"轻文明"的时代，这种纯净而深沉的真情，就具有了特别动人的抚慰与救赎的力量。

同时，宁夏文学是一种"有根的文学"，这个根是土地之根，故乡之根或大地之根，同时也是文化之根。"大地是沉默的是庇护的，唯有在诗意的召唤中它才向人展示它的伟大和厚重。在宁夏文学世界的敞开中，大地作为大地显现出它本真的形态，它护佑着真正的诗人、歌者，给他们以灵感以力量，为他们的文学植根，从而使宁夏文学在大众文化

①朱光潜：《谈文学》，上海文艺出版社 2001 年，第 7 页。

无根的飘浮中获得了大地性。"①正是因为恪守着"大地"，宁夏作家用他们的"同情心""诗性正义"和"纯净的爱"去悲悯地注视，温情地抚慰，他们敢于直面苦难本身，直面生存本身，直面现实本身，体现出一种高贵的良知本能，体现出一种神圣的使命感和责任感，他们的文学也成为一种见证的文学，一种成长的文学，一种与乡土大地生生与共的有根的文学。他们不迷醉于绚丽的文学技巧，也不迷醉于奇观化的苦难与暴力，而是追求一种朴拙、自然、厚重、真诚的文学品格，给予其作品以人性的光芒和终极的关怀。从某种意义上来说，宁夏作家奉献给中国当代文坛的是一种真正的生命写作、灵魂写作、孤独写作和独创性的写作，这正是宁夏作家能引起中国文坛广泛持久关注的重要原因之一。

"故乡"与"大地"是同义语，扎根于大地的文学，也就是扎根于故乡的文学，因此，宁夏文学具有深深的"故乡情结"或"故土情结"，其中最具表征性的就是"苦难书写"。但需要特别强调的是，宁夏作家"并不强化底层的身份标识而获得道德的优越感，也不沉醉于对苦难本身的病态展示；他们不再动辄以民族、天下、国家、历史的名义征用苦难，他们不是'从社会的层面去写苦难，而是从哲理的层面去写苦难'，去更充分地展示个人苦难、普通人的生活情感；它也偏离了把乡土过分诗化的传统，甚至在一定程度上远离了文人乌托邦的传统，在剥离了绚丽的想象后而显得更加平实，更加生活化，更加日常化。这种'乡土'清新、陌生、真实而富有生气，它在很大程度上祛除了'乡土'那些纷繁复杂

①贺玉刚：《苦难的升华与大地的守护——论宁夏文学精神的生成》，《朔方》，2007年第9期。

的象征意味，而更接近于乡土本身。"①正是从这个意义来说，宁夏文学创造出了"另一种乡土"，它是与五四时期的启蒙文学、20世纪80年代的寻根文学都截然不同的一种乡土书写形态，这是宁夏文学给予中国当代文学的重要贡献之一。

海德格尔说："故乡不只是作为单纯的出生地，也不仅仅作为亲密的风土，而是作为大地的强力，依据他们的历史性此在，人总是'诗意地栖居'于其上。"②故乡是人的诗意之源与栖居之根。以此来看，宁夏文学的写作是"故乡写作"或者叫"出生地写作"，它近乎一种天然的选择，它也符合文学生长的基本规律。不过，"出生地写作"固然有其无以替代的便利与优势，但也有其致命的弱点与不足。尤其是，在故乡遭遇极度城镇化的今天，越来越多的乡村处在"连根拔起"的状态，这必然造成农村人无以安放的生存境遇，也必然要求文学以另一种方式与面貌去承担不可承受的轻与重。也正因为如此，在"出生地写作"之外，我更倡导一种"异乡写作"，作家更应该破除故乡的迷思，成为"把整个世界作为异乡的人"。正如赛义德所说："人越能离开他的文化家园，他就越容易能够对它做出评判，对整个世界也是如此，若要真切地看清［世界］，人就必须带着这种精神的超脱和大度。带着这个同样的亲密和疏离的结合，人也就越容易对自己的和他人的文化做出评价。"③唯其如此，以故乡为异乡，保持某种疏离的清醒与理性，保持精神上的独立与超越，作家才可能不被偏见与私心所遮蔽，写出更大气、更有格

①张富宝、郎伟：《论宁夏青年作家群的创作心理》，《宁夏社会科学》，2011年第5期。
②转引自孙柏林《论海德格尔"大地"之思的根源》，《云南大学学报（社会科学版）》，2015年第1期。
③沈卫荣：《把整个世界作为异乡的人是完美的》，《文汇报》，2019年8月23日2版。

局的作品。

　　越来越多的读者和研究者发现，宁夏作家的作品中始终弥漫着一种特别的诗意，并把这种诗意当作是宁夏文学区别于其他文学的一种非常重要的品质和特征。何以如此？宁夏文学的诗意到底是什么？它对于中国当代文学究竟有着什么样的价值和意义？弄清楚这些问题至关重要。

　　其实在宁夏不同的作家的笔下，这种诗意都有着不同的内涵。比如漠月的诗意，是一种"宁静的诗意"，"温情的诗意"，"单纯的诗意"，"他总是能在西部偏远寂寥之地，在被风沙和干旱肆意围困的漠野深处，从平静和寻常的生活状态中，发现和呈示动人的诗情"，"正是在某种似乎是有意为之的单纯之中，漠月相当完整地表现了西部生活当中的欢乐精神和内在情韵"。①这种诗意，在漠月的代表性作品《白狐》《湖道》《锁阳》《放羊的女人》等之中，表现得尤为细腻动人。比如郭文斌的诗意，是一种"童年的诗意"，"初心的诗意"，"安详的诗意"，他的乡土小说是"诗"与"思"融合的、洋溢着故乡气味的小说，它不仅"尽善尽美"地唤醒了我们的"疼痛"，更带给了我们一种归乡的温暖与宁静。郭文斌对"禅意童趣"的秘密洞察与精心塑造使其小说具有了"另一种乡土"的魅力，他要以"唯美主义""安详诗学"与"农历精神"深入到传统文化的根脉之中，从深层直指人类的诗意生存，并为我们守护着一个无限美丽的存在的家园。②这在郭文斌的短篇小说《大

---

① 郎伟：《漠野深处的动人诗情——漠月小说创作论》，见《守护风沙中的一盏灯》，作家出版社 2018 年第 246 页。
② 张富宝：《安详灵魂的诗与思——郭文斌乡土小说简论》，《宁夏师范学院学报》，2011年第 4 期。

年》《吉祥如意》以及长篇小说《农历》等作品中体现得尤为充分。张学东的小说也有一种特别的诗意，但他的诗意更多的是"感伤的诗意"或是"忧郁的诗意"，他虽然着力于表现生存的困境、社会的险恶以及人性的幽微，显得凝重、阴郁而深沉，但他始终保持着作家对世界的同情与怜悯，保持着他对世界寄予的全部希望、美好和善意，保持着他对人性最终的期待、信仰和守护。这在他的短篇小说《寸铁》《跪乳时期的羊》《喷雾器》《送一个人上路》，中篇小说《坚硬的夏麦》《父亲的婚事》《阿基米德定律》《给张杨福贵深鞠一躬》以及他的所有长篇小说中均有清晰的反映。

概而言之，由于传统文化的濡染、地域文化的熏陶以及民族文化的影响，宁夏作家群的创作摒弃了当代文坛对暴力、鲜血和奇观的偏好而带上一种浓浓的善美情怀，他们的创作也由此成为一种诗性的言说，他们对中国文化的根脉有着自己独特的理解，他们的作品在语言、主题内蕴以及意境氛围上无不显现出一种古典的诗意。当我们这个时代到处都被物质所异化的时候，当我们毫无知觉地退化为"单面的人"（马尔库塞语）的时候，宁夏作家群这种对诗意的守护和对真善美的尊崇就显得弥足珍贵，它依然执着地为我们保留了一种幸福和感动！[①]评论家李建军在对当代文学的病症进行诊断的时候指出："当代文学之所以缺乏力量感和影响力，其中一个重要的原因，就是因为它缺乏诗意，缺乏对于善的朴实而坚定的态度。要知道，在任何时候，作为破坏性的力量，冷漠和冷酷都是瓦解人类内心生活的；在任何时候，作为诗意的对立物，

---

①张富宝、郎伟：《宁夏青年作家群创作的"本土化"特征》，《朔方》，2010年第10期。

庸俗和粗俗都是降低文学的价值和尊严的。"①正是在这个意义上，他充分肯定了郭文斌笔下的诗意叙事及其意义。

进一步而言，在宁夏文学弥漫的诗意背后，生发出了一种极为珍贵的"宁夏文学的精神"，它创造出与"当代潮流"截然不同的"趣味、悟性和想象"，"向社会提供了一个比时尚所勾描的宽广得多的精神视野"（王晓明）。批评家贺绍俊极有洞见地指出宁夏文学的意义："宁夏的文学相当精准地表达出建立在前现代社会基础上的人类积累的精神价值，它是由伦理道德、信仰、理想、人与自然之间的生态关系、人与人之间的情感交流等构成的。"在贺绍俊看来，宁夏文学不仅"提升和丰富了当下文学的精神内涵"，甚至可以为中国现代化建设提供"不可缺少的精神资源"。②应该说，这是一种极高的期许，它实际上是针对中国社会高度的现代化与转型时期文学的功能与价值的深度思考，尤其是在一个超稳定的伦理秩序与文化结构遭遇坍塌瓦解的时候文学何为的问题。文学史家陈思和也很看重宁夏文学的精神状态和它背后的那种文化力量："如果从文化的原创力来看，我一直都有这种感觉，中国的西北地区，经济上可能不是发展得那么快，但是西北地区的文学却非常好，不仅非常单纯，而且很有力度。作家艺术家们创造了一种没有杂念的虚构的精神世界，显示出很清澄很大气的文学状态。那样一种文学状态也是精神状态，慢慢的就会呈现出来文化的力量。"③可见，"精神视野""精神价值""文化力量"与"原创性"等是评论界赋予宁夏文学的最大特

①李建军：《诗意叙事及其意义——＜郭文斌论＞序》，《黄河文学》，2008 年 Z2 期。
②贺绍俊：《宁夏的意义》，《小说评论》，2006 年第 9 期。
③转引自郭文斌：《宁夏，一个安详的地方》，《光明日报》，2019 年 8 月 13 日。

征。之所以对宁夏文学有这么高的一个定位，一部分当然是基于作品的质地，另一方面也难免理想化的期许。对于身居高度现代化城市中心的这些评论家们来说，在接触到过度的油腻与聒噪之外，在碎片化、虚无化与欲望化成为常态的文学世界，宁夏文学为他们提供了一个新鲜、本色、纯净的另类样本，提供了一种迥异于流行文学的参照系。毫无疑问，宁夏作家普遍善于书写苦难，但他们不是为了猎奇与狂欢，而是"以对苦难的深刻理解和升华"把它变成"宁夏文学精神生成的内核"。正像论者指出的那样："关注底层人的苦难，抒发知识者的忧患，弘扬回归生命的本真和厚重，这就是宁夏文学精神生成的基石。因对苦难的理解和升华，他们的作品获得了一种文学力量，这力量使他们的作品既不过于精致而甜腻，也不粗鄙式的宣扬欲望。他们拒绝文学的时尚化，使文学创作摆脱了物质化、欲望化的纠缠，回归到宁静的精神领域、审美领域，因而他们的文学中闪耀着精神和美的光辉。这道光芒和力量，之于当下的大众文化特别是'日常生活审美化'时潮有特别的意义：这抹新绿和清凉可能更能慰藉现代人的心灵，令人在文化的乏力中感受到文学和美的力量，这种默默的守护和升华，才有可能培育出切合时代精神的文化理念的根茎。"[1]在某种意义上来说，通过上述这些批评家们的深度阐释，"宁夏文学"已经具备了初步的理论话语形态；也唯其如此，中国文学的"宁夏现象"才具有了更大的示范性意义。

---

[1]贺玉刚：《苦难的升华与大地的守护——论宁夏文学精神的生成》，《朔方》，2007年第9期。

# 宁夏文学存在的问题

诚然，宁夏是一块"文学的福地"，宁夏文学在发展的过程中取得了令人瞩目的成绩，但它还远未达到更理想的高度，没有实现更大的突破。这其中的主要问题有：

第一，坚守与突破的问题。宁夏文学在形成稳定成熟的风格与传统的同时，同质化与自我重复的现象比较严重，作家普遍视野不够开阔，知识积淀与文化滋养不足，作品的体量和深度与当代顶尖作家相比还相差甚远，在丰富度和多样性方面依然欠缺，更是缺乏异质性的元素和自觉的突围意识。诚然，我们需要坚守自己的品质与特色，需要持续向纵深之处探测和开掘，但也决不能抱残守缺、固步自封、自以为是，忽视和遮蔽那些尖锐的问题。迄今为止，宁夏大部分作家的写作还都集中在乡土乡村，甚至更多是停留在记忆中或是被诗意化了的那个乡土乡村，而对真正发生了翻天覆地变化的、在很多方面都在遭遇严重危机的乡土现实与都市景观缺乏应有的关注、穿越和审视。事实上，坚守与突破并不是简单的二元对立关系，而是相辅相成的辩证统一。坚守是为了更大的突破，突破是为了更好的坚守。最重要的是，我们能否以一种现代性的眼光或视角去处理它们之间的关系。近些年来，回族作家李进祥在这方面做出了很好的尝试，他的创作在克服了早期的"理念化"痕迹之后正渐入佳境，他的小说渐越来越趋向质朴、醇厚和开阔，尤其是在长篇小说的创作方面用力尤深，《拯救者》（2016年）正是其集大成之作。《拯救者》是一部现实主义之书，讲述的是一辆旅游车被劫持之后的拯救行动故事，作家以此为切入点，在一种极端化的境遇中去逼视当代社会现实的人生百态，进而去揭示现代人的生存困境和精神病象。在宁夏作家群中，李进祥是少数具有自觉反思意识与批判精神的作家之一，他的作品蕴藏着一个迷人的"思想的中心"。但令人遗憾的是，李进祥于2019年6月18日因病早逝，给宁夏文学留下了难以弥补的缺憾。

另外，这方面值得关注的还有作家陈继明和诗人高鹏程，在"去宁夏"之后，他们的作品都呈现出更开阔的视野和更纵深的风貌。作为一个曾经的宁夏作家，陈继明的作品具有鲜明的个性特色，他早期的短篇小说《月光下的几十个白瓶子》（1997年）以对社会心理的深度刻画而让人印象深刻。在出走宁夏之后，他的创作有了全面向上的提升，迈上了新的台阶，取得了更大的成就，最新的长篇小说《七步镇》发表之后，更是广受文坛关注，作家本人近期也当选了广东省作家协会副主席。陈继明的小说根源于宁夏文学但又不断逃离和溢出，在兼收并蓄中形成带有"异质性"的写作，这或许能给予我们更多的启示。诗人高鹏程现在浙江宁波工作，他的创作高峰期与成熟期，也是在离开宁夏之后，经过一段时间的积累，达到了井喷的状态。"自'黄土高原'至'海岛之滨'，生活环境的变迁带给高鹏程诗歌境遇巨大的变化，同时，也让诗人完成了'异乡人'的身份认领"。①在高鹏程最具原创性的"海洋"系列与"博物馆"系列作品中，诗人以一个"异乡人"的身份，以一种双向互照的诗学视角，在光与影交错的时光里游走，最终创构出一个词与物、历史与现实交织的诗意空间，实现了彻底的蜕变。也许，对于宁夏作家来说，出走宁夏，进一步拓展写作的视野，丰富人生的经历，以

①马晓雁：《到灯塔去：高鹏程"海洋"系列诗歌阅读笔记》，《星星·诗歌理论》2018年第5期。

"异乡写作"去超越"故乡写作",也不失一种自我突破的有效途径。

第二,高原与高峰的问题。在张贤亮之后,宁夏文学虽然一度涌现出实力均衡的青年作家群体,但从整体上来看还是缺乏冒尖的领军性人物,缺乏标志性的高峰作品,缺乏开阔的现代性的视野,缺乏更大的原创性质素。当然,这与作家个人的天赋有关,更与宁夏文学的环境与积淀有关,相对于文学大省,我们的历史、底蕴与体量都难以相比。正是如此,我觉得宁夏作家在写作的时候更应该强调经典意识、原创意识和突围意识。在这方面,"70后"作家张学东的长篇小说创作值得期待。从2007年发表第一部长篇小说至今,张学东的长篇小说已经形成丰厚的积淀,目前正在着手打造"西北往事三部曲",以期实现对20世纪50年代以来的中国重要时间节点的历史与现实的文学呈现,这是有野心的写作。迄今为止,宁夏作家的作品中尚未见到有如此纵深的社会历史景观。同样是"70后",被誉为"星际联络官"和"最温情的科幻作家"的儿童文学作家赵华,也是一个值得期待的"异类",他新近推出的《大漠寻星人》系列作品,已经具有了很好的市场关注度。这些作品也已经溢出了儿童文学的园地,开始将中华优秀传统文化与科幻小说进行融合,开始有意识地调适文学与现实的距离,这些都是很好的尝试与突破。我们甚至还不无惊讶地发现,西北独特的历史地理风貌恰恰成了他的写作优势,成了他可以无限开掘的写作资源。正是因为如此,我们有理由给予他以厚望。

宁夏文学的发展呈现出明显的不平衡现象,大大制约了它的进一步发展:山区与川区发展不平衡,主要是"西海固文学"强而其他地区文学相对比较弱;文体发展不平衡,小说成绩相对突出,更受外界关注,诗歌整体实力不俗但缺乏高峰与突破。散文、戏剧、儿童文学都相对较弱，虽然已经形成了一定的规模和态势，但还是很难与诗歌和小说抗衡；创作队伍发展不齐整，年龄段分布不平衡，目前宁夏最为活跃且最具实力的仍然是"60后"作家和"70后"作家，而后续的作家几乎是断崖式下跌；写作题材不平衡，城市文学弱而乡土文学强；另外，就文学发展的最新样态来看，网络文学弱而传统文学强。当然，要想改变这样的状况，必须经过长时段的努力，通过各种措施多管齐下，而不能寄希望于它的自发自为。

宁夏文学的"黄金时代"已经不复存在，随着20世纪中后期崛起的那一批作家的渐渐沉寂，更多的青年作家尚未成长起来，宁夏文学已经失去集团优势。其中最严重的问题就是，出现了比较严重的作家断层现象，"80后"作家、"90后"作家甚至"00后"作家，越来越稀少。除了少数的几个代表性的如马金莲、许艺、王西平、马晓雁、田鑫、刘汉斌、刘岳、马泽平、马骥文、石杰林、禾必、云瓦等之外，从创作队伍和作品数量上，已经很难与"60后""70后"作家相提并论了。造成这种现象的原因当然比较复杂，但应该更引起我们的警觉与反思，要尽早着手保护宁夏文学的生态，建立必要的长效激励机制。尽管很多人依然不相信"文学死了"这样的口号，但在人工智能越来越发达的"后乡土"与"后人类"时代，在抖音小视频、购物APP等疯狂刷屏的视觉文化与消费文化时代，宁夏文学究竟该何去何从，将会是一个很大的问题。

面对60多年的文学遗产与生动蓬勃的文学现实，宁夏文学尚未建构起一套自己的理论话语，跟随阐释的多而引领创造的少，尽管已经有众多本土评论家们如高嵩、杨继国、钟正平、郎伟、王岩森、李生滨、白草、牛学智、王晓静、倪万军、田燕等人，都付出了很大的努力，但宁夏评论界在更大的范围内依然处在弱势地位，话语权不够，很难发出响亮的声音。这在一定程度上似乎难以与宁夏文学的成就匹配。另外，专业性评论人才的稀缺，也是一个很大的问题。

## "我的工作是爱这个世界"

作为一个宁夏文学的书写者和研究者，在对宁夏文学 60 年作了粗略的梳理之后，我一方面内心充满了欢欣与鼓舞，另一方面也充满了忧伤与焦虑。宁夏文学的成就是有目共睹的，然而宁夏文学的未来是令人担忧的。在竞争越来越激烈的全球化时代，宁夏文学的优势正在渐渐式微。无疑，经过 60 年的沉积，宁夏文学已经形成了自己的独特的传统，这个传统一是张贤亮的传统，另一是本土化的传统，即"立足本土、直面现实"的传统。但如何继承这个传统，如何突破这个传统，却成了一个巨大的问题。很多时候，看见我们的作家依然在山穷水尽的老路上负重而行，依然在不断重复前人的失败命运，就不免有些困惑和失望。我们脚下的现实已经发生了翻天覆地的变化，我们的时代正在召唤着新的文学样态和艺术形式，而我们自己却身在原地，裹足不前。作为一种典型的"非中心化"的写作，宁夏文学曾经是远离政治中心、文化中心、经济中心和文学中心的写作，即使在西部，也与当代文学史上的西部中心保持着某种程度的疏离。这在很大程度上形成了宁夏文学自由而独立的品格，但也成了宁夏文学难以回避的短板。譬如人的美学趣味，不能都是高山流水，不能都是极简主义，还应该有下里巴人、声色犬马，应该有错彩镂金。文艺理论家童庆炳先生说："只有当思想融合了深沉的道德诉求和理想，只有当我们有了超越自我——自己的传统、文化和民族的意愿和胸怀，文学研究才有可能超越技术性的学术研究，才会具有令人怦然心动的感染力。"文学研究如此，文学创作也是如此，它们都需要超越自我，实现更大的突破。美国诗人玛丽·奥利弗有句诗云："我的工作是爱这个世界"。也许今后还有一段时间，我的工作是爱宁夏文学，不管怎么说，我依然对宁夏文学满怀期待！

# 居于幽暗而自己努力：宁夏70后诗人的创作

## "随时间而来的真理"

作为一个陌生而神秘的"边地"，宁夏似乎总是与"偏远""落后""荒凉"等联系在一起，然而真实的情况并非如此，尤其在文学上它可谓自成高格，独得风流，呈现出极具特质的气象与风貌，也取得了一些广受关注的重要成就。也正因为如此，这一独特的现象已被评论界命名为"中国文学的宁夏现象"。[①]而作为宁夏文学与西部文学的重要组成部分，宁夏诗歌有着良好的写作环境与文学传统，取得的实绩与突破也是有目共睹。自20世纪80年代以来，以肖川、罗飞、吴淮生、高深、秦中吟、

---

[①] 2018年12月20日，由中国作家协会和宁夏回族自治区党委宣传部主办、中国作协创研部和宁夏文联承办的"中国文学的宁夏现象"研讨会在北京隆重召开，同时精选了中青年作家作品20卷作为《文学宁夏丛书》并由作家出版社重磅推出，"丛书"基本代表了当前宁夏文学的最高水准和整体风貌。这在某种程度上是一个标志性的高端事件，将"宁夏文学"提升到"中国文学现象"的层面，这在当代文学史上无疑是极为重要而辉煌的一笔，是宁夏的一种莫大的幸福与荣耀！

屈文焜、导夫、虎西山、邱新荣、杨森君、杨梓、梦也、王怀凌、张联、单永珍、雪舟、唐晴、郭静、安奇、泾河、马占祥、高鹏程、阿尔、杨建虎、林一木、查文瑾、刘岳、王西平、马泽平、马骥文等为代表的诗人群体，都奉献出了具有极高水准的优秀作品。但相对于小说来说，宁夏诗歌一直处在一种被忽视和被遮蔽的孤零境况与沉默状态，在很长一段时间内，理论与批评话语的微弱甚或缺失使得宁夏诗歌难以获得文学史意义上的有效观照与深入清理。时至今日，在如此重要的时间节点（新中国文学 70 年、宁夏文学 60 年），全面梳理宁夏诗歌 60 年来的成就与问题就显得尤为迫切。那么，宁夏诗歌的总体特征是什么？宁夏诗歌的传统与经验是什么？宁夏诗歌的困境与缺陷是什么？宁夏诗歌的前途与未来是什么？等，都是需要认真面对的问题。

近些年来，关于地方文学的研究已经蔚为大观，但宁夏在这方面还相对薄弱和滞后，从整体上全面反映宁夏文学状貌、总结宁夏文学经验的成果还不多见。仅就宁夏诗歌的选本来说，目前所见的重要选本除了《飘香的沙枣花》（宁夏人民出版社 1968 年）、《光辉永照宁夏川 宁夏回族自治成立 20 周年诗歌选》（林伯渠等编，宁夏人民出版社 1978 年）、《宁夏文学作品精选·诗歌卷》（王邦秀主编，宁夏人民出版社 1999 年）、《宁夏文学精品丛书·诗歌卷》（杨春光主编，宁夏人民出版社 2008 年）、《宁夏青年作家作品精选·诗歌卷》（杨继国主编，宁夏人民出版社 2006 年）、《黄河诗金岸——首届中国·宁夏黄河金岸诗歌节诗选》（阳光出版社 2012 年）、《金声玉振——宁夏煤炭诗选》（闻钟，郎业成编著，宁夏人民出版社 2017 年），还有一些地区性的选本之外①，再就是《宁夏诗歌选》（杨梓主编，阳光出版社 2015 年）、《宁夏诗歌选（2013—2018）》（杨梓主编，阳光出版社 2019 年）了。这些选本虽然各有自己的优点②，但由于种种原因，其局限性显而易见，并没有完全遴选出宁夏诗人最具代表性的作品，也没有充分揭示出宁夏诗歌的历史风貌、发展动态与独特品质，尤其是宁夏诗歌更为沉寂、更为真实、更为复杂的诗学肌理。

2015 年开始，伴随着《宁夏诗歌史》（杨梓主编，阳光出版社 2015 年）与《宁夏诗歌选》（杨梓主编，阳光出版社 2015 年）的出版，再到《宁夏文学六十年（1958—2018）》（李生滨著，宁夏人民教育出版社 2018 年）等大部头著作的完成，一定程度上填补了这方面的空白，有效地推进了宁夏诗歌的深入研究。

在这样的情形之下，在更为开阔与多元的视野中，重新回归宁夏诗歌的历史现场，重新勘测宁夏诗歌的社会与文化语境，重新考察与梳理宁夏诗歌的成败得失，进一步拓展与丰富作为一种文学精神与文学类型的"宁夏文学"，就具有了更大的理论价值和现实意义。正是因为如此，宁夏 70 后诗人的诗歌作为宁夏诗歌的重要组成部分，应该获得充分的梳理与勾勒，归纳与总结，理解与观照，展望与期许。

诗人叶芝在《随时间而来的真理》这首诗中这样写道：


虽然枝条很多，根却只有一条；

---

①如《西海固文学丛书·诗歌卷》《石嘴山市文学作品集·诗文卷》《彭阳文化丛书·诗歌卷》等。
②尤其是《宁夏诗歌选》，分上下两卷，以开阔的视野选取唐代至今的塞上及宁夏 180 多位诗人的 350 多首诗作，1911 至 1991 年出生的 250 多位宁夏诗人的 1000 多首诗作，全景式地展现了宁夏诗歌的历史。

穿过我青春的所有说谎的日子

我在阳光下抖掉我的枝叶和花朵；

现在我可以枯萎而进入真理。


（沈睿 译）


我希望在经过 30 年左右的时光淘洗之后，能找到进入宁夏 70 后诗歌的"枝条"与"根系"，能够穿过历史的迷雾去领受它所包孕的"随时间而来的真理"。


## "弥散的星丛"：宁夏 70 后诗歌的整体状况


很长一段时间以来，我似乎一直没有找到一个更好的视角去切入宁夏 70 后诗歌的整体状况，我一直困惑于如何去贴近和呈现宁夏 70 后诗歌的创作实际，如何在纷繁复杂的乱象中去理清宁夏 70 后诗歌的"家底"。首先应该指出的是，"宁夏 70 后诗人"或"宁夏 70 后诗歌"只是一个便捷、模糊而笼统的概念，更多承担的是"描述功能"而不是"阐释功能"。宁夏 70 后诗人并没有鲜明的群体气质与区域特征，也没有共同遵守的写作纲领与美学志趣，也不去追逐时代潮流与流行风向，基本上都是散兵游勇、各自为政，在孤独的个体探索中自我生长与自我完成。以上这些在很大的程度上决定了使用"宁夏 70 后诗人"这一概念的局限性。如果再考察一下宁夏 70 后诗人的写作时段，就会发现，早在 20 世纪 80 年代末（如安奇、阿尔等诗人甚至在 1986 年左右就已经开始创作）90 年代初他们就已经发表作品，迄今已经有了近 30 年的写作史。随着时间的演进，在每一个时段都有不同的写作者加入到历史的合流之中。也就是说，同样作为 70 后，有些已经是成名已久的写作者，而有的则是刚刚开始写作的新人。这种写作现象已经很难用"70 后"这样的代际概念涵盖了（本文也不打算对"70 后"这一概念作学术史的追溯）。这也在很大程度上提醒我们，对宁夏 70 后诗人写作历史的呈现肯定是一个慢慢发现与还原的过程，需要把他们放置在 20 世纪 90 年代以来中国当代文学的背景与宁夏文学的发展进路之中进行考察，需要收集和打捞更为丰富、真实、有效的诗歌史资料与细节。这样，我们所能看到的就不仅仅是从诗人到作品的单点与平面叙述，而是一个由诗人、作品与读者，编辑、出版与传播，诗歌刊物（包括民刊）、诗歌活动（包括诗歌节、朗诵会、研讨会、诗会等）等所共同构建的"历史场域"。

毫无疑问，70 后已经成为宁夏诗歌的中坚力量与生力军。以诗人杨梓主编的《宁夏诗歌选》为例，这是目前为止收录宁夏诗人最多也是相对权威的诗歌选本，共收入宁夏 60 后诗人 79 人，70 后诗人 58 人，80 后诗人 47 人，90 后诗人 2 人。的确，从一个更长的时间段来看，60 后依然是宁夏诗歌的主要阵营。而在杨梓近期主编的《宁夏诗歌选（2013—2018）》（阳光出版社 2018 年）中，共收录 60 后诗人 26 人，70 后诗人 39 人，80 后诗人 20 人，90 后诗人 6 人。抛除其他一些技术上的原因，这在很大程度上能说明宁夏诗歌目前的实际状况，也符合文学演进的基本规律，70 后已经走向稳定和成熟，成为宁夏诗歌的主体。

客观地来说，从综合实力、影响度等方面来衡量，宁夏 70 后诗人与 60 后诗人之间尚存在一定的差距。但从整体上来说，他们队伍更为齐整，实力更为均衡，写作类型更为多样，特点更为多元。这是宁夏 70 后诗人的优势，但也可能是其短板，其中最突出的就是这一诗人群体缺乏具有号召力的高峰式或标杆式的领军人物。这其中，相对有代表性的诗人有郭静、唐荣尧、瓦楞草、安奇、张不狂、胡琴、杨建虎、阿尔、谢瑞、刘乐牛、保剑君、杨春礼、马占祥、刘学军、林混、孙志强、高鹏程、西野、林一木、倪万军、查文瑾、王江辉、王辉、常越、朱敏、倪万军、泾河、刘天文、马君成、周瑞霞、武碧君、杨春礼、伊农、木耳、曹兵、念小丫等，都是特点各异的书写者。

总体上来讲，宁夏 70 后诗人就像是一种"星丛式"的存在，他们每一个人都好像是一个星体，各自独立、彼此不同，但又相互映照和相互联系，共同造就了一片星光灿烂的天空。其中有些清晰可辨，而更多的，则需要借助于特殊的勘察手段才能发现。

### "仿佛要去建造一个新的世界"[①]：宁夏 70 后诗人写作的特点

应该说，70 后的写作受制于 20 世纪 90 年代以来整个中国社会与文化语境的发展和激变。宁夏 70 后诗人的写作也不例外。但仅仅阐明这一点还不够，还需要注意他们的独特性，即作为一种"边地"的宁夏的独特性赋予宁夏诗人的书写所呈现出迥异的质素。如果中国当代诗歌的写作一直有"中心与潮流"的话，那么宁夏与这一"中心与潮流"一

①安奇：《跋：风景或者人生的建构》，见《野园集》，黄河出版传媒集团宁夏人民出版社 2014 年 12 月，第 245 页。

直在保持着一种暧昧的、模糊的、疏离的关系，它的参与度与存在感并不是很强。同时，即使受益于以昌耀为代表的西部诗歌的滋养，宁夏诗歌也与其保持着不同的美学旨趣。说得再高调一些，宁夏诗歌的特异之处就在于它是以自我为中心的（"自以为是"），带有明显的封闭性与独立性，这在"西海固诗歌"的身上表现得尤为突出。在 20 世纪 90 年代中后期以来，伴随着宁夏文学的全面崛起，宁夏诗歌也进入了高峰期，赢得了更为广泛的声誉，它的存在进一步拓展了宁夏文学的版图，丰富了宁夏文学的内涵，尤其是宁夏诗歌的本土意识、民族意识、历史意识、现代意识、语言意识与个体意识等，为宁夏文学提供了重要的想象和滋养。而新世纪的第二个十年以来，借助于新的传播媒介，宁夏 70 后诗人的创作也呈现出一些新的发展态势，一部分诗人在网络世界中迅速成长，融入中国当代诗歌的洪流之中，他们的写作更加趋近于写作主流，但也保持着若即如离的张力。

大体上来说，宁夏 70 后诗歌的创作，基本是在"大传统"与"小传统"的钟摆与张力之间进行的，这里的"大传统"指的是中国新诗百年来的传统，"小传统"指的是宁夏诗歌六十年来的传统。也就是说，宁夏 70 后诗歌的创作，一方面与时代和现实保持着某种程度的同频与共振；另一方面，也与时代和现实保持着某种程度的对抗与疏离。显而易见的是，宁夏 70 后诗人与先辈们相比，"仿佛要去建造一个新的世界"，但他们更多的是采用一种"后撤"与"向内"的策略，呈现出一种"离散"与"游牧"的单子状态。无疑，同所有的中国当代诗人一样，宁夏 70 后诗人也在面临着当代诗歌所遭遇的诸多问题，这些问题集中地体现在下面几个方面：第一，中与西的问题；第二，新与旧的问题；

第三，古典与现代的问题；第四，全球化与地方性的问题；第五，文学传统与个人才能的问题；第六，语言与诗体的问题。当然这只是一种简约的概述，可能会遮蔽许多加诸写作个体身上的实际的问题，而这些问题之间也有相互兼容与交叉的关系。

应该说，宁夏70后诗人对上述这些问题还是有非常自觉的体认的：第一，他们的写作具有更为开放的诗学视野和知识背景，呈现出比较强的整合能力与突围意识；第二，他们更强调诗歌主体的建构，更重视个性风格的形成，但已经从民族国家的宏大叙事中摆脱了出来，进入到更为微观日常的现实肌理之中，与中国当代文学的"日常生活转向"密切相关；第三，他们普遍重视本土化的特质（包括地域化与民族化），立足于宁夏独有的自然、历史与人文之中，努力开掘与建构属于自己的诗歌地理，譬如贺兰山、六盘山、黄河、西夏、黄土、沙漠等这些都已成为特色鲜明的意象体系；第四，他们重视诗歌语言的锤炼与诗歌形式的探索，重视写作精神的内化，恪守着纯粹、独立的写作伦理。

具体来说，宁夏70后诗歌的创作大致有下面一些不同的书写路径，当然这些路径并不是绝对区隔、迥然有别的，而是兼容交叉的：

1. "继续穿越巨大的宁静"：外师造化，中得心源，秉承传统，钟情古典，在诗歌的风格上保持着较强的稳定性与延续性，宁静，古雅，高远，譬如安奇、杨建虎等人的创作。

安奇早在1986年就已经开始了诗歌创作，他的诗一直保持着较高的水准，他在新诗的写作之外常年保持着旧体诗的课业训练，这在很大程度上保证了他的诗歌语言的精纯度与诗歌境界的古典气质。作为一个饱受各种诗歌风潮洗礼的诗人，安奇是一个清醒独立、有自觉诗学意识的诗人，从花园、废园再到野园，他一路探索，从野园行者、野园山梦、野园宁静到野园梦境，他"仿佛要去建造一个新的世界"，力图激活中国古典诗歌的精神，在传统与现代之间寻找一条融合的通道。安奇的诗取法古典，讲究遣词造句，讲究意境的营构，讲究主体情趣与客体意象的切合，具有很强的节奏感和优美的韵律感，从情景相生的抒情结构升华融通为一种动态的审美。试举一例："林满山壑 枝条镂空数缕透彻的深蓝 / 凉风带我从山峦前往山峦 前往盘旋的鹰翅 / 那林间踞坐的青石攀谈了散步的岩羊 / 多年的寂静渲染了泉水 渗出青草 / 蝴蝶和寂寞一起飞上了山桃 野花烂漫 / 我在午后独坐 想起远去的山风 不着琴弦"（《林壑清》）取境，用笔，表意，都是深得一种古典化的神韵。进一步而言，安奇的诗着眼于宇宙的本体与生命的展现，追摄"一全幅的天地"（宗白华语）。在的他笔下，"独行""聆听""沉浸""丢弃""淹没""静坐""沉默"等这些"人生的世相"与"刹那"，共同成就了"前往逍遥境的旅程"。正如朱光潜所说：诗是"从混整的悠久流动的人生世相中摄取来的一刹那、一片段"，它之所以能成为终古，在于"艺术灌注生命给它"，"艺术予以完整的形象"。"诗的境界是理想境界，是从时间与空间中执着一微点而加以永恒化与普遍化。……诗的境界在刹那中见终古，在微尘中显大千，在有限中寓无限。"①或许，只有借助于中国古典诗学理论，安奇的诗才能得到更为有效的阐释。

---

① 朱光潜：《诗论》，安徽教育出版社 1997 年，第 41 页。

杨建虎同样在 20 世纪 90 年代就开始了诗歌的创作，作为西海固诗歌的中坚力量，他是宁夏 70 后诗歌写作的先行者之一，成名甚早，在全国也有一定的影响力。杨建虎的诗已经形成了比较稳定而成熟的风格特征，他的诗歌写作具有散文化的倾向，弥漫着真挚而敦厚的情感。他始终是一个纯粹的抒情诗人，内敛、忧郁、安静。他是一个能听到"神的低语"的诗人，以一种浪漫歌吟的方式唱出了一个本真而高远的诗意世界，在这一世界中最终实现了"天地人神"的合一。他的诗里有浓厚的故土意识和家园情结，有挥之不去的"乡愁乌托邦"的冲动，"西海固"几乎成了他唯一的精神圣地。当然，他更钟情于包孕万象的自然风物，在一花一草、一山一水中固守着内心的忧伤、孤独和空灵。杨建虎的诗始终在执着地坚守着理想主义的激情与浪漫主义的情怀，从终极的意义上来讲，这些诗无一不是"献身于一场 / 高贵的牺牲"！在商品经济与消费文化剧烈冲击的现实当中，西海固已经变得伤痕累累，其精神与文化面临着坍塌与碎裂的危机。杨建虎的困境或许在于，他至今还没有找到一条自我突破的有效路径。正如巴勃罗·毕加索所说："风格这种东西，通常将艺术家年复一年，甚至一辈子，限定在同一视角、技术与程序里。"

2."那饮泣地火的生铁正犁过夜之穹庐"——突围的与现代的：郭静、刘乐牛、泾河、马占祥、西野、林一木等，宁夏的很多 70 后诗人都可以放在这一脉当中。

泾河具有书写大诗与长诗的能力，这一点在诗集《绿旗》（贵州人民出版社 2005 年）中有充分的体现，那里面有密集的意象、繁复的技艺和特别的美学能量，也有他探索、挣扎与突围的种种印记。泾河的诗源自于民族与宗教的深度滋养，带有 20 世纪 80 年代的诗歌一样的激情高亢，同时也带有西部诗歌的绮丽深广。泾河的诗是有难度的诗歌写作的地域样本（根植于"西海固"），他的诗把宁夏民族化诗歌的书写提升到一个全新的层次。作为一个深具现代感（现代意识）和天命感（受难意识）的诗人，他以清冽、高贵而孤绝的精神特质，赋予了月亮（月光）、水、花（梨花、桃花、杏花、樱花等）、雪等意象以全新的意义。譬如："提起水 我的内心一片静谧。宛如独对生身父母 / 不敢吐露只言片语 / 只有那延绵不绝的爱意和苦楚 / 我在她无声的清净里一次次映见自己形容枯槁 / 她定感到我惨淡的泪痕，轻轻刷过时光"（《水》）。泾河具有鲜明而高蹈的诗学理想，坚守独立、高扬清洁、引领自由，以此展示出他充满紧张感与焦虑感的心灵轨迹、生存背景、历史拷问与精神追求。不过，或许因为工作等各方面的原因，《绿旗》之后的泾河沉潜了下来，较少在诗坛露面。但像泾河这样的诗人，沉潜或许是另外一种书写形态。在长诗写作重新回归的时代，我们依然有理由期待泾河能写出更好的作品。

马占祥最负盛名的言论来自鲁院时期，那时他还是一个"下里巴人"，"心有世俗的爱恋和悲伤"（《铁线莲》），但他却不无幽默与挑衅地说："北京真是太偏僻了，离我们宁夏这么远！"。比之于《半个城》（宁夏人民出版社 2009 年）时期的模仿与尝试（偏于地域色彩、民族情感与乡土气息，"贪图这个小城的幸福"），如今的马占祥正在进行一场"裂变"与飞跃。伴随着生活阅历的丰富、人生交际的延展与诗学观念的自觉,他的写作技艺也正趋向于丰富和成熟。从立到破,从逼仄到开阔,他的诗歌进路在向着多个方面掘进,在淡化了早期明显的区域与自我阈限之后,他把博物学、历史学与地理学融合了起来,在古典、传统与现代性的结构性张力之中,重新处理他的诗歌地理与诗歌经验,明显地减弱了抒情的成分,增强了叙事与写实的比重,努力实现了内容与形式的平衡。说得再通俗一点,他从以前的"猛发力"到现在学会了"点化",学会了举重若轻。与此同时,他的诗歌语言也发生了相应的变化,根据具体的写作对象选择不同的语言形式,呈现出杂语混合的特点,长句、短语、文言、白话等自由搭配,形成一种现代诗质的美学效果。

西野是颇有实力的一个诗人,但似乎并没有得到应有的关注。这也可能是正常的,大多数优秀诗人都是沉默的持灯者与盗火者。西野的诗具有某些"密封诗"的特征,作为"捕梦者"的他,为自己营构了一个绝世、孤独而缤纷的"幻象"世界。从某种意义上来说,"梦境"与"幻象"一直是西野诗歌写作的深渊与动力,这个"见过大海上无人认领的风暴"的人,始终在保持着高蹈而神圣的"西行"。西野的诗有扎实而深厚的阅读背景,也有痛切而苍茫的现实经验,他始终保持着对修辞的高度敏感,并用致密的意象(群)与沉郁的主题抵达诗歌的本源。虽然常常面临"左与右"等诸种人生境遇之间的无言状态,但西野已经有了自己独特的发声方式("纯铜之嗓音"),他始终像一尊遁失于月色的"铜色风暴","轻轻舔舐烈焰的伤口"。西野的诗居于西部高地的写作背景，具有空阔、苍茫而孤寂的特征，他似乎承续了昌耀、海子等前辈诗人的诗歌血脉，"听见那饮泣地火的生铁正犁过夜之穹庐"，充分显现出其诗歌的惊骇之力。他的诗每每在语言与修辞的形式锻造中，以"金属嘶鸣"的内核给人以思想的撞击和提升。从某种意义上来说，西野始终是一个"夜巡者"，是一个"骑着星辰递出最后一封旧信的骑手"，更是一个孤独的"时间的幽灵"！

林一木早期的诗歌保持着比较纯粹的抒情性，她的那些被广受好评的作品都是实现了感性与理性相对均衡的产物，有着不同于一般女性诗人的激情与热烈，大气与开阔。但林一木并不满足于此，她受惑于更高更远更为本质的终极性追求与上帝迷思，她的诗始终在寻找与裂变，始终在无限的孤独中与自己对抗和较劲。从诗集《不止于孤独》到《在时光之前》，可以看到她的一些明显的变化，她始终在难以抑制地寻找上升的方向，始终保持着对诗歌的狂热与警惕。尤其是在《在时光之前》之后，随着生活阅历与年龄的增长，林一木似乎卷入了一种更大更新的焦虑与困惑之中，她的诗也更加具有实验性与未完成性，甚至诗歌一度成为其灵魂突围的唯一出口而带上了"神经症"的病象。因此，林一木这一时期的诗难免一些泥沙俱下的作品，缺乏语言上的精粹与形式上的凝练。但从整体上来说，林一木的诗具有深厚的思想底色与鲜明的个性风格，她吸纳了包括摩尔、奥利弗、安妮·塞斯顿、毕肖普等众多女诗人的诗歌美学，并尝试在一个更为宏大的诗学谱系与知识资源中进行消解与内化。林一木源源不断的创造力令人惊叹，她的诗歌作品常常可见一些令人震撼的语句和想象。也正因为如此，她一直是宁夏最让人期待的诗人之一。

### 3. "一个时代在银川拼凑起完整的星象"——城市史记的诗意形态：阿尔、王辉、谢瑞等。

阿尔的另一个名字叫"宁夏混子"，这在很大程度上预示了他的忤逆、先锋与弑父姿态，作为一个"坏小子"，他似乎自觉而早熟地走向了传统与主流的对立面。多年以前，当阿尔写下"这个季节我终于闻到自己干涸的气味，一个时代在银川拼凑起完整的星象"（《银川布鲁斯》）的时候，他就在力图构建一种具有某种"史记"意味的城市诗学，他是宁夏最早具有城市意识并付之于文本实践的诗人。在乡土书写占据宁夏诗歌写作主流地位的时代，这样的诗学志趣弥足珍贵。作为一个策划者、媒体人和摇滚发烧友，阿尔不断从音乐、哲学和电影中吸取养料，他的多种身份赋予了他的诗歌以延宕性、多样性和复杂性。阿尔的密友赵卡还特别指出阿尔诗歌中"声音的意义"和"意义的声音"，"除了一个被音乐疯狂演奏的银川，阿尔还制造了一个被现场叙事的银川"（《银川的喧嚣，或关于孤独的变奏》）。这些意味着，阿尔开创了一种充满新质的立体化的城市诗歌，那些关乎银川的图像的、音乐的、文字的一切，被整合在一个私人的"诗歌装置"之中。阿尔的史记并非传统意义上的"诗史"或"史诗"的历史意识的回响（甚或是某种程度的解构与反拨，明显区别于 60 后诗人杨梓的历史书写），而是由无数日常的碎片与个体的生活细节所构成的"一个银川的现场或一个现场的银川"，它是鲜活的、日常的、浮世的，甚至是充满荷尔蒙气息的，——在某种意义上，真实的记录与在场的呈现，其意义更大于一般的诗学价值。"晚安，银川，过路的人／无法入睡的女人和男人／传递着指尖的时间／不是欢乐的，就有寻找欢乐／不是忧郁的，就有多愁善感／我知道你的伤感，你那远去的容颜／晚安，银川"（《晚安，银川》）。从《银川史记》《里尔克的公园》到《帝国史记》，阿尔的记录越来越庞杂，已经远远溢出诗歌之外，问题在于，它们能否承载阿尔的胃口和重量？

王辉是一位学者型诗人，如今已栖居江南，但他始终穿着"孤独的冲锋衣"，在灵魂深处"开出最美的花朵"。对于王辉来说，"诗"即是"歌"，"歌"即是"诗"，他的作品中最动人的部分就在于那种声音的质感，那是他独有的一种安静而优雅的思想方式。他的诗中有远方，也有故乡，有幸福，也有忧伤，有大海，也有溪流，有松鼠，也有咖啡……但都不极端而孤绝，最终都能以他的经验和智慧获得和解。在此意义上，我把王辉理解为一个"歌者"，他的诗总能把人带入某种音乐般的旋律与情境之中，不是雷霆万钧的重金属，而是迷幻灵动的轻爵士（或布鲁斯）："反正阳光正好灿烂／反正幸福离得不远"。我特别看重的是，从阿尔和王辉的诗歌中为我们展现出来的银川这个城市的特质，至少是一个音乐的银川，或一个听觉的银川的特质，一个具有自己的文化趣味与审美精神的现代化的银川的特质。如果再联系到宁夏最具有代表性的原生摇滚歌手苏阳，在他的"土的声音"中（苏阳说："我所说的土的声音，是指流动的血液里的根，一种音乐表达习惯，而不是指单一的农村语言，曰野里的土，和马路上的水泥都是我们的土"），在各种如火如荼的音乐节的喧闹中，我们或许更能体味到一个个性飞扬的诗意的银川。

谢瑞最好的诗歌和写作状态大概是在诗集《北京路纪事》①时期，因为出身于农村，谢瑞对城市的书写有着完全不同于阿尔和王辉的情感与方式，他是带着困惑的、怀疑的与批判的，他的"纪事"与"日记"更加突出的是个人与城市内在的矛盾与纠葛。那时候的他，还是一个"独行的人"（《在路上》），保持着"内心的热"，"用虔诚的舌头／挖出体内深藏的毒"，奔波在生活的流水线上，倾心于策划一些诗歌丛书与诗歌活动（无疑，在宁夏诗歌的先锋运动中，70后的谢瑞、阿尔以及倪万军等人，起到了重要的推动作用）。谢瑞最让人称道的诗是《以倒叙的方式给一只羊生路》（《诗选刊》下半月刊，2008年第11期），有些横空出世的味道，他的"倒叙"体的写作模式（谢瑞的第一部《在路上》也是以倒叙的方式排列的，从2008年一路倒回到2005年），后来的模仿者甚众。我至今依然无法确证，谢瑞这首诗的写作是否与伍迪·艾伦的《倒序人生》有关，但它们之间的确构成了某种奇妙的"互文性"。试比较来看。

以倒叙的方式给一只羊生路

飘散的气又聚了回来

---

① 《北京路纪事》，阳光出版社2012年版，"70后印象诗系"之一。值得一提的是，《70后·印象诗系》是由诗人谢瑞策划、著名诗人兼诗评家臧棣担任主编，由宁夏黄河出版传媒集团阳光出版社面向全国公开发行的一套诗歌丛书。该诗丛共推出40位全国70后诗群中的实力诗人的40部新诗作品集，系国内首套正式出版的70后诗歌丛书。该诗系的出版，将成为目前为止我国新诗出版史上一次性推出诗人最多、阵容最为庞大的一套诗系。

羔羊的呼吸渐渐粗重

它开始扑腾，喘息

刀子从脖子倒退着出来，血回到了腔子

最初的捆绑一圈圈散开

它挣扎着站起，倒着追赶手提刀子的人

像刚开始被追赶一样，它跑不过他

那人退出了羊圈，它退回到母亲身边

绝望的表情重又恢复了安详

它们站在一起，呼吸平静

回头，那人没有拿刀子

站在羊圈外

微笑着看它们将一堆青草

越吃越丰盛


倒序人生


[美国]伍迪·艾伦


下辈子，我想倒着活一回。

第一步就是死亡，然后把它抛在脑后。

在敬老院睁开眼，

一天比一天感觉更好，

直到因为太健康被踢出去。

领上养老金，然后开始工作。

第一天就得到一块金表，还有庆祝派对。

40 年后，够年轻了，可以去享受退休生活了。

狂欢，喝酒，恣情纵欲。

然后准备好，可以上高中了。

然后变成了个孩子，无忧无虑地玩耍，

肩上没有任何责任。

不久，成了婴儿，直到出生。

人生最后九个月，在奢华的水疗池里漂着。

那里有中央供暖，客房服务随叫随到。

住的地方一天比一天大，然后，哈，

我在高潮中结束了一生。


Ambrosia（译）


　　无疑，以"倒叙"或"倒序"的方式看世界确乎带来了一种特别的意味，它追根溯源、直逼本质，让人有醍醐灌顶与豁然开朗之感。诗歌存在的价值之一，无非就是为人们看待世界、理解事物提供一种新颖的角度。罗马尼亚诗人安娜·布兰迪亚娜有一首诗叫《应该》，同样采用的是倒叙的视角，所表达的同样是一种溯回而上的生存智慧。

应该

[罗马尼亚] 安娜·布兰迪亚娜

也许，我们生下来就该是耄耋老者，

携带着智慧来到人间。

这样，我们便能决定自己在世上的命运，

便能在第一个十字路口

就选择好毕生的道路。

我们只需从容地行进，日益年轻，日益强健，

抵达创造之门时，成熟而又充满活力。

然后，在爱中步入豆蔻年华。

儿女出生时，我们已成为孩童。

那一刻，年长的他们会教我们咿呀学语，

会哼着摇篮曲陪伴我们进入梦乡。

我们渐渐消隐，渐渐缩小，

小如葡萄，小如青豆，小如麦籽……

高兴译

（《安娜·布兰迪亚娜诗选》，河北教育出版社 2004 年）

谢瑞的城市书写充满令人感伤、焦虑与绝望的色彩，背叛、欲望、欺骗、腐烂、污浊、阴暗，城市仿佛成了罪恶之地，人仿佛被城市这个巨大的装置和它的规则所吞噬所异化，变成了空心的行尸走肉，它们都切断了与故乡的根脉，而故乡也已经成为一条无法返回的没有终点的路，"北京路"只能是一条无根之路。

4. "自由是最大的诗意"——口语化的写作实践

口语化的写作现在风头正劲，他们有越来越鲜明的写作口号和美学主张，崇尚叛逆、独立与自由的精神，崇尚直击当下的"事实的诗意"，带有比较强的后现代色彩。当然也引发了很多争议，这里不做太多评价。在宁夏 70 后诗人中，林混和查文瑾的写作最具有代表性。

林混是较早进行口语化写作实践的宁夏诗人，他的写作具有去历史化、去抒情化、去理想化的后现代特征，着力剔除宏大主题与绵密隐喻的包裹，用简单、朴实、日常的微观叙事和近乎"瘦削骨感"的形式去直击生活的事实与真相，大大丰富了宁夏诗歌的类型。"看吧，生活活生生的，没有修饰。"这不妨看作是林混的诗学观念，"没有修饰的生活"，更多的指向那些没有被修辞浸染和遮蔽的卑微的、苦涩的、残酷的生存真相，它对应的正是没有修饰的写作。"每天早晨起来／洗脸／刷牙／吃饭／床上的被子／放着放着／就失去了温度／我感到异常紧张"（《每天》），一路白描，几乎放弃了诗意的修饰，但结尾处却锋芒突起，读起来颇有惊心动魄之感。"4 天前／福建莆田作坊火灾 /37

人死 / 重庆秀山烟花爆炸 /16 死 15 伤 /3 天前 / 山西阳泉建隧道致民房倒塌 /10 人死 /2 天前 / 哈尔滨发生沉船事故 /7 人死 / 江苏吴江发生火灾 /8 人死 // 这些死去的人 / 被隐缩成一个个数字 / 放在一张过期报纸上 / 交给了收破烂的"（《这些数字》）。这首诗直陈事实，杜绝抒情，以零度叙事的客观克制，用一串具体的冰冷的数字去呈现那些底层民众陨落的生命，以此达到一种反讽的批判效果。以《幸福生活》（重庆大学出版社 2014 年）作为其诗集的书名，表达的恰恰是对"幸福"的困惑与刺破。如果结合中国当代的诗歌进程来看，林混是对韩东的"诗到语言为止"以来的诗歌理念的追随者和实践者，他的诗具有解构崇高与颠覆传统的意味，反对过度的抒情与繁复的技巧，甚至在努力消除那些流行的趣味与诗意。林混的口语化写作并没有滑向"口语诗"的渊薮。相比较之下，女诗人查文瑾的写作所经历的，是从口语化诗向口语诗的服膺，她的诗不仅要"事物"，更要"思想"。

查文瑾大概是那种天生的诗人，有着"纯棉"一样柔美的心，即使在平庸琐碎的日常生活之中，也能不断发现和创造丰盈的诗意。她的诗，返归原点，深入内心，短、纯、真、灵，舍弃了繁枝茂叶而直逼诗性的内核，节制干净，举重若轻。譬如《它们的天空》："你看它们各飞各的 / 谁都没说天空是谁的 / 你看它们飞过的天空多干净"。飞鸟的自在状态与天空的干净融为一体，既是目之所见，又是一种诗性智慧的禅思；既写出了"它们"去除私心之后对"各自"的超越，又写出了"它们"与自然的和谐共生。查文瑾早期的诗歌饱蕴着一颗柔软而丰润的童心，创造出了一个本真而斑斓的性灵世界。而从诗集《纯棉》到《天大的事情到春天再说》再到当前的写作，查文瑾的诗歌已经发生了很大的转变，"纯棉裹铁"，由抒情诗转向讽喻诗，其中最明显的是对"纯"的突破，抒情性大大减弱，及物性与介入性大大加强，更多的是由"向内"转向"向外"，由"小"切入"大"，变得更具有"现场感"，更尖锐、更厚实、更成熟了一些。有些时候，查文瑾仿佛要充当一个意见领袖和战斗者，直接指向社会现实，敢于发出批评的声音，她的"显文本"之外往往蕴藏着更有意味的"潜文本"。

查文瑾是当前宁夏最为活跃、最有实力的"口语诗人"之一，她的多首诗入选了诗人伊沙主编的《新世纪诗典》，成为宁夏入选最多的诗人。比如《身份》一诗，通过"安检"这一生活经验，去深思安检背后的文化与社会生态，引发了诗坛的热议。


身份


那些

冷冰冰的安检员

和冷冰冰的安检仪器一样

从来不关心

你的才华几斤

思想几两

喝过几瓶墨水

是用口语写诗还是官语写诗

是评委还是选手

不关心你作为人民的一员

幸福几多

心酸几何

房贷还有几万

不关心你的心是锈迹斑斑

还是千疮百孔

只关心你是不是危险品

是否携带危险品


关于安检，我相信每个人都有话说，至少每一次坐飞机的时候被人摸来摸去很不爽。查文瑾以诗的方式将安检及安检背后的意识形态进行了戏谑式的拆穿，演绎出其荒诞性与非理性的一面。

而在《致普罗泰戈拉》一诗中，诗人写道："你说人是万物的尺度/我想你说的一定是公元前五世纪的人吧/若是现在，你肯定反过来"。这首诗显然是对当代社会人类中心主义迷思的一种批判与反思，它去除了诗歌外围的所有东西，直接逼向本质与真相。这些诗非常切合口语诗派所强调的"事实的诗意"，在表达上极为节省，像是冰山，只是露出了极小的一角。

顺便提一下另一位身居邯郸的更为年轻的口语诗人，80后诗人云瓦，原名王卫杰，生于宁夏固原，但他的情况宁夏诗歌界所知甚少，而在口语诗的圈子里，他已经有了较高的知名度，在沈浩波主持的磨铁读诗会中被评为"2018年度中国十佳诗人"。云瓦的《证据》一诗，可以诗作他近期的代表作之一。

证据

云瓦

上个月出差多

有一天晚上

和妻子通电话

妻子说想我了

我说:

"不信!"

她听完后

挂了电话

半分钟左右

发来一张照片——

浅蓝色小内裤上

一条月牙儿状的洇湿

隐约可见

仿佛信纸上的吻痕

5."小心翼翼地克制内心的颤栗"——本色而虔诚的书写者:这方面的代表性诗人有保剑君、杨春礼、曹兵。他们都是辛勤的劳动者,居于自己的本职岗位,与土地朝夕相伴,诗对于他们来说,不是附庸风雅的玩物，不是可有可无的修辞游戏，而是爱与生命本身，有更为纯粹、高贵、炽热的意味。

保剑君英年早逝，他生前被人们亲切地称为"最美银川人""宁夏最美的哥"，那是他的劳动者身份，当他开着出租车一次次奔波在银川与贺兰之间的时候，他从没有忘记以诗人之笔书写别一种优雅而深情的人生。2017 年 12 月 17 日，"躲不过一次命里的召唤"（《南寺》），年仅 44 岁的他猝然离世，在宁夏作家、诗人群体中引发巨大反响，很多人直到那时候才了解到这个平常笑容可掬、乐于助人的诗人其实家境非常贫寒。保剑君的诗源自于他特别的人生积淀与生活磨炼，多写他最熟悉的人群与村庄、树木与花草、土地与粮食，写他流连于城乡之间的各种幽微心绪。他的诗是朴素真实的、细腻灵动的、内敛深情的，带着轻轻的感伤和坚韧的希望，同时又充满生命的活力与质感。"但我忽略了房屋 / 土炕 厨房里的一个女人 / 她被炊烟熏黑了的脸庞 / 只有怀里的娃娃 掀开了她的衣襟 / 露出了仅有的那么一点点白"（《山坡》）那仅有的"一点点白"，让人怜惜和疼痛，虽然微弱，但却像一道美丽的强光瞬间把人照亮。保剑君的诗语言干净，情感饱满，具有一种优美的抒情调性，像"那些逐渐安静的尘埃 / 亲眼目睹了这场旷世的凄美"，把人引向思致的深处。"那些眷恋着我的人啊 / 谢谢你们一次次的牵挂 / 原谅我心胸狭隘 / 只能珍藏下一粒爱的种子"（《苹果》），像是过早地预言了他的离别，重读这些诗句，依然让人止不住地感动。

杨春礼是一个"果园诗人"，我相信在写诗的时候，他的内心是幸福和甜蜜的，在"寂静的野草湾"，这个深情的护林人与果农洞悉了"植物的秘密"，始终坚守在自己"神造的村庄"。你能想象，他是如何在秋风吹拂的果园，一次次"重新寻找未来"。也许，杨春礼诗歌的力量正是来自他脚下的那片荒芜而又丰饶的土地，来自那一棵棵镌刻岁月沧桑的果树，来自那一丛丛柔软茂密的青草，——从本质上来讲，他是一个"为庄稼续命的人"，正像诗歌，给了他另外一种丰饶的生命。"一棵果树／替我修行／一半修成眼睛／另一半修成了心／我每天往返园中／它用每片叶子看我／它用每颗果子嘲笑我／这个虚度光阴的人"（《一棵苹果树》）当一个写作者能够真正享受这份天赐的恩典扎根于"小地方"时，他同样能看到更远大更辽阔的风景，比之于那些飘浮于词汇符号之上、倾心于玩弄修辞游戏的诗人，杨春礼的诗，恐怕更有鲜活的生命力。好的诗歌都具有直击人心的力量，杨春礼的诗也是如此，一如他的葡萄与长枣一样饱满、香甜，那些来自土地生活的磨砺与教诲决定了他的诗歌的质地。

　　曹兵自称为一个诗歌爱好者，在劳动种地打工之余，如同别人打牌、喝酒一样写诗。他的诗大多发表在一些网络平台上，这些诗是他一个人在无数孤独而空寂的黑夜的"呈堂证供"与"深情告白"。我不大愿意把曹兵这样的诗人称为"农民诗人""草根诗人"或是"底层诗人"，诗人就是诗人，不需要太多附加的东西，当他面对最严酷、最坚硬、最现实的生存境遇时，同样可以面对诗歌的终极命题，写出直逼真相、让人震撼的诗句。但曹兵的诗歌写作确乎是带着一种鲜明的底层意识与平民立场，他的诗就是他的生活的反映和延续，就是他的喜怒哀乐的自然流露与忠诚记录，就是他一个人的心灵秘史，更重要的就是他对满目疮痍的土地与乡村的注视与守护。"一切绿色植物，更多的是庄稼 / 在霜降之前，都不会放弃活着的 / 权利。而我，依然两手空空 / 在白纸黑字之间，打捞着儿时的月亮 / 在分行之间，揣摩着人间冷暖 / 黑暗里，闪动的烟火，不是人间的 / 它和我一样有着空阔无边的虚无 / 只是虚无笼罩着虚无，像是两个相互取暖的 / 病人。就算死亡 / 也不能制造出人间烟火的 / 盛世"（《人间烟火》）。"村口的大杨树上 / 喜鹊每天都在叫。叫一声 / 就回来一个还乡人 // 离新年越近，喜鹊就叫得越欢 / 一年之中，总会有一两家人 / 铜锁生锈。// 只有喜鹊，不知深浅地 / 在叫"（《二月》）人间烟火的盛世，需要去对抗无边的虚无，需要去争取生存的权利。村庄的荒芜和凋敝在喜鹊的叫声中更加刺耳。这种悲怆感和孤独感，这种清醒与透彻，如果没有经历过刻骨铭心的撕裂与疼痛，是很难表现出来的，它也无情地刺破了那些关于乡土乌托邦的虚幻想象。

6. "泥土以下是灵魂，以上是婀娜的身姿"——网络自媒体时代的独立写作者：瓦楞草、木耳、念小丫等

瓦楞草是一个自由写作者，她的诗不预设高远而宏大的写作目标，随性而至，即事即景，但不滥觞于抒情，而是在克制的叙写中把诗意引向某种超现实的境界。瓦楞草的诗大都具有某种稳定性，素朴，安静，平和，同时又有"思想、情感和微妙的触感"，我们分明能感觉到她的心里"装着一只抓不住的蝴蝶"，那是她的梦境、孤独和淡淡的忧伤。但经过岁月的历练，瓦楞草终归生长成"一朵准备接受雨露的花"，"没

有恐惧／这只是她的一面"，"有时，她又会慢慢封闭／重新收缩到花萼中去／显示让人无法接近的另一面"，——无论是哪一面，都是真实的她自己，我倒希望她的诗能更多地"显示让人无法接近的另一面"，那样会大大改变其作品的风貌。瓦楞草近期的诗是《会飞的人》系列，其中多有实验性的成分，践行着我行我素的写作追求。

　　借助于"地平线"这一自媒体平台，柳成一直在持续而虔诚地打造着自己的诗歌"秘境"，坚守着他所认定的诗歌理想与审美标准，尽管难免密封式的孤独与危险。柳成不仅仅是一个平和而低调的诗歌编辑，更是一个优秀而沉默的诗写者。他的诗数量不是很多，大多形制短小，语言精准，意境深长，或是写人与物、人与自然相遇的灵启时刻，或是写远离者回望故土与家园的无尽乡愁，或是写底层民众的世态冷暖与生活现实，其中的深情、眷恋与敬畏都隐忍而痛切。"尘世太静。我们谁都没有说话／它（岩羊，引注）在饮水／我在走神"（《大寺沟》），这是具有神性的句子，让人回味无穷。这样的诗不是产生在书斋的玄想之中，而是来自自由的行走，来自与岩羊和贺兰山的猝然相遇中灵魂的觉醒与顿悟，"我在原地坐下来，认真地打磨自己"，最终在物我互见中完成了自我的观照与提升。柳成是一个不折不扣的户外爱好者，经常在周末的时候一个人背起行囊，消失在莽莽苍苍的贺兰山之中。他对贺兰山的崇敬与热爱以及贺兰山给予他的启示与滋养，可能都是别人无法想象的。类似这样的诗情，在《挂马沟》《兵沟》《迷途》《黑》《滚钟口》等作品中均有所体现，虽然可能面对的是不同的场景，但诗人内心的那种情感是同样纯粹而真挚的。柳成的关切现实之作，以一种低于尘土的姿态充满悲悯地把目光投向了人间世态。《冰箱》一诗中,以"情感的零度"白描冰箱里那条瞪大眼睛醒着的鱼,"没有呼救,也没有 /一滴泪水",写出了拷问人性的深度。

念小丫是一个独立而安静的书写者,作为土木工程师的她把诗歌当成工作之外的一种兴趣与偏爱,尽量远离诗歌圈子的纷扰与制约,居守在自己的私人园地默默生长,保持着"独特的孤傲与光芒"。她的成长在很大程度上得益于网络传媒的力量,与当代诗歌写作的前沿保持着紧密的互动联系,体现出更多的当代性特征。念小丫在宁夏之外的知名度可能要远远高于她在宁夏的知名度,通过自己的不懈努力,她已经得到越来越多的认可。念小丫的写作带着一种"空杯心态",较少受到诗歌史与经典性阅读的影响,她的自由表达消除了地方化的痕迹,她的写作,不妨看作是她"种下自己"的各种尝试,是她"从深藏的暗井中 /唤出喜悦的颜色"(《我端着空杯子》)的柔情与妩媚。

7. "未被时光驯服的诗句携盐而行"——独辟蹊径的跨界者:唐荣尧。

唐荣尧是一个不折不扣的跨界者,近些年来,他的影响力和声誉主要是来自西夏史与贺兰山、《宁夏之书》《青海之书》《内蒙古之书》等方面的人文写作,带着"中国行走记者"(第六届"中国当代徐霞客")的标签和"不到现场不动笔"的写作理念,把历史、地理、文化、考古、文学等打通,创造出一种令人耳目一新的创意书写范式,而他作为诗人的一面在一定程度上被遮蔽了。事实上，唐荣尧的写作基因与原点，正在于诗歌，他根本上是个纯正的诗人，从未放弃诗歌的优雅以及对诗歌尊严的捍卫，也一直在源源不断地获取诗歌的滋养与福利。早年的时候，唐荣尧就是著名的校园诗人，获得各类诗歌大奖40多次，曾入选"中国十大校园诗人"，至今在《星星诗刊》《诗歌报》《诗刊》《绿风》等诗歌刊物发表千余首诗歌作品，著有诗集《腾格里之南的幻象》。"我多年的诗歌实践还是与自己游走山河、抱定烟火有关，从生活了10多年的腾格里沙漠之南到山河搭建出的银川平原再到游历青藏、策马天山、横越帕米尔高原，一个个中国北方的地理单元及其衍生的文明，常常成为我牧养诗歌的营养基地，这种基地的辽阔与壮美，成了一种格局与视野催生的独特！更能催生一种创作前、创作中的自信。"（《诗人内心的安抚与自我肯定》，《星星》2017年第1期）这段话是唐荣尧的自白，非常准确地概括了他的诗歌状况，他的自信与格局，他的诗歌的发生动力，是通过脚踏大地的"行走"与"穿越"而实现的。《贺兰山的七封来信（七首）》（《朔方》，2017年）无疑是唐荣尧近年来最有代表性的组诗之一，依然是取材于贺兰山这部"立着的史诗"，深沉、辽阔、迷幻，诗中弥漫着柔情而豪迈的双重气质，带着一种聂鲁达般的抒情音调。

### "开花是灿烂的，可是我们要成熟"

通过上述的梳理，宁夏70后诗歌的总体状况和基本面貌似乎变得清晰了一些，但由于论者自己的"视觉盲区"，难免有未见之处，不能兼及每一个独特的写作个体。客观地来说，宁夏 70 后诗歌呈现出了生动多姿的面向，也的确显示了不俗的区域实力，但如果把他们放置在更大的视野之中去观照，就能发现他们共同的弊病与缺陷，其中最为突出的是类型的丰富性与原创性的不足，亟待诗学思想的深层提升与整体上的自我突破。对于这一问题，需要专门的文章去探讨，这里姑且存而不论。大诗人奥登说："许多现代诗歌，甚至是最好的现代诗歌，都表现出品味的不确定性、偏执和自我主义，这些恰恰是自学诗歌的人所常常表现出来的。"这话对于宁夏 70 后诗歌不啻一种很好的提醒。不管怎么说，宁夏 70 后诗歌想要取得更大的成就，实现更大的突破，还需要付诸更大的努力。正如诗人里尔克所说的那样：


......他们要开花，

开花是灿烂的，可是我们要成熟

这叫做居于幽暗而自己努力


（冯至《工作而等待》）

# 宁夏青年作家群创作的"本土化"特征①

从散兵作战（譬如张贤亮）到多点开花（"三棵树""新三棵树"）再到形成集团优势（宁夏青年作家群），今天的宁夏文学已经足以让外界刮目相看，小省区的"大文学"已成气候。"文学宁夏"的出现，不仅使"宁夏"这一遥远而陌生的地理名词变成了一个丰富生动、充满内蕴的文学形象和文化想象，散发出神秘而亮丽的光芒；与此同时，它也为嗜血、性感与矫情的当代中国文学注入了一股新鲜的血液，增添了一种新的元素，贡献了一种新的可能性，进而为中国当代文学的兴衰变迁提供了一种特殊的参照。

毫无疑问，宁夏青年作家群的创作具有鲜明的"本土化"特色，他们的创作无不立足于自己脚下的大地，无不执着于西北乡土的风俗人

———————————

① 本文为国家社会科学基金项目"宁夏青年作家群研究"阶段性成果（项目编号04XZW008），在郎伟教授指导下完成。

情，无不体现出独具风格的地方性与民族性特征。宁夏青年作家群对"本土化"的选择是近乎无意识的、本能的，带有天然习得的意味。从这种意义上来说，"本土化"不仅是其地域身份的外在标识，也是其写作策略的具体实践，更是其一种内在的精神信仰。对于一个活力四射的青年作家群体来说，他们不仅很好地承续了宁夏文学的历史传统，更是在此基础上形成了自己迥异的个性特色，为我们勾勒出一幅幅动人的西北乡土世界的风俗画、风景画和风情画。

一

从地理位置上来说，宁夏处在中国西部的黄河上游地区，东邻陕西，西部、北部接内蒙古，南部与甘肃相连，自古以来就是内接中原，西通西域，北连大漠，各民族南来北往频繁的地区。从地质、地貌上来讲，宁夏地处我国"南北中轴"的北段，大地构造复杂，地形南北狭长，地势南高北低。可以说，在宁夏不大的版图上，包含了类型多样的地形地貌：山脉、高原、平原、丘陵、河谷、湿地等一应俱全，使宁夏呈现出丰富的自然景观。从气候条件上来说，宁夏远离海洋，深居内陆，是典型的大陆性气候，降水量南多北少，大都集中在夏季。地处宁夏南部山区的"西海固"属于黄土高原的干旱地区，由于山大沟深、气候干旱、自然条件恶劣，自然灾害频发，1972年联合国世界粮食计划署把这里确定为不适宜人类生存的地区之一。从文化上来说，宁夏具有广博深厚的文化资源，这些文化资源实际上是历史上各民族文化共同创造融会的结晶，因而具有很强的开放性、包容性和吸纳性。早在三万年前，宁夏就已有了人类生息的痕迹。作为黄河流域地区，这里有古老悠久的黄河文明。公元 1038 年，党项族的首领元昊在此建立了西夏王朝，并形成了独特的西夏文化景观。因此，诸如汉唐文化、西夏文化、伊斯兰文化、移民文化、边塞文化等都在宁夏这块大地上都打上了自己的印记，并且养育了生于斯长于斯的宁夏青年作家群。毫无疑问，这种独特的地域景观和文化景观形成了宁夏青年作家群创作的"本土化"特征，它成为宁夏青年作家群不竭的艺术源泉。

宁夏青年作家群正是牢牢抓住了这一不竭的文学源泉，开创了一个新颖而广阔的写作空间。他们执着于书写宁夏本土独特的自然环境、地域风情和民俗事象，充分显示了此地生活本身的迷人的丰富性和生动性。正如论者所说："没有哪块地方像这里一样，自然的参与、自然的色彩对历史文化发展进程的影响和制约如此直截了当地突现在历史生活的表象和深层。"①因此，宁夏青年作家群的创作天然地把笔触伸向了神秘而多变的自然世界，但他们并不满足于对宁夏自然环境外观的摹写，而是把笔触深入到宁夏自然环境对宁夏人的宗教信仰、性格特征、文化心理、风俗习惯、价值理想等的影响与塑造中，写出了宁夏人特有的生存状态和精神品格。

宁夏青年作家大都具有深厚的"乡土情结"，正是怀着对故土的一往情深的热爱，怀着一颗同情和悲悯之心，在他们的笔下常常有对其生存环境的自然风貌的细致刻写，既展现其美丽、温情、安详的一面，也揭露其苍茫、粗粝、恶劣的一面。如漠月的小说常常出现沙梁、漠野等形象，展现出漠野深处的自然风物和人物生活的环境，饱含一种"天

①韩子勇：《西部：边远省份的文学写作》，百花文艺出版社 1998 年，第 66 页。

人合一"的诗意。李进祥的小说无疑带有"清水河"苦涩而温情的特征，从长篇到短篇，他的几乎所有的作品都写的是家乡清水河一带的人和事。而在东乡族作家了一容的笔下，西海固地区贫瘠、偏僻、荒芜的沟谷给读者带来了一种陌生化的阅读经验："小村处在一个狭长的山谷地儿，四围是黄土浪涛的海洋。小村之偏僻之遥远，像是珠穆朗玛峰某个荒凉与寂寥的角落，默默地无古今、无声息地沉睡在那里。无论地球多么发达，人类业已多么进步，但这山谷小村里的人依然过着一种古老、原始的生活。天灾人祸。他们朝朝暮暮如笼中的小鸟无可奈何。尽管如此，小村里的人却没有绝迹。"（《日头下的女孩》）这是一个边远而封闭的世界，它荒凉寂寥，宁静偏远，但却显现出一种蓬勃的生命力。由于干旱，在西海固最严峻最迫切的问题是水的问题，宁夏青年作家群也自然把笔墨倾注在这一话题之中。季栋梁在散文《西海固行吟》中有些悲情地写道："在西海固，看沟，你会产生一种苍凉与悲壮。而坐在沟沿上，看一头驴饮水，在西海固，这并不诗意。而有些残酷。而坐在这样的沟沿上，看一头驴饮水，你的眼泪就像诗人的眼泪一样，毫无遮掩地喷涌而出。一条让人目眩头晕的沟，牛、羊、驴、马、骡，葫芦一样挂满了沟壁，它们啃食着干硬得扎嘴的青草。"

除了对地域色彩浓厚的自然风物与环境进行深描细写之外，宁夏青年作家群大都擅于写民俗事象，[①]譬如写婚丧嫁娶、年关节庆等乡土风俗，以此来展现西北人独特的文化心理状态与精神生态，显现出对传统文化的亲和。对这种写作题材的选择，与宁夏青年作家群的美学趣味

①所谓的民俗事象是指"创造于民间，流行于民间的具有世代相袭性的传承性事象（包括思想与行为）。"见张紫晨编《民俗学讲演集》，书目文献出版社1986年版，第222页。

和写作立场关系甚大。民俗事象常常构成相对稳定的民俗审美场，潜移默化地决定了生活其间的民众的审美范式和审美实践，因而具有增强民族认同，强化民族精神，塑造民族品格的多重功能。对民俗事象的描写，无疑是中国现代乡土小说创作的重要传统之一，早在20世纪20年代，以鲁迅为代表的乡土小说中就有所表现。然而，宁夏青年作家却赋予其一种全新的内涵。宁夏青年作家对民俗事象的书写，并不是或并非对乡土"奇观化"的窥视与展览，而是一种新的创造与发现；并非一味地赞美或批判，而是带着同情之理解，并将其纳入宗教、美学、哲学和文化的高度进行审视和拓展。

譬如郭文斌的《大年》描绘的是一幅西北农家过大年的风俗图，写农家过大年前后的一系列活动，带有浓郁的地域色彩和文化气氛。写（贴）对联、上祖坟、分年、糊（挂）灯笼、拜年、祭庙、放炮、坐夜、看戏等，这是西海固农村世代相传的过年习俗，作家以一种空灵细腻、优美生动的笔墨，写出了过大年时的那种节日的喜庆、快乐与幸福，表现出乡土生活的真纯与善美。小说中的小主人公明明和亮亮在大年的特殊氛围里，感受到了一种神秘的生命气息，感受到了一种"家"的温暖，感受到了一种母性的光辉，感受到了一种"神"的眷顾。显然，"大年"在这里已经不是一种单纯的节庆风俗了，而更是一种文化仪式的传承，有一种神圣感和特殊的美学光晕。对于那些生活在苦难当中（物质匮乏、自然环境恶劣等）的人们来说，这才是他们的真正的节日。

正是因为如此，郭文斌不仅写端午插柳枝、摆供果、祭祀、绑花绳、采艾草、缝香包，写元宵节捏灯、点灯、送灯祈福、献月神等。他还写了丧葬仪式，如《三年》中的跪迎纸火，点燃黄表、木香、金银斗、花圈、香幡，跪听祭辞等。在这些仪式中洋溢着对美好生活的祈盼、对周围世界的善意、对生活和生命意义的体味，显现了无限的温情与爱意；同时，也充满了对死亡的敬畏。正像汪政、晓华在《乡村教育诗与慢的艺术》中所说："礼俗作为一种特殊的行为，通过外在的符号、工具、程序以及组织者的权威而具有强制性，会营造出特殊的氛围，而使参与者在哀伤、敬畏、狂欢与审美的不同情境中获得行为规范、道德训诫和心灵净化。"[①]

## 二

小说《果院》中石舒清引用了博尔赫斯的一句话"我只对平凡的事物感到惊奇"，这句话其实非常恰切地概括了宁夏青年作家群的创作观。对平凡事物和日常生活的钟爱也成为宁夏青年作家群最为鲜明的"本土化"写作特色之一。不难发现，宁夏青年作家群写得最多的是常态的琐事，是家长里短、吃喝拉撒，是牛马羊驴，猫狗鸡鸭，是农活农事，是小人物的生存命运，是乡里乡亲的生活故事。这正是宁夏独特的日常"环境"，它在很大程度上决定了宁夏青年作家的创作往往是从小处着手，从平凡的境遇进入，以贴近人物的平视的视角（而不是俯视）展开。这是一种典型的日常生活叙事而不是宏观叙事与英雄叙事，对于习惯了宏观叙事与英雄叙事的当代文坛来说，宁夏青年作家近乎执着的日常生活叙事让人耳目一新。对此，石舒清曾说："我的创作可以说有一个大可

---

①汪政、晓华：《乡村教育诗与慢的艺术——郭文斌创作谈》，《南京师范大学文学院学报》，2008 年第 4 期。

依托的背景。这个背景……倒不如说是西海固人的日常生活更准确些。"石舒清虽然谈的是自己的创作与"西海固"日常生活的关联，事实上，在宁夏青年作家群的笔下，"日常生活"已不仅是一种"大可依托的背景"，更是其作品的主题内容。由此，宁夏青年作家群开创了一种新的"日常生活叙事"，它远离了宏大的"历史""时代"与"政治"，而注重写普通人的日光流年、喜怒哀乐、爱恨情仇，写普通人的"生存"与"毁灭"，并由此深入到地方与民族集体无意识的深处，在讲述西北人此时此地的生活的同时，为我们勾画出其内在的生活史、情感史和心灵史。毫无疑问，这种本色化的、"原生态"的日常生活叙事，不仅显示了其独特性与新颖性，更具有地方志的功能，它以文学的样态记忆和呵护着一种正在趋向消逝的诗意生活。

石舒清的笔下几乎没有什么惊心动魄的故事，没有浩大宏伟的历史，也没有波澜壮阔的现实，他书写的主题多是那些细如流水静如烟尘的日常生活，却每每能从这些凡俗事物中显现出一种精深与透彻的大气象来。《黄昏》关注的并不是事件本身的故事性叙述，而是那些细微的心绪与眼神，在每一个心绪的波动和眼神的交会中展示那片乡野故土中人与人之间丰厚的无言的情感。小说中"我"对母亲的愧疚，对父亲的心疼，对姑舅爷的感动，对克里木从一开始的厌恶到伤感与同情，无不蕴藏着一种深深的悲恸与酸楚。另外像《农事诗》《散粪》等作品，写的也都是农民的日常劳作和生活内容，不是什么新鲜和奇艳的题材，然而这些作品无不显示出一种"静水流深"的精神境界，不仅写出了农事活动的"诗性"特征，更写出其背后的人的"诗意存在"。因此，石舒清的小说里凝聚着、内敛着一种精神能量，这种精神能量不需要以喧哗和喜剧性的方式呈现，而是潜藏在他的每一个日常细节的描摹和营构之中，具有一种铭心蚀骨的力量。漠月小说的取材，也并不刻意寻求人世间大起大落的喜剧和悲剧，人生的突然发迹和生活的"陡转"，而相反，他更喜欢以一种悠长的、宁静的调子，娓娓讲述普通生活当中的细微故事与柔情诗意。正因为如此，漠月"总是能在西部偏远寂寥之地，在被风沙和干旱肆意围困的漠野深处，从平静和寻常的生活状态中，发现和呈现动人的诗情。"①李进祥的《你想吃豆豆吗》《屠户》《遍地毒蝎》《换水》《挣脸》《狗村长》等，写的是偏荒地区百姓的日常生活，但在对这种生活的选取与展示里，却可以明显地看出作者独特的思索与关怀。石舒清曾经希望自己的小说里有两个特点：一个是"诗性"，另一个是"日常性"。其实，这种"诗性"与"日常性"的特征不仅是石舒清的个性标识，更已成为宁夏青年作家群的共同特征。无疑，在宁夏青年作家群的细和慢里自有一种深和重，这种写作正是刘再复所说的"回归文学自性的写作"（文学的自性即它的心灵性、生命性与审美性）。

宁夏青年作家群对日常生活叙事的"迷恋"还体现于他们对动物形象的塑造上，因为动物也是西北农村的日常生活事物之一。譬如牛、羊、狗、骆驼等这些农村生活中常见的动物就经常出现在他们的笔下，并展现出一种摄人心魄的艺术力量。石舒清的《清水里的刀子》，郭文斌的《撒谎的骨头》，漠月的《父亲与驼》，张学东的《跪乳时期的羊》，季栋梁的《军马祭》，金瓯的《一条鱼的战争》，李进祥的《屠户》，了一容的《淖里的绵羊》等作品，都堪称这方面的优秀之作。正像评论家所说的那样："在宁夏青年作家的一些作品中，动物自身成为了审视

---

① 郎伟：《漠野深处的动人诗情——读漠月的小说》，《朔方》，2002 年第 3 期。

焦点，动物与人的历史或现实关系以及精神联系成为了关注中心，体现了对一切生命的敬畏，即像敬畏人类的生命一样敬畏所有的生命，满怀同情地对待生存于自己之外的所有生命。这里强调的是具有现代性的人类内在德行的完善和人格的完美，从而印证了伟大的人道主义者、诺贝尔和平奖获得者阿尔贝特·史怀泽所说："同情动物是真正人道的天然要素。'"①

　　总之，宁夏青年作家群的"日常生活"写作，首先是以一种本色化的方式对生活本身加以呈现，展现出生活本身的质朴性和复杂性；其次，祛除了时代的宏大叙事（如对传奇、革命、英雄等的偏好与迷恋），而以一种诗意的语言、平民化的视角切入日常生活的纵深；最后，努力去挖掘"日常生活"背后丰富的文化蕴含，使得传统的、民族的、宗教的、地域的文化成分融合为一体。事实上，在现代化迅猛发展的今天，在日新月异的变化中，那些带有古典气质的、农业诗情的田园生活正在一天天消逝，人们越来越进入到一种城市的生活、全球化的生活（技术化的、标准化的和相似化的生活）。这种意义上来说，宁夏青年作家群执着于西北日常生活的书写，不仅是一种自觉的艺术追求，更是一种真诚的价值选择。这里的"日常生活"显然不是法国哲学家列菲弗尔笔下的那种工业化的、刻板性的、单调的日常生活，而是一种带着丰富性和差异性的日常生活，是一种感性的、身体性的、鲜活的日常生活，更是一种蕴含着传统文化质地的生活。对于宁夏青年作家群来说，写作是一种见证，它以一种独特的记忆传承着文化血脉和思想情感；写作也是一

①胡平：《动物、现代性、新人道主义——读宁夏青年作家群的动物小说》，《黄河文学》，2006 年第 5 期。

种文化标本，它留住了历史现场中那些真实而温存的细节。这正是宁夏青年作家群日常生活写作的意义。

三

宁夏青年作家群对"普通话"写作似乎有一种天然的怀疑与抵触，他们的写作更注重"本土声音"的传达与表现，呈现出一种鲜明的方言写作特征。这种近乎执着的选择和坚守与汉语写作传统性和本土性的自觉意识相关，也与全球化时代的冲击密切相关。因此，宁夏青年作家群笔下的方言不再单纯是一种身份标识和文学技巧，而更是一种美学趣味的表达，一种文学精神的呈现。在宁夏青年作家群的写作中，"方言"绝非被简单挪用的语汇，而的确已经成为一种妙趣横生的"文学思维"，它不仅增添了汉语叙事的一种新的可能性，也大大丰富了中国文学多元化的表现空间，为我们带来了一道独特的文学景观。

宁夏青年作家群的方言写作与当代文学的写作传统密切相关。从韩少功的马桥"词典"、莫言的"猫腔"到张炜《丑行或浪漫》中的登州方言、刘震云《手机》中的川豫方言、阎连科《受活》中的豫西方言、贾平凹《秦腔》中陕南方言等，方言写作越来越受到关注。譬如莫言的《檀香刑》中，"猫腔"成为解开高密东北乡人心灵世界的一把钥匙。阎连科的《受活》中的"受活"一词是对整部小说具有统摄作用的一个关键词，同时它也是理解耙耧山脉这一方水土的入口。从某种程度上来说，这些小说"真正的独创性，是运用民间方言颠覆了人们的日常语言，从而揭示出一个在日常生活中不被人们意识到的民间世界"（陈思和语），而且它们以富于质感的方言的形式"直接性"地呈现出可触摸的泥土之感和地方文化的魅力。

宁夏青年作家群的方言写作彰显出其鲜明的写作立场。语言是文化的蓄水库，它以一种独特的方式滋养着人们的生活世界和情感世界。对于一个作家的写作而言，语言既是其作品的最直接的艺术表现媒介，更是一种生存之源，文化之根，是一个作家安身立命的家园。甚至可以毫不夸张地说，选择什么样的语言就意味着选择什么样的文学，因为语言不仅影响着文学的声音与腔调，影响着作家感知和表达世界的方式，也影响着作家的写作立场（选择谁的语言、代表谁去说话、说什么样的话）。作家在写作中对方言土语的选择更是如此，因为方言总是跟特定的地域联系在一起的，与某个特定的空间以及这个空间中人们的生活和思维方式联系在一起的，因而具有特殊的使用价值和文化价值。宁夏青年作家群的写作大都是切身性的体验式的写作，这种写作往往从自我出发，写自己熟悉的人和事，写老百姓的日常生活和情感百态，因此，它必然是一种平民化的、本色化的写作，它往往需要采用一种亲和的、朴素的、带有泥土气息和生活气息的语言进行书写，这样才能达到表达形式与写作对象内容的完美统一。

宁夏青年作家群的方言写作是其苦心追求语言的结果。汪曾祺曾说"写小说就是写语言"，因为"语言具有内容性，语言是小说的本体，不是外部的，不只是形式、是技巧。"[1]这的确是非常精辟的见解。以此来看，宁夏青年作家群的作品几乎都是"写语言"的作品，他们对文学语言有着独特的领悟和近乎苛刻的追求。不仅如此，宁夏还是一个方

---

[1]汪曾祺：《自报家门》，《蒲桥集》，作家出版社 1989 年。

言荟萃的地方，各地方言在这里交融汇合由来已久，山西、陕西、河南、甘肃、河北、山东、安徽、湖南、四川、江苏、浙江甚至广东的方言在这里都可以找到踪迹。如打锤（打架）、蒸馍、洗澡、街道等词来源于四川话，弥（音同闵）、撂（抛弃）、吃（qia）亏等词来源于湖南话，烂葬、心疼（乖巧、可爱）、颌水、瞎（音同哈）等词来源于陕西话。[①]这无疑为宁夏青年作家群的方言写作提供了丰富的资源。

具体来说，宁夏青年作家群的方言写作表现在以下几个方面：

第一，对方言土语的自觉运用，不仅形成一种独特的语言风格，而更彰显出鲜明的地域化特色和浓郁的乡土情调，并形成一种个性鲜明的美学风格。首先，方言土语所具有的那种亲切感、熟悉感，形成一种自然而然的生活氛围，使人如临其境、感同身受，增添了一种真实感和现场感。宁夏青年作家群笔下的方言土语，不仅是文字，还有声音，甚至还带着说话人的表情、心情，那种灵动的生命感觉和生活气息，通过方言独有的质地、语调、语气等传达了出来。其次，运用鲜明、形象、准确、生动的方言土语，使得文学语言的表现力更加丰富。如西海固人把女人怀孕叫"害娃娃"，把孕妇口馋叫"害口"。害的大意是患病，类似害病的害。李进祥的短篇小说《害口》写新媳妇桃花幸福地"害口"了，她的羞涩、忽然新奇起来的胃口、对男人李子归家的期盼，都因她那淳朴的生活态度而使人觉得异常甜美、安静；最后，对方言土语的选择更便于展现普通人的普通生活情状，在展现原生态生活的同时也强化了地域文化色彩。

第二，对民歌民谣如"花儿"的运用，大大丰富了语言的表现力

---

① 林涛：《宁夏方言漫谈之一：宁夏话，话里有话》，《新消息报》2010 年 4 月 8 日。

和生活气息，在传达西北地域风情的同时也深入到西北人的精神和灵魂里，写出了他们的独特性。宁夏的"花儿"曲调多变，文字优美，内容丰富，多为情歌。歌词多即兴创作，非常口语化，且不避俚语俗词，常以生动、形象的比兴起句，旋律、节奏、唱腔都有着独特的风格。由于"花儿"最早产生于山间田野，歌手们在空旷幽美的环境中无拘无束，放声高歌，所以它的曲调多高昂、奔放、粗犷、悠扬，表现了回族人民对幸福生活和纯真爱情的追求和渴望。

李进祥的小说《一路风雪》中一个叫三蛋的小伙子唱起"花儿"，"花儿"的调子是苍凉的，但唱的人却唱出快乐来，它是那样坦荡，那样畅达，那样充满生命的热情。了一容的《黎明前的村庄》中写几个吆大车赶脚的对唱着"花儿"，"花儿"成了一种炽热的倾诉和甜美的梦想。季栋梁的散文《"花儿"之旅》中"花儿"已成为西海固人的粮食、生命和爱情。"花儿本是心上的话，/不唱时由不得自家；/刀刀拿来头割下，/不死了就这个唱法。/阿哥的肉啊，/不死了就是这个唱法！/河里的鱼娃离不开水，/没水时阿么价活哩；/花儿是阿哥的护心油，/不唱是阿么价过哩。/阿哥的肉呀，/不唱是阿么价过哩。"这实在是对"花儿"的最精准的概括，"花儿"已经流淌到西海固人的血脉之中，成为其生命的一部分。

# 宁夏青年作家群的创作心理①

## 一

石舒清在散文《西海固的人们》中有些凄惶地写道："西海固的孩子刚刚开始张目来认识这个世界时，就会真切地感到，他们无意来到的这个世间原来是一个很缺乏的世间。金、木、水、火，什么都缺，缺得让人做难，缺得让人恐慌。土倒是不缺的，然而这是什么土呢？父辈们把货真价实的种籽满怀指望地播撒进去，它却像总是跟你开一个恶意的玩笑一样，长出一些秃子的头发一样的庄稼让你哭笑不得。"季栋梁在散文《在西海固的一个村子里》中写夏日的正午："路边的糜谷叶子都卷得像屋顶的雨槽一样纷垂着，泛着灰白的色泽。我心里一阵悲凉，

———————————
①本文为国家社会科学基金项目"宁夏青年作家群研究"阶段性成果（项目编号04XZW008），在郎伟教授指导下完成。

太阳对于农作物，既是恩人，又是仇人，有些像夫妻关系，爱的时候爱得要命，恨时恨得切齿。村路上到处洋溢着焦煳的气息"……

这种物质上的极度贫困与自然环境的极度恶劣是"西海固"人的生活常态，因此贫瘠、荒凉、破败、苦涩、匮乏成为"西海固"人最为真切的生活图景，这在很大程度上造就了"西海固"人隐忍、低微、静默、幽暗的心灵底色。然而吊诡的是，这种生存的困境并不意味着精神世界的苍白，而恰恰激发了"西海固"人丰富的艺术想象和独特的精神建构。正像石舒清在接受访谈时所说的那样，最偏僻最寂寥的地方也是想象力最活跃的地方。在这样一个遥远而偏僻的乡土世界里，面对着残酷的自然条件，面对着匮乏的物质境遇，面对着封闭落后的生存环境，文学成为了一种最为便捷、最为尊贵、最为有效的艺术形式，它绚丽多姿的想象、丰富真挚的情感成了抚慰苦难的心灵、支撑困顿的精神的天然园地，它在对苦难和不幸的悟解与体察之中闪耀着一种超越性的光辉。毫无疑问，正是文学的存在，守护着生命的神圣和尊严，拓展着人性的宽度和厚度；文学因而就是一种营养丰富的食粮，是一种永恒的梦想，它以食粮滋养贫困，以梦想的激情对抗现实的苍白。这是"西海固"人的荣耀和福祉，借助于文学，他们坚韧而卑微地冲破晦暗的命运迷雾，并以此完善着自己的精神品性，守护着自己的诗意生存，让生命学会了幸福与安详。

对于宁夏青年作家群来说，他们大多来自"西海固"或者是与"西海固"相近的生活环境，在这样的背景下开始走向文学之路，写作已不仅是其个人的天赋和兴趣，更是来自一种生存"本能"，一种历史"天命"，他们的写作面对的不仅是文学，而更是生存和生命本身。也正是因为如此，写作之于宁夏青年作家就具有了一种超乎寻常的价值和意义，甚至我们可以说他们天然地选择了文学，文学也天然地选择了他们。这正是宁夏青年作家群区别于其他作家群体的显著特征，写作是他们呼吸的空气，也是他们灵魂的血液。对此，宁夏青年作家大都有着非常自觉和清醒的意识，他们无一例外地把写作视为一种从"本能"与"天命"出发的"生命性"的、"体验性"的写作，他们无一例外地写自己脚下的大地，写自己身边熟悉的人和事，他们必然会关注诸如"乡土""家园""苦难""弱者"等这些基本的文学母题。正是承担着这种写作的"命运"，宁夏青年作家的创作往往从"对自己的生存、对象世界和自然关系的体验出发"，把它转化为"创作的内在核心"，[1]并且以一种质朴、自然的方式呈现出来。这样看来，对于宁夏青年作家群来说，写作不是为了游戏，不是为了娱乐，不是为了玩弄技巧，而是为了保存记忆，守护生命，返回本根，获取救赎，这无疑是宁夏青年作家群写作的深层心理动力。

## 二

著名文学评论家雷达曾批评说，当代文学的缺失，首先是生命写作、灵魂写作、孤独写作、独创性写作的缺失。这真可谓是一语中的。[2]而从某种意义上来说，宁夏青年作家奉献给中国当代文坛的恰恰是一种生命写作、灵魂写作、孤独写作和独创性的写作，这正是宁夏青年作家能

①蒋孔阳、朱立元：《西方美学通史·第五卷》，上海文艺出版社1999年，第121页。
②雷达：《出现不了伟大的作家 当代文学到底缺什么？》，http://www.china.com.cn/book/txt/2007-07/12/content_8512004.htm

引起中国文坛广泛持久关注的重要原因之一。张学东曾说："我个人一直以为，西部文学乃至当代中国文学，是非常需要这样一种精神母题来强力支撑和建构的——我姑且将这种执着的精神追求称为'宁夏文学的集体信念'。"①张学东所谓的"宁夏文学的集体信念"是一种强大的"精神母题"，借此，宁夏青年作家铸造了一种特有的"集体信念"：他们天生滋养了一种"乡土情结"，他们坚守着纯粹的"文学精神"，他们企图重新修复乡土乡村与传统文化之间的关联，他们以一种深沉的爱和悲悯来关怀世态人心，他们在直面现实的同时张扬着精神超越的大旗。这种"集体信念"不仅表明了宁夏青年作家鲜明的写作立场及其高尚的精神品味和伦理境界，而且成为了推动宁夏青年作家创作的重要心理动因之一，也在很大程度上造就了宁夏青年作家得天独厚的创作优势。

既然文学已经成为一种与生俱来的"天命"，那么在"集体信念"的支撑下，宁夏青年作家对底层民众、生存苦难的深切关注就成为充满了作家写作良心的文学行动，它不仅深深影响了作家对人性的理解，也驱使作家以写作的方式去承担深沉的道德责任。从某种意义上来说，这正是宁夏青年作家群创作心理的最大特色。良心与作家的心理特质之间有着极为内在的关联，因为良心来自个体的深广的同情心。德国哲学家费尔巴哈说："良心与同情心有最密切的关系……良心不是别的，而只是同情心"。②叔本华也说过："对一切生物的无限同情是道德行为最结实和最可靠的保证……谁充满了同情心，谁一定不会侮辱人和损害人，

---

① 张学东：《群体与个体——创作谈》，
http://blog.sina.com.cn/s/blog_4903d460010008is.html
② 周辅成：《西方伦理学名著选辑（下册）》，商务印书馆 1987 年，第 484 页。

不会引起别人的悲哀，只要他的能力所及，就会帮助任何人，一切他的行为都标志着正义性，对于人们的爱。"①正因为如此，宁夏青年作家用他们的"同情心""正义性"和"爱"去悲悯地注视，温情地抚慰，他们敢于直面苦难本身，直面生存本身，直面现实本身，体现出一种高贵的良知本能，体现出一种神圣的使命感和责任感，他们的文学也成为一种见证的文学，一种成长的文学，一种与乡土大地生生与共的有根的文学。他们不迷醉于绚丽的文学技巧，也不迷醉于奇观化的苦难与暴力，而是追求一种朴拙、自然、厚重、真诚的文学品格，给予其作品以人性的光芒和终极的关怀。

宁夏青年作家群的创作往往"从自我出发"，大量采用第一人称的叙事视角，其作品大都带有心灵自传的成分，他们执着地以文学的方式见证着自我的成长与时代的嬗变，记录着人们日常的自由和幸福。在这个精神贫乏、理想苍白的时代，在这个纷繁多变、日新月异的时代，宁夏青年作家的作品显现出的那种宁静而又安详的品质让人倍感亲切，它在以自己独有的方式见证着正在悄然逝去的乡土诗意与西北民间的日常生活。同时，宁夏青年作家的创作是一种"成长文学"，他们的文学创作与其生命成长同根相连，一起推进；他们耳濡目染、感受最深的首先是自己熟悉的乡土世界的生活，是自己的生命经验和生长经历。因此，在这种情形之下，宁夏青年作家对第一人称叙事视角的选择与其写作背景之间就存在一种天然的亲缘关系，更增加了一种亲历性的真实感。这也表明，宁夏青年作家的创作是一个渐进的过程，逐渐拓展和升华的过程，他们经历了从青涩到成熟，从含混到清晰，从青年写作到中年写作

---

① 周辅成：《西方伦理学名著选辑（下册）》，商务印书馆 1987 年，第 481 页。

的蜕变。

<br>

# 三

从总体上说来，宁夏青年作家都比较偏爱儿童视角，并且擅于把它和第一人称视角融合在一起进行运用，这一独特的现象背后有着深长的意味。宁夏青年作家都有着共同的地域文化环境，都有着大致相似的生活背景和人生经历，都有着相近的精神与心理结构；这样看来，对儿童视角和第一人称视角的选择，既可以视为宁夏青年作家的一种自觉的艺术追求，也可以视为宁夏青年作家的一种集体无意识创作心理。把握住这一点，对于我们深入理解宁夏青年作家的创作心理至关重要。显然，这里的"童年"已不再是单纯的个人经验和个人记忆，而更是一种寄寓着生存诗意和文化理想的象征性存在。

童年，是任何人心中都挥之不去的永恒的记忆，它总是闪耀着理想的和纯净的光芒。儿童的眼睛是晶亮的、纯真的，透过儿童的眼睛来看世界，看到的是新奇和别样的世界，看到的是未被浊化的、原生态的世界，看到的是一种情趣。儿童关于世界的认知和想象对于成年人来说，不仅其本身是新奇有趣的，而且它以一种异样的认知角度唤起读者意识中的陌生的、新鲜的意义，从而创造出一种新颖而独特的艺术空间。这也是五四以来作家喜欢选择儿童视角创作的原因之一。从鲁迅、沈从文、废名到冰心、萧红、端木蕻良、骆宾基，再到汪曾祺、莫言、迟子建、苏童、余华等，把儿童视角小说推向了高潮。宁夏青年作家的创作，正是在这一深厚的文学传统中展开的，他们对"儿童视角"的选择，与其艺术个性、美学趣味与文化心理之间存在着极为密切的关系。事实上，这种以儿童叙事的方式对"童年的诗意"的执着追寻正是一种"童年情结"的体现，虽然它是作家个人的一种选择，但当它成为作家集体性的一种选择时，就更能彰显出宁夏青年作家群独特的文化心理。无疑，这种文化心理是以传统文化中的"天人合一"作为根基的，它追求单纯、静穆、和谐与宁静，它往往借助于诗意的笔墨、田园牧歌般的情调显现出作家对真善美的永恒膜拜。

正是在这种视角之下，生活的本真和拙朴，人生的丰富和神秘，世事的混茫难解常常以一种新奇、别致的方式呈现出来，不断制造着阅读的诱惑和追寻的快感。宁夏青年作家群之所以钟情于书写"童年"，书写懵懂初开时的隐秘的生命意识和情爱冲动，书写乡土生活中的风俗细节和脉脉温情，显然是"别有用心"的。这背后渗透着一种浓浓的甜蜜和幸福，一种自在而忠贞的爱，一种深厚而纯净的文化关怀，——它是一种精神信仰，是一种生命激情，也是一种生活理想。宁夏青年作家群笔下的"童年的诗意"，"已经超越了功利、超越了世俗、超越了污染、超越了遮蔽"，而变为在岁月之河中被反复擦亮的"羊脂玉"。[1]他们在对"童年"的执着叙事中，融入了一种深沉的文化关怀。这里面有对传统文化的敬畏与迷恋，也有对现代文明的焦虑与不安，最重要的是，他们用一种美丽和宁静的姿态对这个"童年已经消逝"的技术化和消费化时代表达了自己的怀疑与批判。

巴乌斯托夫斯基说："对生活，对我们周围一切的诗意的理解，是童年时代给予我们的最伟大的馈赠。"（《金蔷薇》）宁夏青年作家

---

[1]郭文斌：《我们正好把文学给弄反了》，《黄河文学》2009年第5期。

群一定是接受了童年给予他们的"馈赠"，不仅如此，由于传统文化的濡染、地域文化的熏陶以及民族文化的影响，宁夏青年作家群的创作摒弃了当代文坛对暴力、鲜血和奇观的偏好而带上一种浓浓的真善美情怀，他们的创作也由此成为一种诗性的言说，他们对"天人合一"有着自己独特的理解，他们的作品在语言、主题内蕴以及意境氛围上无不显现出一种古典的诗意。当我们这个时代到处都被物质所异化的时候，当我们毫无知觉地退化为"单面的人"（马尔库塞语）的时候，宁夏青年作家群这种对诗意的守护和对真善美的弘扬就显得弥足珍贵，它依然执着地为我们保留了一种幸福和感动！

## 四

著名社会学家费孝通曾说："从基层上看去，中国社会是乡土性的"。几千年来，中国社会都是以农耕文化为主的社会，"乡土"成了人们永恒的生活家园与精神故乡。毫无疑问，"乡土"是中国文学史上一个永恒的主题，是一种永不枯竭的创作资源；而"乡土情结"是中国人自古至今都无法释去的情怀，作为一种创作动力机制，它近乎"无情"地驱使着作家去创作。宁夏青年作家群显然是一群有深厚"乡土情结"的人，无论乡土在他们的笔下以哪一种形象出现，他们对乡土的深情都永不褪色，他们都能以一种宁静、安详、悲悯的心来面对乡土。

石舒清说："西海固是一块极致的土地，无论自然，无论人的状况，许多方面都达到了一种极致。""……我非常喜欢、心疼西海固和生息在那块土地上的人，有这样一块富足阔大而又深远的依托背景，是我的福祉。我对整个人类的认识，就从认识西海固人开始。"显然，对于石舒清来说，作为故乡的"西海固"给了他宁静和信赖，给了他辽阔和富足，给了他刚毅和雄野，给了他厚重和神圣，给了他难以割舍的温情，给了他源源不断的艺术灵感。这意味着"西海固"已不再是一片贫瘠苦难之地，而是一片价值充盈的"极致之地"，它不仅是石舒清写作的背景和依托，更是其幸福和富足的精神家园。这些近乎自负的自恋，这种"心痛"与"幸福"的复杂的心理纠结，早已使"西海固"超逸出地理区域的范畴，而成为一种巨大和丰厚的精神文化的存在。石舒清的"西海固"情结无疑正是一种典型的"乡土情结"，这种情结在郭文斌、了一容、季栋梁、李进祥、陈继明等人的创作中已经根深蒂固，而在漠月、张学东、金瓯等人的创作中，虽然没有"西海固"背景，但其浓郁的"乡土情结"依然清晰可辨。

所谓"乡土情结"，是人们对乡土（土地）、乡村、农民、田园等所形成的一种特殊的情感体验和价值评判，它常常通过恋土、恋乡、思乡、归乡、乡愁等形式或隐或现地显现出来。它是现实的，又是梦幻的；是自觉的，又是无意识的；是个体性的，又是集体性的。因此，既爱又恨，既笑又痛，既自负又自卑，等，这些共同构成"乡土情结"的一种内在的矛盾性心态。"乡土情结"的形成是极为复杂的，它与作家的个人经验有关，也与种族记忆和"集体无意识"有关，它是人类对乡土的魂牵梦绕的怀恋，是人类永恒的精神需求。宁夏青年作家群的"乡土情结"的形成也不例外。

首先，它取决于作家生存于其中并与之血脉相连的特殊的地域环境和风俗人情，取决于作家对家园和故土的一往情深的热爱和依恋。宁夏青年作家绝大部分来自农村，他们对土地和农民有种天生的亲近感和血脉之情。正是自己土生土长的乡土世界，给了他们无穷的艺术想象空间。从整体上来看，宁夏青年作家对土地和农民的深切关注正是源于他们浓郁的"乡土情结"。他们在生活的底层品尝人生的滋味，在生存的苦难中体察普通老百姓的内心秘密，这似乎成为他们的一种天然禀赋，也构成了他们特有的生活资源和情感资源优势。

其次，它取决于乡土世界与中国传统文化之间的血缘亲近，乡土世界本身所显示出来的那种亲善与和美，中国传统文化中的"天人合一"观念的巨大活力在这里得到了和谐统一，这成为形成宁夏青年作家"乡土情结"的深层次原因。从这种意义上来说，"乡土情结"是宁夏青年作家群创作的源泉，又是他们创作的动力与价值坐标，它对于重新理解人与土地、人与自然等关系都有着重要的启发性意义。有论者认为，中国传统知识分子的乡土意识可概括为："一是对故乡亲人或故乡的思念之情，并以此寄托自己的身世之感；二是表达对下层民众的同情，揭露社会的黑暗；三是对农民生活中天人合一的单纯和谐的生活的向往，赞美农民古风犹存的道德伦理及美好的心灵。"①对于宁夏青年作家来说，他们的作品中不仅有对故乡的深情，也有对底层民众的同情，更有"对农民生活中天人合一的单纯和谐的生活的向往"，对"农民古风犹存的道德伦理及美好的心灵"的赞美，尤其是后者更能显现出宁夏青年作家作品的特质。

最后，它取决于中国现当代文学传统的滋养和影响。当代作家刘绍棠说："中国文学史源远流长，乡土文学是汇聚于这条大河的源头活

---

① 冯光庸、刘增人、谭桂林：《多维视野中的鲁迅》，山东教育出版社 2001 年，第 276 页。

水"。早在五四新文化运动中就诞生了的现代中国乡土小说，在立意选材方面都做出了历史性的贡献，当时，鲁迅、骞先艾、许钦文、斐文中、废名等作家，写下了一批描绘故乡风土人情及底层人物命运的作品，如《故乡》《社戏》《祝福》《水葬》《父亲的花园》《戎马声中》《竹林的故事》等，这是中国现代文学史上的第一批乡土文学。后来，当代作家赵树理、刘绍棠、柳青、孙犁等的出现，使"乡土文学"呈现出更为壮观的景象。宁夏青年作家群的"乡土文学"及其"乡土情结"正与此血脉相连，并开拓出一种新的时代性的主题，正如崔道怡所言："土地，是出身西海固作家群所钟情的主题；正是对土地的一往情深，使他们笔下文字具备能与整个人类心灵沟通的素质。有了'地'也就有了'天'，有了时代精神。"①

毫无疑问，在中国现当代文学史上，乡土想象是最为瑰丽的文学想象之一，它为我们开启了一个无限丰富广阔的文学世界。而对这种悖论性"乡土情结"的揭示通常有两种典型的方式：一种是侧重于书写其残破、落后与痛苦，另一种是侧重于书写其温情、信仰和诗意。简而言之，前者是一种"苦难叙事"，后者是一种"诗意叙事"。从整体上来说，宁夏青年作家群的创作并没有远离这一大的背景，黄土地的苍茫、厚重、质朴、辽阔与黄土地的贫瘠、滞后、残败、闭塞之间，形成了一种巨大的张力，但它却呈现出自己独特的风貌，在"苦难"与"诗意"两者之间形成了"另一种乡土"——在通过一系列乡土人物的塑造完成了"诗性的目标"之后，在"保持了叙事的朴素和完整性"的同时，它也开辟

---

① 崔道怡：《宁夏满目青山》，http://www.chinawriter.com.cn/2007/2007-05-16/32986.html

了"从生活出发、灵肉交融的乡土叙事"的可能性。[1]这种写作在一定程度上既超越了乡土的"苦难"，又超越了乡土的"诗意"。它不同于当今文坛众说纷纭的"底层文学"，他们并不强化底层的身份标识而获得道德的优越感，也不沉醉于对苦难本身的病态展示；他们不再动辄以民族、天下、国家、历史的名义征用苦难，他们不是"从社会的层面去写苦难"，而是"从哲理的层面去写苦难"[2]，去更充分地展示个人苦难、普通人的生活情感；它也偏离了把乡土过分诗化的传统，甚至在一定程度上远离了文人乌托邦的传统，在剥离了绚丽的想象后而显得更加平实，更加生活化，更加日常化。这种"乡土"清新、陌生、真实而富有生气，它在很大程度上祛除了"乡土"那些纷繁复杂的象征意味，而更接近于乡土本身。正如论者所说："……宁夏作家并没有把乡土作为批判和启蒙的目标，或凌空蹈虚、审美乌托邦的所在，而是回到了其出发点，它就是我们的父母之乡。乡土与文化联系在一起。"[3]

---

①吴秉杰：《宁夏青年作家小说创作简论》，《黄河文学》，2006年第5期。
②贺绍俊：《宁夏文学的意义》，《黄河文学》，2006年第5期。
③吴秉杰：《宁夏青年作家小说创作简论》，《黄河文学》，2006年第5期。

自觉的写作与超越的可能

# 安详灵魂的诗与思：郭文斌乡土小说论[①]

　　郭文斌的乡土小说总是洋溢着故乡的气味。循着大年的红色灯晕，嗅着端午浓浓的艾香，我们心中刹那间便充满了安详与宁静，早已在一种无声的召唤之中不自觉地踏上了返乡之路。直到那时候我们才发现，我们离开了故乡那么久，我们对它的思念是那样醇厚！正如海德格尔曾指出的那样，所谓"返乡"就是寻找"最本己的东西和最美好的东西。"[②]郭文斌正是要用他诗性的语言去引领我们聆听乡土寂静的言说，去回到生命最初的时光，去追寻存在的幸福，去守护"最本己的东西和最美好的东西"。

①本文为国家社会科学基金项目"宁夏青年作家群研究"阶段性成果。
②海德格尔：《荷尔德林诗的阐释》，商务印书馆 2000 年，第 12 页。

# 一

在一个遥远而偏僻的乡土世界里，面对着残酷的自然条件，面对着匮乏的物质境遇，面对着封闭落后的生存环境，文学往往是一种最为便捷、最为尊贵、最为有效的艺术形式，它绚丽多姿的想象、丰富真挚的情感往往会成为苦难的心灵获得抚慰、困顿的精神获得支撑的天然园地，它往往在对苦难和不幸的悟解与体察之中闪耀着一种超越性的光芒。毫无疑问，正是文学的存在，守护着生命的神圣和尊严，拓展着人性的宽度和厚度，文学因而就是一种营养丰富的食粮，是一种永恒的梦想，甚至是一种天然的宗教，它以食粮滋养贫困，以梦想的激情对抗现实的苍白，以宗教的圣洁照亮世俗的黑暗。

郭文斌就成长于这样的生存背景之中，无疑，他迄今为止最好的小说作品都建基于其丰富而充盈的"乡土经验"之上。在那些细腻柔情、空灵清爽的文字里，郭文斌为我们呈现出了"西海固"大地的另一种质地，他的作品不是对苦难、荒凉、贫瘠的暴露式告白和自虐式展示，而是以一种诗意的方式呈现出乡土大地动人心魄的幸福与安详。这或许是郭文斌的"一厢情愿"，是他的"任性"与"偏执"，但它也成就了郭文斌的品质与趣味。在这样一个物质过剩、欲望弥漫的时代，在这样一个迷乱狂欢、功利至上的时代，从《大年》到《吉祥如意》等作品的一路走红并非是一种偶然，恰恰更加清晰地彰显出郭文斌作品独有的纠偏与救弊功能。人们突然发现，在当代文学的嗜血、贪婪、性感与矫情的背后，郭文斌"反潮流"式的坚守与追求显得别有意味，他的"另一种乡土"①在"不经意间"为当代中国文坛带来了一种清新之风，带来了一种少有的性灵和诗意，带来了一种久违的真诚与感动。

显然，把郭文斌拘囿于乡土作家的层面上实在是对他的一种误解。事实上，郭文斌并没有简单停留在乡土经验的表层上，而是借这种经验开启了一个更为深层次的、更为丰厚广阔的艺术空间——由此，他的文字直接潜入了中国传统文化的根脉之中。换句话说，作为地域背景的"西海固"，只是郭文斌的一种叙事策略，它一方面牵动着人们猎奇般的"期待视野"（譬如乡村的偏远与落后，乡土的神秘与新奇），另一方面却企图引领人们走向归乡之路，回归源头，去追寻生命原初的光亮。而后者，才是郭文斌的真正目标。也正因为此，郭文斌才不惜笔墨地去展示乡土大地的民俗、民情、民风，才不遗余力地描绘乡村社会的礼仪节庆、婚丧嫁娶甚至吃喝拉撒等日常生活细节，他把这一切都放置在一个至真至善至美的"天人和谐"的世界里，——他的作品淡化了故事与情节，却强化了情境与情趣；他的作品仿佛远离了政治和时代，缺乏驳杂的现实感与深厚的历史感，却汇入了中国文化的静水深流；他的主人公多是天真烂漫的儿童，生活在一个相对独立、封闭、远离政治、较少"污染"的田园空间，却带有一种超凡脱俗的清纯气象，给人以空灵澄澈的美感。这里，有"人之初"丰富的生命感性体验，有人对世界的直觉式的诗意把握，有人与自然之间天然的亲和交融；这里，有儒家的礼俗秩序，有道家的操守虚静，更有佛家的慈悲宽容。以此来说，郭文斌笔下的"乡

---

① 白烨：《〈大年〉是对乡土的再认识》，http://book.sina.com.cn/books/2006–08–03/1937203470.shtml

土世界"不正是中国传统文化的另一种表征吗?

其实也正是在这里,在把安详和诗意推向极致的同时,渗透着郭文斌的一种淡淡的"文化乡愁"。《吉祥如意》的结尾以一种看似随意的笔墨写道:

> 现在,六月和五月的怀里每人抱着一抱艾,抱着整整一年的吉祥,走在回家的路上,走在端午里。他们的脚步把我的怀念踩疼,也把我心中的吉祥如意踩疼。

在漫山遍野洋溢着艾香的时候,在可爱的人们沉浸在"端午"的吉祥如意中的时候,"我"的"疼"让人刻骨铭心。这种"疼"是一种爱,是一种领受,是一种执着,同时也是一种警醒。它不仅唤起了"我"的思念、想象与虔诚,同时也深入到"我们"的民族文化心理之中,唤起了"我们"内心蓄积已久的"集体无意识",——这正是"吉祥如意"的力量,它实际上就潜藏在我们每个人的内心深处,只不过我们自己迷失得太久!在消费主义肆虐、全球化加剧的复制化时代,在人们躲在钢筋水泥背后纸醉金迷的时候,《吉祥如意》如同牧歌一样穿过我们的心头,正如捷克作家米兰·昆德拉在《不能承受的生命之轻》中所写的那样:"只要人生活在乡下,置身于大自然,身边拥簇着家畜,在四季交替的怀抱之中,那么,他就始终与幸福相伴,哪怕那仅仅是伊甸园般的田园景象的一束回光。"[1]

---

[1] 米兰·昆德拉:《不能承受的生命之轻》,许钧译,上海译文出版社 2003 年,第 356 页。

# 二

需要特别强调的是，郭文斌作品中所洋溢着的诗意，或许更大程度上是根植于他对一种独特的"禅意童趣"的秘密洞察，譬如《点灯时分》《大年》《开花的牙》《吉祥如意》等莫不如此。事实上，对这种"禅意童趣"的发现与营构，最能显示郭文斌的艺术才能和艺术价值。譬如在《点灯时分》中郭文斌这样写道：

> 一家人就进入那个"守"。守着守着，六月就听到灯的声音，像是心跳，又像是脚步。这一发现让他大吃一惊，他同样想问爹是怎么回事，但爹的脸上是一个巨大的静。看娘，娘的脸上还是一个巨大的静。看姐，姐的目光纯粹蝴蝶一样坐在灯花上。六月突然觉得有些恐慌，又想刚才爹说只是守着灯花看，看那灯胎是怎样一点点结起来的，就又回到灯花上。看着看着，就看进去了。他仿佛能够感觉得到，那灯花不是别的，正是自己的心，心里有一个灯胎，正在一点点一点点变大，从一个芝麻那样的黑孩儿，变成一个豆大的黑孩儿，在灯花里伸胳膊展腿儿。六月第一次体会到了那种"看进去"的美好，也第一次体会到了那种"守住"的美妙。

这里的"守""看"以及"静"无不混杂着一种丰富美妙的感受，它不是在强制与训诫之中进行的，而是在一种主体自觉的状态下，在主人公带着童趣的疑问与幽思中，层层推进、步步深入，既清晰又朦胧，既平实又空灵。于是，那种"看进去的美好"和"守住的美妙"，不仅是一种幸福的感受，更是一种心魂的觉醒；不仅带有一种天真无邪的童趣，更带有一种幽深玄妙的禅意。而正是在这样一个安详宁静的世界里，郭文斌捕捉到了"生命最初的时光"，成了美的存在的发现者和守护者。

这样的文字在郭文斌的小说作品里比比皆是。在《吉祥如意》中，两个小主人公五月、六月对"美"的发现和体味，如诗如梦，若虚若实，尤能给人以无限的遐想。当五月和六月带着端午的"神秘的味道"跑到巷道的尽头时：

> 六月问，姐你觉到啥了吗？五月说，觉到啥？六月说，说不明白，但我觉到了。五月说，你是说雾？六月失望地摇了摇头，觉得姐姐和他感觉到的东西离得太远了。五月说，那就是柳枝嘛，再能有啥？六月还是摇了摇头。突然，五月说，我知道了，你是说美？

小说正是在这样一团迷蒙的"香雾"中展开的，在这段简短的对话里，姐弟两人通过充满童真的问难与争辩，最终以自己独特的体验和感悟"觉到"了"美"，从此"美"便停驻在他们的灵魂之中。"美"到底是什么呢？是"真"是"善"？是充实是空无？是一团暧昧不明的思绪还是一种心照不宣的情愫？仿佛一时难以说清却又让人心醉神迷。除此之外，小说中还有数次写到主人公对"美"的觉察和感受，足见作者的"别有用心"。对天真无邪的孩子来说，对"美"的发现与追寻无疑具有重大而深远的意义，因为"美"不仅是一种快乐和幸福，更是一种涉世之初的"诗意启蒙"的力量，同时它也将成为灵魂的终极滋养。因此，当他们跟爹一起敬供时，觉得"跪在地上磕头的感觉特别地美好"；当他们在集市上买到五根花绳儿的时候"那个美啊，简直能把人美死"；当他们上山采艾快到山顶的时候，"从未有过地感觉到'大家'的美好。每一个人看上去都是那么可爱"；当雾渐渐散去，山上的人们一点点清晰起来的时候，他们东瞅瞅，西瞅瞅，"心里美得有些不知所措"，还惋惜娘和爹"不能看到这些快要把人心撑破了的美"；当他们看见一山的人都在采吉祥如意的时候，便不由自主地发出"多美啊"的感慨……这"美"里有神圣和敬畏，有惊讶和好奇，有兴奋与欢喜，有善良和真纯，更有安详和幸福。这"美"似乎是清晰可辨、伸手可及的，但又似乎是遥远朦胧的，它就像是清爽、香甜的空气一样充斥在我们的内心，涤荡着我们污浊的灵魂。

相比较而言，"童趣"率真直露，而"禅意"则充满智慧机巧。或许，仅有"童趣"会显得简单浅显，仅有"禅意"则会显得矫揉造作，然而在郭文斌的笔下，这两种艺术笔墨完美地融合为一体，并通过一种诗性的语言恰切地呈现了出来。不仅如此，当这种"禅意童趣"以一种隐微的方式与乡村伦理秩序、文化礼俗以及道德教化联系在一起的时候，它就焕发出一种奇特的魅力。"童趣"的率真是一种"自然天性"，它来自儿童独有的惊异与好奇，而"禅意"的机巧就隐藏在儿童的疑问与诘难中，在他们的有心无意中，在他们的对话中、想象中、梦境中、惆怅中、快乐中，它们无疑都以一种素朴的方式传承着，这种方式是耳濡目染、潜移默化、身体力行，是以心传心、以经验传经验，是春风化雨、润物无声，是善念、敬畏、宽容，是礼俗、信仰、真诚……。总之，郭文斌以此打开了一个真善美的世界，一个晶莹剔透的世界，一个声色迷离的世界，一个具有无限意味的世界！徜徉在这样的一个"没有灰尘，没有噪声，没有污染"的世界里，我们似乎真的"不由自主地返回故乡"，回到了生命"最初的时光"，"像鱼一样无比快乐地穿梭，像花朵一样在阳光中绽放"，这时候我们才恍然大悟，"发现生命的黄金就在而且一直就在最初的地方"。①

三

　　宁夏青年作家大都擅于写民俗事象，譬如写婚丧嫁娶、年关节庆等乡土风俗，以此来展现西北人独特的文化心理状态与精神生态。对这种写作题材的选择，与宁夏青年作家的美学趣味和写作立场关系甚大。对民俗事象的描写，无疑是中国现代乡土小说创作的重要传统之一，早在 20 世纪 20 年代，以鲁迅为代表的乡土小说中就有所表现。然而，宁夏青年作家却赋予其一种全新的内涵，这其中郭文斌堪称代表之一。譬如《大年》描绘的是一幅西北农家过大年的风俗图，写农家过大年前后的一系列活动，带有浓郁的地域色彩和文化气氛。写（贴）对联、上祖坟、分年、糊（挂）灯笼、拜年、祭庙、放炮、坐夜、看戏等，这是西海固农村世代相传的过年习俗，郭文斌以一种空灵细腻、优美生动的笔墨，写出了过大年时的那种节日的喜庆、快乐与幸福，写出了乡土生活的真纯与善美。

---

①郭文斌：《大年——郭文斌短篇小说精选·跋》，宁夏人民出版社 2005 年。

在中国文化传统中，大概红是最有民间意味的色彩，红往往遍布寻常百姓家，红象征着喜庆、吉祥、火热和幸福。结婚办喜事叫"红事"，红被子、红盖头、红双喜等都要红；过春节更离不开红，红春联、红灯笼、红包等。于是，当父亲把写成的对联晾晒在院子里的时候，小主人公明明和亮亮"幸福得简直要爆炸了"，明明和亮亮的幸福其实就是过大年时的那种独特的审美感受。于是"一院的红"成了一种温暖的诗意的象征。同时，《大年》中还写到挂红灯笼的那种特殊的意蕴：

把灯放在里面，灯笼一下子变成一个家。坐在里面的油灯像是家里的一个什么人，没有它在里面时，灯笼是死的，它一到里面，灯笼就活了。明明和亮亮把灯笼挂在院里的铁丝上，仰了头定定地看。灯光一打，喜鹊就真在梅上叫起来，把明明的心都叫碎了。而猫狗兔则像是刚刚睡醒，要往亮亮的怀里扑。一丝风吹过来，灯光晃了起来。就在明明和亮亮着急时，灯花又稳了下来，像是谁在暗中扶了一把。就有许多感动从明明和亮亮的心里升起。在灯笼蛋黄色的光晕里，明明发现，整个院子也活了起来，有一种淡淡的娘的味道。明明和亮亮在院里东看看，西看看，每个窗格里都贴着窗花，每个门上都贴着门神，门神头顶粘着折成三角形的黄表，父亲说门画没有贴黄表之前是一张画，贴上黄表就是神了。现在，每个门上都贴着门神，让明明觉得满院都是神的眼睛在看着他，随便一伸手就能抓到一大把。

在孩子纯真的眼中，似乎只有至真至美，他们在大年的特殊氛围里，从灯笼里感受到了一种神秘的生命气息，感受到了一种"家"的温暖，感受到了一种母性的光辉（"一种淡淡的娘的味道"），感受到了一种"神"的眷顾。这种感受是细腻的、朦胧的、隐秘的，是渗透在孩子心魂之中的一种美感的真实，仿佛也是与生俱来的。在农村，如果没有春联和红灯就没有过年的气氛；在夜深人静的时候，静静地守着红灯，真的有一种说不出的幸福，那种感觉让人迷醉。显然，"大年"在这里已经不是一种单纯的节庆风俗了，而更是一种文化仪式的传承，有一种神圣感和特殊的美学光晕。对于那些生活在苦难当中（物质的匮乏、自然环境的恶劣等）的人们来说，这才是他们的真正的节日，只有在这样的节日中，他们才能真正体会到自由、快乐和幸福。郭文斌说："节日是中国古人非常经典的一种天人合一的方式，一种回到岁月和大地的方式，不然的话我们可能在大地上生存，但是我们已经忽略了大地，我们在岁月之河中穿梭，但是我们已经忽略了岁月。"[1]由此，郭文斌写作的终极目标是为了回归那种"天人合一"境界，重新为我们找回失落已久的精神家园，并且让人们能够幸福、安详、诗意地栖居其中。无疑，这种对节日、礼仪以及日常生活细节之美的发现、感悟与超越构成了郭文斌小说的主体，在那种安宁、静谧、祥和的情境中，作家深刻地写出了美对人性的浸润和滋养，写出了美对人生的抚慰和升华，写出了真、善、美的统一。

正如论者所说："礼俗作为一种特殊的行为，通过外在的符号、工具、程序以及组织者的权威而具有强制性，会营造出特殊的氛围，而使参与者在哀伤、敬畏、狂欢与审美的不同情境中获得行为规范、道德训诫和

---

①郭文斌：《我们正好把文学给弄反了》，《黄河文学》，2009年第5期。

心灵净化。"①正是因为如此，郭文斌毫不吝惜地把笔墨投向西北乡村的风俗人情，他不仅写端午的插柳枝、摆供果、祭祀、绑花绳、采艾草、缝香包，写元宵节的捏灯、点灯、送灯祈福、献月神等，他还写了丧葬仪式。如《三年》中的跪迎纸火，点黄表（木香、金银斗、花圈、香幡），跪听祭辞，《一片荞地》中的正相、凉尸、守丧、做寿木、做献饭、领魂幡、杀引路鸡、吊唁、献馍、烧纸、殓棺、下葬等。在这些世代相传的风俗仪式中洋溢着对美好生活的祈盼、对周围世界的善意、对生活和生命意义的体味，显现了无限的温情与爱意；同时，也充满了对死亡的尊重与敬畏，甚至还带上了某种神性的神秘意味。

## 四

郭文斌的乡土小说常常以儿童视角进行叙事，很难说是禅思启发了他对儿童叙事视角的钟情，还是对儿童叙事视角的钟情开启了他的禅思之路，总之，郭文斌企图"……摧毁人们前生今世习惯并板结的意识沉积岩，让人的意识永远保持在'鲜'的程度，保持在一种激越状态，最终回到意识的原始状态。"②。根据皮亚杰对儿童思维的研究，认为"儿童最早的活动既显示出在主体和客体之间完全没有分化，也显示了一种根本的自身中心化。"③正是在这种"自我中心化"的视角之下，生活的本真和拙朴，人生的丰富和神秘，世事的混茫难解常常以一种新奇、

---

①汪政、晓华：《乡村教育诗与慢的艺术——郭文斌创作谈》，《南京师范大学文学院学报》，2008 年第 4 期。
②郭文斌：《大年——郭文斌短篇小说精选·跋》，宁夏人民出版社 2005 年。
③皮亚杰：《发生认识论》，商务印书馆 1981 年第 23 页。

别致的方式呈现出来，不断制造着阅读的诱惑和追寻的快感。郭文斌之所以钟情于书写"童年"，书写懵懂初开时的隐秘的生命意识和性冲动，书写乡二生活中的风俗细节和脉脉温情，显然与此有关。不仅如此，郭文斌笔下的"童年"最主要的主题就是爱与美，他还企图以儿童视角叙事让我们"返回故乡"，去步入"生命最初的时光"，去追寻"生命的黄金"，并以此建立一个纯净透明、美丽亲和的世界去对抗成人世界的呆板无聊、暴力冷酷，去超越现实政治、时代风云对人的精神压制与束缚。事实上，郭文斌笔下的"童年的诗意"，"已经超越了功利、超越了世俗、超越了污染、超越了遮蔽，它是在岁月之河中被反复的擦亮反复的琢磨的这么一些存在一些精神的羊脂玉"。①可以说，宁夏青年作家手中都握有这样的"羊脂玉"，他们在对"童年"的执着叙事中，融入了一种深沉的文化关怀。这里面有对传统文化的敬畏与迷恋，也有对现代文明的焦虑与不安，最重要的是，他们用一种美丽和宁静的姿态对这个"童年已经消逝"的技术化和消费化时代表达了自己的怀疑与批判。

在《回家的路：我的文字》一文中郭文斌写道：

　　越来越贪恋于那段最初的时光，那段比蜜还甜的最初的时光。属于我的文字常常在那里降落。徜徉其中，沉浸其中，心中就被一种难以言说的幸福填满，在那个没有灰尘，没有噪音，没有污染的世界里，我们像鱼一样无比快乐地穿梭，像花朵一样在阳光中绽放。遗憾的是它实在过于短暂了。不久，我们就把自己弄丢了。我们开始骑着幸福的驴拼命寻找幸福，目光飘在高处，

---

①郭文斌：《我们正好把文学给弄反了》，《黄河文学》，2009 年第 5 期。

随风而荡。当有一天，我的文字不由自主地返回故乡，我才发现生命的黄金就在而且一直就在最初的地方。那么，我们这么多年的赛跑究竟是为了什么？在回家的路上，宁静而又狂欢地盛开，这便是我的文字，以及随我而行的文字的全部意义。①

　　这段话完全可以看作是郭文斌的写作宣言，它简洁清晰地表明了郭文斌的写作美学、写作风格以及写作意义。就迄今为止郭文斌的全部创作来说，他最为擅长的、最能显示自己艺术个性的、最具有艺术表现力和感染力的，正是对于"那段最初的时光"的"最初的世界"的书写，对那种"原始的空白"的捕捉。这背后渗透着一种浓浓的甜蜜和幸福，一种自在而忠贞的爱，一种深厚而纯净的文化关怀，——它是一种精神信仰，是一种生命激情，也是一种生活理想。郭文斌的这种艺术执着深深地融入了其文学书写之中，并且在很大程度上决定了他的文学质地，决定了他的文学风格，也决定了他的写作体式。郭文斌还说："这个世界的本原，如果我们从形而上的角度去考察，在我现在理解它是由一种本善，或者由一种大爱构成的"。②正因为如此，他才执着地去关注童年，去返回本源，去追寻生命最初的"黄金时光"，他的"安详主义"更是对爱、温暖、崇高的关怀，对真善美的坚守。"安详学是快乐学，它启迪'根本快乐'，旨在帮助现代人找回丢失的幸福，让人们在最朴素、最平常的生活中找到并体会生命最大的快乐。当一个人内心存有安详，仅仅从一餐一饮、半丝半缕中，就可以感受到世界上最大的幸福。否则，

①郭文斌：《大年——郭文斌短篇小说精选·跋》，宁夏人民出版社 2005 年。
②郭文斌：《我们正好把文学给弄反了》，《黄河文学》，2009 年第 5 期。

即使他拥有世界，也可能和幸福无缘。安详既是一个人的生命力表现，也是一个民族的生命力表现。安详学的灵魂是回到'灵魂'本身，说到底是回到'种子快乐'本身。它是对人的终极关怀。"①

　　郭文斌曾说，自己每次写作的时候都要洗脸净手，把书房打扫干净之后才开始进行写作，那时候便会文思泉涌，便有一种微妙的幸福感和陶醉感传遍全身。这种对写作近乎谦卑的热忱和敬畏，说明了写作本身的神圣与高贵。在很大程度上，这种"清洁的精神"不正是郭文斌的一种生命信仰，一种写作美学吗？因此，在郭文斌的笔下，似乎隐匿了苦难与悲痛，似乎消除了欲望和暴力，似乎只有一个混沌未分却又美妙动人的世界……"艺术的根本仍然在于使生命变得完善，在于制造完美性和充实感；艺术在本质上是对生命的肯定和祝福，使生命神圣化。"②郭文斌正在接近这样的"本质"，他自信要以自己的"唯美主义"与"安详主义"改变人们对"乡土世界"的偏见和成见，他要以文字为渡，引人向善，让人们最终踏上回乡之路，并深入到传统文化的根脉之中，体会生命的快乐与幸福。在此意义上来说，郭文斌的乡土小说是真正的"诗"与"思"相结合的小说，它的语言表现及形式构建正如同诗歌一样，无不洋溢着一种美的气息，它的人物无不"诗意地栖居"在大地上，满怀着探索和追问世界的热情，它从深层直指人类的诗意生存，并为我们守护着一个存在的家园！

---

① 郭文斌：《安详是一条离家最近的路——〈寻找安详〉》，中华书局 2010 年。
② 尼采：《权力意志》，商务印书馆 1996 年，第 543 页。

# 在诗意与幽暗之间穿越：张学东短篇小说论

　　无疑，短篇小说是最简单也是最困难的一种小说文体。说它简单，是因为它篇幅短小，便于掌控，常常作为小说家创作的"入门功课"；说它困难，是因为它是最接近于诗的一种小说文体，也是最具有哲学意味的一种小说文体，——它不仅需要精湛的技艺，更需要深厚的思想境界，这对于青年小说家来说的确是一种巨大的挑战。正是从这个意义上来说，短篇小说的成败完全可以视为青年小说家创作成败的一杆标尺，因为短篇小说作为其小说创作的源点和开端，具有原发性的意义，不仅最能显示一个青年作家的艺术才情与禀赋，也最能显示其文学的精神气象和格局。对于张学东来说也是如此，短篇小说在其创作中占有很大比重，也具有重要的地位，不仅是我们进入其艺术世界的最好通道，而且最重要的是，他的短篇小说都是有难度的写作，其所达到的艺术水准在70后作家群中堪称出类拔萃。

# 一

　　读张学东的作品，总能感到一种熟悉感和亲切感，也就是说，其作品中的很多场景和细节，往往让人产生身临其境之感，特别是他小说中的人物仿佛就"潜伏"在我们身边，他们的身上总会让读者读到自己的一些影子，读到你过往的一些生活和情感，包括你的一些记忆、梦幻和感动，甚至一些欲望、惆怅和挫伤等，尤其是童年时期的那些晦暗不明的情绪、梦想和爱恋，那些挥之不去的焦虑、失落和困惑，在张学东的笔下更具有一种难以言传的魅力。这种熟悉感和亲切感的存在，充分说明了作家对生活的忠实和热爱，对生活体验与生活真实的精到的艺术把握。《寸铁》就是这样一部作品，小说中描写的男孩子玩游戏时对枪的那种依恋，对枪的火焰和威力的那种喜爱，对持有枪的那个人（如能制枪的"汪铜"）的那种崇拜，仿佛一下子就把人带回了童年的情境之中。其实，在我们的青春记忆中，也许都有汪铜那样的玩伴，那样一个"少年英雄"，"他手里的那支火枪在我们这里是一个神话，我的一双眼睛是这个神话最有力的见证。"的确，在我们过往的生活当中有很多这样柔软而温暖的东西，所以与它们的相遇总会让人有一种难以名状的亲切感和熟悉感，有一种别有意味的趣味感和生活感，——我觉得这正是好小说带给人的一种诗意，它能很好地把生活与想象连接在一起，让人流连忘返、回味不尽。尼采说"只有作为一种审美现象，人生和世界才显得是有充足理由的"[①]，也就是说，人生中可能充满了苦难、不幸与悲剧，

---

① [ 德 ] 尼采：《尼采美学文选》，周国平编译，三联书店 1986 年，第 105 页。

但面对它时，我们不应该一味去痛苦、忧伤与绝望，而应该以一种审美的眼光去关注它，去欣赏它，去超越它。我觉得在张学东的小说里面，他正是把人生作为一种审美现象来加以审视和表现的，所以他的小说就具有了一种特别的诗意。

进一步而言，我觉得这种"诗意"可以从这样几个方面去理解。首先，这种诗意来自作家那种深广的同情和悲悯，没有同情和悲悯，就不会有诗意。所谓"同情"就是在写作中，作家是完全和他的人物贴在一起的，他是从人物的处境出发，设身处地去表达他们的心灵，传达他们的情感，走入他们的世界，同他们一起呼吸、一起欢乐，甚至一起哭泣。而所谓的"悲悯"就是站在一个超越性的视角，对这些人物进行一种关怀和包容，让作品充满一种"祝福感"①和"诗性正义"②。一个优秀的作家，是应该能够将二者完美地结合在一起的，张学东正是这样的一个作家。譬如《剃了头过年》中母亲的"笑"就很好地体现了这种诗意，其实这种诗意就是人性之光，它像灯一样照亮了生存的苦难和黑暗。小说写快要过年了，家中却一点过年的气氛也没有，爷爷的死使整个家里显得阴郁、沉闷。但是因为奶奶和母亲的坚持，父亲还是给五个孩子推了一天头准备过年。然而更为不幸的是，年三十那天父母被游街批斗，父亲甚至被污辱性地剃了"阴阳头"。这突然的变故几乎粉碎了孩子心中对

①李建军：《祝福感与小说的伦理境界》，见《文学因何而伟大》，华夏出版社 2010 年版。李建军认为小说家应该让自己笔下的人物表现出"健康而温暖的道德感"，显示出"一种伟大而崇高的伦理境界"，从而体现出一种美好的"祝福感"。
②参见 [ 美 ] 玛莎·努斯鲍姆：《诗性正义：文学想象与公共生活》，丁晓东译，北京大学出版社 2010 年。努斯鲍姆认为文学和情感能够带来畅想和移情，能够带来对世界复杂性的关注，文学对于那些被遗忘的弱势群体的关注，能够使得读者和旁观者尽量深入和全面地掌握事物的方方面面，从而形成一种"诗性正义"。"诗性正义"要求读者尽量站在"中立的旁观者"的位置，尽量以旁观者的道德感和正义感同情地去了解每一个人，并以旁观者的身份对世界进行反思，对事物作出中立和审慎的裁判。

"年"的所有幻想，家里的气氛变得更为严肃、凝重。然而这时候母亲"不合时宜"的咯咯的笑声让人为之一振，它顿时冲开了笼罩在大家心头的阴霾，母亲不仅把父亲从头到脚扫了个干净，并且还对几个孩子说，"你们几个都站过来，让我好好扫扫吧"，终于小说把"一个沉重的关于生活、社会、历史的故事，转化成了人性力量的故事"①，"剃了头过年"这个"老理"焕发出一种巨大的救赎力量。可以说，母亲的"笑声"里包裹的正是作家的同情和悲悯，它使张学东的小说作品具有了"深远的意境与不俗的气韵"。②

其次，这种"诗意"指的是一种"灵魂的记忆"，它更多地源自于我们的童年时期，深深地镌刻在了我们的生命之中。所谓的"灵魂的记忆"其实是一种深沉的爱，这种"爱"，是对生活的关怀，是对生命的体贴，是对诗意的信仰。对于一个小说家来说，这种爱还意味着对文字的爱，对文体的爱，对自己笔下一切事物的爱。正是因为这种爱的存在，所以我们常常能从张学东的小说中读到那种特别的诗意，我觉得这是一种美妙的相遇——没有电光石火，但也刻骨铭心。在那一时刻，你会发现一种情感的暗流迅速地涌向了你的全身，彻底地征服了你，让你有无限熨帖之感。这样的一种感受，其实正是文学独有的魅力，正是文学独有的功能，它总是以特有的形象、情感、思绪给我们诗性的滋养，让我们的灵魂不至于钝化、干涸和贫乏，——这也正是文学的那种独有的"诗意启蒙"的力量。这种力量不同于"理性启蒙"，它不是用理性、规范、道德、逻辑和思想等来对人进行规训，它是以情感对情感、以心对心，

①张新颖：《母亲的笑声、现实和叙述———谈张学东的几篇小说》，《南方文坛》，2009年第1期。
②张学东：《作家的进与退（创作谈）》，《西湖》，2008年第11期。

是一种春风化雨、润物无声的感化。比如说《寸铁》当中，小主人公"我"对小女孩"小扁子"的情感和心理，就让人回味无穷。"我只好伸手去接那盒火柴，却不小心碰着了小扁子的手掌心，里面热乎乎的，就连那盒火柴也投射着那些微热，那是女孩子的特有的阴柔温度，它带着娇羞虔诚谨慎和略微的慌张。最重要的是（值得坦白的是），这种感觉一直到现在还影响着我的生活，我以为女孩的手应该是这样的，既温暖又潮湿，或者还应该有点清凉的感觉，将它捏在手里你会倍觉怜爱与疼惜"。这段文字极为准确、传神地把那种敏感的、细微的心理状态表现得淋漓尽致，把那种处于懵懂时期的、对性意识的初体验诗意地呈现了出来。这正是一种"灵魂的记忆"和"诗意的启蒙"，在张学东的小说中，这样温润的文字和细节随处可见。想想看，如果没有了这种东西，我们的生活将是多么的单调和难堪。无疑，张学东对人的那种细微心理的把握是非常到位的，尤其对"少年人"的那种心理状态的把握，——他能把"少年人"那种丰富的、复杂的，有时是晦暗不明、深不可测的一些东西，层层盘剥、鞭辟入里地揭示出来。事实上，这已成为张学东较为明晰和成熟的一种艺术风格。

最后，这种"诗意"是一种懵懂之美，是一种青春之美，这与作家叙述视角的选择和故事内容本身有关，更与作家对世界的认识和理解有关。对懵懂之美，青春之美的书写是张学东小说的重要主题之一，也是张学东小说的艺术特色之一，这一点不仅体现在他的短篇、中篇小说中，在其长篇小说《西北往事》中更有集中的体现。我们发现，在张学东的小说中，儿童往往具有重要的地位和作用，具有双重的角色和功能，既是叙述者又是行动者，既是旁观者又是参与者，他的存在使得小说获得了一种叙述学上的张力。作为一个青年作家，张学东的叙事动力首先来自自身的成长经验，正是"从自我出发"的创作欲念驱动着他不断勘测童年这块"富矿"。因此，善于运用儿童视角进行叙事，把小说放置在过去的历史空间中展开，使其充满空隙与迷惘，回忆与想象，犹疑与彷徨，这已经成为张学东小说的诗意源泉之一。进而言之，儿童视角本身就是一种诗意叙事，本身就具有一种迷人的真实感、懵懂感和诗意感，它往往带着纯真、圣洁和至善的光辉。事实上，真实感、懵懂感和诗意感正是张学东小说美学的重要内容。同时，儿童视角是一种本色化叙事，往往能祛除道德化的议论和理性的说教而本色化地捕捉原生态的生活世界，——那是一个忧伤的、彷徨的、焦虑的世界，那是一个感性的、情感的、形象的世界，那是一个矛盾混杂、真假难分、善恶莫辨的世界，或许，那也正是小说家的世界，是张学东最为迷恋和倾心的世界。因为在张学东看来，世界并不是清晰的、完整的、和谐的，而是危险与美丽、幸福与忧伤、矛盾与困惑并存的，它需要艺术家的烛照与穿越。此外，儿童视角是一种浑沌叙事，因为儿童总是以一种好奇的、梦幻的、问询的眼光观察和打量世界，他眼中的世界总是朦胧的、浑沌的和纷杂的，他往往能从事物丰富的表象直观到事物被遮蔽的本质，因此诗人华兹华斯才说"儿童乃成人之父"（The Child is father of the Man）。在我看来，这种"诗意"，可以不是那些完美的、正确的、光荣的东西，恰恰相反，它有时可以是一些忧伤、疼痛、遗憾还有失落的事物，有时甚至可以是一些残破的、污浊的、带点丑陋的东西，这正是一种"感伤的诗意"。波德莱尔说，神秘和悔恨是美的特征，忧郁和不幸是美的伙伴，因此，他把美定义为"美是某种热情而凄惨的东西，它有点朦胧，让人猜测"。①张学东的"感伤的诗意"正如波德莱尔的"美"一样，也充满浑沌与幽秘的意味，需要细加品位和"猜测"。

二

张学东是一个很有控制力的小说家，对于短篇小说这种文体更是有一种天然的敏感，他的短篇小说熟谙"小"与"大"的辩证法，常常能在细小的地方显现出大景观来。从小处入手往往是短篇小说的"天性"，它不可能容量太大，不可能太铺张，不可能如江河之水汪洋恣肆，它只能在有限的篇幅里面用极简洁的笔墨来传达更多的东西。所以说，要从一个小的切口"切"进去，但是不能局限在那个"小"上，而是要从里面见出一种大的、纵深性的东西。"切"这个词让人感到有一种精准和锐利，也让人感到有一丝痛快和畏惧，它仿佛医生手中的银光闪闪的手术刀，直达病痛的中心——这无疑已成为张学东最为鲜明的艺术特色。当然，更重要的还不是"切"，而是切口的"纵深"，是切口的典型性、丰富性与复杂性，是切口的社会历史文化含量。短篇小说的真正难度在于，它要在小与大、轻与重、快与慢、历史与现实、生活与想象之间找到最佳的结合点和平衡点，因为过分注重艺术技巧往往会使其显得矫揉造作、空洞轻巧，过分偏重内容又容易使其肿胀笨拙、缺少轻灵的意味。可以说，张学东的短篇小说大都是平衡感很好的作品，不仅切得"精准"（技艺精湛），而且更有大的"纵深"（内涵丰厚），这正是他区别于其他小说家的地方；也正是因为如此，他并不贪恋、炫耀和玩弄艺术技

---

① [法]波德莱尔：《波德莱尔诗全集》，浙江文艺出版社1996年版，第380页。

巧，而是更注重作品的力量、气势和境界。

　　具体说来，张学东短篇小说的"纵深"可以从以下几个方面去理解：首先，张学东的小说常常触及到广阔的历史空间、丰富的时代信息及其背后复杂的社会文化心理。张学东是一个对历史和现实都很感兴趣的作家，更为重要的是，他对历史的叙写往往渗透着现实的意味，对现实的关怀又往往隐含着历史的景深，这种独特的写作视角大大拓展了其作品的意义空间，他的短篇小说也毫不例外地体现了这一点，如《喷雾器》《送一个人上路》《等一个人回家》《放烟》《羔皮帽子》等莫不如此。不难发现，张学东对社会转型期的历史变迁以及人的命运与遭际情有独钟，对20世纪60、70年代的时代风云难以释怀，他总是企图在裂变与匮乏的时代境遇中审视人类生存的困境，考量人性的可能性。这不仅是一个作家的艺术敏感，也是一个作家的道德担当，正是在这一点上，张学东与其他70后作家鲜明地区分了开来。譬如《送一个人上路》写曾任生产队长的祖父信守承诺，为绝户饲养员韩老七养老送终的故事，小说在"轻盈结构中寄寓了沉重的历史感"，"展现了中国农村经济结构变化引起的人物心理和精神道德上的巨大变动"（陈思和语）。[1]小说触及了一个引人深思的问题：在纷繁变乱的社会转型期，当曾经的农村革命所许诺的"乌托邦"化为云烟的时候，谁来承担历史的后果和责任？在这篇小说中，祖父是以一种民间道义的方式，以一种素朴却又庄严的方式，甚至不惜与家人为"敌"实现了送韩老七"上路"的承诺。与此同时，小说还展示了祖父所代表的祖辈与其子辈之间在精神价值、道德观念等方面的矛盾与冲突。前者作为历史之"重"，后者作为现实之"痛"，

---

[1]张学东：《应酬》，河南文艺出版社2010年，第69页，第58页。

它们紧密地交织在一起，使得整个作品变得深沉而开阔，——这正是张学东短篇小说的不凡之处。

其次，张学东的小说触及到了波谲云诡的人性幽微，启发我们要警惕事物的"表象"并要进一步深入到它的内里，见微知著，以小观大，充分把握事物以及人的内在世界的复杂性。叶燮说："诗之至处，妙在含蓄无垠，思致微渺，其寄托在可言不可言之间，其指归在可解不可解之会，言在此而意在彼，端倪而离形象，绝议论而穷思维，引人于冥漠恍惚之境，所以为至也。"①我觉得这一点用之于张学东的小说也颇为恰切，因为他的小说也"含蓄无垠，思致微渺"，常常把人带向"冥漠恍惚之境"。尤其需要我们注意的是张学东小说背后的幽微与黑暗的力量，我觉得那些东西才是最惊心动魄的东西，那也是张学东最善于表现的东西。所谓"幽微"是指一种晦暗不明的几微状态，一种不可测度的存在与奥秘。所谓的"人性幽微"，是指人的复杂而隐秘的人性状态，人的难以察觉的无意识心理状态，它有时候是指人在极端境遇中所迸发的人性之光，但更多的时候是指那些潜伏着的非理性的私欲和恶念，那些隐藏在人的本能之中的贪婪与阴暗。在人性幽微之处，往往最能显现人的弱点与缺陷，人的困顿与挣扎，最能显现瞬间的升华与沉沦的较量，刹那间的善良与丑恶的争斗。小说《司空见惯》一如标题所显示的那样，写的是平凡细微的生活：星期日丈夫在外钓鱼，在家休息的妻子用丈夫忘带的手机接了一个疑似女人的电话，于是妻子的内心便再也无法平静，种种怀疑和猜忌连绵不断，莫名的惊恐与不安使她如坐针毡，最后在愤怒中游逛了一天的妻子等来的却是丈夫遭遇不测的噩耗。同样，在《海

① 叶燮：《原诗》，霍松林校注，人民文学出版社 1979 年版，第 29–30 页。

绵》中，我们看到一次小小的纠纷一步步酿成了人命大案；在《羔皮帽子》《扑向黑暗的雪》等作品中，我们看到人性善恶美丑之间的纠缠……正是在如此微小的地方，张学东极为精准地展现了人性的复杂状态，他让我们在不断地审视自己的同时心生战栗。

最后，张学东的小说还触及了权力体系、权力结构以及思维惯性对人的创伤，——作品浅层表现的是庸常的人生世相，深层揭示的却是世俗权力对人性的腐蚀，不仅写出了人在世俗生活中被同化、异化的过程，而且揭示了沉潜在人物精神世界中的权力意识对社会生活、家庭生活以及人物思想行为的支配与操控。譬如从表面上看，《寸铁》是一个关于少年复仇的故事，实际上，我觉得这篇小说表达的不仅仅是复仇，而更是对权力结构和权力社会当中的人的悲剧的一种思考，它展示的是权力对弱者的无微不至的伤害以及在这个过程当中人性的变异和扭曲，我觉得这才是这篇小说中最深刻的东西。当居于权力顶端的生产队长用铁锹劈杀汪铜家的大花狗时，他伤害了汪铜；而当汪铜为了报复胡队长时，他同样居于权力中心，甚至更为残忍地杀死了胡队长家的狗，并且伤害了无辜的小扁子和"我"。这其中的暴力逻辑具有惊人的相似性，最后所有的人都成了权力的受害者。同样，当《应酬》中的处长对出租车司机进行疯狂的殴打时，正是一种"权力无意识"和现实焦虑推动他去施暴，潜移默化的"权力"成了他们的共同伤害者。正如评论家汪政所说："在张学东的作品中，这些伤害的力量有时并不仅仅在哪个个体身上，有时它就是一种默契，一种从众的选择和氛围。"[1]如果说短篇小说中权力伤害主题还不够集中明朗的话，那么在长篇小说《超低空滑

---

[1]张学东：《应酬》，河南文艺出版社 2010 年，第 69 页，第 58 页。

翔》中，张学东则直接把笔触对准了权力体系、官僚机构的象征——航空局。这很容易让人想到另外的两个人，一个是写出《城堡》的卡夫卡，另一个则是获得 2010 年诺贝尔文学奖的秘鲁作家略萨，他们的共同点是"对权力结构作了深入的描述，并对个体人物的反抗、反叛和挫败进行了犀利的刻画"。从某种意义上来说，张学东正行进在这条路上。

三

张学东是一个具有强烈的悲剧意识的作家，他的短篇小说中大都蕴含着一种深刻的悲剧性，这种悲剧性在有的作品中表现得比较直接，在有的作品表现得比较含蓄，甚至在有的作品中是通过那种表面的黑色幽默或诗意情境来表现的，需要细细挖掘和品味。美国著名的后现代文化理论家丹尼尔·贝尔说："电视新闻强调灾难和人类悲剧时，引起的不是净化和理解，而是滥情和怜悯，即很快就被耗尽的感情和一种假冒身临其境的仪式。"①显然我们所能看到的电视新闻对悲剧事件的阐释往往是片面、武断而表层化的，跟张学东小说中读到的那些东西大为不同，张学东所感兴趣的并非是一个个单纯的"悲剧"事件和它最终的结果，而是它背后的造成悲剧的深层次的原因。从这个角度来讲，张学东对小说有他独特的理解，他的小说总是企图告诉我们某种被遮蔽的"真相"。就像小说《寸铁》当中汪铜的悲剧，从直接的原因来说，是因为恋母情结导致的变态心理，但是我觉得还有更深层次的原因，而这才是

① [美] 丹尼尔·贝尔：《资本主义文化矛盾》，赵一凡、蒲隆、任晓晋译，上海三联书店1989 年版，第 157 页。

这篇小说关注的重心。那么，这个深层次的原因到底是什么呢？是主人公所处的社会现实情境，是那种根深蒂固的思维惯性，还有那种隐蔽的无处不在的权力结构与权力体系。

不过，在企图告诉我们真相的同时，张学东往往又巧妙地模糊或者说解构了这个"真相"，使得一切看似显而易见、顺理成章的东西顿时变得晦暗不明。小说《寸铁》的最后有一段补叙，看起来不经意，但非常有意味。"我还听说那晚跑去报信的人好像看见胡队长从汪铜家的院子里一跛一跛地打着哈欠走出来。谁知道呢？""谁知道呢？"把一件看似那么简单清晰的事情在瞬间给推翻了，由此引发了各种新的可能性。其实这句话，显示的是小说的一种复杂性和开放性，也就是说通过这种困惑和疑问，张学东把"问题"又重新抛给了我们，他实际上没有给我们任何结论。"谁知道呢"是一种思考的、探索的状态，它表明独断论永远是不可信的，悲剧永远是一个疑问，正是这种"疑问"把历史和现实强行带入我们的生活处境之中。因此，"谁知道呢"带来了一种巨大的叙事张力，它甚至颠覆了前面所有的故事叙述，使小说带上了"复调结构"的特征，它也构成张学东小说美学的重要特征之一，譬如在短篇小说《喷雾器》《送一个人上路》《扑向黑暗中的雪》《羔皮帽子》《司空见惯》等作品以及中篇小说《坚硬的夏麦》《谁的眼泪陪我过夜》《艳阳》《清水浑浊》等作品中都带有这样的特征。所以说，我觉得小说家最重要的不是给我们一些简单的观察和结论，而是要给我们带来一种困惑和复杂性，让我们不再用一种单一的视角去看问题，而是学会用复杂的、多角度的、多层次的眼光去看问题——这正是小说叙事的思维智慧和现实意味。

捷克作家米兰·昆德拉说过："吸引小说家的是人，是人在无法预期的状态下的行为，直到存在迄今未知的面相浮现出来"。就像《寸铁》中汪铜在无意之间用枪对小扁子的那种伤害，就像《应酬》中处长对出租车司机的伤害，其实就是"一种无法预期的状态"，而且是一种无法预期的"必然性"。其实在我们的生活当中最可怕的，最让人恐惧的恰恰就是这样一些貌似偶然的事情。因为什么呢？因为你无法预知，难以逃避，而这些东西往往会导致惨烈的悲剧。当悲剧真正发生的时候，人们又往往只关注那些直接的、外在的因由，而常常漠视或忽略了那些生长在晦暗之中的"存在面相"。因此，张学东作品的意义不在于关注悲剧本身，而是以一种特殊的方式提醒我们注意那些迄今未知的"存在面相"。张爱玲的短篇小说《茉莉香片》，写的是一个瘦弱的有点女性化的男学生聂传庆的悲剧故事，他有些莫名其妙地爱上了父亲曾经的恋人的女儿言丹朱，最后在山上莫名其妙地想掐死她。小说最后写道："丹朱没有死。隔两天开学了，他还得在学校里见到她。他跑不了。""跑不了"成了聂传庆一生的悲剧状态，成了他挥之不去的"命运"，张爱玲写得近乎残酷，她深刻地写出了爱情的悲剧与人性的悲剧。同样是写悲剧，我觉得张学东更为开阔些，更有社会历史容量，他把悲剧置于历史和现实的双重拷问之中，于是那些汪铜们的悲剧，贱生们的悲剧也因此超越了个人的悲剧而具有深刻的社会意义。张爱玲笔下的人物的悲剧是"跑不了"的，而张学东笔下的人物的悲剧呢？

# 坚硬的疼痛与柔软的温情[1]：
## 张学东中篇小说简论

从开始发表作品到现在，张学东的创作走过了十个年头。十年的光景，对于一个普通人来说也许已经足够漫长，但是对于一个作家的写作之路和成长之路来说，还是显得过于短促，它还无法让一个作家练造出精纯圆熟的写作技巧，积聚到足够丰富的写作能量和资源，也无法让人准确地把握到一个作家写作的全部景致。然而这种现象在张学东的身上绝对是个例外。因为这十年间，张学东的创作如万斛之源，滚滚而出，每每以一种惊艳的姿态呈现在我们面前，他在短篇、中篇、长篇等众多领域中多管齐下，收放自如，硕果累累，其中短篇如《喷雾器》《送一个人上路》，中篇如《跪乳时期的羊》《坚硬的夏麦》，长篇如《妙音鸟》《超低空滑翔》等已广为文坛方家所津津乐道。我时常陷入这样的

①本文为国家社会科学基金项目"宁夏青年作家群研究"阶段性研究成果。

惊叹中，这个清瘦的家伙怎么会有如此旺盛和持久的创作热情，他的源源不断的艺术动力究竟来自何处？

毫无疑问，在宁夏青年作家群的创作中，张学东的写作显示了一种少有的特质，不仅其创作的速度和数量惊人，其创作的高度和质量也在步步攀升。更难能可贵的是，同不断增长的创作数量相比，张学东的小说总是在不断突破自我，不断探索新的写作疆域和写作风格，也正因为如此，他的创作所呈现出来的丰富性和多元性更令人期待。新近出版的中篇小说集《谁的眼泪陪我过夜》就再次证明了这一点。

在我看来，张学东小说的丰富性和多元性首先体现在其创作题材的多样性与复杂性上。中篇小说集《谁的眼泪陪我过夜》只是其冰山的一角，但它足以让我们窥一斑而知全豹，这其中《谁的眼泪陪我过夜》涉及犯罪心理题材，《女人别哭》涉及农民工题材，《坚硬的夏麦》《艳阳》涉及落后地区教育和贫困生问题等，这些作品的存在，无不显示出作家开阔的写作视野及其对现实存在的独特体察和领悟。公元前七世纪希腊诗人阿基洛科斯有句名言："狐狸知晓许多事情,而刺猬知晓一件大事情"。英国哲学家以赛亚·伯林借此把思想家分成两大类，一类是刺猬型的，一类是狐狸型的。刺猬只知道一件事情，他对这件事情非常精通，这件事情之外的一切概不关心。狐狸则知道很多事情，他的思想或零散或漫射，在许多领域中展开。如柏拉图就属于刺猬型，亚里士多德则属于狐狸型。其实作家也可以分为两大类，刺猬型的作家常常执迷于一类题材，并把它的根深深扎进去（譬如石舒清写"西海固"的日常生活），而狐狸型的作家则喜欢在各种题材中游走，并且不断探讨写作的新的可能性。张学东无疑是一个狐狸型的作家，而且他更像是一只狡猾而聪慧的狐狸，从不在一个地方作过久的停留，他总是能敏感地找到新的写作视角和写作领域，并且总是能以一种独特的艺术形式将之呈现出来，这也是他能不断带给人惊奇的原因之一。

毋庸置疑，张学东是一个现实主义的作家，他的作品彰显出作家直面现实的精神勇气和超越苦难的道德责任。"对于作家而言，没有一条道路会被你白白走过去的，哪怕是曾经沾染到脚底的尘土，它们都有着意想不到的重量和深意，不容忽略。"（《致不如意的生活》）这无疑是张学东的写作宣言，正因为如此，他的作品总是深深扎根于现实生活之中，在给我们展现出现实生活的种种复杂性和可能性的同时，也挖掘出它的"重量和深意"。然而，张学东似乎并不认可传统的现实主义，他要努力摆脱那种机械复制与简单模仿式的"镜像化"的写作，扩大现实主义这一概念，使之包括潜意识、幻觉、梦想、想象等这些因为人们看不见摸不着便通常被斥为非现实的东西。事实证明，这些"非现实"的东西恰恰是最现实的东西，正是在对这种"现实"的捕捉中，我们更能清晰地看到张学东小说的特质。法国马克思主义者加洛蒂曾提出"无边的现实主义"这一概念，加洛蒂认为："所有伟大的作家，就其犀利而审慎地批评他所了解的生活而言，都可以算是现实主义者的一员。"[1]由此看来，张学东正是一个"无边的现实主义者"。

张学东的小说大约可以分为两大类：一类是关注"青春世界"的小说，带着很强的"成长"色彩，这一类小说常常带着浓厚的抒情基质，

---

[1]达米安·格兰特：《现实主义》，周发祥译，昆仑出版社1989年，第91页。

常常以一种汪洋恣肆的意象，一种绵密细致的笔墨，写出了青春时代的种种辛酸和疼痛，写出了少年人（如学生、辍学者、早熟者等）风云变幻的内心情感和绚烂暧昧的生活世界；另一类则是关注"成人世界"的作品，它摆脱了青春期的那种忧伤迷惘的腔调和自我迷恋的姿态，而以一种冷静、迷幻、荒诞甚至是残酷的笔触刻画了天灾以及人祸的重重罹难，尤其是对底层女性、农民工等"小人物"的描写更让人唏嘘不已。显然，无论是哪一类作品，它们最终都指向了底层人群和他们的苦难。

近些年来，"底层文学"一跃成为学术界争论的焦点，底层的苦难成为大家津津乐道的话题，但是究竟该如何写底层，还是一个值得深究的问题。可悲的是，我们越来越多地看到，"苦难"正成为社会热点和新闻焦点并且"装模作样地以小说的姿态出现在读者面前"，那种自恋式的、暴露式的、喧闹式的、沉醉式的写作，常常显现出作家在道德上的优越感，实际上这种写作不仅遗忘了天空，更是遗忘了大地，它只记住了"苦难奇观"本身（这在很大程度上可以视作视觉文化对文学的强力冲击）而遗忘了写作对象的内心。

不难发现，张学东的中篇小说创作中关注更多的是弱势群体（儿童、女人、农民工等）和底层的苦难，但他并没有迷醉于其中，而是以一种剥茧抽丝的方式写出了"苦难"的种种姿态（譬如失败的婚姻、破碎的家庭、不可预知的天灾和人祸等），更把底层民众隐秘幽微的内心世界惊心动魄地展现出来，其中人性的善良与凶恶、晦暗与光明、卑劣与高尚等往往超出了人们习以为常的、二元对立式的简单理解，而呈现出一种斑驳难辨的新质。张学东所要做的，不仅是要"从洁白中拷打出罪恶"，而且还要"从罪恶中拷打出洁白"（陀思妥耶夫斯基语）。如《谁的眼泪陪我过夜》，其创作素材来自报纸上的一篇有关犯罪事实的报道，文章里面的男女主人，都是懵懂少年，天真无邪。作家并不满足于新闻报道里那种简单平庸的道德训诫和独断化叙述，而是找到了一种独特的叙事语调力图通过小说本身去探讨青少年那些隐微诡秘的心理世界。小说的结尾有些出人意料，作为被侵害者的"她"与施害者的"他"竟然结成了攻守同盟，他们甚至相互理解、相互温暖，在走向死亡的边缘又折了回来。显然，用任何一种单一的理由都无法解释他们的这些心理和行为，这就要求我们必须把他们还原在复杂多变的社会现实之中，还原于矛盾纠葛的家庭生活之中，还原于晦暗不明的心性成长之中，这样或许才能找到一个合理的答案。作家余华说："作家的使命不是发泄，不是控诉和揭露，他应该向人们展示高尚。这里所说的高尚不是那种单纯的美好，而是对一切事物理解之后的超然，对善与恶的一视同仁，用同情的目光看待世界。"①张学东的小说很好地做到了这一点。可以说，他在努力"使小说成为精神的综合体"②，他要揭开事物外在的、表面的薄纱，让我们看到最深层的景致。

从艺术手法上来说，张学东善于用多种笔墨和艺术手法营构自己的小说世界，他的小说也因此而变幻多姿。譬如他对生活场景的捕捉能力就极为出色，尤其是对底层民众的生活细节那种熟悉和精到的把握让人叹服。《黑白》中写李素娥到菜市场买猪蹄时有些走神，想起了自己的艰辛生活，这时候看见一只黑头苍蝇在肉摊上飞来飞去，她在恍惚中

---

①余华：《我能否相信自己》，人民文学出版社 1998 年，第 145 页。
②米兰·昆德拉：《小说的艺术》，北京三联出版社 1992 年，第 15 页。

有点恶心起来，"店主浑身也是油腻腻的，白色的大褂已经难以分辨出原先的模样了，特别是那张仿佛卤过的胖脸，让人看了觉得那已经不是一张活人的脸，跟一只上好的卤猪头没有什么太大的区别……"，真是神来之笔；譬如他写人，细致深刻、入木三分，秉承了古典小说的传统。《坚硬的夏麦》中的老陆"黑瘦憔悴，脸脖子胸膛和脊背黝黑并且皱褶叠复，泛黑的褐斑毫无规律地爬上额头脸颊鼻梁和太阳穴，那是照射在黄土地上的阳光最引以骄傲的丰功伟绩"，寥寥数笔，就把一个生活在西北农村的贫困而忠厚的老人的形象展现在人们面前；譬如他写物，常常带着一种反讽的语调，渗透着一种黑色幽默的东西，给人一种意想不到的美学效果。《艳阳》中写校长手中的瓷杯，"这杯子不知有多少人用过，不知是不慎摔坏的，还是别人故意拿牙齿险恶地啃出来的，反正很龌龊的样子，让人不想沾嘴。"通过一个瓷杯便写出了人情世态和学校的艰难处境。这里需要特别提到的是张学东对人物心理的描写，从某种意义上来说，张学东小说的特质，还并不仅仅在于他书写的生活领域之广泛和特殊，而在于他能够精准细致地进入人物的内心世界，把那些矛盾复杂、波谲云诡的心理波动，以一种悖谬式的语言叙述出来，一层层地展现给大家看。如《清水浑浊》，以爱国的梦境写芹花死后他的复杂的心理状态，更显得真实而生动。《坚硬的夏麦》中写陆小北跳水救人成了别人眼中的"英雄"，而"我"却给出了另一种"不合时宜"的答案：敏感脆弱的陆小北在跳水的那一刻"他的内心也许有了一种被肆虐的泥沙瞬间洗劫和蒙蔽的伤痛，眼前汹涌的渠水正浑浊地涌向前方。而陆小北却忽然间又意识到长久以来困扰着自己的低回暗淡、无法摆脱的困窘生活了，水面上的那些混沌不清的波光似乎映射着他人生的全部景况。"这样陆小北的见义勇为行动就大打折扣，他的跳水，与其说是救人还不说是对人生困境的瞬间解脱，这种悖论性使得"英雄"的世俗评价显得荒谬可笑，因为它遮蔽了陆小北灰暗不明的灵魂状态。陆小北的死是一个谜，其背后有更为丰富的社会蕴含和现实纠葛，当张学东通过主人公跳水之前的一系列幻觉意识的描写来揭示这个谜时，我们顿时感受到一种巨大的震撼。

虽然在写作的时候，对死亡、暴力、黑暗、孤独、疼痛、绝望、伤害等的描写和叙述是张学东最惯用和最擅长的东西，这一点无疑使他的小说带上了先锋小说的质素，但他没有滥用这些东西，也并不沉浸在对这些东西的迷恋和欣赏之中，而是努力让小说回归到正常状态，回归到人物与故事之中，并企图通过摇曳变化的笔致展示潜藏在它们背后的复杂的社会和现实意味，从而彰显出文学独有的思想视野和深度。《黑白》《坚硬的夏麦》《清水浑浊》《艳阳》《水往北流》等作品中都有近乎惨烈的生活故事，读来令人惆怅、心痛。这种疼痛感和现实感在张学东的小说中随处可见。《水往北流》中，小说在紧张而急促的叙述中让读者感受到一种焦虑和不安，随着叙述的层层展开，人物的经历和命运就像一个黑洞一样显得越来越幽暗，伴随着各种不祥的预感，小说将人物的疼痛推向了极致：你害怕青秀被奸污，青秀还是被奸污了；你害怕青虹走进吕学义的家门，青虹就走进去了，而且还跟着他进了城。这似乎是一种"命运"，但更是一种现实，张学东就这样以其卓越的艺术想象力引导我们进入存在的真相之中。

作为一部个人作品自选集，《谁的眼泪陪我过夜》中选入的 8 部作品都具有很强的代表性，它们在张学东的心中占据着重要的地位，这也从某种层面上彰显出作家对中篇这种文体的敏感和偏爱。如果说短篇小说精短凝练近于诗，长篇小说铺张宏大像激流喷涌的江河，而中篇小说的存在则多少有些娘不亲爹不爱的尴尬。翻开中外文学史我们就会发现，优秀的中篇几乎是凤毛麟角，这在很大程度上说明中篇是一种很难把握的文体。在这个追名逐利的时代，在这个长篇小说更容易获得商业上的实惠的时代，张学东能独辟蹊径、知难而进，在中篇小说的创作上（他已经出版了另一部中篇小说集《跪乳时期的羊》）孜孜不倦，的确让人心生敬佩。

张爱玲曾说："生于这世上，没有一样感情不是千疮百孔的。"我在张学东的小说里读到了这些"千疮百孔"的感情，它们无不真切而感人，作家以其独有的悲悯情怀写出了普通民众遭遇各种天灾和人祸时的彷徨、无奈与挣扎，写出了他们的孤独与忧伤，写出了他们困惑和创痛。不仅如此，作家也写出了他们并不暗淡的人性之光，写出了他们的坚韧与尊严，写出了他们的温暖与安详。著名的汉学家夏志清在评论沈从文和福克纳时说，他们"……对土地和对小人物的忠诚，是一切更大更难达致的美德，如慈悲心、豪情和勇气等的基础。"[1]在我看来，张学东也在很大程度上具备了这样的"忠诚"和"美德"，因此他的小说有一种大的气势和格局，有一种纯正的品质和趣味。我祈愿张学东的写作之路越走越好。

---

[1]夏志清：《中国现代小说史》，复旦大学出版社 2005 年，月第 142 页。

# 幽暗意识、诗性之光与自觉的写作：
## 张学东长篇小说论

作为一种文体，长篇小说因为其特别的广度、深度与厚度，已经成为判定一个作家创作水准与艺术能量的重要标识，就像航空母舰，是判定一个国家军事能力的基本参照。而作为宁夏"70后"作家的领军人物，张学东的长篇小说，已经形成了相当的规模和影响，从《西北往事》（河南文艺出版社 2007 年）、《妙音鸟》（作家出版社 2008 年）、《超低空滑翔》（上海文艺出版社 2009 年）到《人脉》（河南文艺出版社 2011 年）、《尾》（河南文艺出版社 2017 年），以及近期的《家犬往事》等，几乎每一部作品都呈现出迥异的面貌，其写作也因此具备了某种"症候性的意义"。概而言之，《西北往事》是一部少年人成长的"叙事诗"，充满了青春的伤感、迷惘、疼痛与梦想；《妙音鸟》是"文革"时代的一次魔幻旅行和"变形记"；《超低空滑翔》是一台现实生存与权力机制的"解剖手术";《人脉》是"后文革时代"的一次"精神把脉",从更深的层面指向中国文化传统,尤其是对儒家文化进行了反思;《尾》是对"互联网时代"大众精神生态的揭橥[①];而即将出版的《家犬往事》,则是通过动物的视角,去勾连与反思过去一段特殊的历史岁月。如果把这些作品放在一起来看,我们不难发现,张学东在十余年的长篇小说创作中,已经重新梳理了共和国从成立到现在,尤其是 20 世纪 60 年代以来各个重要时段的历史,他企图以自己的观察、想象和虚构,呈现出其中波澜壮阔的社会内容与历史真相,也让我们从中可以看出一个"70 后"作家不断寻求突破和超越的坚韧与努力。

## 一、"游移"的身份与突围的可能

从更为宽泛的视野来说,张学东是一个非典型的"宁夏"作家,也是一个非典型的"70 后"作家,而这恰恰成就了他的"游移"和"间离"的个性特质。张学东作为宁夏文学的"新三棵树"(季栋梁、漠月、张学东)之一,虽然生在西北,长在宁夏,但他的文学气质和写作风貌与宁夏文学的"主流"始终保持着一定的疏离,他笔下所关注的并非仅仅是西北的地域书写,并不局限于乡土乡村与田园诗意,而更多用力的是裹挟着时代风云的历史阵痛与现实境遇,他是宁夏少数能自由驾驭多种题材内容(譬如乡土题材与城市题材、教育题材与犯罪题材等)的多面手作家。关于宁夏文学的特质,或者说"中国文学的宁夏现象",评论界已经形成较为一致的看法,甚至有"四小四大"的

---

①张富宝:《在文化寻根中让精神还乡》,《文艺报》,2012 年 12 月 3 日第 2 版。

概括，即"小省区、大文学，小短篇、大成绩，小草根、大能量，小作品、大情怀"。①评论者普遍认为宁夏文学是中国文学的一股清流，它是虔诚的、真挚的、沉静的、朴实的、乡土的、诗意的，具有鲜明的地域特色、民族特色与审美特色。那么，相对于宁夏作家的这一写作传统，张学东显得多少有点另类，显得更为先锋和现代，这是继老一辈作家张贤亮之后，在陈继明与金瓯等作家身上一直在延续的另一种"血脉"，但张学东与陈继明、金瓯显然有不同的发展方向，而随着陈继明的南下广东，金瓯的逐渐淡出，张学东就变得更为"孤独"。虽然从出道开始，张学东也不无例外地带着"宁夏"的印记，比如他的作品中强烈的生命意识，比如他的作品冷硬苍凉的风格，比如他一再刻画的西北风物与生存环境等。不过，张学东很快就找到一条突围之路，他把更多的笔墨放在对乡镇与城市生活的书写之中，放在对社会结构与文化心理的深度扫描之中。因为其写作题材领域的广泛，写作技巧的多变，张学东被誉为一个"狐狸型"的作家，他的作品也获得了外界的普遍认可。

我们都知道，"70后"作家曾一度被称为"夹缝中的一代"，是缺乏精神原乡与历史根基的一代，是缺乏道德勇气与担当精神的一代，是缺乏个性的、断裂的一代，他们成长在一个社会与文化急剧转型与嬗变的环境之中，既缺乏"60后"的苦难遭遇、理想情怀与历史责任，也没有"80后"的经济头脑、市场意识与归零心态，当"60后"还长期雄踞在舞台中央的时候，"80后"甚至"90后"就已经迅速成长，占据了社会与媒体的重要位置，"70后"似乎成了最没有存在感的"中

---

① 《"中国文学的宁夏现象"：在这里，文学是最好的庄稼》，参见中国作家网，2018年12月25日"作协动态"。

间物"。多年来，关于作家代际的划分实际上一直存在很多的争议，它的缺陷与不足是显而易见的。不过，这里面也有其合理性的成分，它至少能便捷地说明一些问题。

显然，这种颇为"尴尬"的代际身份使得"70后"的写作具有很大的特殊性，正像论者指出的那样："他们在计划体制与市场体制、纯文学路线与商业化写作、代言式写作与个人化写作之间反复挣扎。就知识背景、写作习惯和媒体偏好而言，他们的趣味更加贴近以文学期刊为主阵地的文学传统。"[1]张学东也是如此，他也曾经面临过困惑和挣扎，但与同时代的其他"70后"作家相比，张学东又是一个非典型的"70后"作家。之所以是非典型的，可能与他的"宁夏"印记有关，与西北内陆的安定与封闭有关，与他的童年生活、文学教育和自我成长有关，总之，他无疑具有"60后"与"70后"作家的"间际特征"。也就是说，因为与主流文学与中心地带的疏离，他既继承了"60后"作家的先锋气质与历史情怀，也具有了"70"后作家的内敛稳重与机智敏锐，这反而成了他的一种写作特色和写作优势，守正中和、不卑不亢，同时也不失厚重开阔。进而言之，在完成成长时期的"个人化叙述"之后，张学东便非常自觉地转向"历史化叙述"，利用"70后"的后发优势去反思民族的与社会的各种问题。这种反思性的、批判性的、纵深性的写作，这种带有很强自主意识与历史关怀的写作，是张学东区别于其他"70后"作家的鲜明特点。

从某种意义上来说，张学东的长篇小说创作是一个持续成长与蜕变的过程，由开始的生涩单纯逐渐走向现在的凝重繁复，形成了一种"静

---

[1]黄发有：《"70后"：从媒体制造到代群认同》，《上海文学》，2015年第9期。

水流深"与"悲怆凝重"的美学风貌，——也不妨把这个看作是文化地理对作家写作的默化滋养，一方面是黄河的浑浊激荡，另一方面是贺兰山的威严奇峻，二者一动一静，相互辉映。不可否认，写作身份的"游移"，恰恰使张学东获得了一种更为开阔的超越性的视角，成就了他更大的突围的可能。无疑，要想成为一个真正原创性的自由写作个体，就必须不断打破加诸己身的种种阈限，努力摆脱集体性的标签与印记，——从"宁夏"到"70后"，甚至到"中国"，这是一个不断升华与蜕变的过程。当然，这可能只是一个美好的愿景，很多作家都很难做到，但至少要把它作为一种追求的目标。也就是说，张学东的作品，正因为有这方面的"较劲"，所以就具有了较强的包容度与黏合度，他善于在传统与现代之间，历史与现实之间，表象与本质之间寻求最佳的契合点与切入点，并引领读者进入一种切身的生活现场之中；在其故事的演进过程与叙事的延宕起伏之中，渗透着作家的独特的文学趣味和人生洞见。

## "介入的野心"与"自觉的写作"

1945 年 10 月，在《现代》杂志创刊的"发刊词"中，萨特旗帜鲜明地提出了有关"介入文学"的主张。他号召作家们要担负起知识分子的责任，通过写作对当代各种重大社会问题做出回答，从而引发了一场关于文学性质和功能的论战。1947 年，萨特的名著《什么是文学?》在《现代》杂志上发表。这部著作是他所主张的"介入文学"的一篇充满激情的宣言，它长期以来也一直被奉为文学批评的经典著作。

何为介入? 如何介入? 萨特在不同的历史时期都有不同的解释，

他曾经认为"介入就是通过揭露而行动"，而"揭露就是改变"①；后来他又说："介入就是表达作家自己的感受，并且是从唯一可能的人的观点来表达，这就是说，他必须为他本人，也为所有的人要求一种具体的自由"②；再后来，他又提出："文学是一面批判性的镜子。显示，证明，表现：这就是介入"③这说明，萨特的"介入文学观"本身是一个含混的、多义性的概念，其中大体包含着"揭露""批判""见证""自由"与"行动"等多种意涵。没有明确的证据直接表明张学东受到过萨特这一文学观念的影响，但从他的作品和一些创作谈中，我们还是能感觉到两者之间的内在联系。但我更加强调的是，"介入"在这里的意味着重申作家的写作责任与精神担当，意味着作家要心存高远、严以律己、打破陈规，要以一种独立的、批判性的、整体性的视角去审视自己的时代，并赋予其作品以一种特殊的文学性的眼光和形式。对此，张学东不无自觉，他曾说："作家首先应该与他所处的那个社会相左，冷峻的目光，理性的批判，犀利的言辞，以及道义担当，哪怕这种担当只是表现在你的文本中，任何粉饰太平的东西都是写作者最大的敌人。其次，才是世界与你的关系，或者说，你的文学或文字对这个世界有什么意义。但现实情况往往是，很多人都把这两层东西搞反了。"④这段话很好地说明了张学东的写作野心和文学抱负，他认为作家要背负一代人的精神使命，在写作的时候要积极地去介入，要保持自己的道德感和批判性，不能只是粉饰太平，陶醉在小我的意义层面。

---

①萨特：《什么是文学？》见《萨特文学论文集》，施康强等译，安徽文艺出版社1998，第81页。
②参见何林编著：《萨特：存在给自由带上镣铐》，辽海出版社1999年，第198页。
③萨特：《七十岁自画像》，见《萨特研究》，柳鸣九编，中国社会科学出版社1981年。
④张学东、姜广平：《小说也许是最接近历史"真相"的》，《西湖》，2014年第8期。

介入的文学其实就是"历史化"写作，就是"自觉的写作"。从张学东20年来的创作史来看，他的作品始终在追求一种"介入"与"历史化"的倾向。按照学者陈晓明的阐释，"历史化是文学从历史发展的总体观念来理解把握社会现实生活，探索和揭示社会发展的本质和方向，从而在时间整体性的结构中来建立文学世界。"①事实上，从《西北往事》开始，张学东就已经是一个有历史自觉与经典意识的青年作家了，他敏感地深入到"西北"与"往事"的腹地，去捕捉和呈现那段迷离惝恍的青春岁月，并尝试从"时间整体性的结构中来建立文学世界"。无疑，《西北往事》可以看作是张学东青春写作的集成之作，其中难免对中国先锋文学的模仿与因袭，但小说中那种独特的忧郁和诗意，那种对少年人波谲云诡的心理世界的洞悉，都呈现出其个性化的气质。此后，伴随着他的成长和成熟，通过《妙音鸟》《超低空滑翔》《人脉》《尾》《家犬往事》等作品，他最终实现了对20世纪50年代以来的中国历史与现实的文学呈现，从"文革"到"后文革"时期，从新时期到新世纪，从新世纪到新时代。当然，这是一个由模糊到清晰的过程，由截面到纵深的过程，也即是一个不断"历史化"的过程。

所谓"自觉的写作"，就是作家要有比较明确的写作目标与写作理念，有比较独特的问题意识与现实关怀，有比较深远的思想追求与伦理担当等，也就是要从根本性上解决"为什么写""写什么""怎么写"的问题，这在很大程度上决定着一个作家的写作高度。具体可以分化为若干问题：比如作家如何定位自己的身份，如何针对自己的时代写作？比如作家如何面对和处理历史与现实，甚至是未来？比如作家采用什么

① 陈晓明：《现代性与中国当代文学转型》，昆明：云南人民出版社2003年，第226页。

样的艺术技巧与艺术形式？比如作家如何去穿越和开掘思想的深度？张学东在评价自己的小说《人脉》时坦承："我始终觉得一个优秀作家总得在他所处的那个（代际）群体里表现出某种先锋精神和小说理想，否则，他的作品很快就会被淹没。《人脉》作为'70后'作家的一部长篇小说，它至少让我在某些时候可以挺直腰杆。"①这即是典型的自觉写作，一个作家只有不断秉持和实践"先锋精神与小说理想"，才能够从他所在的群体和时代中脱颖而出，如果没有这种意识，他无疑很快就会被淹没和淘汰。

评论家李建军说："任何自觉的写作，都首先是针对自己时代的写作。它必须首先立足于当代性，然后再由此上升到超时代的普遍性。一部毫无时代性指涉的作品，不可能成为超越时代的伟大作品；一部不能感动自己时代读者的作品，也很难感动后来时代的读者。"②这里的难题就在于如何去实现"时代指涉"。不是说写了当下社会的一些热点、人物、场景、事件、病象等这些表面的东西就是指涉时代，而是要进入它的内在肌理，写出其中"人类的声音"，写出其中"超时代的普遍性"，召唤出"时代的艺术形式"。我一直认为，一个优秀的作家需要具备三种能力：第一，处理历史的能力；第二，直面现实的能力；第三，想象未来的能力。很多作家只是具备其中的一项能力，很难把这三者融合为一。但事实上，归根到底，这三种能力其实就是一种能力，即面对自己的时代写作的能力，因为在具体而真实的时代生活中，你很难分清哪一部分是历史，哪一部分是现实，哪一部分是未来。

---

① 张学东、姜广平：《小说也许是最接近历史"真相"的》，《西湖》，2014年第8期。
② 李建军：《再度创作：汤显祖与莎士比亚的文学经验》，《当代文坛》，2017年第1期。

张学东的长篇小说，大都有比较明确的历史背景与现实关切，通过他的叙述和想象，最终完成了他对历史与现实的理解和思考。写历史并不单单是写历史，写现实也不仅仅是写现实，从根本来讲历史与现实往往是水乳交融的共同体，只不过这一点常常被很多写作者所忽略，由此，他们的写作也只能是散点写作而不是通观写作，只能是局域写作而不是整体写作。那么，如何去面对历史，就是对作家的一种巨大的考量；愿不愿意去面对，有没有能力去面对，都在考验着作家的技艺、勇气和良知。尤其是，作为一个"70后"作家，"如何去呈现那段过往的'文革'历史，就不仅是对一个作家的叙事能力和小说技巧的挑战，更是对一代人的历史使命和思想责任的考验。毋庸置疑，'文革'已成为一种历史存在，但它也可能在以一种独特的方式刺激和孕育着当代中国最为瑰丽的文学想象。在我看来，从'民族国家文学'到'后文革叙事时代'的转变，意味着中国当代文学已经呈现出一种新的气质和面貌。"①所谓的历史，从来都不仅仅是远离我们的一些生硬的数字与文献，不仅仅是一些个别的时间的节点，不仅仅是一些具体的人物与事件，而是一种深流的静水，是一种隐秘的幽灵，是一种灵魂的记忆，是一种民族的集体无意识的积淀，是一种文化根脉的传承。如果这样去理解历史，它又何尝不是一种鲜活的现实与未来呢？面对历史的写作何尝不是面对现实与未来的写作呢？对于每一个当代中国作家来说，如果不能从这里触及中国社会的深层结构，如果不能从这里深入人类存在的内部肌理，探究人性价值的终极境遇，就不可能写出真正优秀的长篇小说。"没有历

---

① 张富宝：《关切生存之痛聆听向善之音——读张学东长篇小说〈妙音鸟〉》，《朔方》，2009 年第 6 期。

史的生活是不完整的，没有历史的人物是不真实的，小说可以被理解为'民族的秘史'。这是更真实的历史，是小说家需要深入理解和叙述的历史。"①但当下的中国文学，能够认识到这些的恐怕为数不多。戏说历史，穿越历史，娱乐历史，表面上看起来非常热闹，就像那些长期占据影视频道的抗日神剧一样，完全经不起推敲，早已丧失了真正的历史精神，也无法找到历史真相，其结果无疑会导致越来越严重的虚无主义和空心主义。

　　同样，如果一个作家缺乏直面现实的能力，也会存在很大的问题，他的作品往往会显得表面光滑、隔靴搔痒、贫血无力。无法直面现实，缺乏作家应该承担的道义责任，就只能关注那些轻浮、浅薄、矫饰、愚乐、玄幻、意淫的东西，就只能玩弄技巧、避重就轻、虚张声势、自我陶醉，就只能是一种假面写作、空心写作、欲望写作和娱乐写作。举凡文学史上的那些伟大的作家，无不是面对自己时代和现实的写作，屈原、杜甫、曹雪芹、鲁迅如此，但丁、莎士比亚、托尔斯泰、卡夫卡亦是如此。张学东是一个现实感极强的作家，他的每一部作品都会涉及不同的现实问题（当然，也包括"历史的幽灵"），譬如心理创伤、子女教育、贫富差距、医疗腐败、职场际遇、官僚体系、社会舆论、异化生存等。但他并不是仅仅停留在表面的猎奇上，而是立足于饱满的细节和丰盈的想象，抽丝剥茧、步步紧逼、层层追问，探究其内在的历史因由与发生机制。正因为如此，我曾经把张学东的这种写作概括为"历史与现实的双向勘探"，"因为历史是现实的历史，现实是历史的现实，历史的血

①李建军：《〈白鹿原〉的美学价值和艺术旨趣》，《人民日报》，2016年11月8日第14版

脉与魂魄活在现实之中，而现实的根系与源头潜藏在历史之内"。①如此把小说的故事与人物放在一个拉伸的景深之中，就使得它具有了非凡的意义。也正是在这样的写作中，张学东的小说才有了区别于其他作家的"凝重感和苍茫感"，把更复杂、更隐秘、更真实的东西呈现在读者的面前。

《超低空滑翔》是一部带有自传性质的介入现实的作品，取材新颖独特，作家以在民航院校及地方民航局学习工作的近十四年的经历为基础，动用了自己的航空电讯专业知识，将写作视角深入到基层行政机构之中，比较娴熟地运用了现代性叙事技巧，实现了"一次新写实主义的光大"（陈晓明语）。陈晓明曾对《超低空滑翔》做过非常精彩的分析，他认为："超低空"首先是一种状态，当然是对白东方生存状态的一种描述，他处于生活的低层次（不是底层），他在这样的低空状态，也试图要飞翔起来。其次，"超低空"是权力压制的一种情状，在权力的规训下只能低眉顺眼，臣服于权力，只能处于超低空。其三，"超低空"又是一个战术名词，那是侵入敌方领空所玩弄的一种隐蔽战术，为躲避雷达的跟踪而使用的诡异伎俩。②的确，陈晓明的解读非常敏锐地抓住了张学东小说写作的一些主要特点，可以启发人很多思考。而我觉得，"超低空滑翔"还可以做更为丰富的引申，除了陈晓明所说的这些之外，它也可以视为一种小人物的生存隐喻，似乎每一个小人物都能在其中找到自己的影子；同时，"超低空滑翔"更是可以视作为一种写作美学。"超低空"是"入乎其内"，是对底层生活的无限贴近，而"滑

①张富宝：《双向勘探之中的人性沉思》，《六盘山》，2017 年第 5 期。
②陈晓明：《超低空的原生态叙述——评张学东的〈超低空滑翔〉》，《小说评论》，2010 年第 2 期。

翔"则是"出乎其外",是一种飞升的努力,是一种诗意温情的观照。而能够实现这二者的融合统一,正是张学东的主要写作特质之一。

不难发现,张学东小说的笔触大多集中于表现社会底层的生活,尤其是那些所谓的"阴性群体",在历史与现实的映照中,他们有着生动、鲜活而特别的面孔。所谓的"阴性群体"是指,"生理性别的'女性'或近于无性别的儿童,政治性别的'底层'小人物,以及社会性别的'边缘人'",而这些阴性群体大都是"被污辱与被损害者"。①已有多位评论者指出,张学东的作品总是涉及"阴性群体"的"伤害与被伤害"的主题,这已经成为他的一种风格标记。虽然从作家的生活履历来看,并没有遭遇特别不幸的生活事件和心理创伤,但他的写作似乎一直在无意识中向这一区域开掘。这的确是一件很有意味的事情。也就是说,张学东的小说最擅长的是写女性与儿童,写小人物与边缘人物,写那些在生活的境遇中彷徨与挣扎的人,这不单单是一种艺术的选择,更是一种伦理的选择。这其中的秘诀在于,他始终给予小人物以足够的"尊重""体恤"与"同情","让他们自由地开口说话",即便他们是那么卑微渺小,也要让他们"同样地闪耀光彩"。②张学东认为,这种写法正是《红楼梦》最动人的地方,它看起来是古典的,但又是特别具有现代性的东西,而在他的作品中,正是继承了这样一种伟大的文学传统。的确,每一个作家都生活在一定的传统之中,一如艾略特在《传统与个人才能》中所指出的,重要的是作家如何以自己的个人才能进入,甚至改变这个传统。也正是在这些地方,我们能看到张学东的写作在现代性的包裹之

---

① 张学东、张昭兵:《重在想象性的探究与追寻》,《朔方》,2010 年第 1 期。
② 张学东、姜广平:《小说也许是最接近历史"真相"的》,《西湖》,2014 年第 8 期。

下，其实更是受惠于根深蒂固的古典文学传统，故此，他的写作是一种"有根的写作"。

长篇小说《尾》是张学东"中年写作"的产物，也是一种直面现实的原生态书写，没有惊心动魄的故事，没有宏大壮观的结构，而是聚焦于普通人与普通家庭，聚焦于"生活的混沌"与"生活的溃疡"，写出了血淋淋的真实性与残酷性。这部小说以"尾"为中心意象，"准确、深入、纽腻地刻画了当前时代复杂、幽暗、病态的社会心理，通过描摹生活的溃疡、疼痛与苍白，更是为我们展现了当下城市日常生活秩序与伦理溃败的图景：无论是孩子还是成人，无论是女人还是男人，他们都充满了荒诞感、孤独感、无助感和溃败感，他们都成了孤立无援的'被侮辱与被损害者'。在这样的情境之中，我们还有没有勇气去问：在生活的静水之下，到底还潜藏着多少不为人知的惊涛骇浪？"[1]小说中塑造的牛大夫、熊主任、马先生、母鹤老师等人物形象，似乎都在隐喻着人的"动物性"的异化生存（这也是张学东小说的惯用手法），正是在这里，小说刺破了"冷酷无情""不寒而栗"的现实真相。那么，需要我们深思的是，到底什么是"尾"？它是一种返祖的生理现象吗？它是一种无处不在的舆论阴魂吗？它是一种根深蒂固的历史幽灵吗？它是一种非理性的黑色人性吗？"尾"似有若无，却又如影相随：它既是真实的，又是荒诞的；既是心理的，又是象征的；既是个人的，又是集体的；既是现实的，又是历史的。或许还不止于此，"尾"还可以延伸出其他的意涵。

---

[1]张富宝、张学东：《静水之下，不为人知的惊涛骇浪——张学东长篇小说〈尾〉访谈录》，《朔方》（文艺评论专号），2014年卷。

### 三、"幽暗意识""诗性之光"与"向上的提升"

　　无疑,在张学东的小说中,写青春意味的部分与"被侮辱与被损害"的部分最为动人。《西北往事》作为作家的第一部长篇小说,带有鲜明的青春期的冲动和激情,主要叙述了西北小镇上一群少年的成长故事。这是一部寄寓着作家青春情怀的写作,是作家对自己的童年生活,对西北故土的一次深情回望与热切观照。阴郁、感伤、真诚、迷离,成为了其作品典型的"早期风格"。但更需要指出的是,这部小说最大的特色,恐怕是它始终都笼罩在一种"幽暗意识"之中。事实上,"幽暗意识"在张学东的所有作品中一直都是一种重要的存在,无论是侧重于特殊时代叙事的《妙音鸟》《人脉》《家犬往事》,还是侧重于现实批判的《超低空滑翔》《尾》,都有不同程度上的体现。在其颇有影响力的一些中短篇小说,比如《跪乳时期的羊》《寸铁》《喷雾器》《送一个人上路》《给张杨福贵深鞠一躬》《父亲的婚事》《阿基米德定律》《蛇吻》等之中,也都清晰可见。张学东的小说最善于表现的、最惊心动魄的东西,就是那些"幽微与黑暗的力量"。所谓"幽微"是指一种晦暗不明的几微状态,一种不可测度的存在与奥秘。所谓的"人性幽微",是指"人的复杂而隐秘的人性状态,人的难以察觉的无意识心理状态,它有时候是指人在极端境遇中所迸发的人性之光,但更多的时候是指那些潜伏着的非理性的私欲和恶念,那些隐藏在人的本能之中的贪婪与阴暗。"在人性幽微之处,往往最能显现出人的弱点与缺陷,人的困顿与挣扎,最能显现出升华与沉沦的较量，善良与丑恶的争斗。①这里所说的"人性幽微"实际上就有"幽暗意识"的内涵。

"幽暗意识"是夋自张灏先生的一个重要的学术概念，主要是说，要"通过深入挖掘、反省人性潜在的自在之恶，直面并反思人性的黑暗，从而呈现事件背后的社会、文化和精神等深层原因，以此完成对人类的自我审视和对人类生存状况的拷问。"②按王德威的解释，"幽暗意识"不仅指各种各样理想或理性疆界之外的、不可知或是不可测的层面，它同时也探溯和想象人性最幽微曲折的面向。③以此来看，张学东是一个深具"幽暗意识"的作家，他的作品之所以具有某种"手术刀般的精准"与"灵魂的深度"，正是与此有关。

鲁迅在 1926 年《〈穷人〉小引》（《集外集》）一文中把陀思妥耶夫斯基称为"残酷的天才""人的灵魂的伟大的审问者"，认为他是"高的意义上的写实者"，他的作品"所处理的乃是人的全灵魂"，能够显示"人的灵魂的深"。陀氏在他的作品中总是让人物置身于"精神的苦刑"，写他们犯罪、痴呆、酗酒、发狂以至于自杀等各种生存境况，以此努力向心灵的纵深处开掘。④无疑，鲁迅的小说创作也深深打上了陀思妥耶夫斯基的烙印，他的作品直面国民的"劣根性"，从而具有了特别的启蒙深度与思想气质。在这样的精神谱系中来看，张学东也是类似的"高的意义上的写实主义者"，他的先锋也好，魔幻也好，写实也好，想象也好，大都立足于坚硬、冰冷、感伤的生活经验，在对人性扭

①张富宝：《在诗意与幽暗之间穿越——张学东短篇小说论》，《山花》，2011 年第 2 期。
②张灏：《幽暗意识与民主传统》，见《张灏自选集》，上海：上海教育出版社 2002 年，第 2 页。
③ https://www.thepaper.cn/newsDetail_forward_1485488
④鲁迅：《集外集·〈穷人〉小引》，《鲁迅全集》第 7 卷，北京：人民文学出版社 2005 年，第 105 页。

曲、变形与失落的追问之中，完成对社会的审视和历史的批判，进而逼近灵魂的真实。但还不仅仅如此，张学东并不满足于渲染"苦难""沉重"和"绝望"，正如吴义勤所指出的那样，他的作品更有着"温暖、感伤的诗意，有着对于人性的期待与信仰……破碎的美感、沉默的激情、绝望的反抗，使小说逸出了我们熟知与沉溺的生存空间，带给我们无尽的悲剧诗情体验。"①这也即是说，张学东的作品一方面具有特别的"幽暗意识"，着力于表现社会的险恶、生存的困境以及人性的晦暗，显得阴郁、沉重、幽深；另一方面，他的作品始终闪耀着一种"诗性之光"，不失轻逸、明亮和温暖。而正是这种"诗性之光"的存在，使得他的作品获得了一种与众不同的力量。这里的"诗性之光"，实际上可以理解为不同的层面：它首先是作家对世界"赤子般"的同情、抚慰与怜悯，是他对世界赋予的全部希望、美好和善意，是他对人性的期待、信仰和守护；其次，它来自中国传统文化的根脉，它本质上是一种生生不息的精神力量与文化关怀。我一直觉得，当下很多作家的写作，之所以鲜有震撼性的大作品，就在于缺乏这种终极意味上的"诗性之光"，他们更多停留在现代性与后现代性的技艺的层面，而很难触及"中国性"的真正源头。土耳其小说家帕慕克认为，伟大的小说都具有"小说的中心"，它是"一个关于生活的深沉观点或洞见，一个深藏不露的神秘节点，无论它是真实的还是想象的"，它的特点"像一种光，光源尽管模糊难定，但却可以照亮整座森林。"②张学东小说中弥漫的那种"诗性之光"，就非常接近于帕慕克所说的"小说的中心"。

---

①吴义勤：《坚冰是如何被融化的——评张学东长篇小说〈西北往事〉》，《文艺报》，2007年9月18日。
②[土耳其]奥尔罕·帕慕克：《天真的和感伤的小说家》，彭发胜译，上海：上海人民出版社。

作家阿来在谈自己的新作《云中记》时说："我愿意写出生命所经历的磨难、罪过、悲苦，但我更愿意写出经历过一切后，人性的温暖。即使看起来，这个世界还在向着贪婪与罪过滑行，但我还是愿意对人性保持温暖的向往。"（《阿来〈云中记〉研讨：一个普通人荡气回肠的找寻自我之路》）这其实也正是张学东一直所追求的写作理念。在他的笔下，虽然也写了各种各样的天灾人祸，写了血淋淋的苦难和伤害，写了冷硬的坚冰与人性的幽暗，但他并没有堕入虚无、绝望与残酷，并没有沦陷于先锋文学的黑暗深渊，而是始终保持着"向善之音"，保持着一种诗意的观照与人性的温暖，恰如小说《妙音鸟》中的"妙音鸟"一样，具有净化人心、抚慰灵魂的力量。"妙音鸟"来自佛教，在梵语中叫"迦陵频伽"，是半人半鸟的神鸟，叫声极为悦耳动听，也因此被称为"妙音鸟"。2000年12月22日，在宁夏银川西夏陵三号陵就曾出土过双臂残缺的人头鸟身的"妙音鸟"，当时引起了极大的关注。张学东在写作的时候，巧妙地把这一"文化意象"融入了他的作品，从而使他的小说带上了神秘的气息，大大拓宽了读者的审美想象空间。《妙音鸟》用复调性的笔墨写到了那个特殊年代的生存苦难与社会病态，写到了"文革"对人的精神生态的巨大冲击与无情损害；同时，也写到了淳朴温馨的民间情义（在牛香这一女性形象上得到了充分的体现），写到了儒佛文化在乡土世界中的朴素传承（在秀明、串串、红亮等人的身上得以延续）。进而，从对生命本性的坚守，到秉承儒家文化的血统，再到领受佛家文化的引渡，正因为这些东西的存在，使得"羊角村"这个饱经天灾人祸的地方并没有完全崩溃和坍塌，丧失希望，而是得到了最终的救赎。正是从这个意义上说，《妙音鸟》体现了一种深切的文化关怀，它为那个非理性的时代，为那些阴暗、偏执、狂乱的岁月注入了一抹特别的光亮。长期以来，中国社会之所以能绵延不止、生生不息，恐怕就根植于这种超稳定的伦理秩序和文化心理结构，而它在乡土世界保存得更为完整。虽然它一直遭受着各种各样的破坏与冲击，但它始终在默默传承。

米兰·昆德拉认为自己的小说赖以构成的基础是"沉思的质询（质询的沉思）"，张学东的小说也具备这样的基础，他是一个追问者，一个怀疑者，也是一个批判者，他的作品因此呈现出一种稀有的思想气质。无论是"往事"之中的悲剧诗性，还是"妙音鸟"之中的文化幽怀，无论是"人脉"之中的人际人情，还是"尾"之中的本能阴影等，都有更为深厚的思想底色。无疑，这是中国当代文学中普遍缺失的一种气质和品格。尽管从目前呈现的小说文本来看，张学东尚未达到应有的高度，他的作品形态与他的创作理念之间还存在着某种程度上的错位，但他始终在向这样的方向努力。"一切天才的作家，无论面对什么样的题材，他都要从美学和伦理两方面，将原作向上提升，使它更趋完美和深刻。"①当然，张学东的作品或许还谈不上"完美和深刻"，但它的确是在"美学"和"伦理"两个方面对整个作品进行了"向上提升"。在"美学"上，他追求多样性与复杂性，常常在艺术技巧上推陈出新，尽量使得每一部作品都独具个性；在"伦理"上，他常常在人性的困境与幽暗之中，赋予人以生命的坚韧和救赎的光亮，并通过他所设置的文学悖论剖析灵魂的深度，从而启发人更多的思考。

———————————

①李建军：《再度创作：汤显祖与莎士比亚的文学经验》，《当代文坛》，2017 年第 1 期。

## 沉淀的人生与升华的诗意即是"传奇"：
## 读李方微小说精选集《传奇》

　　坦率地说，我一直不大喜欢读长篇累牍的东西，尤其是对长篇小说常常缺乏足够的渴望和耐心。我喜欢读诗，读散文，读随笔，读短篇小说，甚或是微小说，它们无不是"短平快"的，却总能让人在有限的时间里获得极大的阅读享受，尤其是在一个快节奏、碎片化阅读的时代，这些文体似乎具有天然的备选优势。当然，这样的阅读偏好一定是存在问题的，但积习难改，就像你喜欢的某些食物，你往往抵挡不住那种"本能"的诱惑。因此，在拿到李方的《传奇——李方微小说精选集》（四川大学出版社 2019 年版）的时候，舒服的小开本，10 万多字不到 200 面的篇幅，毫无违和感和抗拒感，就像是读诗一样，我很快就沉浸在其中了，特别是"传奇"那两个字，更像是有一种特别的魅力，让人欲罢不能。

在我的印象里，宁夏专门从事微小说写作的或者说在微小说的写作上成绩出众的作家并不多见，李方算是最具有代表性的一个。随着近些年来的持续深耕，李方厚积薄发，他的微小说写作已颇具规模，作品频频发表在一些重要的刊物上，也常常入选各种权威选本，获得过各种级别的奖项。无疑，李方的微小说已经成为宁夏文学"百花园"的重要组成部分。

据我所知，李方是从散文起家并为大家所熟悉的（其实他还涉猎过杂文、报告文学等，并多有斩获），他的散文随笔集《一个人的电影史》很好地体现了其写作才情与思想深度，广受读者的认可。但大约从2014年开始，李方集中转向了微小说的写作，"决定一切归零，像一个初学者那样，小心谨慎、缓慢持久地写起微小说来了"（《传奇·后记》），从此便一发不可收拾，近两年来更是渐入佳境。这里面颇有些"悟道"的意思。至此，我觉得李方的写作进入了真正的成熟期。所谓的成熟，无外乎这样几点：一是具有清醒自觉的写作观念，二是找到自己得心应手的写作文体，三是形成鲜明独特的写作风格。这当然与作家本人中年的"感悟和觉醒"密切相关。在经历了生活的各种磨砺和教诲之后，在祛除了文学的功利与野心之后，他的写作态度趋向温和卑微，他的写作理想更加单纯朴素，他进入了一种从容的、自由的、本真的写作状态。对于一个真正的写作者来说，恐怕没有什么比这美好的事了。于是，李方一边书写着、思考着，一边满足着、快乐着；一边不断激发着对世界的好奇心，一边始终保持着对生活的新鲜感，充分享受着文学给予他的馈赠。微小说的写作之于李方，就像是水到渠成、瓜熟蒂落一样的事情。

应该说，作为文学家族中的一员，微小说似乎并不为"业内"所看重，甚至会有意无意忽略它的存在，这在很大程度上可能是因为那个"微"字造成的。这不能不说是一种"傲慢与偏见"。在一个崇尚文学"巨无霸"的时代，微小说似乎就是轻而小的"零余物"或"附庸品"，是正餐之外的小菜与点心，仿佛与重大、开阔、复杂等这些东西无关。

但果真是这样吗？以美国著名小说家莉迪娅·戴维斯来说，她最短的小说只有一两句话甚或几个字，最长的故事也不过9个页码。这些作品虽然短小，却包含了多样化的文学尝试，也打破了文体的界限，同样具有丰富的内涵与极大的艺术挑战性，以至于很难界定它"是散文还是微小说，是寓言还是童话，是趣闻轶事还是幽默笑话，是格言名句还是箴言警句"。这说明，微小说其实并不"微小"，它还有很大的艺术创新空间，它常常能在小细节、小事件、小人物、小场面背后，体现大格局、大境界、大悲悯、大智慧。

我倾向于强调微小说是一种有难度的文体，正因为有难度，它对写作者提出了很高的要求，没有相当的艺术功力和生活洞见，恐怕很难写出让人念念不忘的精品佳作。从一定意义上来说，微小说是最能体现出"艺术矛盾辩证法"的文体：它虽小，但不止于小，甚至要表现出某种大来；它虽短，但不止于短，甚至要挖掘出某种深来；它虽轻，但不止于轻，甚至要沉淀出某种重来……其实在很多时候，"像样的"微小说更是可遇而不可求的，它仿佛是来自一个写作者"命运的馈赠"。著名作家王蒙对此就深有体会，在《微型小说是一种……》一文中，他说微小说"是自成体系的一个世界，并不窘迫，并不寒伧，肝胆俱全"，说它"是困难的，几百字，赤裸裸地摆在严明的读者面前，无法搭配，无法藏头露尾，无法搞障眼法"，还说"它是一种机遇，踏破铁鞋无觅处。它也许是一种命运吧！命运啊，这一生，你能给我几篇像样的'微型'呢？"才华过人如王蒙者，在面对微小说的时候，尚且都发出如此无奈的感慨，这很能说明问题。当然，我们都明白，王蒙所说的是理想化的微小说。

在我看来，微小说还是更接近诗歌的一种文体。这在某种程度上或许意味着，对于一篇成功的微小说来说，完全可以以"诗性"作为基本的判断标准。第一，它的语言是不是诗性的。所谓诗性的语言并非一定是"强修辞"的语言，而更是恰切的、凝练的、蓄力的语言；第二，它的形式是不是诗性的，也就是说它有没有诗一样的节奏、气息和腔调，有没有诗一样的意象、结构与安排；第三，它的意境是不是诗性的，能不能给人以延宕与余韵，甚至带有某种哲学意味，即所谓的"象外之象""味外之味"。真正有魅力的微小说一定是诗性的，张弛有度、收放自如，含不尽之意见于言外，它是精雕细琢的产物，具有的极大的浓缩性和高度的暗示性，能诱发人们丰富的审美想象与人生思考。

以此来看，李方的微小说丝毫没有降低写作的难度，完全称得上是"诗性的写作"，收在《传奇》中的32篇微小说，无一不是作家沉淀的人生体验与升华的生存诗意，这其中尤以《高炮点》《蔬菜店里的小刘》《素面》《韭菜》《榆钱》《荞面油圈》《传奇》等篇目最具有代表性。这些作品朴素而亲切，扎根于本地的生活世态与风俗传说，或记录，或追忆，或言志，或传情，——所谓"蚌病成珠""披沙拣金"，这才是真正的本土写作，它具有浓郁的民间文学意味，令人不自觉地想起广泛流传于西海固地区的"古今"（即民间故事）。以"传奇"作为书名，不单是一种巧合，恐怕别有深意。"传奇"一般是指情节离奇或人物行为超越寻常的故事。同时，"传奇"还指唐宋时期以"作意好奇"为特点的文言短篇以及明清时期区别于北杂剧、以唱南曲为主的长篇戏曲。仅以唐传奇来说，其源出于六朝"志怪"，而内容已扩展到人情世态和社会生活的描写，如《南柯太守传》《李娃传》《东城父老传》等都属这类作品。从文学史的角度上来看，"传奇"是中国文学的写作传统之一，既可以作为一种写作题材内容视之，亦可作为一种写作体裁形式视之。但进入到中国现当代文学以来，"传奇"几近失传，不过从张爱玲的《传奇》到冯骥才的《俗世奇人》，依稀在延续着这一文脉。李方的《传奇》，倘若放在这一大的背景中去审视，或许更有意义，在文学写作越来越西化与技术化的今天，或许从这里能找到一条自新之路。

我与李方大概只有一面之缘，那是在一次文代会上，我们同在一个小组，他短短几分钟的慷慨陈词给我留下了深刻的印象。这是一个真实持重而有个性棱角的人。后来读他在微信朋友圈发的那些小确幸、小悲欢、小故事，记录故土乡情、生活点滴，包括原汁原味的扶贫日记，朴实、内热而风趣，还有那些隽永刚劲的钢笔字或铅笔字，都能给人以特别的享受。据李方自己说，肖洛霍夫的《静静的顿河》他已经读了近70遍，而且每读都要做笔记。我想，敢于和坚持做这件事的人，是非常值得敬佩的。当然重要的不是读了多少遍的问题，而是从里面得到了多少滋养和启示。我相信，李方通过多年的不懈努力，或许已经找到自己的"静静的顿河"，而身在这条宽广的河流之中，他还可以给我们淘出更多更绮丽的"传奇"来。

# 从"舒适区"转向"新领地"：
## 谈谈马悦近期的小说

  如果从 2003 年黑龙江的《北方文学》发表短篇小说《扁儿》算起，马悦的创作时间已经有了近二十年之久。对于一个常年从事小学教育工作的业余作家来说，迄今为止，马悦已在《民族文学》《回族文学》《小说选刊》《飞天》《芒种》《朔方》等重要文学刊物发表 100 多万字的作品，出版小说集《迎着阳光上路》《奔跑的鸟》2 部，曾获得《小说选刊》双年奖、首届《朔方》文学奖、第二十七届孙犁散文奖一等奖，作品入选多种年度选本，2020 年凭借《起舞》入选中国作协少数民族文学重点作品扶持中短篇小说项目，再加之鲁迅文学院高研班的学习经历，这些"标签"已足够说明马悦拥有的写作实力。然而在评论界，关注马悦的人似乎并不多，大多数时候，她只是一个老实而沉寂的写作者。

  二十年这样的长时段，对于一个作家来说，究竟意味着什么？这其中恐怕充满了各种复杂纠葛的心绪。是继续接受"平庸的沉默"呢，还是奋起寻找"崭新的突破"呢？是甘于沉潜触底撞击呢，还是重振旗鼓纵身一跃呢？我想，这样的问题难免会困扰着马悦的写作。至少在目前来说，马悦依然处在一个未完成的"转型期"，——当她尝试着从曾经熟悉的、擅长的"舒适区"转向陌生的、游移的"新领地"的时候，她该如何找到更为动人的艺术方式与文学路径？

我常常固执地觉得，一个作家能写出什么样的作品近乎是"命中注定"的事情。你的生活，你的阅读，你的天赋，你的命运，你经历和遭遇的一切，都是你的作品的成分、源泉与土壤，都在孕育着、锻造着、成就着你，都在决定着你的高度、厚度与深度。特别是，那些更容易被淹没在时间洪流之中的"普通作家"（相对于"天才作家"来说），倘若一生中能写出一二让人称颂的作品，就已经足够了。以此来看，马悦已属幸运。

说实在的，我之前对马悦了解甚少，对她的作品读得也不多。不过，因为曾经作为某年一个文学评奖的评委，我细读过马悦报送的小说《一根红丝线》[1]。"东方的天空霞光一片，浮动的云絮不时变化着样子，似乎有一双无形的手在暗中摆布。在多变的奇形怪状里，有一道细细的红色条带分离出来，一头向北，一头向南，舒缓地伸展开，那炫目的色彩多像蛋娃手腕上的红丝线。"多么动人而又意味深长的文字！小说给我留下了深刻的印象，它是能够让人眼前一亮的作品，叙述绵密，结构精巧，思致灵动，用"一根红丝线"艺术性地牵出两代人的恩怨，写出了亲情的纠葛与淳厚。后来因为种种原因，《一根红丝线》未能获奖，

---

[1]《回族文学》2017年第3期。

我也感到有点遗憾。此外，就我的阅读印象而言，《飞翔的鸟》《牡丹花开》《银玲珑》等篇什，都可以视为马悦最具有代表性的作品，也都是特点鲜明、意蕴深沉的作品。尤其值得一提的是《飞翔的鸟》①。这篇小说无疑是马悦的高峰之作，有可遇而不可求的意味，它与石舒清的小说《清水里的刀子》堪称"姊妹篇"，有"异曲同工"之妙。一个写"鸟"，一个写"牛"，同样都是取材于回族生活，同样都内敛沉静，同样都写出了灵魂的深度。小说中那只普通的"呱呱鸡"，最终成为了一个意蕴丰富的"文学意象"，把生活的沉重转化为一种轻逸的飞翔。"这种鸟脸形跟鸡差不多，不同的是，它的两腮有两撮绯红色的羽毛，像外国绅士鼻子上的胡须，有弧度，异常傲慢地往后翘起，这就跟鸡不一样，有了一种非同一般的绅士风度；眼睛深红色，圆圆的，似两颗玛瑙，灵巧，可爱。"作品中这段写鸟的文字以及马老汉在山岭上放飞呱呱鸡的场景，让人久久难以忘怀。不过，从这篇小说也可以看出，在马悦最为得心应手的"民族与地方"的创作中，还是明显带有石舒清等作家的"影响的焦虑"。

总体上来说，马悦的小说创作可以归结于现实主义的创作，她的作品也沿袭着许多宁夏作家惯常的写作之路，大多是以她所熟悉的乡土生活与乡里乡亲为主，将目光聚焦于周围与身边的小人物，写那些平凡而日常的生活与故事。无论是"残疾人系列""留守妇女系列"，还是"人物命运系列"，都是如此，在致力于"残疾、残缺、残酷"的主题书写中，倾注着作家难以释怀的悲悯与温情。不难看出，马悦在尝试这

---

① 《朔方》2012 年第 7 期，《小说选刊》2012 年第 9 期，后斩获"利民杯"《小说选刊》双年奖（2011–2012）。

些系列创作时，还是有一定的自觉性与企图的，她在努力地建构属于自己的"文学地理"，这也是一个作家趋向成熟的标志。

马悦的新作《彩旗》与《谁来敲我的门》都是完成度较好的作品，延续了作家一贯的写作品质，行文流畅，叙事生动，细节充实，文字细腻，专注于对人物多舛命运的把握、内心世界的揭示与幽微情感的表达。但较之以往的作品，我觉得它们开始在调适和改变，即作家在有意识地把写作的重心转向城镇空间和当下的生活现实，尤其是对准了那些深陷在现代城镇化发展旋涡之中的小人物与小家庭，写他们充满命运感的不幸与灾难。因此，在这种意义上来说，我宁愿把《彩旗》与《谁来敲我的门》看作是马悦的转型之作，当然这个转型的过程，其实是一个比较痛苦和纠结的过程，当祛除了民族性加之于写作的"重力"与"张力"之后，马悦还需要付出加倍的努力去重塑小说的精神根基与思想境界。

《彩旗》依然写的是"残疾"与"命运"的故事。刚搬迁到规划区的农民工李全在工地给人用车拉土拉沙（因此人送外号"拉土拉沙"），他和妻子马燕费尽心力生了四个丫头之后，终于生了一个男孩，结果却是"中低位肛门闭锁"（俗称"没屁眼"）。这对于一个本就入不敷出的家庭显得过于残酷。在孩子手术失败之后，他们不得已把他送给没生养的厨师王麻麻夫妇，孩子却奇迹般地恢复了健康。小说依然有非常动人的细节，比如写麻麻媳妇的："有人曾看到，麻麻媳妇头上搭着方格围巾，在给一只羔子帖奶。挣扎一番，那羔子颤颤巍巍站了起来，它终于噙到了羊妈妈的奶头，用小脑袋卖力地顶着。女人静静地看着，万般羡慕，眼角挂泪。"把一个渴念孩子的母性心态写得精准传神。比如写李全秘探王麻麻家："拉沙拉土的目光从女人身上移开，落在一条浪绳上。太阳升高了，浪绳上晾着各色的碎布片子，阳光温情地照射着，五颜六色的，那色彩在微风中轻轻晃动着。他的眼睛眨了眨，这下看清楚了，那是孩子的尿布。"那在空中飘扬的"彩旗"，正是自己遗弃孩子的"尿布"，这样一个极具反讽意味的诗性意象和美好场景，却让人悲从中来、不胜唏嘘。

《谁来敲响我的门》也依然是一个"灾难"与"残疾"的悲剧故事。1997年4月20日，铝厂电解工"我"在听说妻子怀孕急着赶回家的路上遭遇了意外，颈椎脊髓神经受损造成截瘫，妻子阿梅离"我"远去，后来常年照顾"我"的母亲也不幸患病离世，因为同情廉租楼一个被单亲妈妈经常虐待的7岁女孩，"我"最后拨打了求助电话110。小说中依然有细腻动情的笔墨："我记不清是惊蛰还是谷雨，原野的风吹拂着我，阳光亮晃晃金灿灿，远处的地脉活泛极了，隐隐约约似是开化的河流一波一波地涌动。土地的芳香一阵阵扑过来。"这无疑是马悦作品中最为动人的部分，也是她最为熟悉和擅长的艺术技巧，即用轻灵的想象与诗性的文字，去抚慰那些困顿与不幸的人群，去救赎那些悲伤与疼痛的灵魂。小说中依然有对主人公内在世界的触摸："我有些羞愧，为了惩罚自己，我长时间地将自己困在轮椅内，腿脚发麻，饥肠辘辘。我一直考虑这样一个问题，随着年龄的增长，自己的身体会继续萎缩，最终变成一条虫子，带着令人懊恼的尾巴，在某一天的某一时刻从世间消失，就像玻璃上的雨滴，由饱满化作一条长长的虫子，瞬间消失不见。"小说结尾的"谁来敲响我的门？"，是一种诘问与呼告，也是一种无助与绝望，将人置入一种空茫而冷寂的人生境地。

下面再来谈谈这两篇小说的不足之处。我觉得，它们共同的是在一些地方明显暴露出"小说"的痕迹；也就是说，它们太像"小说"了，或者说太习惯于或依赖于运用技巧了。当然，这是一个作家成熟的印记，但也是一种风格化的凝滞，它对写作可能会造成某种程度的"伤害"。譬如"屈指可算我在轮椅上已经度过 23 个春秋……"（《谁来敲响我的门》），这样陈旧的语句与表述使小说失色不少；譬如关于残疾主题的叙事模式，两篇小说与之前的作品存在相似之处；再譬如，小说还多是停留在故事层面，缺乏对深层意蕴的挖掘。在我看来，真正的好小说都是具有原创力的，既具有很强的真实性与感染力，又具有陌生化的艺术效果；而它的技巧往往是不露痕迹的，具有很强的代入感和裹挟感，甚至能让人忘记技巧的存在。话至于此，对于马悦来说，现在所面临的最大问题其实就是转型的问题，她需要努力开掘与寻找小说的"新领地"，积极探索小说的丰富性与张力度，尽量摆脱以往的创作惯性与写作模式（既包括题材的方面，又包括技巧的方面）。

作家王安忆在《心灵世界》（复旦大学出版社 1997 年 12 月）一书中指出："小说不是现实，它是个人的心灵世界，这个世界有着另一种规律、原则、起源和归宿。但是筑造心灵世界的材料却是我们赖以生存的现实世界。"这就意味着，作家只有筑造一个更为坚实可信的"现实世界"才能抵达"小说世界"（"心灵世界"）；同时，它也意味着，小说不是为了单纯地去反映现实、模仿现实、还原现实，而是为了更深刻地去反思现实、想象现实、勘测现实，小说应该不断去创造和发现只有小说才有的东西，小说在动人的故事背后一定深藏着某些"形而上的意蕴"。正如波兰现象学文艺理论家茵加登所说的，伟大的作品要具备"形而上品质"。所谓"形而上品质"，是指"崇高、悲剧、恐惧、动人、丑恶、神圣、悲悯"的性质，通过这一层面，"艺术可以引人深思"，"形而上品质""通常在复杂而又往往根本不同的情境或事件中显露出来，作为一种氛围弥漫于该情境中的人与物之上，并以其光芒穿透万物而使之显现。"①我相信，这些不仅是对马悦的写作的一种"指示"，也是对许多像马悦一样的写作者的一种"指示"。

无论如何，对于一个作家来说，始终保持着对生活与现实的敏感与认知，始终保持着对艺术与生命的探索和好奇，就是最大的"道德"。这一点忠实于写作的马悦已经做到了，只是她应该也能够做得更好！

①王岳川：《艺术本体论》，中国社会科学出版社 2005，第 210 页。

# 如果疼痛可以开花：
## 计虹的"尘世之心"与写作旨趣

　　写下这个题目，似乎多少有些矫情，但是在认真读过计虹的作品之后，我又觉得，在她的那些看似风轻云淡、肆意流畅的文字背后，隐藏着一颗温热而悲悯的"尘世之心"，在她的乐观通达、笑语盈盈背后，也"绽放"着人生的孤寂与酸痛。在我看来，好的文学作品，都不是在追逐欢欣，而是在触摸疼痛。只是这疼痛，未必都是一种呼天抢地的苦难模样，而可能是一种穿透生活的历练与领悟，是一种情到深处的孤独与自省。无疑，悲喜人间，鸡零狗碎，是我们每个人的处身之地。我在计虹的文字中读到的正是另一种需要安放的东西，它朴实、真挚、热切，更具有现代都市感觉和日常生活气息，它直接通向鲜活的、当下的人情世态与生存境遇。

　　计虹虽是我的师妹，但我们真正的交往和熟识还只是近年来的事。

作为秘书长，在银川市文艺评论家协会和作家协会的活动中，经常能看见她笑眯眯的面孔和忙碌的身影。她有很强的组织协调能力，但印象最深的，还是她的会议发言，言简意赅，作风干练，每每抛出干货，从不拐弯抹角、拖泥带水。后来在一些酒场又见识了她的酒量和应酬能力，红的、白的、啤的，似乎都不在话下，酒风纯正，战斗力极强，鲜有喝醉失控的现象。很多时候，酒不过是一种催化剂，计虹的那种耿直、豪爽与豁达，甚至一些"自鸣得意"与"自以为是"，都在酒水的蒸腾与滔滔不绝的言语之欢中流淌出来……

我一直以为计虹只是一个"本分"与"挑剔"的文学刊物编辑，没想到她居然是一个多面手，沉潜于创作多年，只是很多作品没有公开面世而已。的确，就一般的评价标准而言，计虹还是文学之路上一个不折不扣的"新人"，但其实她已经是一个成熟的远航者。

据我所知，在享有盛誉的《黄河文学》，计虹主要负责散文的编辑，经她之手编辑的散文，转载率相当高，在全国同类期刊中也算是领跑者。这恐怕是作为编辑者的最高荣耀之一。优秀的写作者首先应该是优秀的读者，作为一个职业读者，这成就了计虹的优势，在熟悉"各个门派"的武功套路之后，她已经摸索出了自己的"秘密招式"。这也充分说明，经过多年的学习与积累，计虹已经有了自己独到的文学眼光和艺术标准，有了比较成熟的写作意识和思想境界。这对于一个写作者来说是至关重要的，因为它关乎作品最终的格局、厚度和生命力。我相信，有了这份功力和沉淀，站在高起点上的计虹一定能写出更好的作品。

计虹曾自嘲自己是一个"温和的胖子"，这句话或许只说对了一半，其实这个温和的胖子一直都有一个棱角分明的内里，这个"外圆内方"

的内里，也决定了她的人格品质和文学质地。也就是说，计虹始终都在固守着自己的个性与原则，趣味与梦想，她也有倔强和不妥协的一面。所谓文如其人，计虹的文字一如她的人一样，平实、稳重、本色，值得信赖。

计虹写诗，也写散文、小说，我觉得她更有潜力的还是小说。她的小说，叙述流畅，描写准确，故事生动，大都关注市井百姓此时此地的生活，写他们细微的困惑、焦虑与日常形态。她的写作是老老实实的写作，不玩弄那些炫目花哨的技巧，不追逐那些惊心动魄的情节，都是着眼于"当代人"的主题，写他们在"小时代"的各种遭遇。从一定意义上来说，计虹的小说是接地气的，写出了我们周围那些熟悉的"生活感"与"当下感"。对于她笔下的人物，计虹都像是对待自己的朋友（即她所谓的"后天亲人"）一样，真心实意、坦诚相对，他们在相互聆听、相互交流甚或相互调侃，她是宽容的、体贴的，从不尖锐与凌厉。既不黏滞于人物，又不脱离于群体，既不提升他们也不贬低他们，如其所是地去呈现，这是计虹的艺术分寸感，也是计虹对生活的理解与尊重。同很多写作者一样，计虹的写作也是一种"自我镜像化"的写作，她的写作是从"我"出发的，似乎不是要去承担一个崇高远大的终极命题，不是要去揭穿与刺破社会的晦暗病象，而是为了保存记忆与梦想，为了探寻与完善自我，为了达成与生活的对话与和解。这些也决定了计虹的写作是一种内向的、沉静的、具有写实风格的写作，通过虚构的故事去展现非虚构的真实——在越来越喧闹与矫饰的当代文坛，可能更需要这样一些厚道而本色的写作者负重而行，重新修复生活与写作之间被扭曲抑或被颠倒的关系。

《舞狮的老龚》是以"我们初中学校同一年级的同学"龚壕为主人公的一篇小说，写他少年时候的顽劣调皮，写他入狱后的隐忍历练，写他成年之后的自我救赎（从为人打工到为了一个女人单飞开公司）。计虹的叙事是温和的，温情的，温暖的，几乎保持着生活的原汁原味，人物始终在向善的路上前进。在我们童年的成长记忆中，似乎总有那么一两个介于英雄与痞子之间的少年形象，散发着传奇一样的光亮与魅力，承载着非常丰富的启蒙意味，他的存在很大程度上弥补了我们身上所缺乏的"卡里斯马"（具有非凡魅力和能力的领袖）原型气质，抑或那些快意本能的叛逆冲动。就像小说里面所写的，那个身强力壮、酷爱武术的老龚，那个敢于把班主任"梅 sir"打趴下的老龚，那个英雄救美、保护同学的老龚，"曾经是我少年时代的扛把子，我幼小心灵的保护神"。正是因为如此，作为狱警的"我"与老龚之间有着深厚的同学情谊，"我"对老龚的帮扶也顺理成章，而老龚也最终实现了对自己的超越，甚至他坚守梦想的精神让油腻经年的我们感动。小说中"舞狮"的细节，既可以视为一种生活真实，也可以视为一种文学隐喻，雄狮的力量重归于一个男人的精神内里，它是老龚找回生活自信、重新成长的精神图腾。作为小说的中心点，倘若计虹能在这个地方再用些心思，或许这篇小说就会呈现出截然不同的品质。

《沙发客》这篇小说，同样立足于都市生活，写公务员田文和妻子之间因为误解闹矛盾冷战而成为"沙发客"的故事。"田文在沙发上一睡就是整整三十天，天气热，沙发不透气，田文过了一个月汗淋淋的日子，瘦了十来斤。"明明在自己的家中，却无法享受主人的安然与惬意，而是沦为了一个孤零与疏离的"沙发客"。计虹想表达的是，生活在现代城市中的人所遭遇的压力和困境，在经历了养老、住房、医疗、职场、家庭、环境污染、食品安全等的轮番轰炸之后，那种尴尬无奈、漂泊无根的"客居状态"。但计虹的态度不是批判的，不是贬抑的，不是剑拔弩张的，而是同情的，和善的，带着祝福性的，——她只是一个忠实的呈现者和记录者。计虹所关注的重心是人，而不是人背后那些庞大复杂的社会机制与隐秘难测的社会心态，她很少对城市本身作价值判断。其实像田文这样的沙发客，我们每个人何尝没有做过？我记得我妻子在怀孕的那段时间，因为怕影响她休息，我就做过一段时间的"沙发客"；我女儿出生以后，也有那么一段时间，我像是被"遗弃"了一样，沙发就是我的睡床；而现在，我每天的大部分时间，也似乎是离不开沙发的，这其中当然也包括某些不愉快甚至孤独沉沦的时间。

值得关注的是，计虹的小说发生的空间多是在城市，在街区，在单位，在家里，这似乎是一种天然而自觉的选择。也正是在这里，我觉得她的作品有一种宁夏文学比较欠缺的东西，——我们很多作家虽然都身在城市，却常常是"身在曹营心在汉"，不知该如何去书写我们最熟悉的脚下的城市。那种简单的城乡二元对立的思维模式，或者是独尊一枝的"乌托邦式"的写法，都是存在问题的。我们经常谈论文学的地理性，其实计虹的文学地理就是银川，就是那个生生不息、自由独立的银川，她正在书写一种带有本土气息的"银川文学"，它是与湖滨街、北京路、凤凰碑、北塔、典农河、唐徕渠等根脉相连的文学。虽然计虹还只是在路上，我觉得她尚有很大的发展前景。

不知为什么，在读计虹的小说的时候，我的头脑中总是不停地闪过美国画家爱德华·霍珀（Edward Hopper）的画来，我觉得他们之间好像有一种秘密的联系。诗人马克·斯特兰德说："霍珀的绘画并非社会学文献，亦非不快的，抑或其他同样模糊的用以建构美国心理学的情感寓言。在我看来，霍珀的绘画超越了现实的表相，将观者抛置于一个由情绪和感觉所主导的虚像空间……"（《寂静的深度：霍珀画谈》）①计虹的作品也仿佛如此，她的小说不是"社会学文献"，也不是"情感寓言"，而就像霍珀的某一幅画，不可避免地把我们与过去的一切关联在一起，带领我们对那些熟悉的人物和场景进行凝视。就像那个"沙发客"一样，深深地烙印在我的脑海里，我甚至觉得他就是霍珀画中的一个人物。

我开玩笑说 2019 年是"计虹年"，因为从年初开始，计虹的小说就在各大刊物上四处开花，呈现出井喷的态势。这是计虹苦心经营的结果，她悄悄埋下的种子，现在应该到了收获期。不过，作为一个"新人"，计虹在延续良好状态的同时还有很多提升的空间，在迅速摆脱加诸己身的"新人特征"之后，她还要更为严肃和认真地对待"何以为新"的问题。比如要更好地捕捉和提炼细节，让作品更加坚实、饱满，充满"实证"精神；要更广泛深入地观察和钻研生活，提升从总体上去把握和穿透生活的能力；要更好地掌控小说的节奏与叙述的疏密度，增加曲径通幽的意趣；要赋予作品更丰富更复杂的内质，尤其是要在银川的地理性上大做文章。唯其如此，她才可能拥有更为鲜明的风格标识，也才可能取得更大的艺术突破。

"如果疼痛可以开花／就让它开成一朵／罂粟花"……这是计虹的

---

① [ 美 ] 马克·斯特兰德：《寂静的深度：霍珀画谈》，光哲译，民主与建设出版社 2017 年，第 1 页。

诗句，我希望我的这些观察与絮叨，能成为她成长的寄语与证词。她不是罂粟花，但却有着罂粟花一样的率性与成色，我更希望在她的作品中读到令人惊异的东西，当然，还要有更多活色生香一如"花椒的香味"一样的东西。

近日重读了路遥的《早晨从中午开始》，依然觉得深受震撼，不妨再从其中引录一段，与计虹以及所有的写作者共勉："作家的劳动绝不仅是为了取悦于当代，而更重要的是给历史一个深厚的交代。如果为微小的收获而沾沾自喜，本身就是一种无价值的表现。最渺小的作家常关注着成绩和荣耀，最伟大的作家常沉浸于创造和劳动。劳动自身就是人生的目标。人类史和文学史表明，伟大劳动和创造精神即使产生一些生活和艺术的断章残句，也是至为宝贵的。"[1]

---

[1]路遥：《早晨从中午开始》，北京十月文艺出版社 2012 年，第 5-6 页。

寂静的言说与诗意的咏叹

# 与丰盈的虚无与寂静的忧伤：
## 杨森君诗歌论

近些年来，在宁夏文坛，相对于小说的风生水起，诗歌似乎有些沉寂。从"三棵树"到"新三棵树"再到"宁夏作家群"，从鲁迅文学奖到全国少数民族创作"骏马奖"等高级别的文学奖项，基本上都是小说家一统天下。事实上，宁夏诗歌一直处于一种被忽视与被遮蔽的状态，然而就其艺术水准与艺术成就而言，它丝毫也不逊色于宁夏小说，尤其是它的多元性与可能性更加丰富了宁夏文学的内涵。譬如杨森君的"西域诗篇"，杨梓的"西夏史诗"，王怀凌的"西海固"放歌，单永珍的"西部行吟"，马占祥的"半个城"，杨建虎的"闪电中的花园"，林一木的"贺兰山红枕"等都堪称宁夏文学的重要收获。当然，造成这种状况的原因是多方面的，诗歌理论研究的缺失与诗人的散居孤立状态可能是主要的因素。比如宁夏几乎没有优秀的专业诗评家和理论家（诗评大多是诗歌圈子中的同声相应，或是文友之间的应酬唱和），缺少为宁夏诗歌开拓阵地、呐喊助威的声音；比如宁夏诗人不善于发挥自己的集团优势，每个人更习惯于散兵游勇、单打独斗，等。迄今为止，诗人杨梓《宁夏青年诗歌创作简论》①依然具有重要的参考价值，这是最早对当代宁夏诗歌创作做出全面分析的文献。除此之外，耿占春《地方书写的意义——〈宁夏诗歌史〉序》②，倪万军《新世纪以来宁夏诗歌创作简论》③、《新时期宁夏诗歌生态的形成与建构——以〈朔方〉为核心的考察》④等文章，也对宁夏诗歌做出了比较公允、客观的评价，但诗歌理论研究在整体上还远远不够。

在我看来，杨森君无疑是宁夏诗人中少数最优秀的诗人，这不仅仅是因为他长期以来一直保持高水准的写作实践（从 20 世纪 80 年代中期开始诗歌创作，杨森君已在《诗刊》《人民文学》《朔方》《新大陆》（美国）、《世界论坛报》（台湾）、《联合日报》（菲律宾）等海内外多种华文重要报纸杂志发表文学作品近千首，其作品多次入选各种年度选本和文学史选本，并多次获得诸如"《飞天》十年文学奖""柔刚诗歌年奖"（入围奖）"李白杯""昆仑杯"等全国性诗歌大奖。著有诗集《梦是唯一的行李》《上色的草图》《午后的镜子》《名不虚传》；《冥想者的塔梯》（哲理随笔集，与人合著）、《草芥之芒》《零件》《砂之塔》（中英文诗集）等，其创作数量与质量都相当可观。诗人杨献平说，在西北诗人群落当中，杨森君是"多年来一直走到最前列的少

---

① 《宁夏大学学报》，2007 年第 6 期。
② 《诗探索》，2015 年第 7 期。
③ 《名作欣赏》，2015 年第 4 期。
④ 《宁夏师范学院学报》，2016 年第 2 期。

数者之一"），更有日渐深阔的理论自觉（《诗学札记》①与《零件》是迄今为止杨森君最为全面的诗学文献，它是诗人对自我写作的最为精准的把握），尤其是后者使得他跃升为国内一流诗人的行列。然而，时至今日，杨森君的诗歌价值还没有被充分认识，这不能不说是一种很大的遗憾。

　　杨森君的诗无疑具有很高的辨识度和鲜明独特的个性风格，他的诗早已超逸出地域性的阈限而具有了更普遍的价值。事实上，如果仅仅把杨森君称为"宁夏诗人"无疑是把他说小了，他的诗歌当然就不仅仅是一种"宁夏诗歌"（即"地域性"诗歌，我虽然并不否认"地域性"诗歌，但它无疑已经成为当代中国诗坛的流行病之一，太多、太烂、太矫情，这些诗大都有相似的面孔和腔调，相似的结构与情感，既缺乏思想深度的开掘，也缺乏艺术表达的创新，而异变为无病呻吟、到此一游的日记式与游记式的流水账作品），而是具有了"世界性"的诗歌，正如杨森君本人所说的，"地域是一个诗人的养分，但不应成为一个诗人的标签"。在我看来，杨森君有近乎偏执的浪漫主义的抒情倾向，但他的诗在形式的表达和诗意的凝练上却是深得古典主义之神韵与现代主义之精髓。由此，杨森君的抒情是节制的、内敛的、沉静的，他的抒情是祛除了矫情与滥情的真情，是蕴含着哲学意味的抒情，是包孕着艺术理性的抒情。这完全符合他对诗歌"美和含蓄"这一"永久的特征"（"我理解的诗，一个永久的特征应该是：美和含蓄"）的认定。可以说，杨森君是一个灵魂诗人，一直以来他都醉心于时间的光影，勘探着人与物之间的复杂关系与诗意存在。

--------

① 《朔方》，2016 年第 4 期。下文中凡涉及这篇文章的引文只标明文章名。

# 一、"荒凉征服了我"：作为"词根"的"西域"

波德莱尔曾经说过："要看透一个诗人的灵魂，就必须在他的作品中搜寻那些最常见的词，这样的词会透露出是什么让他心驰神往。"每个诗人在写作的过程中，都会遭遇"最常见的词"，都会有意无意形成自己独有的"词根"，这些"词根"就是在其作品中反复出现的、具有本源性意义的诗歌意象或主题。比如在杨森君的诗中处处可见"西域""草木""忧伤""虚无""空地""平静""隐忍"，等，这些正是杨森君的"词根"。无疑，这是进入杨森君诗歌的一份秘密地图，也是杨森君诗歌美学与心灵哲学的最好体现，它"不仅构成的是诗人的生存的背景，也是存在的编码，是生命境遇的象征，是诗性语言的隐喻，是诗人的存在与诗性世界的相逢之所"（吴晓东：《王家新论》）。它清晰地表明杨森君的创作向度与诗学旨趣，他的诗歌中很少有尖锐的历史现实，很少有当下宏大的政治图景，很少有歇斯底里的呐喊呼告，他的诗冷静、从容、含蓄，更多关注的是自然风物、瞬间情境与存在场域的诗性关联，始终保持着一种超越日常的距离感和独立性。

我第一次比较集中地读杨森君的文字，是偶入了他的博客，"西域教父"这样的博客域名透露出他内心深处的某种秘密，其中似乎也暗含着诗人的自满与自得。事实上，"西域教父"早已在诗坛与文学圈广为流传，成为一个深具影响力的"诗歌符号"。在我看来，"命名"有着非同寻常的意义，它往往与本源、初心、大义、希望与理想等紧密关联。而在《西域见闻：老者》，《西域的诗篇》，《西域的忧伤》等一系列重要作品中，都清晰可见杨森君对"西域"的偏爱。那么对杨森君而言，"西域"就不仅仅是一种地理空间（涵盖了沙漠、戈壁、丘陵、荒滩、高原、峡谷等自然风貌），更是一种陌生而美好的文化想象（如异域性、边地性、神性、自然性等），蕴含着丰富而多元的诗性元素与美学意味（譬如荒凉、忧伤、辽阔、空旷、崇高、寂静、野性等）。当然，杨森君对"西域"的发现经历了一个从懵懂到自觉，从疏离到回归的往复过程，这更加丰富了"西域"的意蕴空间。可以说，"西域"是一块自由开放的荒野之地与陌生之地，它自觉地远离了"中心"的控制，远离了"主流"的规约，始终保留着一种自存自在的完满性与复杂的异质性。而正是这种地理性、文化性与审美性的合一，使得杨森君的诗获得了一种大的"景深"，充分彰显出一种特别的"西部气质"，从而变得苍茫、空阔、大气，充满更多的可能性。"我觉得，身处西北之域的诗人，因其特色的地域，恐怕大都有过旷世的体验，敬信自然，持守寂静。"①通过"旷世体验"，诗人完成了"敬信自然，持守寂静"的终极信仰，"西域"是流淌在其血液之中的东西，既是其某种身份标识与角色定位，也是其完成自我"诗意启蒙"的重要自然场域。在我看来，《苍茫之域》《陌生之地》《西域的忧伤》等篇什堪称这方面的代表性作品，下面分而述之。

苍茫之域

这片布满了杂草、风砺石与丘壑的空地

---

① 见杨献平 VS 杨森君：《西北场域与当代背景下的诗歌写作》，《扬子江诗刊》，2015年第9期。下文中凡是出自这篇文章的引文只标明文章名。

属于飞翔的鸟雀，属于生于此死于此的

爬行动物；一片高高的野芦苇迎着风

它们已经褪色，摇晃着虚度余生

必将慢下来的，是日光晒热之后又在降温的山冈

是月色中低矮的天空与大地之间

汇集的铅灰色云朵


看不见风，但是风吹过的痕迹

我在一道土崖上找到了，它由无数条形的

纹路构成；看不见力量，但是

我看见了互相挤压的两座山丘

现存之物正如我所料，它们各有归宿

一根遗骨，有血路

一根羽毛，有债主


貌似寂寂无声的土墟，在不同的时辰

呈现着不同的面孔，日落前的明亮与日落后的

黑暗，出处一致；要默认它的深不可测

这么宽阔的空地，用掉的时间是一只蜥蜴的多少倍

宁静让一切看上去正在流逝

一只羊头骨、一块枯朽的根茎、一片觅食的蚂蚁

我注视着它们，但不是作为一个怀疑者

也许，因为我的到来，空地上的个别事物

会恢复记忆，一束不幸被我踩踏的花草开始苏醒

一只被寂寞反复折磨的蝴蝶，结束了哭泣

但我不是故意要冒犯它们，也不是故意要成全

它们的命运，我只是感伤于这里的荒凉

它让我不得不在目睹了一系列的死亡之后这样说——

这里，除了它是大地的一部分，再不会拥有其他的荣誉


　　《苍茫之域》从对"布满了杂草、风砺石与丘壑的空地"的细描开始，展现了一个实在的场景，写到了鸟雀、爬行动物、野芦苇、山冈、云朵等，画面感与镜头感很强。第二节写"看不见的风"与"看不见的力量"的威力，诗思慢慢延展，在"不见"与"见"之间，形成巨大的张力，"现存之物正如我所料，它们各有归宿"。第三节写"貌似寂寂无声的土墟"其实"深不可测"，在不同时辰会呈现不同的面貌，而正是"宁静让一切看上去正在流逝"，这里的"宁静"不仅是空间的宁静而更是时间的宁静。而作为诗歌主体的"我"，不是"怀疑者"，而是所有一切的观察者、注视者与发现者。第四节是诗意的最终抵达，由细节实景的摹写跃入想象的真实，"因为我的到来"，像一束光一样，照亮了这一片沉寂的"苍茫之域"，仿佛以"上帝之眼"见证了"空地上的个别事物"，它们开始苏醒，恢复记忆，结束哭泣，经历死亡。但其实"我"也像其他事物一样，无法脱离时间而存在，"我"也是时间的一部分，所以我只能"感伤"于这样的荒凉。在永恒的时间面前，无论是自然物，还是"我"，其实都很卑微与渺小，都只是"大地的一部分，再不会拥

有其他的荣誉"，这恐怕是一种终极的真理。从整体上看，这首诗充满苍茫之气和感伤气质，具有典型的个性化风格，把人与自然，生命与时间的相遇的主题写得摇荡生姿。再来看《陌生之地》：


陌生之地


看上去无比宁静的草地

正接受正午的日光，几乎没有尘土

就连遍地稀疏的黄花，都清晰可见

所见之物，应该各有意志

马鬃下垂

青草翻晒自己

窜来窜去的黄鼠，隐藏之前

都会立一下身子


显然，长眼睛的小黄鼠

看见过我，它为整个库卡警惕地看着我

我从缓坡上走了下来

一个人的出现是不是很唐突

大地也应该有我的一份

连半埋着的一块白色的石头

都有了苔藓

它纹丝不动

那么，附近细小的声音

又是什么

开始就向上生长的灯莎草、打碗碗花

至此，展现出的是

神照料过的模样

我都心疼了，虽具体却接近虚空

这就是孤单的库卡，这也是

不孤单的库卡

风将吹来，风必停歇

一轮落日

远远不够

 

    "陌生之地"显然是一片自存自在的自然之域（库卡），无论是宁静的草地、正午的阳光、稀疏的黄花、鬃毛下垂的马、窜来窜去的黄鼠、长满苔藓的石头等，这些所见之物都"各有意志"（"自然意志"），都各得其所、各得其乐。正是在这样和谐而美好的宁静之中，"我"听到了那些"细小的声音"（正因为辽阔与寂静，更显现出"细小"的价值，这里充分显现出诗人敏锐的视听力与洞察力），我看到了向上生长的灯莎草、打碗碗花展现出"神照料过的模样"。这里面既有对自然生生之美的深情赞歌，也有对自然神性的膜拜敬畏。诗的结尾几句，再次回归到忧伤与悲悯的情感升华，"我都心疼了，虽具体却接近虚空"，读之几乎让人无端泪涌。库卡眼前的一切都是具体的，然而时光流转的秘密却是遥远而虚空的，它的不孤独是生生不息、生命绵延的不孤独，它的孤独是宇宙本体的孤独，诗人的情感之真、内心之痛、悖论之思，最终在这里融合为一。

《西域的忧伤》指向的是生与死的变奏主题，诗人肯定"有一种死亡的美衬托着一切生者"，并用枯萎的青草、飞翔的乌鸦、渴死的骆驼、旱死的老树、饥饿的蚂蚁等死亡意象群表达其对"生"的眷恋与渴望，在遍地碎石、埋葬着兽骨的甘肃平川，"一天内，我差点两次落泪"，这里的悲伤不是对美的沉迷，而是对生命与死亡的终极关怀。

## 二、"光线与阴影"：探寻时间深处的秘密

诗人杨梓曾把杨森君称为"心象化"的诗人，这种概括不无一定道理。的确，在杨森君的诗中，所有的人或事、情或景、历史与现实最终都变为一种充满"时光感"的"心象"，完全显现为具有诗人个性特征的诗意画面。他似乎拿着一个神秘的过滤镜，能删繁就简却又极为细致准确地捕捉到事物的"光线与阴影"。读杨森君的诗，会发现它极像是一幅幅水墨画或油画，有时候寥寥数笔，有时候精雕细琢，在点染勾连之间、腾挪跌宕之中境界全出。他仿佛有一种超强的视像能力，写景状物如在眼前，我总觉得他的每一首诗都是可以看见的，不仅可以看见光线的流动，还可以看见阴影的堆积，甚至时间无常的渐变。这也有点像印象派的绘画。我至今还清晰地记得第一次在中国美术馆参观印象派画展时的情景，一幅奥古斯特·雷诺阿的《半身像·阳光的效果》就足以让人痴迷，因为我第一次真真切切地从一幅艺术作品中看到了阳光的

跳跃和阴影的移动，甚至呼吸到了阳光与少女的气息。那完全是面对原作的"灵韵"时的一种"震惊"式的体验。在杨森君的诗中，我同样能读到这种感受，这是一种难以言说的阅读快感。

毫不夸张地说，杨森君一直对时间主题有着超乎寻常的兴趣，也一直以"一个注视者的平静"执迷于探寻"时间深处的秘密"（《空地》），而时间的流逝正是诉诸对"光线与阴影"的追摹之中，由此，他对诗歌中的时间与光影的迷恋，形成了其极具个性化与标识性的诗歌美学特征。在杨森君看来，"时光感"是形成诗意的"染色体"，具有极为重要的作用，因为"它提供存在的原朴色素，暗示其已有的可能性与将有的可能性"（《诗学札记》）。按照我的理解，"时光感"至少标示了三个时间的维度：一是现在，它能提供"存在的原朴色素"（如其所是），它是建立在当下此地的观察的真实性基础之上；一是过去，通过回忆（记忆）、想象等构建"已有的可能性"；一是未来，通过超验、虚拟等指向"将有的可能性"。而这三者之间常常借助于人与自然的相遇、历史与现实的交锋相互烛照，融合为一。因此，"时光感"既有实存的一面，又有虚构的一面，既容纳了具体可指的物象，也包孕着想象的情境，既是一种可触可感的时间，又是一种自由扩展的空间。杨森君正是通过对这种"时光感"的追摄，直抵存在的真相，大大拓展了其诗歌文本的意涵，《午后的镜子》可以视为这方面的代表作。


午后的镜子


迷离的光线与停摆的钟之间

一扇获得了宁静的窗子变得幽暗


它构成空虚

它在我脸上衰老


旧木上的黄昏

移动着花篮悬浮的影子


我已习惯了

眼前可能掠走的一切


我在墙镜的反光里，看到了

慢慢裂开的起风的树冠


　　"镜子"是一个自我关涉的意象，它具有透视、自省、增殖的功能，而"午后的镜子"则是一个宁静之物，是一个渗透着"时光感"的意象，它像是一双记录与洞察一切的存在之眼。诗从"迷离的光线"开始写起，"停摆的钟"暗示了时间主题，而正是光线的移动，形成了斑驳的阴影，也使得"宁静的窗子变得幽暗"。这些光影"构成虚空"，慢慢流逝，衰老的脸、旧木、花篮悬浮的影子，都是具有"时光感"的意象，揭示着时间的威力。"我已习惯了／眼前可能掠走的一切"，似是而非，"我"真的习惯了吗？而又是什么能"掠走眼前的一切"呢？当"我"洞悉了这些真相之后，是不是还会涌出疼痛与怜惜？诗的结尾两句，"我在墙镜的反光里，看到了／慢慢裂开的起风的树冠"，由静而动，欲言而止，在隐忍之中充满力量感，可谓惊心动魄，进一步强化了自然（风）对树冠（也包括人）的警醒。

在中国当代诗歌作品之中，能把光线与阴影（幽暗）写得如此新颖、如此精微、如此深邃并能上升为某种玄思境界的，大概只有杨森君一人。这种"对阴影的嗜好"（《再次来到镇北堡》）我在美国当代著名诗人、"深度意象"派主将之一詹姆斯·赖特那里曾读到过，我甚至觉得他们之间可以比照阅读。赖特以其沉思型的抒情短诗而著名于世，他善于捕捉大自然中最有意义的细节，并以丰盈的意象和简洁的语言，赋予自然景色以深层意识的暗示，试图唤起超脱现实返回大自然的欲望，从大自然中找到安宁。比如他的《试着祈祷》就充分体现出上述的这些特征。"这一次，我已把肉体抛在身后，／我在它黑暗的刺中哭泣着。／这世界，／依然有美好的事情。／黄昏。／触摸面包的，／是女人手中美好的黑暗。／一棵树的精灵开始移动。／我触摸树叶。／我闭上双眼，想着水。"赖特曾深受中国古典诗歌的影响，而他对"美好事物"的悲悯以及对"黑暗"的精微呈现与杨森君有异曲同工之妙。

从来没有见到哪位诗人的笔下能如此偏执、如此集中地书写"白"，白色的石头，白色的花朵，白色的尘埃，白色的街角，白色的清晨，白色的夜晚，白塔，白雨，白雪，白雾，白墙，白地……"白"在杨森君的笔下几乎达到极致，已经成为某种带有神秘意味的象征，它不仅仅是一种物象之"白"，更是一种想象之"白"，几乎涵括了诸如安静、忧伤、纯净、清洁、虚无等各种艺术主题与情感体验……我觉得杨森君对"白"的迷恋也可以视作其"光线与阴影"主题的延伸，因为"白"也是光线与阴影的产物，是永恒时间的重要构成部分。当然在杨森君的诗中还有其他色彩比如"红"的存在，在组诗《大地微红》中就有《红砂冈》《红石峡》《红山堡》《红山湖》等作品，虽然比之于"白"要逊色不少，但"红"也同样显得惊心动魄。譬如《红石峡》一诗，看似是在写"红石峡"这一自然风物，但实际上，诗人是在层层的铺叙中寻找时间的秘密与真相，那些红得如血的裸石都是带着"记忆"的，它们坚固也易碎，"遭受过劫难，毁掉了芬芳"，岩石如此，何况人乎？于是自然和人在这样的瞬间里完成了终极的相遇与体认，自然的永恒与人的卑微之间形成了一种巨大的张力。而在《红山湖》中，诗人由湖水想到了时光，"我立刻想到了时光，想到了时光／有时就是一种液态，从碎碎的石缝里流了进去／剩下的部分汪在这里，有时晃荡／有时像现在一样平静"。

《论语》中说，"绘事后素"，"白"是万事万物的底色（本色，原色），犹如一块空净的画布，没有先入为主，没有偏见执念，而是自动呈现事物的本真面貌。显然与"白"相伴生的，是更多的"静""空"与"无"，这里，充分显现出杨森君的诗与中国古典诗歌的一脉相承，这是一种极具古典气质的美学追求，《白地·阳光》堪称这方面的典范之作。


白地·阳光


为了惊醒故意睡眠的蝴蝶，一束光折射出无数木块
一样的阴影。阴影镶嵌在这个早晨升温的角落，

花粉吹在脸上。太阳决定了第一滴水的颜色。

我在意忽略我存在的人是我在意的人。


我喜欢与时光同在的河面。喜欢鸟在这个早晨飞回来，

像重新诞生了一次。整个天空几乎是白昼，

还有什么没有出发，还有什么在回声中摸索着方向。

我视线中的山冈迎向一轮平行移动的红日。


偶尔的一阵风搅动了林木顶部堆积的叶片。

偶尔的一片叶子背叛了它的上帝——

它在下沉中舞蹈！它自由了！它提前进入虚无，

它变成了另外一种更轻微的物体。


我总是在不同的事物之间存有同一个期待。

我总是在一只蝴蝶的身边看到相似的另一只。

我现在是安静的，因为亲密的人去了远方。

我现在是忧伤的，因为鲜花汹涌而亲密的人不在。


　　在这首诗中，诗人的写作空间是一个具有形而上意义的想象性的
"白地"，一束光仿佛具有了人的情感，"为了惊醒故意睡眠的蝴蝶"
而"折射出无数木块一样的阴影"，"阴影"在这里似乎获取了肉身与
质感，变得有了体积与重量，它甚至还可以"镶嵌在这个早晨升温的角
落"。这种写法新颖而独特，给人以极大的审美享受。"我喜欢与时光

同在的河面。喜欢鸟在这个早晨飞回来，/像重新诞生了一次"，再次点出"时间"的主题，"与时光同在的河面"是一个美好而欢悦的意象。但在洞察了一片叶子（其实也是所有的生命）的生死境遇之后，它"提前进入虚无"，它终归会变成"另外一种更轻微的物体"，诗人也由此领取了最终的"安静"与"忧伤"。

## 三、"荒野"与"废墟"：自然与历史的当代性介入

如果说杨森君早期的诗偏于短小精悍的形式，奇巧别致的哲思，追求极简主义的美学风格，具有"语不惊人死不休"般的艺术效果（譬如《习惯》《送别》《喻一种爱的方式》等广为人知的小诗，都具有这样的特征。"一颗优秀的果子/因为怀疑它有虫子/你一层层地削/削到最后/没有虫子/果子也没有了"（《喻一种爱的方式》），似乎只是一个写实性的日常生活情境，但因为它与一种爱的方式关联起来，在"优秀""怀疑"与"削"（具有暴力意味）之间形成一种哲理性的张力，让人回味无穷），那么成熟期的杨森君在其诗歌中注入了"自然与历史"的元素，从而打开了一个更为辽阔深邃的当代性视野，使其进入到一个大诗人的行列。这其中，"荒野"与"废墟"是最具典范性的诗歌意象，更为重要的是，它们成为一个联通自然与人（物象、事象）、时间与空间、历史与现实等错综复杂关系的诗性场域。在我看来，《镇北堡》《再次来到镇北堡》《清水营》等一系列作品的出现，为杨森君开拓了一个无限广阔和丰富新颖的书写空间，完成了其对早期诗歌经验与诗学理想的整合与超越，——这其中既有"荒野"的美学呈现，又有

"废墟"的文化景观，既有丰厚的自然元素，也有幽深的历史场景，既有当下现实的直观，又有古老时空的穿越。在 2016 年《诗刊》第 9 期"第七届青春回眸专刊"之中，《镇北堡》一诗是作为杨森君的代表作展出的，可见诗人对这首诗的偏爱。的确，这是一首极具冲击力的诗，像是一部情节饱满的历史剧，融合了"安静""废墟""悲壮""爱情""历史"等多种元素，有效地表达了诗人对"自然与历史"这一主题的深度关切与思考，也体现出诗人对"存在感"的当代性介入和确认。（"书写自然与历史，也是介入时代的一种方式，至少，这样做是通过当代视野对自然与历史给予关注，给予确认，让其在新的诗歌文本中取得'存在感'"。见《西北场域与当代背景下的诗歌写作》）我们一起来看看《镇北堡》与《再次来到镇北堡》：


镇北堡


这一刻我变得异常安静

——夕阳下古老的废墟，让我体验到了

永逝之日少有的悲壮

我同样愿意带着我的女人回到古代

各佩一把鸳鸯剑，然后永远分开

十年，二十年，三十年——

一百年以后，我和我的女人

分别战死在异地，而两柄剑

分别存放在两个国家

再次来到镇北堡


再次来到镇北堡时，炎热的夏天还没有结束。

带着废墟给我养成的习惯，

我观察着这里的一切；

从木门上的一对锁环到城墙下的一块基石，

从一片角瓦到一眼墙洞。

仿佛沉静是这里永久的标志，

提前于庞大墙体下平伸而去的阴影；

尽管阴影配合着我对阴影的嗜好，

可我更着迷于城堡之外空阔的铜红。

是的，炎热的夏天还没有结束，

草木旺盛，草木也寂寞。

我当然知道，我早就知道了——

在永续着苍茫的黄昏里，一座城堡

无法推却它荒凉的轮廓，一个人也是一样。

不存在不朽；不存在单一的解释；

就像尘埃扩散，不仅仅因为风，

树木发胀，不仅仅因为

我的描述迎合了它们庞大的外观。


镇北堡大家都不陌生，它因为著名作家张贤亮在这里创建了"西部影视城""出卖苍凉"而享誉全球，电影《红高粱》就是从这里走向世界的，它曾经荣获第38届西柏林国际电影"金熊奖"，另外像《黄河谣》《牧马人》《新龙门客栈》《大话西游》等当代经典性的影片都是在这里拍摄的，因为这里常年大腕明星云集，拍摄影视作品之多和获得国际国内大奖之多被誉为"中国一绝"。镇北堡距离银川市区约35公里，是几乎已经被淹没的原始古堡（俗称"老堡"），始建于明代弘治年间，是古代军事要塞的兵营，在清乾隆三年（1738年）被地震摧毁，距今已有500年的历史。"西部影视城"保留了镇北堡原有的雄浑、苍凉、悲壮、奇特、残旧的景象，突出了它的荒凉感、黄土味及原始化、民间化的审美内涵，尽可能地保留了它特殊的文化景观与审美价值。《镇北堡》一诗其实也可以看作是一首"咏史诗"，接续了中国传统的文脉，但它的运思却完全是现代性的。全诗从"异常安静"的这一刻的当下现场写起，"我"与"夕阳下古老的废墟"相遇，体验到一种"永逝之日少有的悲壮"，显然在"安静"与"悲壮"之间隐含着一种深层次的悖论与冲突，因为"悲壮"从来都不是"安静"的，而是裹挟着强烈的痛苦与挣扎的。"我同样愿意带着我的女人回到古代"，以一种回溯性的视角化身为古代的一对情侣，"各佩一把鸳鸯剑"相爱却又不得不分开，直至百年之后（将来性的时间）"分别战死在异地"，而"两柄剑分别存放在两个国家"。"鸳鸯剑"恰如见证者，穿越时间的锈蚀与磨砺，它既是爱情的隐喻，也是战争与离别的象征，把一个悲剧性故事的残酷与执着推到了极致，让人唏嘘不已。这里，废墟的荒凉、时间的轮回与情感的炽烈熔为一炉，视角新颖，想象奇特。而当诗人再次来到镇北堡时，同样是"带着废墟给我养成的习惯"观察着这里的一切，依然保持着"对阴影的嗜好"，然而却"更着迷于城堡之外空阔的铜红"。因为"我"早就知道（理性而自觉），无论一个人，一件物，还是一座城堡都无法做到"不朽"，都"无法推却它荒凉的轮廓"。也就是说，谁也无法抵挡生存于世的"荒凉感"，在承认这样的事实之后，需要更大的忧伤与宁静安置这一切。同时，"不存在单一的解释"，因为每个人都有与废墟和荒野独自相对的时刻，每个人都可以从那里面获取独属自己的领悟。正是荒野与废墟"把我们拉得很近，让我们既体验到自己的内在本性，也体验到超越自己的自然。"①这也就理解了何以诗人如此热爱自然中的各种气息、声音、景观和令人惊奇的事物。"其实，我越来越觉得，人对荒凉的敬畏，是骨子里的。人甚至有时需要这样的荒凉，荒凉是美的，荒凉能让人生出感叹，荒凉是有表情的。"的确，杨森君以极富张力的语言和精妙绝伦的想象写出了苍凉之美，写出了苍凉的各种"表情"，它可能是情，也可能是事，可能是物，也可能是时间。

在与诗人杨献平的对话中，杨森君谈及了《清水营》系列诗歌的创作背景，在我看来，"清水营"是诗人又一个重要的原型意象与精神场域，它的重要性甚至要大于"镇北堡"（"每次我到清水营城，就有写诗的冲动"），作为自然风物和历史遗迹而存在的清水营，它的残砖片瓦，一沙一石，一草一木因为远离现代商业文化的侵袭而保持着少有的原始性、古朴性和荒野性，因而更具有价值②，更具有冲击力和震撼性。清水营古城位于灵武市区东北方约 38 公里处的宁东镇清水营村，城堡

① [ 美 ] 霍尔姆斯·罗尔斯顿：《哲学走向荒野》，刘耳、叶平译，吉林人民出版社 2000 年，第 403 页。
② 环境伦理学家霍尔姆斯·罗尔斯顿在其《哲学走向荒野》一书中，阐述了荒野的多元性价值，其中包括经济价值、生命支撑价值、消遣价值、科学价值、审美价值、生命价值、多样性与统一性价值、稳定性与自发性价值、辩证的（矛盾斗争的）价值、宗教象征价值等，这对于我们理解杨森君诗歌中的"荒野"具有很大的启发性意义。

北侧临靠明长城，东北依清水河而建得名，是明长城内侧沿线的军事防御设施之一，在长城沿线众多的屯兵城堡中，清水营城是一座较大的屯兵城堡。杨森君说："我一直认为，诗歌是一种来不及细说的艺术，大道至简指的可能就是诗歌。《清水营》可以说是较为典型的地域之作，你也知道，荒凉主阵的西北之域就是荒凉，它是自年来它还残存于世，置身其中，你的感觉瞬间就会被荒凉征服，看到遍地散落的砖石瓦片，由不得你不生出诸多感慨。我是爱去这样的地方，像清水营我都去过十几次了，还想去（庆幸的是这里至今没有被商业开发，还原汁原味地搁在那儿），每一次都会有新的感受，但荒凉感始终在。……在这样一个历史痕迹浓郁的地方，我试图以诗歌的方式进入过去，过去的空间太大，可想出来的东西、可放进去的东西太多。"这里反复谈及的"荒凉感"（这种"荒凉感"与前文所述"时间感"是相对应的甚至是内在统一的），正是杨森君一直追索的东西，它是荒野（自然性）的一部分，也是废墟（人文性）的一部分，前者空旷、寂静，后者厚重、苍茫，它们的融合构成一种介入自然与历史的全新的视角。爱默生在《论自然》中指出"自然是精神之象征"，与自然和谐共处的生活，以及对真理和美德的热爱，会使人们以焕然一新的目光来解读"自然的文本"。事实上，在荒野里，有一个比我们人类更古老、更伟大、更深沉、更奥秘的世界。"它们的奥秘，是那种永久的创造和神灵所囊括及暗示的奥秘：虚无缥缈的视觉，命中注定的恐怖，转瞬即逝的现在，错综复杂的美丽……"[1]无疑，杨森君对"自然文本"的执着书写，包容着爱默生的这些洞见，这也可能是杨森君诗歌给予我们的最大的启示。

---

① 程虹：《寻归荒野》，生活·读书·新知三联出版社 2013 年，第 229 页。

## 四、"隐秘地活着和叙述"：忧伤气质与宁静诗学

在《美好部分》一诗里，杨森君这样写道："我无法选择言辞答复你们／诚实的暴露与虚伪的掩饰／都不是我的意图——／所以，我愿意如此隐秘地／活着和叙述，并且用怀念减轻／我对被遗忘了的美好事物的极度伤感——"这几乎就是对其诗歌美学的最好概括：其一，"隐秘地活着和叙述"，构建了一个敏感、细腻、卑微的"抒情主体"，一种发现者与观察者的视角；其二，"对被遗忘的美好事物极度伤感"，"被遗忘的美好事物"也就是充满"时光感"与"荒凉感"的事物。由此，杨森君在细腻的语言与精巧的叙事之后，写尽了各种忧伤的表情与姿态，有的含蓄静美，有的热烈残酷，有的电光石火，有的穿越洪荒。而这种四处弥漫的"忧伤气质"，已经成为诗人的个人传统，成为其表达"对人间世事终极意义上的虚无感的紧张"[1]的基本表征。对此，杨森君有着清晰的体认："我的大多数诗歌具足了安静、孤独、忧伤的气质，这个一则还是与我生活的环境有关，再则一定与我的生活经历、处世态度、艺术观念有关。西北是一个有大寂静的地方，我就生活在这样的一个地方。每次走进不毛之地的无边的旷野，远远地看着落日下的地平线；每次遇到沙尘暴，看到地面上飞沙走石的情景，我的内心都会生发出常所未有的孤独，同时也为无情流逝的一切动心动容。它们自然会影响到我的诗歌。"[2]这里，诗人从"诗歌地理性"的视角与"主体性

---

[1]《诗学札记》："我的大多数诗歌所表现出来的忧伤气质，已经变成了我个人的传统。我无法缓释我对人间世事终极意义上的虚无感的紧张。"
[2]《西北场域与当代背景下的诗歌写作》。

建构"的视角对其诗歌忧伤气质的形成进行了辩白与说明。我甚至觉得，对于杨森君来说，忧伤是一种天赋，也是一种命运，天赋为他带来喜悦，而命运为他带来了疼痛。在《桃花》这首广受人们称道的短诗中，它这样写道：

> 我实在不愿承认：这样的红，含着毁灭；
> 
> 我本来是一个多情的人。
> 
> 有什么办法才能了却这桩心事。
> 
> 我实在怀有喜悦，不希望时光放尽它的血。

　　这其实是一首关乎忧伤的诗，虽然仅有四行，但它的容量却极大。"桃花"是中国古典诗歌当中的一个原型意象，写桃花的诗更是数不胜数，然而杨森君却能推陈出新，险中求胜，彻底颠覆人们对桃花的习见性认识和体悟。诗人不愿承认在桃花的红里"含着毁灭"这样近乎残酷的事实，作为"一个多情的人"，他不希望时光放尽"桃花的血"。一方面，他无法割舍桃花之美所带来的"喜悦"，祈愿它的美能长存；另一方面他又心事重重，充满淡淡的忧伤，因为这样的惊艳之美中包含着无可抗拒的毁灭他却显得无能为力。全诗隐忍、克制，但又蓄满张力，尤其是隐藏在诗人的喜悦背后的那种悲悯之情更让人感怀。

　　"我的心灵从这里开始：从微弱的虫鸣／从细小的星辰／从打败了容颜的镜子／从埋没了视线的黄昏"（《挽救》），"我有诸多哀愁，我有宣泄的顾虑"（《红酒》），"从来都是，我先觉察出／那复合了阴郁的木槿，已不能／在长夏里持续狂欢"……在这些诗中，都弥漫着某种无以言说的"痛感"，正如诗人所言："我一直都力图在我的诗中植进'痛感'的因素——无论我写的是什么"（《做个诗人该有多么幸福》）。其实，"痛感"也好，"哀愁"也好，"忧郁"也好，"悲悯"也好，都是"忧伤气质"的体现，它们几乎覆盖了杨森君的所有诗歌。这些挥之不去的忧伤，既包含个人的奇迹，又涉及存在的本相，它们源自于诗人对美好事物遗忘与毁灭的感伤，对生命卑微的觉知与体悟，对时间无情的洞悉，以及对天地洪荒的敬畏。当然，忧伤之中不仅有宁静与荒凉的感受，也有爱与喜悦的惊奇，《草木之歌》一诗即是如此。


　　草木之歌


　　草木越长越高
　　仿佛要看到更远的地方


　　现在还不能说
　　每一刻都是最后一刻
　　对它们，我有爱恋之意
　　开花的或不开花的
　　都是干净的


　　有时，它们是安静的
　　仿佛初来世上
　　有时，它们汹涌澎湃

连洁白的蝴蝶都不知所措


它们现存于世，但不长存于世

时光流逝，不易觉察

它们终将被慢慢地摧毁


但是，这一刻还没有到来

它们在日暮时分的样子

似乎永远看不清未来


它们的欢愉也是我的

我要为它们守住这个秘密


诗人对草木怀有柔软的爱恋之意，他能充分感受到"草木的欢愉"，因为它们有着旺盛的生命力，越长越高，无论开花或不开花都是"干净的"，这正是草木给予人的"启示性真理"。但草木有荣枯，生命有衰亡，在不易觉察的时光流逝面前，它们终将不能长存于世，"终将被慢慢地摧毁"，至此，一种深沉的忧伤慢慢袭来。虽然"我"懂得这个秘密，但"我"不能把它说破，我还是"要为它们守住这个秘密"，这是一种多么痛的领悟啊！

毫无疑问，"寂静"是杨森君诗歌中出现最多的词。"这片空旷把我的身体再次置放进/寂静的中心"（《触动》），"红色植物颤动的下午——/我为一块隐匿在阴影深处的花斑替罪。/八月，云彩虚掷在山冈上，草色眼睛的羊头向西。／一种类似于雾的寂静开始包裹着白地附近的农庄"（《白地》），"大约是中午／白昼流过一片安静的草地／众多的花冠在慢慢变红／我改变了原来的坐姿／我的右侧斜倾着一道狭长的山谷"（《安静的美》），"黑暗中跳动的枝条，默许了／鸟的安静"（《春夜》），"一把铜号在薄暮时分应该如此／它让我安静地坐在花园里／直到月亮露出白色的尖顶"（《暮色》），"荒芜的灌木丛／依然向远方奔涌／这里是安静的／日光从石头的一侧移走一只红色的甲虫"（《寂静》）……如果说"忧伤"对于杨森君的诗歌而言，具有本体性的意义，它是生命的底色，也是诗的底色；那么"寂静"（"安静""宁静"）也具有同样的意义，无论是怎样的繁华盛衰，最终都会归之于寂静，在个体的寂静和宇宙的寂静之中包孕着一个更为辽远的时空，它打开了一种"无限之域"，在那里"内部世界与外部世界冲腾融合"（威廉·詹姆斯语）。事实上，我觉得"寂静"与"忧伤"是互涉互指的，无论是"寂静的忧伤"还是"忧伤的寂静"都直指某个"秘密的中心"。

## 五、写作的喜悦：从经验细节到超验想象的穿越

无疑，杨森君是一个洞悉了写作的秘密并且体验到写作的喜悦的诗人，在他看来，"写作的喜悦正是——它既保证了幻想的无限可能性，也激活了语言相互引诱的兴奋本能"（《诗学札记》）。写作的喜悦来自对写作的自由性与创造性的体认，写作的喜悦首先是语言的喜悦（"本能"）和幻想（想象）的喜悦，其次是洞穿存在的奥秘与真相的喜悦，

当然，这些喜悦只能是在大量的写作实践中来完成。可以说，杨森君对诗艺有着近乎苛刻的要求，他的诗大都细腻、冷静、清晰，有流动的语感，有跳跃的节奏，有灵动的哲思，既注重诗的日常性与及物性，又"用幻想与想象进行重置"，让一首首诗具有"诞生的气息"，从而"忠实地保持着它们当初的温度和表达时的确切"，变得独一无二。

正因为诗人对"形而下的事物存有太深切的热爱"（《诗学札记》），所以杨森君的很多诗都是从日常的情境、形而下的经验细节开始，当然它们往往未止于此，而是借助于想象的真实性而升华为"人性化的哲思"。比如《观察一滴水》：

> 我开始专注地观察一滴水
> 它悬在一根生锈的铁管下面
> 怎么也掉不下来
> 它太像一滴眼泪了
> ……我有意碰了一下铁管

诗起始于对一滴水的观察与描述，"它悬在一根生锈的铁管下面，怎么也掉不下来"，但这滴水经过诗人的"个人想象"之后，与"一滴泪"联系起来，就具有惊人的人性力量和道德情怀，因为"它太像一滴泪了"，所以诗人"有意碰了一下铁管"让它落下。整个过程中，诗人都是"以美好的、深情的、平和的方式"打量与其共在的事物，但诗的结尾所显现出的那种"悲悯感"让人动容。这首诗以非常小的切入点对"人与物"之间的关系进行了富有创造性和启示性的深思，从经验细节出发完成了想象性的超越。我曾经写过这样几句诗，"如果有上帝／他会称量／我的笑／以及泪水"，或许可以作为对杨森君的诗的一种回应，因为我总觉得"泪水"是最能表征"人性"的事物之一。

"那些具体的，可感知的，细小的，可握的事物，已在、已见的事物，它们才是亲切的。"这是杨森君的基本写作理念，他的诗往往从一开始就精心营构一种"亲切"（如在眼前）的"在场感"，以直叙与细描进入，由实入虚，中间形成反转与飞跃的"陌生化"处理，最后抵达丰饶复杂的诗境。"我只能自己给自己身上的河流／插一根呼吸的芦苇"（《哪一个夜晚》），"旷野上，一列火车呼啸着／擦了过去——／铁道一侧的落日，完好无损／"（《物体》），在这样的诗句中，杨森君仿佛总是能在不经意之中，不动声色地捕捉到自然与人性、物象与情感交融的画面，他非常擅于用一种极简的语言与意象表达出深邃的思想性，声色与理趣兼备，从而给人以无限的遐思。"自己身上的河流"与"呼吸的芦苇"，前者包容着各种情感的流动，后者则是一种自我的救赎的通道。"旷野上呼啸的火车"与"完好无损的落日"，形成了极有张力的对照。其想象的奇绝，表意的深微，让人叹服。我们再来看看他的两首小诗：


遮蔽物


我已经在雨中了。

我的周围低伏着抖动的枝条。

我走过的时候，草地已蓄足了暴力。

九月


一株斑绿的狼胖胖草

在脱身上的皮

它裂开了一块


——力量刚好

把一只伏在它上面的红色甲虫

弹到了一米以外


　　这两首诗都是从写景状物开始，"我已经在雨中了。／我的周围低伏着抖动的枝条"，"一株斑绿的狼胖胖草／在脱身上的皮／它裂开了一块"，貌似平淡、平实、平静，但其结尾都是以出人意料的方式完成了诗意的超越（"去蔽"或"解蔽"），那种"直观的真相"与"存在者之真理"①，那种"草地的暴力"与"狼胖胖草"的力量甚至让人猝不及防。整首诗言简意赅，虚实相生，韵味无穷，极具爆发力，像武林高手一样点到为止，却能让人感受到一种强大的气场。一直以来，杨森君都是把"直取事物的客观性"看作是"诗人的工作"，并尽可能地调动一切艺术手段，寻找可能的意义元素，包括"细节与气质"，"贴近性灵的语言"，"充满抚慰感的情绪"，"符合人类通怀的美感"，

---

① "艺术作品以自己的方式开启存在者之存在。在作品中发生着这样一种开启，也即解蔽，也就是存在者之真理。在艺术作品中，存在者之真理自行设置入作品中了。艺术就是真理自行设置入作品中。"我以为海德格尔的这句话对理解杨森君的这些诗具有极大的参考价值，这里的"艺术"可以用"诗"进行替换。见[德]马丁·海德格尔：《林中路》，孙周兴译，上海译文出版社2004年，第28页。

"引导思索方位的启示"等（《诗学札记》）。无疑，在他最具有代表性的抒情短诗中，这些意义元素都得到了很好的体现。

此外，需要提及的是杨森君的诗有极强的结构性处理，整首诗的起点往往小而微，然后慢慢拓展，旁逸侧出、峰回路转，最后水到渠成、超以象外，直达一个圆通之境。《父亲老了》并不是杨森君最好的诗，但因为入选了2011年5月被IB（international baccalaureate）国际文凭组织中文最终考试试卷采用，从而成为广受关注的一首诗。


父亲老了，他在想些什么
他的话越来越少


他坐在窗前
脸色阴沉


我真的希望
老了的是我，不是父亲


我老老的坐在窗前
看见年轻的父亲带着他漂亮的女友


到乡下看望
他年迈的父亲

这首诗用非常简洁、平实、直白的语言展开，因为老了，父亲的话越来越少，脸色阴沉地坐在窗前，而一句"他在想些什么"让人浮想联翩、不甚感慨。这里面暗含着一种生命衰老、时光流逝时的孤独、无奈与悲伤，也似乎表明"父亲"与"儿子"之间没有更好的沟通方式，双方都有无法直面的无力感。接下来的角色互换与逆转，极具想象力，紧紧地抓着了每个读者的心。我祈愿"老了的是我，不是父亲"，这大概是作为儿女的所能表达出来的对父母的最大的爱，字里行间，深情可见，就像我们看见自己的孩子病了的时候，常常会想"我真的希望／病了的是我，不是她（他）"一样。整首诗起笔平淡，然而结尾处构思精巧、独具匠心，以"我"变老之后的视角去反观年轻时候的"父亲"，最终完成了诗性的飞跃。

# "疼痛的美学"与"西海固的旋涡"：
## 王怀凌诗歌论

　　无疑，王怀凌的诗具有一种直逼人心的力量，它饱含着一种深情与疼痛，执着与坚韧，一如西海固大地一样，具有鲜明而独特的面相与声音。西海固之于王怀凌，"得之即生，失之即死"，既是一个生生与共的生存空间，又是一个沉潜与历练的诗意空间；既是一个"地理—物理"的自然空间，也是一个"文化—心理"的美学空间。在西海固的诗人群落中，王怀凌是最具典范意义和个性风格的诗人之一。王怀凌说："西海固是一个很魅惑的地理名词。这个词给予我悲悯神圣的烛照和充沛的文学元气。"（《风吹西海固·后记》）的确如此，在已经出版的诗集《大地清唱》《风吹西海固》《草木春秋》《中年生活》等作品中，王怀凌以朴素而真诚的诗歌精神为我们塑造了一个极具诗性张力的西海固。质而言之，王怀凌的诗歌写作是一种边地写作，即远离政治、经济与文化中心的写作，同时也是一种自我生长与自我完成的写作（植根于大地，生长于民间）；是一种苦难写作与悲情写作（不是宣泄性写作，也不是奇观化写作），更是一种生命写作和神性写作（不是知识性写作和修辞性写作）。在遭受全球化与消费化全面碾压的文学与文化语境中，王怀凌的诗，始终高扬"路漫漫其修远兮，吾将上下而求索"的精神追索，饱含"穷年忧黎元，叹息肠内热"的殷殷深情，引领人去守望大地，回归故土，叩问存在，因而具有了一种特殊的救偏补弊的诗性力量。

## 一、当我们在谈论"西海固文学"的时候，我们在谈论什么

这个问题比较大，但我觉得现在讨论它非常迫切和必要，当然，它也许能对我们准确把握王怀凌的诗歌创作开启另一种思路。虽然"文学西海固"或"西海固文学"在全国已经有了一定的知名度和影响力，但我们必须正视我们所面临的各种困境和问题，这不仅仅是作家们的事情，更是评论家们的事情，不仅仅是一代人的问题，更是几代人的问题。遗憾的是，这么多年以来，我们对于这个问题一直缺乏自觉深入的公开讨论和全面彻底的学术梳理，以至于它在很大程度上成为影响西海固文学发展的迷思与障碍。在我看来，"西海固文学"的概念，既不是一种文学思潮，也不是一种文学流派，而是一种带有地方化色彩的文学寻租，当然它有特殊的存在价值和指称功能，但它也需要我们能够保持足够的警惕，在自觉反思的前提下去使用，甚至需要不断对它进行解构和重构，保持其自身的活力与多元性，而不是将其符号化和凝固化。

需要我们追问的是：第一，西海固文学的代表性作家为我们提供

了什么样的文学文本？有没有进入经典作品的可能性？它的依据是什么？第二，西海固文学有没有自己的文学传统与个性特色？如果有，它究竟是什么？它在哪些方面能为中国当代文学乃至世界文学提供独特的文学想象和审美价值？如果我们把西海固文学放在省区的范围来看，或许还尚且能沾沾自喜；而如果把它放在全国的范围来看，甚至放在文学史的视野中来看，恐怕难免自惭形秽。第三，在一个全球化与逆全球化日益加剧的时代，在一个消费主义与娱乐化的后工业时代，在一个西海固正在发生巨大裂变的时代，西海固文学恐怕已经难以保持它曾有的那种封闭性与独立性，那么，它当下的状况和未来的出路是什么？

毫无疑问，在宁夏当代文学史上，诸如石舒清、郭文斌、马金莲、杨梓、王怀凌、单永珍、杨建虎、林一木等作家与诗人，都写出了不同维度的西海固，大大丰富了西海固文学的内涵。石舒清的清洁生活与日常诗意，郭文斌的安详主义与农历精神，单永珍的浪子情怀与苍凉高歌，杨建虎的家园意识与乡愁冲动……

毫无疑问，石舒清的《清水里的刀子》已经成为西海固文学的经典化作品之一，它的重要性和影响力正在日益凸显，最近这篇小说的同名电影获得大奖即是明证。虽然石舒清还有其他非常好的作品（比如《果院》），但要超过这篇作品存在不小的难度。相比之下石舒清笔下的西海固更为日常，不仅是日常的，也是诗性的，不仅是生活的，也是文化的。这使石舒清的作品带上了一种内省的沉思的品格，大大提升了其作品的深度。

杨建虎是西海固早已成名的诗人，很早就开始了诗歌的创作，在全国也有一定的影响力，他的诗已经形成了比较稳定而成熟的风格特征。

我觉得杨建虎是一个纯粹的抒情诗人，他以一种歌吟的方式唱出了一个本真而高远的诗意世界。他的诗里有浓厚的故土意识和家园情结，有挥之不去的"乡愁乌托邦"的冲动。当然，他更钟情于包孕万象的自然风物，执拗地保持着内心的忧伤、孤独和空灵，"继续穿越这巨大的宁静"，"继续热爱这无限的草木以及大面积的蔚蓝和青绿"（《剔除》）。但问题也许就出在"稳定而成熟"这个层面，虽然杨建虎自己可能也一直在寻找一种新的突破，但就目前来说，他还是在用老配方吃老本。不过，当杨建虎放下西海固之后，对绵延不息的日常生活场景投去深情一瞥的时候，也能写出温情脉脉而又情思绵长的诗行，比如《清晨的菜市场》这首诗："许多时候，我愿抱着她们回家／于庸常日子里／品味来自故乡纯朴的味道／许多时候，她们一直是——／与我相伴的至亲和骨肉"。

但除了上述这些作家、诗人之外呢？更多的西海固文学，恐怕大都是均质化的自我模仿、自我重复、自我繁衍，类型单一、格调不高、艺术性欠缺，缺乏明确自觉的美学主张，缺乏现代性的宏阔视野，缺乏自我反思与自我超越的能力。随着互联网的极速发展，自媒体雨后春笋般兴起，文学发表几乎已经没有门槛，进一步加剧了上述的这些症状，如果我们还对这一切都视而不见的话，那就难免有些自欺欺人了。譬如微信公众号对原创文学作品的低标准的海量消费，几乎已经成了所谓的文学爱好者自我膨胀、自我满足的狂欢乐园，它更多的是肤浅而无知地贩卖新闻式的故事与情感，甚至还处在粗鄙的宣泄和暴露阶段。

那么，在这样的一个大的背景中，我们再来审视王怀凌的写作，就会更加有意义。王怀凌究竟写出了一个怎样的西海固呢？我觉得，他笔下的西海固更日常更本色，更"如其所是"，它既不是宗教化的圣地，也不是安详主义的乐园，既不是苦难罪愆之所，也不是浪漫理想之域，而是生生不息的皇天后土。

## 二、"疼痛的美学"："谁在深渊中喊痛"

哲学家克尔恺郭尔说："诗人是什么？一个不幸的人，他把极度深刻的痛苦隐藏在自己心里，他双唇的构成竟然使经过它们的叹息和哭泣听起来像美妙的音乐。与他在一起就如与法拉里斯的铜牛中可怜不幸的人在一起，他们在文火上慢慢受着酷刑；他们的尖叫声到达不了恐吓他们的暴君的耳中；他们的声音在那暴君听来像是甜蜜的音乐。"（《或此或彼》）很难说清王怀凌对西海固的那种复杂情感，那里蕴藏着深沉的爱，也纠葛着锥心的痛，而最后，诗人把那些"叹息和哭泣"都变成了"美妙的音乐"，以朴拙而真实的诗句表现出来。王国维在评论南唐后主李煜时曾说："尼采谓一切文字，余爱以血书者，后主之词，真所谓以血书者也。"从某种意义上来说，王怀凌的诗也是"以血书者也"，这个西海固之子放出了西海固之血，其壮怀之态、悲悯之情、沉痛之思、粗粝之语，也可谓"不失其赤子之心"。《在西海固大地上穿行》是足可以让人热泪盈眶的一首诗，"对于生存 / 我们并不缺乏忍耐 只感觉到渴"，这是对西海固干旱严酷的生存现实的最诗意的表达，作为"中国西部的一块补丁"，西海固承载了太多让人触目惊心的苦难，成了每个西海固人心中最大的隐痛。

在西海固大地上穿行


我告诉你西海固：蒲公英的泪珠被风暴挟持

苜蓿梦见紫花的海洋  工蜂畅想甜蜜的爱情

我送你一朵云你一定会热泪盈眶，但我只送你

一声叹息


西海固只是中国西部的一块补丁  在版图上的位置

叫贫困地区或干旱片带  我在西海固的大地上

穿行  为一滴水的复活同灾难赛跑

……


  《西海固方志》一诗这样写道："不，不要说起村庄 / 村庄的冬天寒冷又漫长 / 父亲用沉默说话……大年三十回到乡下 / 吃一顿叫良心的团圆饭 / 我再也不嫌弃娘丑 / 我学会了一门美学 / 它的名字叫疼痛……"当诗人从春到夏穿行在充满悲情的西海固大地上之时，他并没有自暴自弃，怨天尤人，而是正面直击，勇于承担，并最终学会了一种"疼痛的美学"。因此，从某种意义上来说，"谁在深渊喊痛"，可以看作是王怀凌诗歌一以贯之的创作母题。这里面至少包含着三层含义：一，是"谁"在深渊喊痛？二，"深渊"是怎样的含义？三，为什么要"喊痛"？

  首先，这里的"谁"，作为王怀凌诗歌中的抒情主体，其实并不是不言自明的，而始终处于某种模糊难辨的状况，他时而抽象,时而具体，时而是诗人自己，时而是乡地民众，时而是顿家川，时而是沈家河，时

而是一阵风沙，时而是一场冷雪，时而是一颗土豆，时而是一根柠条……甚至他已经化身于西海固大地之上的一切人和物，成为其代言人。因此，王怀凌诗歌中的抒情声音不是内闭的，而是开放的，不是单一的，而是多元的，不是独白式的，而是复调式的，这些复调最终汇集成一种西海固的和声，共同完成了对西海固的诗意塑造与艺术表现！

其次，何为"深渊"？海德格尔在《诗人何为？》一文中曾说，世界黑夜弥漫着它的黑暗。上帝之离去，"上帝之缺席"，决定了世界时代。这一诊断对于我们今天的时代依然有效。"世界黑夜的时代是贫困的时代，因为它一味地就变得更加贫困。它已经变得如此贫困，以至于它不再能觉察到上帝之缺席本身了。由于上帝之缺席，世界便失去了它赖以建立的基础。"在世界贫困的时代，在上帝缺席的时代，世界就难以避免地陷入"深渊"之中。"深渊"一词原本意指地基和基础，是某顺势下降而落下其中的最深的基地。荷尔德林在赞美诗《泰坦》中把"深渊"称为"体察一切的"。对于诗人王怀凌来说，这个体察一切的"深渊"即是"痛"，是故土之痛、西海固之痛。无论是日渐消逝的村庄，无论是留守故地的孤寡老人，无论是火热的童年，还是冰冷的旧事，无论是青草柠条，无论是杏红桃白，……都是深渊的组成部分。

最后，可以说，"痛"既是王怀凌的生存体验，也是其写作的源泉，只有"痛"才能保持他的情感的强度、精神的纯度和思想的力度，只有"痛"才能保持他与世界与自我之间的结构性张力，只有"痛"才能给他带来更多的抚慰和温暖。在那个永恒的"顿家川"与"沈家河"，"西海固的天是空的"，空得足以容纳一切，这个倔强的诗人，喝着父亲用罐罐茶熬出来的"苦难的汁液"，在凛冽的风中，"用一根肋骨犁开一块冰冻的荒芜"，那是何其让人震撼的一种景象！诗人曾说："适应了这里的土壤和气候，痛也会成为一种享受。看着天空的飞鸟，树上的叶子，依附在地皮上的纤弱的小草，都会爱意涌动。反倒身处青山绿水的优越环境而感觉迟钝"（《土鳖虫的歌唱》），这的确是一种独特而复杂的审美体验，把"痛"升华为一种爱意涌动的"享受"，似乎带有某种"向死而生"的快意。"但我的每一次仰望／都将会是一次苍凉的祭奠"（《秋天深了》），这种难以言说的孤独悲壮更是每一个西海固的自觉守望者的内伤。"而我，像那遗失在田间的土豆／如果无人捡拾／终将被冻僵、风干／消失在通往春天的路上／唯一能够记得的／是那宽天宽地／寂寞无助的盛宴"，遗失田间的土豆，即使被冻僵、风干，依然在消受宽天宽地的"寂寞盛宴"，这是怎样的一种豪迈与潇洒！

　　毫不夸张地说，"风吹西海固"已经成为王怀凌笔下最具标识度最为动人的诗歌意象和创作主题之一，一句"风吹西海固"，仿佛瞬间就把人置于一种苍黄浑茫的生存场景之中，站在荒芜粗粝的长城梁上，有一种前不见古人后不见来者的孤绝与怆然。《风从塬上吹过》《风中的老树》《秋风》《习惯了听风》《秋风起》《西北风》《风吹过沈家河水库》《风吹西海固》……在王怀凌数量众多的作品中，我们能强烈感受到一种黄土弥漫的"风力"，可以说，"风"是王怀凌最主要的写作对象之一，也是其生存深渊的主要表征之一。"大漠朔风，塞北刚烈的性情封杀了多少欲罢不休的丹青高手／留下荒凉，让风舞剑"（《开在秦长城的狼毒花》），"风吹玉米秸，风也吹着人间的悲苦"（《寒风中的玉米秸》），"西北风是一曲欢乐的挽歌／我问苍天：一场风到底还能走多远？"（《西北风》），这是一个没有答案的追问，但却是一个时时要进行的永恒的追问。正是在这样的追问中，诗人"突然羞愧于我抒情的荒芜"，他发现"大地需要疗伤，需要一场雪的温暖"。

《寒风中的玉米秸》一诗，很容易让人想起凡·高的世界名画《向日葵》，都充满了滚烫浓烈的生命激情和丰富深刻的精神隐喻。在中国现代新诗中，鲜有把玉米秸写得如此让人感怀而心痛的作品。玉米秸献出了"自身的蜜"，为天空献出一粒粒黄金的星子（玉米），也改变了牛羊的音质，点燃起人们生活残缺的记忆……但它最终还是被遗忘在冬日的旷野中，像孤冷的骨头一样，这是多么精准而独到的想象与洞察啊！真可谓"灵想之所独辟"！诗并没有止于此，当"我每次经过这里，忍不住都要多看一眼"之时，通过"我"与"玉米秸"的相遇，表达了更为深广的人生关怀，"这是我的民间，我的草木春秋"！对于一个人来说，世间的人情物事，恐怕就区别在多看的那一眼上，那一眼仿佛"上帝之眼"，充满关爱，充满悲悯，流露出对人间悲苦和宇宙万物的深切体察。宗白华在《中国艺术意境之诞生》中说："在一个艺术表现里情和景交融互渗，因而发掘出最深的情，一层比一层更深的情，同时也透入了最深的景，一层比一层更晶莹的景；景中全是情，情具象而为景，因而涌现了一个独特的宇宙，崭新的意象，为人类增加了丰富的想象，替世界开辟了新境……"《寒风中的玉米秸》即是如此，它虽然带着空寞悲苦的底色，但却用"更深的情""更深的景""崭新的意象"，创造了一种新的艺术境界，最终完成了诗意的观照与超越。

《羯羊》一诗虽然不是王怀凌最好的诗歌作品，但却是其最具有症候性的文本之一，在我看来，这首诗触及的是一个"受难阉割"的主题。从某种意义上来说，这首诗不仅仅是对一个"无助的、温顺的小畜生"

的生命关怀，"羯羊"更像是当下西海固大地的一种隐喻。在这里，它显然已经去除了温情的浪漫主义，而是直逼生存的残酷真相。也就是说，曾经静谧安详、无忧无虑的西海固农业社会现在正在经历巨变的阵痛，其中很多地方在走向工业化和城镇化的过程中出现了诸多问题。那些曾经倾注诗人过多诗意想象的乡村与故土，现在正人去院空，衰败荒芜，甚至一天天消失，"大门紧闭／一把锈迹斑斑的铁锁考量君子之腹／荒芜的小径连着远山／撂荒的土地和陡峭的衰草／——这是我两年前看到的／当我今天再一次经过这里／我看到了半截垣塌的土墙／以及土墙内深藏在光阴里的不堪"（《荒院》）。西海固恰如羯羊一样，被置入一个巨大的现代性的手术台上，被商业主义、消费主义等进行了无情的阉割。"任何一撮干燥的黄土都是伤口结痂的良药"，这是一种多么痛的领悟啊！

总之，王怀凌的"疼痛的美学"源自于一种由来已久的现实主义文学的精神传统，它根植于诗人丰富的乡土经验和深切的个体文化记忆，用回归日常的细密而丰实的抒情与叙事，在对故乡不断的回访与亲近中，展现出了西海固大地的过往及当下，也忧心于其未来的命运及时代的变迁。


### 三、"学着去爱"：一只真情歌唱的"土鳖虫"的证词


迄今为止，我觉得《土鳖虫的歌唱》这篇短文是王怀凌最为重要的诗学宣言，文中诗人对自己的写作背景与诗学观念都做了比较明确的阐释。一只真情歌唱的"土鳖虫"，是诗人的自喻，但也是诗人的宣言。

"生活是朴素的，一如西海固的皇天后土。每一株小草，每一只土鳖虫都是生活的主角。我就是那些土鳖虫中的一只。我慢慢地爬上了一株冰草，我看到了自己的远方，闻到了远处的花香。然后，一阵轻风吹过，冰草弯了一下腰，我掉了下去；我再爬，再掉下去。周而复始的过程中，内心的独白成全了一首首朴素的诗——一只土鳖虫的真情歌唱。我为自己的生存环境留下证词，也为自己的经历留下证据。"（《土鳖虫的歌唱》）①

　　王怀凌把自己的作品定位为"朴素的诗"，把自己的身份定位为"土鳖虫"，最重要的是，土鳖虫之所以这么执着于西海固的土地，是因为它要"为自己的生存环境留下证词，也为自己的经历留下证据"。证词与证据都是法律用语，它要求客观性与真实性，也就是说王怀凌是把自己作为西海固的见证者和看护者来要求的，他"想以自己的方式拦截住时间的流逝"，记录和留存西海固的诗意。"在秦长城残垣断壁的章节里／我是一个虔诚的阅读者／时常痴迷于一片残瓦／一根朽骨，一声鸟鸣"（《开在秦长城的狼毒花》），这种"虔诚"与"痴迷"在王怀凌的诗中随处可见，也显示出其作品温情与柔软的一面。正是在这个意义上，王怀凌近乎执拗而决绝地去抒写西海固的人文地理，尤其注重地理景观描写、地理意象呈现和地理空间之建构，细致、具体而生动地描述了西海固的气候系统、物候系统、植物系统、动物系统等，诸如风霜雪雨，艾草柠条，羊群驼队，雁鸣秋草等都成为诗人的写作对象。诗歌的写作虽然以抒情性（诗性）为终极的诉求，但要写得坚实、从容、饱满，就离不开日常性与物质性，也就是说，它必须以来自俗世的各种细节、经

---

①王怀凌：《土鳖虫的歌唱》，《星星（上旬刊）》，2013 年第 7 期第 31 页。

验和情理完成想象性的"飞跃"。从这一点上来说，王怀凌的诗表现得尤为突出，它深深扎根于西海固大地，具有自我生长与自我完成的意味。当然，王怀凌笔下的文学地理不仅仅是西海固，还扩展延伸为更为广阔的西部世界。苦焦的气候、广袤的地域、古老的历史、神秘的传说等，这些元素都是西部美学的重要表征，其陌生化、奇观化的审美效应，更加丰富了王怀凌诗歌的艺术价值。

"西海固是一张被自然和人为的双重暴力击碎的脸，沟壑纵横，疮痍满目。我无法选择自己的出生地，只有学着去爱。……就这么一个地方，汇聚了丝路文化、大漠文化、草原文化、伊斯兰文化的涓涓细流，滋润着这片干旱贫瘠土地的精神向度。"（《土鳖虫的歌唱》）①

西海固的神奇之处就在于，一方面它干旱贫瘠，甚至不适宜于人类生存，但另一方面，它却有着非常悠久的文化；一方面它"被自然和人为的双重暴力击碎"，另一方面，它却保持着顽强的生命力，让人不得不热血沸腾地去眷爱，甚至它的粗鄙、荒凉与寂静，更能撞痛人心。"我的骄傲就建立在你的骄傲之上／我的卑微就建立在你的卑微之上"，正因为如此，爱与真，成为王怀凌诗歌的最大特色， 也是其诗歌最动人心魄的地方，他的诗不矫揉造作、故作风雅，而是带着无怨无悔的爱去体认存在之真。"能写真景物、真感情者，谓之有境界，否则谓之无境界"（王国维），以此来审视王怀凌的诗歌创作，可谓写出了真诚、真切、真挚的诗歌境界，而这种"真之境"其实也就是"爱之境"。倘若没有刻骨铭心的真爱，再美丽的诗句恐怕都是轻浮而苍白的说辞！譬如，王怀凌写一个挖洋芋的女人，"秋风抚摸着她身后白花花的儿女／每捡

---

①王怀凌：《土鳖虫的歌唱》，《星星（上旬刊）》，2013 年第 7 期第 30 页。

拾起一颗鲜嫩的果实／她都会发出一声细小的呢喃／身体的每一次弯曲与直立／就像完成了一次次对大地的感恩仪式"（《挖洋芋的女人》），全诗充满悲悯与爱意，像一部微电影一样生动真切，一颗颗秋收的土豆，被想象成一个个"白花花的儿女"，读来让人难以忘怀。

诗人诺瓦利斯曾说，如果世界好比是人性的沉淀，神的世界就是人性的升华。二者同时发生。没有升华就没有沉淀。沉淀失去的灵活性可以在升华时重新获得。当我们尽力去追根与叩问西海固时，不难发现，它正是一个"人性沉淀的世界"，也是一个"人性升华的神的世界"。"我站在民间的立场上／有一肚子的爱情苦水向你倾诉／尘土洗脸的固原啊／每一个生命都来自天堂／那些土里土气的名字都是天使的雅号"（《固原》），作为一个"从庄稼地里归来"的"忠实的信徒"，作为一个以尘土洗脸的"乡土诗人"，王怀凌满怀"一肚子的爱情苦水"，寄寓了西海固以复杂的情感，他要"以诗歌的形式呈现西海固大地最真实的生存现状"，写出"向日葵情绪饱满的西海固"与"土豆储存在窖里的西海固"，"红辣椒挂在屋檐下的西海固"与"刀枪入库马放南山的西海固"，最终把"宿命的西海固"与"神性的西海固"（《有关西海固的九个片断》）融合为一。无疑，在王怀凌那里，诗与宗教在某种意义上是同一的，他的诗即是他的宗教，他的诗是实现了世俗性与神圣性统一的爱的宗教。

虽然土鳖虫是带着土气的，渺小而卑微，但它从不放弃自己的生命权利，它没有嘹亮的歌声，但依然是西海固大地生活的主角，懂得真情地去歌唱。在今天的西海固，土鳖虫并不是遍地滋生的，随着自然环境的破坏，它正在变得越来越少。事实上，土鳖虫性寒、味咸、有毒，能入心肝脾三经，具有逐瘀、破积、通络、理伤以及接骨续筋、消肿止痛、下乳通经等功效，是理血伤科要药。这也在某种意义上寓示着，王怀凌的诗也具有类似的疗救功能！

除了土鳖虫之外，王怀凌选择的另一个重要的自我表征之物是"柠条"。

柠条是西海固的常见之物，是很好的固沙和绿化荒山植物，既可以充当饲草饲料，其根、花、种子还可入药，为滋阴养血、通经、镇静等剂。但只有在诗人的笔下，它才成为一种独特的审美意象，就像舒婷诗中的橡树与木棉一样，就像蓝蓝诗中的野葵花一样，焕发出神奇的光芒。"我知道，是植物的品质影响和提升了我们做人的高度。在任何一处山清水秀的地方，任何一种名贵的花草树木都不及一束柠条在西海固人心目中的分量"（《土鳖虫的歌唱》）。其实这首诗里的"柠条"就是诗人自己，朴素，卑微，耐旱（耐寒，耐高温），柔韧，用发达的根系深扎在西海固的大地上，有着顽强的生命力，永不懈怠地奉献着自己的绿意（"绿出一片片汪洋"），正是它的存在，"把浩瀚的荒凉芬芳"。

## 四、"西海固的旋涡"与突破的可能性

从某种意义上来说，西海固之于王怀凌，有成也萧何败也萧何的意味。当王怀凌能够摆脱西海固的言说焦虑时，往往能写出非常开阔大气的诗。毫无疑问，由西海固造成的这种悖论性的写作处境，已经成为影响西海固文学发展的瓶颈，成为一种"旋涡性"的存在。这显然不是王怀凌一个人的问题，但我从他的创作中看到了更多"突围"的可能性。

在我看来，《六盘山顶的雪（组诗）》（13 首，应为 14 首）①，是王怀凌目前最好的诗作之一，可惜没有受到足够的重视。虽然这组诗依然深受"西海固情结"（情感结构与文化心理）的影响，但它在诗与思之间，在痛与爱之间，在黑暗与光明之间，在寒冷与温暖之间，在苦难与美学之间，保持了足够的克制与平衡，其"体制""格力""兴趣"与"音节"达到了和谐的统一，从而产生了辽远深厚的诗歌之境。

这些诗虽然都是根植于西海固大地之上，但它们都不刻意和泛情，景、情、理之间拿捏得非常到位，既有对生存环境的细致刻画，也有对人生境遇的哲学观照，既有卑微之感，也有崇高之情。《铜镜》中"月亮"与"铜镜"的互喻，开启了对"醒悟""相遇"以及"时间的积伤"等问题的思考。《六盘山顶的雪》直指西海固"巨大的寒冷"所覆盖的生存境遇，《枯河》以梦境与回忆触及"苦难的疤痕"。诗人洛夫曾说："我认为具有最高层次的诗人，不但要有宗教的悲悯情怀，也要有宇宙的胸襟，他的诗歌中总是表现出一种终极关怀，也就是一种生命的觉悟，对生命意义的不断怀疑与叩问。"《六盘山顶的雪（组诗）》正是诗人洛夫所说的最高层次的诗，能触发我们更多的觉悟和思考。除了《六盘山顶的雪（组诗）》之外，《阿贡提盖草原》《在贺兰山》等作品也都具有洛夫所说的这些特征。

宋代的严羽在《沧浪诗话》中说："学诗先除五俗：一曰俗体，二曰俗意，三曰俗句，四曰俗字，五曰俗韵"，《六盘山顶的雪（组诗）》就很好地去除了这五俗的影响，精短内敛却又意味丰饶。从某种意义上来说，"五俗"其实也可以看作是当代中国诗坛遍地流俗的病象之一，

---

① 王怀凌：《六盘山顶的雪》，《朔方》，2000 年第 10 期，第 40—41 页。

是日记体、散文体、游记体、口水体、废话体等诗歌写作滥觞的结果。平心而论，王怀凌的诗尚有进一步打磨的空间，他的诗有时候泥沙俱下，较多依赖于写作惯性，有些部分失之于节制，难免一些流俗的影响，但这些瑕不掩瑜，也难掩其创造性的光芒。批评家哈罗德·布鲁姆在《西方正典》中说："一切强有力的文学原创都具有经典性"，王怀凌的诗从总体上还是具有强有力的"原创性"，尤其是对中国抒情传统、诗歌精神与文化趣味的传承方面，作出了积极的尝试，他的诗具有强烈的现实关切和积极入世的精神,他对西海固生存境遇的热切关注和深度反思，体现出中国文人的道德情怀与历史责任感。

　　"诗人的天职是还乡"，海德格尔这样说："……接近故乡就是接近万乐之源（接近极乐），故乡最玄奥，最美丽之处恰恰在于对这种本源的接近，绝非其他。所以，唯有在故乡才可亲近本源，这乃是命中注定的。"①从总体上来说，王怀凌的诗都可以称作"还乡之诗"，他的诗在对故乡的悲情苦恋中亲近了"本源"。这个本源是情感之本源、人性之本源，也是中国文化之本源。有意味的是，当诗人越是坚守民间情怀与地域文化的立场时，就越是亲近"最美丽"的本源，从而绽放出灿烂的诗歌之花。正如诗人杨梓对王怀凌的知音之论："我读着《风吹西海固》，体会着王怀凌坚持本土化创作的姿态。他决绝地将车马的喧嚣、流派的影响以及全球化的同化拒之门外，确立了自己民间情怀和地域文化的立场，从而使他的诗作道法自然地彰显了特色，张扬了个性，袒露了傲骨。王怀凌以勇于承担世间苦难的气魄，以在平庸中洞见非凡

①海德格尔：《人，诗意地安居——海德格尔语要》，郜元宝译，上海远东出版社2011年，第86—87页。

的才华，以粗粝、坚硬、拙朴的语言，以散漫随意、长短分明的诗句，以独自默默表述的抒情方式，使《风吹西海固》具有了内蕴风力、外修丹彩、情深意长、言直味潜的特质，是真正的心灵的宁静而致远，是高原上暗夜里的风灯在探路。"①

"真正的原野是从冬天开始的——/曾经受孕的痉挛、灌浆的喧嚣、分娩的阵痛 / 在冬天，铅华褪尽，真正地低了下去"（《苍茫》），"真正的原野"即是中年之后的姿态，"真正地低下去"才能够容纳一切，才能够承受一切，才能够消解一切。随着中年的到来，诗人的写作视野更为内敛和收缩，发生了由外向内的、由大到小的转变。诗中那个曾经豪情万丈的孤胆式英雄，那个傲视一切的大地代言人，那个高高在上的价值评判者，变得更富有"诗性正义"，更为朴素和卑微，更为平和与宁静，甚至化身为天地万物，"我把自己安放在风中，我就是一棵草、一朵花、一粒沙……"，"用花朵的眼睛向远方眺望 / 用叶子的耳朵倾听"……在此，诗人成了忠实的守望者、聆听者和见证者。这些转变，其实都可以视作王怀凌寻求自我突破的努力和尝试。

有点遗憾的是，像《六盘山顶的雪（组诗）》这样的诗并没有成为王怀凌追求与用力的最终方向，虽然经历了"中年"以后的成熟与安详，王怀凌在完成一些蜕变的同时，似乎又重新陷入了"西海固的旋涡"之中，重新卷入了爱恨纠葛的矛盾心态，他依然拘囿在他的西海固身份之中，无论是在诗情的深入推进上，还是在诗歌语言的表达上和诗歌形式的选择上，都难免一些因袭重复的程式化的东西。王怀凌曾说，好作品，既要有柴可夫斯基的悲怆大地，又要有瞎子阿炳的一轮明月。的确

①杨梓：《掩痛与默述——王怀凌诗集〈风吹西海固〉》，太白文艺出版社2009年，第3页。

如此，优秀的作品不仅要扎根于悲怆的大地，保持泥土的气息与活力，诗性的厚重与沉痛，更要用一轮超逸的明月进行烛照与提升。希望王怀凌能以此标准写出更多更优秀的作品来。

# 山河之侧的苦难言说与诗意咏叹：导夫诗歌论

　　无疑，宁夏"60后"诗人的身上具有滚烫灼热的激情，他们的诗普遍具有较高的艺术水准，具有鲜明的代际特征，裹挟着时代的风云变幻，尤其是呼应了20世纪80年代以来的那种理想主义情结和崇高悲壮的美学追求，格局宏阔，音调高亢，姿态超脱。导夫即是其中最为重要的诗人之一。

　　相比于宁夏小说来说，宁夏诗歌长期以来一直处在某种被忽视和被遮蔽的状态，这显然是有失公允的。事实上，在宁夏当代文学史上，宁夏诗歌与宁夏小说是在两翼齐飞，双轮并进；甚至毫不夸张地说，宁夏诗歌整体上的复杂性、多样性与现代性，更优于宁夏小说。之所以做出这样的判断，当然是我长时间沉浸于宁夏文学研究的结果。如果说，宁夏"60后"小说家和诗人还大致旗鼓相当的话，那么"70后"小说家中尽管不乏金瓯、张学东、赵华、阿舍等具有全国影响力的代表性人物，但宁夏"70后"诗人作为一个整体更为齐整，实力更为突出，诸如郭静、唐荣尧、安奇、阿尔、马占祥、高鹏程、杨建虎、西野、瓦楞草、林一木、查文瑾等，都有不俗的作品。这也从另一个层面表明，宁夏当代诗歌的研究还比较滞后和匮乏，还需要开展更深入更有效的后续工作。从这个意义上来说，导夫的诗歌具有"标本性"的意义，因为他的诗歌写作已经有近40年的积淀，而且一直保持在一个稳定的高水准之上。即使导夫那些早期的校园习作，在今天看来也没有失去它的先锋性与艺术性，依然保持着很大的新鲜感与极强的可读性。那么，对于这一"标本"的解剖式研究，会大大有助于我们发现和澄清宁夏诗歌的诸多问题。

## 一、"导夫先路"的先行者与"无言之心"的归来者

导夫是那种一开始就达到了标高的诗人，在20世纪80年代初期的大学校园生活及稍后的时日中，他就已经写出了《西部变奏曲》《高原协奏曲》《黄河交响曲》《世纪情绪》等一系列实验性明显的代表性组诗，这些带着强烈现代性气息与"青春力比多"色彩的作品灼热而厚重，表现出诗人执着真理，承载历史，重建世界的勇气和雄心。无疑，导夫是一个有"大诗情结"的诗人，这当然与20世纪80年代独有的文学语境与价值情怀密切相关，而这些精心创构的宏大磅礴的"交响曲"，已经成为宁夏诗坛的重要存在。无论是就其诗歌的思想内容，还是就其艺术形式来说，导夫无疑是宁夏当代诗歌的先行者与探路者之一，也已成为宁夏诗歌可资借鉴的重要传统和写作资源。惜乎这一点，还没有引起诗歌界的足够重视。当然，从宁夏诗歌史的角度来看，导夫之前（也

就是 20 世纪 80 年代之前）有更早的先行者，但就这些诗人的作品来说，整体上还没有摆脱庸俗社会学与意识形态的影响，诗歌语言和表现形式较为陈旧、单一，缺乏明显的现代性维度，其中多为口号式的政治抒情诗和朴素通俗的民间歌谣（如花儿等）。

"乘骐骥以驰骋兮，来吾导夫先路"（《离骚》），来自《离骚》的笔名"导夫"，或许能有助于我们窥测诗人的精神世界。如果从创作心理学的角度去探究，诗人的笔名都大有深意，笔名往往寄寓着诗人的理想境界与精神追索，不妨将其视作某种隐匿的"人格符号"。我甚至认为，如果专门去研究研究中国现当代作家的笔名，将会是一件非常有趣的事情。"导夫"这一极具特质的笔名，就带有一种古雅的陌生之感，其与"楚骚传统"的秘密接续，甚至在很大程度上与导夫的诗歌面貌相契合。比如"楚骚传统"中所强调的超迈、烂漫、自由的情调，比如它的惊采绝艳的语言形式，比如它的悲壮深沉的情感节奏，比如它的回环往复的咏叹风格，比如它对宇宙人生的热情焦虑，比如它对世间万物的伤怀与悲悯……似乎都可以在导夫的诗歌中找到回响。指出这一点，其实意在说明，导夫的诗歌，从发生的源头上来讲，具有极为深厚的古典诗学与文化背景。

在 20 世纪 80 年代之后很长一段时间，由于诸种原因，导夫几乎一直处于某种"沉寂"的状态。而 2016 年以来，随着诗集《山河之侧》（宁夏人民出版社，2016 年 10 月）、《无言之心》（上海文艺出版社，2018 年 5 月）的公开出版，导夫又重新出现在人们的视野之中，他的作品频频亮相于各个重要的文学刊物和微信平台之上，他是在用自己全新的创作宣告再度归来（其实他从未离开过），即使在人才济济的"归来者诗群"之中，导夫也因其高度风格化的作品而备受诗坛的关注。据诗人洪烛在《归来者：不是宣言的宣言》一文中说，"归来者"这一概念是他在 2007 年 1 月的郑州诗会上提出的命题，主要针对那些 20 世纪80 年代写诗，90 年代改行，新世纪又重新写诗的诗人群体。事实上，"归来者"并不是一个新的概念，在中国新诗史上，20 世纪 70 年代末，就曾出现过第一批的诗歌归来者，这其中包括艾青、流沙河、绿原等诗人。新世纪以来的"归来者"，涵盖了朦胧诗、第三代、中间代以及 80 年代校园诗人等。①导夫正是这些"归来者"中的一位。导夫的新作中就有诸如《1976：中国乡村印记》（这部分的诗作大多数还未曾面世，它显然已纳入导夫另一个值得期许的写作计划）、《云与船》《风雪中》《拉斐尔〈圣母与圣子〉及其他》《咏叹》等这样沉郁顿挫、大气超拔的作品。从 1976 到 2016 年，经过 40 年时光的洗礼，导夫依然在他的诗中执着思考着中国历史与现实的重要思想性命题，他依然在努力寻求着最先锋的诗性表达。他的诗并没有随着时间的迁移而固守陈规、丧失活力，而恰恰相反，变得更为准确、凝练、深沉，获得了更开阔的书写维度。《1976：中国乡村印记》以惊艳的笔触，密集的意象，抒写了 1976 年的身体与经血，欲望与记忆，悲伤与孤独，在对乡村的重构与解构中完成了对"我是谁"的终极叩问。这其中的历史之痛，现实之忧，都让人心生战栗。"那公鸡的肉冠 / 神气活现地在啼唱黎明的星空下来回晃动"（《将军故居》），这一北岛式的诗歌意象极具冲击力，让人不自觉地想起王小波的名句，"走在寂静里，走在天上，而阴茎倒挂下来"。我所感兴趣的是，导夫在这些释放"力比多"的诗行中，想要追索的"印

①洪烛：《归来者：不是宣言的宣言》，《诗探索》，2009 年第 1 期，第 36–44 页。

记"究竟是什么呢？或许，只有把"欲望书写"放置在一个特殊的时代与政治语境中，它才能获得更为巨大的阐释力。

从"导夫先路"的先行者到"无言之心"的归来者，从固守"山河之侧"到退居"城市圣咏"，似乎颇能显现出诗人在不同历史时期写作心境与诗学志趣的变迁。这是外部生存环境"逼迫"的结果，也是诗人内心自我调适的结果。从曾经气吞山河、舍我其谁的豪迈雄壮到沉溺于内心的疏淡冷静；从高亢激昂的呼告与呐喊，到平和可亲的对话与交谈（《现在》："我们坐在彼此的对面"）；从傲然的俯视变成为同情的平视，从绝对的高处降落在平凡的人间……这其中包孕着丰富的内容。比如《无尽黄昏》一诗，便向我们呈现出了其中复杂的意味。


无尽黄昏


是时候了　和从前一样

花朵震颤枝头

倦鸟聚散秋风

我所期待的黄昏

如期而至

谋划老旧小路上结满盐霜的星星


我相信

太阳在悲美地下沉

我所面对的

逃不过我自己久闭的眼泪

我不期待心域一片惧色

惊彻柴门昨天的隐痛


炊烟熟悉地又生　村头

一棵垂柳陌生地向我逼近


它剩余的欲望奋力高举

倒悬着热情消退后失血的天空

枝条的隐情私触尸白的水面

低垂着烟囱随意早泄的一切遗容


和从前一样　天空不让作声

可别人也能梦见星星芬芳的行踪

能梦见太阳在往昔光辉的凝血中下沉

于是　我注目的最后一朵无言之云

神秘地指示我广袤而深沉的心灵

在一种星辰上升的夜晚　与你相逢①


　　《无尽的黄昏》有一种深深的无奈与隐痛，诗人不再执着于太阳的冉冉升起，而是努力接受和注视着它"悲美地下沉"，"失血的天空""尸白的水面""低垂的烟囱"等，都在映衬一种孤独无言的心境。这里的"悲

①导夫：《无言之心》，上海文艺出版社 2018 年，第 95 页。

美"，正是导夫诗歌美学的最大的特征。但是在这种退守和失落之中，依然有无尽的思绪与眷恋，依然有"与你相逢"的期许与守望。"无言之心"，到底是难以言说？困于言说？还是失于言说？无以言说？在诗人2017年创作的《拉斐尔〈圣母与圣子〉及其他》一诗中，再度出现了"悲美"的主题，"我的双脚暂离沉重的大地 如同 / 门外的寒鸦抱紧一枚孤高的树顶 / 夕阳依然下落 上帝俯视众生 / 不可预知的时态没有悲美地发生"。虽然这里依旧有一种超越性的神性视角存在，但它更注重的是作为个体的"我"与拉斐尔的经典画作《圣母与圣子》的交融与遭遇，是对"我"与"上帝"之间关系的重新思考。依偎月光太久的"我"，当然无法成为圣子，却依然要在沦陷的现实中"等待心痛的结局"，这恐怕才是真正值得咏叹的"悲美"。

## 二、"站在世界的高纬度上"的苦难言说与当代人精神境遇的呈现

导夫的诗是沉重的、高蹈的、忧伤的，因为他始终站在"世界的高纬度上"，保持着"飞翔的固执"，在"四顾无岸"的孤独之中，着力于"释放哲学的化石"，在"沉积的意识里打造沉船"，并力图发出"最庄严的动响"，最终以自己的"苦难言说"逼近当代思想的自由进程。需要我们进一步追问的是，到底何为"苦难"？为什么要去言说苦难？如何去言说苦难？对此，诗人自己的回答是：

我在很多次学习了马克思的《〈黑格尔法哲学批判〉导言》之后，深切地感到：对现实的苦难的言说，是人类言语表达的一

个重要困境。文学是在苦难中诞生的，如何言说苦难，是诗人应当探寻的诗学方式。

文学艺术，尤其是诗歌，作为发抒感情的产物，其形态具有无数种可能。言说时代的苦难和人民的要求为其重要的一面。

人的头颅具有向上发展的无限可塑性。言说当无尽头。

诗歌最应反映人们思想发展的自由历史。

诗歌的轴心应当围绕人自身转动。它的一个重要任务应当是在真理的彼岸世界消逝以后，形象地、艺术地、思辨地确立此岸世界的真理……（《无言之心·序：言说苦难》）[①]

显然，在导夫的理解中，"苦难"有着更为宽泛而终极的意义，它并非是关乎小我的、个人的命运与遭遇（譬如一己的喜怒哀乐、七情六欲、悲欢离合），而是关涉时代与人民的自由思想，它最终指向当代人的精神境遇。文学诞生于苦难之中，诗歌为此岸世界"确立真理"，因此，如何言说苦难，成为诗人应当探寻的诗学方式。在《四顾无岸》一诗中，诗人写道：

四顾无岸　只能逆流而上

无须以不屈的姿势过多地瞭望

我们没有归期　我们只有这样选择

我们无所谓确认行于水中还是泪中

因而　我们不可能不这样

---

①导夫：《无言之心》，上海文艺出版社 2018 年，第 7 页。

## 抗拒难耐的孤独[①]

在人生的行旅之中，诗人的处境常常是"四顾无岸""没有归期"，但他依然要选择"逆流而上"，接受"难耐的孤独"，这里面颇有些"我不入地狱谁入地狱"的存在主义意味。"我们走惯了路 / 知道鞋里的砂为谁哭泣 / 我们的脚下 / 半是血痕 / 半是砂渍"（《世纪情绪》）。如此，诗人的苦难是天赋的、自觉的、本体的，他时时刻刻前行在探寻自由的路上。推动诗人自觉承担苦难的，不仅是一种良知和责任，更是一种带有"永恒调性"的爱和坚韧，"我们依旧保留着 / 痛苦 沉思和喜悦 / 保留着爱情 / 情感和想象"。

《西部变奏曲》即是这些"苦难言说"的代表作之一。时至今日，作为文学母题的"西部"，已经成为中国当代文学史上极为重要的内容，正在引起学界越来越多的关注。文学的西部言说，在诗人昌耀那里达到了顶峰，昌耀无疑是中国当代诗歌史上一个独立完成的大诗人。导夫诗歌的根基正是这个充满奇幻性和神性的西部，那是他挚爱和哭泣的精神高地，西部的苍茫、洪荒与空阔已经成为他的诗歌底色与美学特质。"黄土""古陆""峰谷""绝壁""废墟""高原""沙漠""太阳""东方""长江""黄河""大海"……共同演绎了西部历史与现实、时间与空间、文化与美学的"变奏曲"，其中的思古之幽情，历史之动响，现实之痛感，都得到了充分的表现。在《高原协奏曲（组诗）》中，通过对蓝色之湖、黛色之山、苍茫古道，再次展现出西部的地理与文化之魅。而在《贺兰石》一诗中，西部沉积为"凝固历史"的、具有"黛色

---

①导夫：《无言之心》，上海文艺出版社 2018 年第，65 页。

的微笑"与"冷峻的安详"的"贺兰石"，更加彰显了宁夏的独特风貌。当然，导夫笔下的西部还不止于此，它还包含风云激荡的历史记忆与精神现实，交叉冲突的个体意识与集体意识，它是更为深沉厚重的西部，是神秘辽阔的西部，是涌动不息的西部。

正是因为对"苦难"有终极性的认识，导夫的诗始终有一种紧张感和介入感，始终坚守着自己的诗学理想与诗学伦理，其中"感时忧国"的家国情怀与超拔绝尘的"宇宙视野"尤其让人感怀。"有风有雨的日子／太阳／从喜马拉雅探下身／为我背负的花朵／打上一个中国结"（《世纪交响曲》），这个"中国结"的意象，充分显露出诗人那颗滚烫而忧患的"中国心"。"那无数颗永不坠落的中国心／高唱着／秋天的丧歌""塑造残破的中国／塑造／我——们——的——中国"（《黄河交响曲》），这是对"中国心"的深沉高歌。"只有我 只有我和血色澎湃的／同类 依然 长江黄河般地活着／由你释放哲学的化石 体觉／历史无情的凝聚 与最庄严的响动"（《西部变奏曲》），则是把个体的我提升为"大写的我"，放置在历史的空间之中进行对话。"超尘于群峰之上 超尘于黄土之上／超临于地球之上 超临于太阳之上"（《黄河交响曲》）……由此，导夫的诗始终具有一种震撼人心的"宇宙视野"。所谓"宇宙视野"，其实就是一种超越性的、悲悯的、神性的视角，它可以容纳山河城市，它可以深入天地万物。正因为这种视角的存在，"似乎这微渺的心和那遥远的自然，和那茫茫的广大的人类，打通了一道地下的深沉的神秘的暗道，在绝对的静寂里获得自然人生最亲密的接触"（宗白华《我和诗》）。尽管从当下的情境来看，导夫的部分"大诗"已经丧失了其亲和力，甚至在某些方面也许是可疑的，但对导夫个人来说，它具有至关重要的无以替代的意义。

可以说，导夫的诗学从本质上来说是一种"苦难诗学"，但从创作之初，身在一个"伤痕文学"盛行的时代，导夫却没有以一种"刺激—反应"式的方式去浅显和直接地展示和暴露苦难，而是自觉地与时代保持了距离，以一种更为自觉、更为深刻的方式言说着苦难，通过词语的锤炼，通过意象（群）的营构，通过想象力的开掘，以极具气魄的长诗的形式，把苦难的深度与广度深切地表达了出来。这恐怕是殊为难得的，即使在当下的文学语境中，它对于苦难的书写也具有可贵的借鉴意义，它与那些执着于私人性与地方性的苦难言说相去甚远。正是在这里，我们不得不提出一个问题，即诗人应该如何与自己的时代相处？无疑，通过导夫的个案，我们对"当代性"这一问题有了更为深入的思考。意大利哲学家阿甘本认为，诗人作为一种"同时代人"，"必须紧紧保持对自己时代的凝视"。他进一步阐释说："真正同时代的人，真正属于其时代的人，也是那些既不与时代完全一致，也不让自己适应时代要求的人。从这个意义上而言，他们就是不相关的。然而，正是因为这种状况，正是通过这种断裂与时代错位，他们比其他人更能够感知和把握他们自己的。"① 由此来看，导夫即是一个紧紧"凝视"自己时代的人，因此他"比其他人更能够感知和把握自己的时代"。

## 三、"释放哲学的化石"与"乌鸦轰炸的高原"（思想底色与哲学气质）

对于导夫而言，诗歌不是风花雪月的"天鹅绒式"抒情，而是关

---

① [意] 阿甘本：《裸体》，黄晓武译，北京大学出版社，2017 年，第 19—20 页。

乎时代、关乎历史、关乎现实的"苦难言说"，它最终指向自由思想的当代进程。这在很大程度上决定了导夫的诗是追求思想性与艺术性的融合的"大诗"，他的诗是有深度和厚度的"哲诗"。正是因为这些诗的背后都有深沉的历史意识和哲学关怀作为支撑，这也是导夫诗歌能完成自我突破、持久震撼人心的主要原因之一。

导夫曾经谈及自己的阅读史，其中涉及思想史与哲学史的著作占据了很大的比例，这里面就有卢梭、尼采、叔本华、马克思等人的经典著作，他更是在熟读马克思的《〈黑格尔法哲学批判〉导言》之后确立和建立了自己的"苦难诗学"。这是导夫诗歌之所以呈现出独特的思想底色与哲学气质的重要知识学背景。另一方面，众所周知，在 20 世纪80 年代，中国社会进入了一个新的历史时期，在思想文化领域重新进入"再启蒙"，导夫的诗就生发于那一时期的现实土壤之中，因而具有鲜明的时代特色。进一步言之，导夫以极具个性化的方式切入到了时代的共鸣之中，在其探索性的创作之中回应着时代的脉动，其中包含着诸如"历史""民族""理想""寻根"等宏大的思想主题。虽然这些东西在其晚近的创作中伴随时代的发展而最终被解构，但是它已经成为导夫诗歌最耀眼的"烙铁"。


你一如烟云　一如断流

残损的身躯盖着残损的黄土

躺在洪荒退却后野性的古陆　以

熟识过去的触觉　听人世永恒的律动

起自长江　起自黄河　起自长江黄河

只有我　　只有我和我血色澎湃的

同类　依然　长江黄河般地活着

由你释放哲学的化石　体觉

历史无情的凝聚　与最庄严的动响

……①


　　这首《释放哲学的化石》，充满丰富的哲学意味，它实际上就是要通过时间的历练与沉积，去"体觉历史无情的凝聚与最庄严的动响"。在某种意义上来说，诗歌何尝不是人类文明与思想进程的"化石"呢？

　　而"乌鸦轰炸着我们的高原"（《乌鸦轰炸着我们的高原》），我以为是可以载入诗歌史的经典意象，这一极具语言陌生感的表达，其所蕴含的想象力与思想力具有巨大的阐释空间。"乌鸦轰炸"既是在描述某种现实，更是指向某种精神的遭遇与困境，是带着悲剧意味的自我追问与天命担当，"你的沉重压在中国的肋骨上　江河作响／你的突兀是历史沉思的皱纹　辽远深刻"。在这样的自觉受难意识的驱动之下，诗人进一步去开启了存在之思，并最终唱响了诗歌的最强音：


你把浪漫的山巅交给山巅

把世界深处的泉源流向世界

你是人类记忆中一个难以忘却的名字

你　是从凝聚的疼痛中

是从久久的沉寂中

---

①导夫：《无言之心》，上海文艺出版社 2018 年，第 16 页。

是从庄严的崛起中

安详地升起的

黎明的潮湿　无望的退却

使你一天比一天长久　高绝　深沉①


而在《黄河交响曲》中，诗人这样写道：


你是一首上行音乐　一首无标题上行音乐

千百年的痛楚与不幸　无法

无法忽略你强有力的性灵

无法聚积成你一刻的沉默

多少世纪的事业由你播下种子

多少世纪的末日由你传达着情绪

五千公里D大调的号子吹落五千年的风尘

你证明但也被证明着　你征服但也被征服着②


这些诗行不仅有着气势如虹的音乐的节奏与旋律，更带有对千年历史文化的哲学沉思与高度凝练，有着屈原式的"天问"与"忧患"，读来可谓是惊心动魄，其思想的能量借助于诗歌形式的回旋复沓而充分释放了出来。譬如"是……是……是……""无法……无法……无法……"的重叠和层进，在文字的拟态中展现出了"交响乐"特别的冲击力。也

①导夫：《无言之心》，上海文艺出版社2018年，第17页。
②导夫：《无言之心》，上海文艺出版社2018年，第28页。

正因为有这种纵穿历史时空的大视野与哲学气质，使得导夫的诗具有了鲜明的历史感或史诗意识，这是导夫诗歌有别于其他诗歌的重要特征之一。他深谙辩证法思想的精髓，以巨大的精神魄力，最终完成了对千年中国精神史的诗意言说。

无疑，导夫的诗歌是高度凝练的，是内容与形式、诗与思、情与理高度统一的诗歌，他的诗歌一如哲学的"化石"一样启人深思。除了上述这些宏大的"交响乐"之外，在其具有鲜明实验性的六行短诗的写作中，或许更能让人体会到诗歌的简洁之美与思致之美，这些诗更具有内部的丰盈与自足感。

## 四、"山河之侧"的交响与"无言之心"的咏叹

导夫的诗具有极强的形式感，甚至在很多诗歌作品中都带有明显的实验色彩，其中最为突出的即是其音乐般的调性。当然，这只是导夫诗歌形式探索的一个方面，他的诗在分行、断句、留白、排列、整体呈现等方面都有自觉的形式美学追求，同时在诗语的选择，诗句长短的运用等方面，也能显现出独特的形式韵味，譬如其六行诗、图像诗等，均具有陌生化的美感。限于本文的篇幅，这里不再展开论述。

无疑，音乐尤其是西方古典交响乐之于导夫，具有非常重要的意义，从某种程度上而言，他的诗和他所钟情的音乐是互为一体的，他的诗与音乐的结构、节奏、韵律等具有深度的契合性。音乐不仅赋予了导夫诗歌以古雅纯美的形式感，也丰富了其诗歌的表现技巧，更是延宕了其诗学空间。我曾经在数种场合听导夫言及他作为一个资深音乐发烧友的种

种故事，也曾在他的诗歌朗诵中听到音乐的奇妙的回响，也因此更深入地走入了导夫的诗歌世界。

如果说，导夫早期的诗歌偏多于"山河之侧"的交响的话，那么其晚近的诗歌则偏多于"无言之心"的咏叹。前者多以长诗为主，主题宏大，气势磅礴，其代表性的诗作是《西部变奏曲》《高原协奏曲》《黄河交响曲》《世纪情绪》等作品；后者多以短制为主，一唱三叹，静水流深，其代表性的作品是"城市圣咏"系列。

《黄河交响曲·第一乐章 D 大调 奏鸣曲式 天使》中这样写道："如是妩媚 如是恒久 如是辽远／超尘于群峰之上 超尘于黄土之上／超临于地球之上 超临于太阳之上／两岸明亮的肤色 两岸的男人和女人／无力以贝多芬之手扼住你天使的奔流"……，"如是"与"超尘""两岸"的循环往复，犹如层层水浪，在语言与音乐的交相辉映中把诗情推向高潮。或许，只有在高亢激昂、饱满雄浑的朗诵声中，我们才能更为真切地体味到，导夫奉献于我们的诗性黄河，不仅是一条波浪滚动的地理黄河，更是一条气势磅礴的文化黄河与历史黄河。

北岛在《策兰：是石头要开花的时候了》中这样写道："使策兰一举成名的《死亡赋格》写于 1944 年春"，"赋格一词来自拉丁文 fuga（即幻想的飞行），是一种在中世纪发展起来的复调音乐，通过巴赫变得完美。赋格建立在数学般精确的对位法上，其呈示部或主题，总是被模仿呈示部而发展的'插曲'（称为对句）打断。呈示部往往较短，与其他对句唱和呼应，循环往复。……这首诗整首诗没有标点符号，突出了'音乐性'，使语言处于流动状态。作者采用了'对位法'，以赋格曲的形式展示这首诗。清晨的黑牛奶是主题，它短促醒目，贯穿全诗。

由它在其他声部发展成不同的对句，重迭起伏，互相入侵。"①


　　死亡赋格


　　（北岛译）


　　清晨的黑牛奶我们傍晚喝

　　我们中午早上喝我们夜里喝

　　我们喝呀喝

　　我们在空中掘墓躺着挺宽敞

　　那房子里的人他玩蛇他写信

　　他写信当暮色降临德国你金发的马格丽特

　　他写信走出屋星光闪烁他吹口哨召回猎犬

　　他吹口哨召来他的犹太人掘墓

　　他命令我们奏舞曲


　　清晨的黑牛奶我们夜里喝

　　我们早上中午喝我们傍晚喝

　　我们喝呀喝

　　那房子里的人他玩蛇他写信

　　他写信当暮色降临德国你金发的马格丽特

　　你灰发的舒拉密兹我们在空中掘墓躺着挺宽敞

①北岛：《时间的玫瑰》，中国文史出版社 2005 年，第 141 页。

......①

　　我在这里之所以大段谈到策兰的《死亡赋格》，并不是想以此提高导夫的诗歌高度，而仅仅是想说明，导夫的这种以音乐入诗的写作方式，具有鲜明的先锋性与现代性特色，这在作为"边地"的宁夏的诗歌写作中还是极有先导性与实验性的，它决定了导夫的诗从一开始就具有自我成熟的特质。当然，这或许与导夫所受的学院教育背景有关，也与他的志趣、心性与创造力有关。不管怎样，导夫直接而准确地找到了自己的"诗歌之门"，并由此走向诗歌的殿堂，形成了自己独特的诗歌风格，这是一种幸运。

　　导夫曾说："我对自己的诗歌作品的基本要求是：内容厚重，具有历史感、纵深感；手法各异，不拘一格；语言畅达、豪迈、优美，富有张力；独抒情志，有所发明。"（《〈无言之心〉序·言说苦难》）②以此来看，导夫的诗基本实现了他的诗学理想，无论是在他的"交响"还是他的"咏叹"之中，都有充分的体现。

　　对于导夫而言，"咏叹"不是向外的、向上的张扬，而是向下的、向内的沉淀；不是对理想与激情的热烈拥抱，而是对现实与日常的沉淀回归；不是浩浩荡荡呼号高歌，而是更突出了个人音色的自由吟唱，带有更多的情感色彩与自我体验。收录在《无言之心》第五辑的《城市圣咏》，基本都是诗人 2016 年到 2017 年的新作，其中尤以《咏叹》一诗最具有代表性。"在一个生的黎明的边缘 / 我被送入遗忘之河的岸沿 / 一孔惊

①北岛：《时间的玫瑰》，中国文史出版社 2005 年，第 137–138 页。
②导夫：《无言之心》，上海文艺出版社 2018 年，第 142 页。

惧如浪涌泪水被风干的／人类面容 兀自不平常地开始腐烂"，如此触目惊心的意象，让人不免想起波德莱尔的《恶之花》。于是诗人写到"沉入棺盖的地面""色欲的堕落和拜金的邪恶""畸异的伞形花序""乌云蔽日""花蕾遗恨"的残酷现实，但在诗的结尾却笔锋一转：


不管怎样 光芒自觉漂流 最后

我需要在清晨和黄昏自在地

呼吸 如同葡萄浸满血肉

所有大地的女儿

吟唱花朵

吟唱果实饱满而无憾的前生


此刻 我可能

比永远更远地注视你

在我悲伤的外壳下

在我青春的寂静中

在我灵魂盛开的殷红里

在我哀歌的永恒调性等你之前①


　　最终，诗人并没有沉沦于丑陋而残酷的现实乱象之中，而是完成了一种新的超越与救赎，他依然保持着殷红灵魂的悲悯，高扬着崇高悲美的"吟唱"。这与诗人里尔克写于 1921 年的杰作《啊，诗人，你说，

_____

① 导夫：《无言之心》，上海文艺出版社 2018 年，第 8 页。

你做什么……》有极为相近的精神质地："啊，诗人，你说，你做什么？——我赞美。／但是那死亡和奇诡／你怎样担当，怎样承受？——我赞美。／但是那无名的、失名的事物，／诗人，你到底怎样呼唤？——我赞美。／你何处得的权利，在每样衣冠内，／在每个面具下都是真实？——我赞美。／怎么狂暴和寂静都像风雷／与星光似的认识你？——因为我赞美。"①

导夫的"吟唱"实际上就是里尔克的"赞美"，它们都最终指向一种"永恒调性"的大爱与圣爱。也就是说，虽然经历了时代、社会与个人的诸多"无言"境地，虽然遭受了现实的冲击与理想的破碎，但诗人依然在深情地注视着人间，悲悯地关爱着世界，依然在悲美地吟唱。也许，这种始终如一的坚守与执着，才是最美最动人的诗！黑格尔说："一切材料，不管是从哪个民族和哪个时代来的，只有在成为活的现实中的组成部分，能深入人心，能使我们感觉到和认识到真理时，才有艺术的真实性。正是不朽的人性在它们多方面意义和无限转变中显现和起作用，正是这种人类情境和情感的宝藏，才可以形成我们今天艺术的绝对的内容意蕴。"②导夫诗歌的"内容意蕴"，正是"活的现实"中"能深入人心"的东西，是"能使我们感觉到和认识到真理"的"艺术的真实性"，是"不朽的人性"。

---

① [ 德 ] 荷尔德林等著：《德语七人诗选》，冯至译，中信出版社 2016 年第 527 页。
② [ 德 ] 黑格尔：《美学（第 2 卷）》，朱光潜译，商务印书馆 1997 年第 381 页。

# 站在寂静的深渊里：王强诗歌简论

　　2017年7月，因着参加"首届塞上微刊主题诗会"的缘故，我第一次见到诗人王强，说实话此前对他几乎是一无所知。也是通过那次的诗会，我第一次知道，除王强之外，宁夏尚有一批极具潜质的、一直在默默写作的优秀青年诗人，如刘岳、马泽平、锁桂英、杨贵香、马晓燕、马杰、丁永贤、周瑞霞、冷瞳等，他们都无比执着于自己的诗歌理想，大都不为评论界所熟识，但却都有着迥乎不同的写作个性和极其出色的写作实力。这无疑是宁夏文学的福祉，这些青年诗人的存在，大大改变和提升了宁夏诗歌的质地。在我的印象中，诗会上的王强并没有显得有什么特别，也似乎没有怎么说过话，感觉他是一个极为内向的人，安静地坐在某一个角落里，几乎会让人忽略他的存在。后来，通过他的作品，通过其他一些诗歌的或诗歌之外的互动，我们渐渐熟悉了一些，他还是一如既往，始终保持着真诚、低调、谦和的本色。

迄今为止，王强发表的诗歌数量极为有限，从不主动参与一些热闹的诗歌活动，也没有正式出版过一本诗集，他远在"圈子"之外，只是"站在寂静的深渊里"，独自一个人把自己的诗不断提升到新的高度。在一个热衷于喧嚣聒噪和消费自我的时代，王强无疑是当代中国诗坛最稀缺的"物种"，他的这种沉静的品质尤为难能可贵，他的"吃水深度"会让那些油腻而虚浮的码字客无地自容，——他们头顶各种头衔，四处走穴捞金，号称获得过无数大奖，但留给读者的作品却往往不忍卒读。

诗人最终还是要靠作品说话。在这一点上，我对王强满怀信心。

我记得第一次读到王强的诗时，感到很是惊讶，在宁夏的区域环境和文学氛围中，作为80后的他可谓自成高格，一出手就与众不同，有效地摆脱了周围与身边的文学"惯性"（甚或是"惰性"），他的诗具有鲜明的"自省意识"与"突围意识"，带有自觉的去地域化、去流行体的艺术追求，因而呈现出一种稀有的"现代性"与"异质性"。后来再读，这种印象变得更为深刻，他对词语的选择、对诗歌意象的雕琢、对诗歌意境的营造，都达到了近乎严苛的程度。美国诗人罗伯特·勃莱说："任何一种艺术形式，如果长期为人们所钻研，就会逐渐显示出它内蕴的尊严、秘密的思想及它和其他艺术形成的联系。它需要你不断以更多的劳动来侍奉它。"（《寻找美国的诗神》）王强就是一个不断用自己的劳动"侍奉诗歌"的人，就是一个长期钻研诗歌并"显示出它内蕴的尊严、秘密的思想及它和其他艺术形成的联系"的人。

王强的诗具有细腻、沉静而内敛的特质，一如他的人一样。他像是一个隐入暗处的"垂钓者""冥思者"与"凝视者"，沉溺在"幻想的深处"，捕捞着萦绕于心的记忆、梦幻与光影。大凡这样的诗人都是敏感而偏执的，他虽然常常带着轻微的笑容，但骨子里却有一种隐士般的孤傲、清高与忧思。诗歌既是王强心灵独白的最佳方式，也是他与世界对话的隐秘通道（"一段神恩的时辰"《日常》）。他常常以隐忍的方式在暗处发力，那一行行寂灭孤独的诗句，就像他含在嘴中的烟丝，企图以燃起的星火照亮漆黑的夜空。

王强似乎特别钟情于"光"的意象，他的诗恰如一首首"光的奏鸣曲"。"每一扇门后，关闭着深奥的光和面孔"（《夜里听音乐》）。"有人握住瓶颈，把它扛在肩膀上／睁大眼睛／里面盈满残缺的光"（《周末》）。"阳光使他着迷／／透过一扇窗子望着光的方向／身体变得通透／他被光吸收，整个房间呼应着他的专注"（《短旅》）。"我们等着光。躺在黑暗里，任何轻柔地／吸收时间的寂静／都轻灵变得难以把握"（《乌有》）。"今天与昨天一样／依旧是熟悉的光，俯下它们的身体／在窗前迎接我们苏醒"（《礼物》）。"被写到的树叶落在池塘里／上面坐着光／向远处漂流而去"（《诗》）。"我怀念光落在皮肤上的重量"（《在书房里》）"我爱了多少年的面影／可能是真的。她在我的梦里／一直低着头"（《续写》）。"一些光／枯着，从时辰的／裂缝里／渗出"（《冬晨》）"每个微小的事物，都显得安详／在一些渐渐流散的光里／它们获得光泽，像一个神秘的赐予"（《剩余的时辰》）……无疑，在王强的这些诗中，"光"成了最为重要的写作对象，被赋予了极为丰富的诗学意义："光"既是一种物理现象，更是一种精神现象与美学现象，通过对各种不同的光／影的捕捉与呈现，诗人完成了对生与死、命运与人生、世界与自我等问题的终极思考。

王强的诗境是静谧的、纯净的、轻灵的，在我的阅读感觉里，他的诗有着独属于自己的诗学谱系，一面通向中国古典诗歌的幽深境界，一面通向西方现代诗歌的核心地带，从而熔铸成一种独具个性的诗风。无可否认，王维、杜甫、特朗斯特罗姆、保罗·策兰、詹姆斯·赖特、罗伯特·勃莱、扬尼斯·里索斯等诗人的作品给了王强无限的滋养，也构成其写作的典范与资源。"他是个有很多扇门的人／每个房间／都生起深深的孤独。而他常把脸贴在窗户上／他心中充满着迎接充实一天的预感"（《饮者》）。这首诗具有某种元诗的意味，它也预示着王强把自己的"诗歌之门"通向了他的精神同类，在深深的孤独中领受着他们的指引和教诲。

诺贝尔文学奖获得者特朗斯特罗姆说："诗人必须敢于放弃用过的风格，敢于割爱、削减。如果必要，可放弃雄辩，做一个诗歌的禁欲主义者。"在某种意义上来说，我觉得王强是特朗斯特罗姆的"信徒"，他也可以视作"一个诗歌的禁欲主义者"，他的每一首诗都在努力"放弃用过的风格"，尝试最为新颖与凝练的表达。特朗斯特罗姆在阐释诗的本质的时候还说："诗的本质是什么？诗是对事物的感受，不是再认识，而是幻想。一首诗是我让它醒着的梦。诗最重要的任务是塑造精神生活，揭示神秘。"王强的诗惯于从自己的日常生活出发，但却往往引向一个超现实的情境，带着冥思与玄想的意味。他的诗并不涉及丰富的社会生活内容，而是更加注重对事物的"感受"与"幻想"，更加强调"塑造精神生活，揭示神秘"。我想提醒的是，这是王强的优势，也可能是制约其诗歌进路的瓶颈。倘若能够打破这种封闭与宁静的单一书写模式，王强或许能有更大的突破。

在王强的诗里，经常会掠过一个神秘的"面影"。那是谁？是另一个他吗？抑或是一个穿越生死的老者？是一个洞悉生命真相的智者？是隐藏于万物之后的观望者？"从一张面孔里／向外张望"（《暗中书》），这是一个多么让人惊骇的句子，仿佛是在深不可见的内里透视人间与浮世，因而呈现出一种非比寻常的穿越感与纵深感。


面影


我常醒得很迟，带着未了的梦
有一副面影
先于我
坐在门口的椅子上


挂在墙壁上的那面镜子
像一扇门，我们每天在那里相遇
交换着空虚


我看见他，披着灰色长衣
空茫的午后
每次都像是从遥远的地方而来


他更像
我的遗留物

我在他的身上延续，有时手杖在院子里

敲击地面

我甚至听见他的咳嗽声


尽管空无一人


那个神秘的面影，始终像是幽灵一样，他究竟是"先于我的存在"呢？还是"我的遗留物"呢？他究竟是无处不在的上帝呢？还是我的幻影呢？正是在这样的追问与悬置中，王强的诗始终保持着敏锐的思想深度。

时至今日，王强依然是一个有待于被发现与被阅读的诗人，不管怎样，我都希望写下自己对他的期待与祝福：


他站在寂静的深渊里，他的思想象烟圈

将他运往一个新的深度


——《短剧》

# 窗外的另一种色泽：马晓雁诗歌论

　　我写不了那种挥笔而就的评论，无论是短评还是长论，多年来我养成的一种习惯就是"慢"，慢慢在别人的作品与经历中去沉浸，慢慢去领悟，慢慢去延宕，慢慢形成自己的判断，——我要时时刻刻警惕"快"的轻率与武断，我一直觉得，倘若没有经过自我消化的那种日积月累的"慢"，就很难写出精准恰切的批评文字。虽然自许是学文学理论与美学的，但我不喜欢四平八稳的学术文章，我更钟情于带有作者风格的灵动之文，我更希望文学批评也能成为一种创作，更希望批评文字能与评论对象之间形成某种真诚的"对话性"甚或"祝福性"的关系。关于文学批评，我曾经写过这样一段话，可以算作是对前述观点的进一步延伸：

　　　　批评的目标和意义不是为了指导和论定，而是为了呈现、
　　诊断与去蔽，是为了疏导、建构与对话，是为了提供不同的视野、

路径和方法。批评的本质不是指向当下、个体与特例，而是指向未来、理想与普遍。正如别林斯基所言，批评是"运动着的美学"，它不是静止的、僵硬的、悬空的，而是生长的、鲜活的、延宕的，它发现和激活作品可能的生命力。它提供的是一个公共的场域，是一个自由平等的"圆桌会议"而非"个人讲台"，作者、读者、批评者都有权利发出各自的声音，都不能相互遮盖与替代。在这个场域之中，谁也不能成为对方的导师，这是不能僭越的规则与当代性。不过，最终的一切都要交还时间，文艺要交给文艺史，批评要交给批评史，而我们都是"中间物"而已。批评的有效性就在于批评本身，而不在于一个当下的、直接的、看得见的结果，也不在于契合、顺从甚或献媚于批评对象。批评需要捍卫的依然是真实、独立与自由。

正是基于这样的批评理念，在熟悉了各种文学批评的理论与方法之后，我依然觉得"知人论世"是一种最重要的批评原则与批评传统，依然是深入阐释作家作品的最有效的途径之一。

我对马晓雁的关注是从她的诗歌开始的，在我主持的"心的岁月"微信平台开始运作的时候，曾经重点推介过宁夏诗歌作品，便向她约稿，很快就得到了回应。2017年11月9日，应宁夏师范学院倪万军兄的邀约，我去固原参加诗人王怀凌的作品研讨会，算是与马晓雁有了第一次正式见面。当时的研讨会上，她对王怀凌诗歌的评论给我留下了深刻的印象，我感觉在诗歌评论相对薄弱与滞后的宁夏，作为"80后"的马晓雁是一个特别的有锐气有希望的存在。此后，因为其他的一些渊源与关联，我们的交往互动便多了起来，马晓雁也成了我越来越熟悉的人。

我知道马晓雁是一个"多面手"，近些年来，在诗歌、小说、散文、评论以及学术研究等方面她都有精进。在 2019 年第 3 期《朔方》发表的一篇《宁夏诗人代际诗语特征探析》的文章中，她以兼具诗性与理性的个性化的文字，极为准确、深入、生动地剖析了宁夏部分代表性诗人的"诗语特征"，让人眼前一亮、耳目一新。这正是我最想看到的一种带有灵性与智慧的文字，于我来说大有"同声相应同气相求"的意思。马晓雁说："所谓诗往往发生在诗歌建筑的无辞地带，它的绝妙之处往往不可言说。若要按照逻辑思维去解析感性的诗性诗质，一开始就是一次水中捞月的出发。但作为语言的艺术，诗歌更本己的建筑质素在于语言本身，若能在诗语认知上有丝毫掘进，都值得冒险前行。"（《宁夏诗人代际诗语特征探析》）我非常认同她的"水中捞月"式的"冒险"，诗歌批评就是如此，也许正是因为这样的"冒险"，它才变得更加有趣，更加富有挑战性。这篇文章也确乎表明，经过多年的磨砺，马晓雁已经迅速成长与成熟了起来，有了自己独特的批评风格与艺术眼光。最重要的是，她能基于自己的学术素养，以创作者与研究者、在场者与审视者的多重身份，以更为开放、理性和兼容的现代性视角，进行文学创作和理论研究，既坚持了学院派的客观公正，又张扬了创作者的自由个性，既有批判自省的精神，又不乏理解同情的人文关怀，不卑不亢，不骄不躁。而这些，在某种意义上已经成为马晓雁为人为文的基本尺度。

布罗茨基说："写诗的人写诗，首先是因为，诗的写作是意识、思维和对世界的感受的巨大加速器。一个人若有一次体验到这种加速，他就不再会拒绝重复这种体验，他就会落入对这一过程的依赖，就像落进对麻醉剂或烈酒的依赖一样。一个处在对语言的这种依赖状态的人，我认为，就可以称之为诗人。"①以布罗茨基的这个标准来看，马晓雁可谓是一个真正的诗人，她常常处在"对语言的依赖状态之中"（她对语言近乎是挑剔的），她充分地体会到了诗的写作这种"加速器"的威力与魅力。其实，不仅仅是马晓雁，包括我自己，也一直"身在诗歌之中"，我们或许都是领受了诗歌太多的滋养与馈赠。所以在这里，我还是更愿意多谈谈马晓雁的诗，因为诗无疑是马晓雁所有作品的"原子核"或"吸铁石"，在她的写作中具有"本体性"的地位，也最能体现她的文学品味与艺术水准。正如维科所说，"一切艺术都只能起源于诗"，伊朗电影导演、同样是诗人的阿巴斯·基阿鲁斯达米也认为，"诗歌是一切艺术的基础"，马晓雁的写作也是如此，除了诗歌，她的小说也好，她的评论也好，都是以诗为基础的，都具有一种特有的"诗性气质"。

在我看来，马晓雁的诗有一种"清简之美"（《遇见》）与"知性之美"。所谓"清简之美"，既包含着"清新、清透、清朗"的意思，也包含着"简约、简洁、简朴"的意思；既是其诗歌的语体特征，也是其诗歌的美学特征，它是一种洗练，一种归真，一种通达。所谓的"知性之美"，是指马晓雁的诗带有知识分子写作的色彩，谨遵自己的个性趣味与诗学谱系，含蓄、节制而又充满思想张力。她始终像是一个旁观者和凝望者一样，冷静地捕捉着一个个"迷雾"的世界，保持着某种难以消弭的距离感，虽然似乎"并不对人间抱有欲望"，但也难掩她付诸"人间的风烟"的慈悲之心。显然，马晓雁不是那种激情喷发的诗人，也不是那种

---

① 《表情独特的脸》，见《悲伤与理智》，[美] 约瑟夫·布罗茨基著，刘文飞译，上海译文出版社 2015 年，第 59 页

玩弄情调或炫耀才学的诗人，她的诗源自于内在精神的需要，是经验与思想共振的产物，是词与物的博弈，诗与思的合一。大多数的时候，马晓雁是安静的、内敛的、清醒的，甚至是孤傲的、孤独的、孤离的；初读她的诗，你会觉得它大都是冷色调的，像她笔下那些带着阴影的铅笔画。但这显然是一种假象，因为从那些"疼痛和裂纹"中，我们都能深切地感受到诗人对这个世界的沉溺与热爱（《时序》："但也不必哀伤 / 人间的爱渡我们进入新的时序"）。


遇见


草木白了头才懂得
清简之美


疾风在一枚与烟同行的石子中
照见自己


冬天患了脚疾
坐等寒风吹刮，大雪覆盖


屋外的万水千山啊
究竟为谁预备着


一位执着于旧历光阴的老人

也执着于那迟迟未到的


雪生的篝火

一场空性的慈悲


　　在这首诗中，"草木白了头才懂得清简之美"，这是经历时间洗礼才能达成的一种美／领悟。能"照见自己"的"疾风"带有很强的自省／自审意味；同样，《白草》一诗中的"一棵树"也是如此："一棵树试图旁观自己／甚至练习弹跳，／想要俯视自己"。这里的"疾风"与"一棵树"，充分显示了马晓雁诗歌的主体特征，——她不是融入型，而是抽离型的；不是感性的，而是理性的；不是"自我型"的，而是"他者型"的。这在很大程度上决定了马晓雁的诗具有冷峻幽寂的特质，她的情感／情绪被抑制和建构在诗的表达之中，由此，诗的叙事、抒情与说理融为一体，形成了一种内在张力。

　　马晓雁在《登高》一诗中写道："绕过低处的风烟／沿着岁月拾级而上／落叶依旧是落叶，夕阳依旧是夕阳／但，另有人间"。在《再说》中又写道："又一次来到天亮／那些用旧的梦收起来／／窗外有另一种色泽／同样引人蚀骨地迷恋／／再说，一截木头出离器具／不过是走抽芽、着火的旧路／／再说，搬运、积淀或消耗／都是时间自己过家家／／不去数它／我们另有维度"。

　　这里的"另有人间""另有维度"与"另一种色泽"，正是马晓雁一直以来苦苦追求的东西；也就是说，她的诗多是从日常的生活场景与此时此地的境遇出发，立足于个人的情感体悟与审美积淀，努力触及和揭示那些隐藏在事物表象背后的真相或本质，并最终上升或抵达某种具有形而上意味的诗歌之境。诗人导演阿巴斯说："真正的诗歌提升我们，使我们感到崇高。它推翻并帮助我们逃避习惯性的、熟视无睹的、机械性的例常程序，而这是通往发现和突破的第一步。它揭示一个在其他情况下被掩盖的、人眼看不见的世界。它超越现实，深入一个真实的王国，使我们可以飞上一千英尺的高处俯瞰世界。"这在某种意义上表明，诗歌不仅仅是一种文学的体裁与样式，更是一种"特殊的知识"，是一种理解和把握世界的思维方式与审美方式。正是诗歌，给予了马晓雁"超越现实"与"俯瞰世界"的视野，让她获得了别样的智慧与洞见。


烹饪


煮到半生就可以回锅

调料要重，最好浓妆艳抹

清水煮也可以

寡淡，但别有韵致

焖锅也可，用岁月的文火

慢慢熬，像中药

不过，最好还是盐煎

近似一种酷刑

有时痛比痒受用

最怕花椒过量，成一场麻醉

不不不，最怕生活

煎炸蒸煮焖炖一齐来的烹饪术

料理你到不解其味

这首诗从"烹饪"的日常经验入手，深入到对人生的哲学思考：生活就像烹饪一样，需要尝尽各种滋味，经历各种磨炼，"有时候痛比痒受用"；但最重要的还不在于熟练掌握各种"烹饪术"，而在于"解其中味"。苏格拉底说："未经审视的生活是不值得过的。"而对于马晓雁来说，诗就是她对生活的最好审视，诗凝结着她独有的美学理想与精神气质。

冷却

一株野酸枣独自着过火了

风摘过它的火焰

雨摘过

还有鸟雀

所有采摘的手中，唯有时间不潦草

冬天，枝头仅剩的干果

等待冷却

《冷却》一诗"托物喻志"，表面上是在写"野酸枣"，但实际上删繁就简，直奔人生主题。"所有采摘的手中，唯有时间不潦草"，道出了时间的残酷与秘密。"野酸枣"以自己的果实像火焰一样在燃烧，但终归要"冷却"。但吊诡的是，时间能让它真正"冷却"吗？

清响

玄冰挂于峭壁
幽径出示

放下那些叫湍流，叫冻土，叫生计的旧诗集
打包忧愁一丝，尘垢二两，白发几缕

牵马出厩

《清响》一诗具有很强的哲学意味。何为"清响"，即是谜题。"玄冰"寓示着绝对高洁的事物，抑或是难以融化的隐秘，抑或是一个人最内在的领地，抑或是人生某种高悬的困境。而"峭壁"，则是暗喻着其险、其难、其孤。但面对世俗的人生，有时候需要"放下"和"打包"，以一种更为从容旷达的态度去面对它，在苦难与艰险背后独辟"幽径"。"牵马出厩"是另一种选择，或信马由缰／策马奔腾，或周游世界／遁身红尘，于是它的"清响"就显得超凡脱俗，难能可贵。"人世丰饶：／边界即须弥，尘埃即菩提"（《秋临须弥》），或许在悟透这些之后，我们才算是拥有了真正的精神自由。

在此，我并不想特别强调马晓雁"80后"的身份，她的身上也并不具备同时代"80后"群体的特征，她更多的是作为一个独立／疏离的"个人"在写作。其实宁夏的"80后"诗人大都如此，他们普遍远离中心，偏居一隅，刻意与时代和现实、文坛中心与流行趣味保持着距离，更注重"为写作而写作"，更倾心于诗艺的探究与自我的完成度。同样，较之于她的前辈诗人来说，马晓雁也始终在努力祛除"地域化"的痕迹，自觉地突破地方的阈限，而她最好的作品主要集中于此。不过，在马晓雁的诗中，也还有一大部分的作品是写亲情、家庭、故土、乡恋等，这些作品还没有摆脱"影响的焦虑"，其中可见诗人的焦虑、矛盾与游移。另外，我想强调的是，这里的"地域化"也即是某些已经异变的所谓的"地方主义"，在诗歌的写作中滥用各种地方元素与地方符号，实际上常常流于表象化、狭隘化与空洞化，仿佛依靠一些意象与词语的堆砌就可以完成诗意的表达。其实我并不反对诗歌写作的"地方性"／"地域化"，相反，我赞成真正生根于地方的诗歌，但它应该内化于诗歌的思维与趣味、内容与形式、文化与传统之中，具有不可复制的原创性特征，比如青海之于昌耀，云南／昭通之于雷平阳，西印度群岛之于沃尔科特，沃罗涅什之于曼德尔施塔姆。

同时，特别需要指出的是，马晓雁这样的写作是向内的、孤离的、沉静的，缺乏更多生活的面相与把握复杂现实的能力，在某种程度上来说，可能容易导向逼仄、凝滞与虚无，陷入"寂静主义"的泥潭，也可能会形成某种写作惯性或写作惰性。其实这一点也是宁夏"80后"诗人身上普遍存在的问题。我们需要不断反思的是，我们能否走出"舒适区"，彻底打碎、扬弃和重建？我们能否写出更具异质性、复杂性、多样性与原创性的作品？我们能否去尝试长诗、大诗、主题诗或混合诗等的写作？我一直认为，写作从某种程度上来说就是一种博弈，是与语言的博弈，是与自己的博弈，也是与现实的博弈，与时代的博弈，甚至是与未来的博弈。诚然，坚守纯粹，保持独立，这是诗人必须要葆有的精神品质，但也需要求新思变，不断超越，将写作变成一种更具自觉性与创造力的行动实践。

不管如何，正如布考斯基所说的："没有什么事比在纸上写出一行行句子更有魔力、更美好。全部的美都在这里了。一切都在这里。任何奖赏也都没有写作本身更伟大，随之而来的一切都是次要的。"我希望马晓雁和宁夏的"80后"诗人能时刻领受这样的奖赏，一直勇敢而坚韧地写下去！

大视野之下的文艺景深与范式革新

# 新时代宁夏黄河主题的文学书写

　　毫无疑问，重大主题创作已经成为当前文学写作的热潮之一，譬如脱贫攻坚、生态移民、黄河文化、抗击新冠、非遗保护等，都备受社会各界的关注。作为具有鲜明时代内涵和现实指向的新命题，无论是对作家来说，还是对评论家来说，都意味着一种全新的考验与挑战。近段时间以来，在宁夏文学界，伴随着段鹏举、火会亮、孙艳蓉的《大搬迁》，王永玮的《翻越最后一座"高山"》，季栋梁的《西海固扶贫笔记》，唐荣尧的《贺兰山：一部立着的史诗》《小镇》，樊前锋的《闽宁镇记事》等一系列作品的出现，我们在这方面的短板已经有了较大的改观。但从总体上来说，宁夏作家对重大主题写作还缺乏自觉性和敏感度（甚或是滞后的、跟随式的，而不是主动的、前瞻性的），还处在零敲碎打的尝试性阶段，还没有形成文学合力，体现出集团性优势，更是缺乏标志性的高峰作品。

众所周知，从新时期到新世纪，从新世纪再到新时代，中国社会发生了难以想象的翻天覆地的变化，在急剧加速的现代化的推进和发展过程中，文学写作始终占据着非常重要的地位，起着无可替代的价值导向与文化引领作用。时至今日，尽管视觉文化一统天下，消费社会日益完备，文学已今非昔比，越来越滑向边缘的位置，但宁夏文学60余年来一直都恪守着自己的品质与格调，保持着蓬勃发展的活力，涌现出了一批批实力不俗的作家，也取得了许多令人瞩目的成绩，甚至被评论界誉为"中国文学的宁夏现象"。举个例子来说，作为一个人口小省的宁夏，在文学方面已经获得了至少30项全国性大奖，其中包括全国中短篇小说奖3人次（张贤亮，1980年《灵与肉》、1983年《肖尔布拉克》、1984年《绿化树》），鲁迅文学奖3人次（石舒清《清水里的刀子》、郭文斌《吉祥如意》、马金莲《1987年的浆水和酸菜》），"五个一工程"奖2人次（季栋梁《上庄记》、马金莲《马兰花开》），全国优秀儿童文学奖2人次（路展《雁翅下的星光》、赵华《大漠寻星人》），全国少数民族创作骏马奖20人次。这在宁夏文艺界恐怕是独领风骚的，放在全国其他地方也毫不逊色。之所以说这些，其实是为了强调，经过60余年的发展与沉淀，宁夏文学为主题写作奠定了丰厚的基础，给予了坚实的支撑，它的文学智慧、美学经验和精神资源为主题书写提供了巨大的可能性。因此，我们要做的就是，进一步去传承和发扬宁夏文学的优良传统，让黄河书写带上宁夏文学既有的"淳朴"与"优雅"（作家李洱语），同时还要实现思想性与艺术性上更大的突破和超越。

说实话，面对"新时代宁夏黄河主题写作"这样一个宏大的话题，我有点诚惶诚恐，因为在这方面确实涉猎不多，研究不深，甚至基本上是一片空白。所以，我只能抛砖引玉，谈一些不成熟的看法。

第一，书写黄河需要研究性的写作。黄河主题写作首先是面对历史的写作，不仅仅是面对文学史的写作，更是面对地理史、水利史、经济史、考古史，甚至是世界史、文化史、文明史等的写作。这就要求写作者要像学者一样去梳理资料，储备知识，寻找问题，深入探究，先要弄清楚何为"黄河文化"，何为"黄河精神"，对于宁夏作家来说，更要弄清楚何为"宁夏经验"与"宁夏特质"，然后才可能讲好"黄河故事"。当然，这些东西从来都不是现成的、不言而明的，而是需要写作者通过艰苦的劳动自己去寻找答案。只有进行了扎实的研究，才可能会拥有更开阔的视野，才可能会具备更深邃的历史意识，才可能会抒发更真切的人文情怀。大家都知道路遥在写《平凡的世界》的时候，过着"早晨从中午开始"的生活，读了近百部长篇小说和大量其他相关资料，然后才开始动笔，这在很大意义上成就了《平凡的世界》的经典性。因此，研究性的写作，一定是一种有难度的写作，是一种综合性的写作，是一种充满"历史感"的写作。套用作家邱华栋在"'弘扬黄河文化'2020宁夏文学周"上的发言，它是一种"百科全书式"的写作；套用最近获得卡夫卡文学奖的捷克作家米兰·昆德拉的说法，它是一种"博学"的写作，"要将小说变为一个存在的博学观照"，在昆德拉看来，"'博学'这个词必须被精确地界定为'使知识的每一种手段和每一种形式汇聚到一起，为了解释存在'"。①意大利作家卡尔维诺也认为："现代小说是一种百科全书，一种求知方法，尤其是世界上各种事体、人物和

---

① 《米兰·昆德拉》，见《巴黎评论作家访谈1》，叶子译，人民文学出版社 2012 年版，第190–191 页。

事务之间的一种关系网。"正是因为如此，"文学所面临的重大挑战就是必须能够把知识各部门、各种'密码'总汇起来，织造出一种多层次、多面性的世界景观来。"①

事实上，"百科全书式"的写作也好，"博学式"的写作也好，无疑已经成为当代文学书写的一种发展趋向与艺术形态，它需要作家具备更为强大的感受力、想象力、结构力与思想力。单就现当代文学史来说，肖洛霍夫《静静的顿河》，张承志的《北方的河》，李准《黄河东流去》，迟子建的《额尔古纳河右岸》，徐则臣的《北上》等，这些涉及河流的作品都值得深度借鉴。而在宁夏当代文学史上，也有少量优秀的作品，为书写宁夏的黄河做出了有益的尝试，比如张贤亮的中篇小说《河的子孙》（原载《当代》1983 年第 1 期），导夫的长诗《黄河交响曲》（1987年），都是具有典范性的作品。值得注意的是，这两部作品都是产生在 20 世纪 80 年代，具有某种内在精神的契合性。

《河的子孙》虽然不是张贤亮最好的作品，但是作为宁夏文学的先行者，张贤亮在作品中直接把黄河作为重要的书写对象加以艺术化地呈现，这种超乎寻常的艺术敏感与文学视野，这种自觉的文学地理的开拓与建构，依然是宁夏文学的宝贵财富。在张贤亮的笔下，黄河不仅为河滩的人民提供了生活的滋养，同时也成了中华民族的精神象征，它具有巨大的包容性和自净功能。小说中借助于主人公尤小舟的话，这样深情地写道：

    "你看这黄河水，"他们俩蹲在渠堤上，尤小舟似有所感

---

① 卡尔维诺：《未来千年文学备忘录》，杨德友译，辽宁教育出版社 1997 年，第 74、78 页。

地告诉他，"不管一路人家扔了多少脏东西在里面，什么粪便啦，血污啦，死狗烂猫啦，流失的肥料啦，可只要它不停地流，不停地运动，它总能保持干干净净的，这在科学上叫'流水的自净作用'。我们中华民族也是这样，千百年来人家扔了多少脏东西在里头！可最终我们还是建成了一个社会主义国家。尽管我们的制度还很不完善，不可避免地还有人要朝里头扔脏东西，但我们是能'自我净化'的！一切扔在里头的脏东西，在我们民族的不停的运动里，都会沉淀下去的！"

无疑，在张贤亮的苦难书写中，始终都有一种强大而坚韧的精神之光与理想情怀，始终都能深入到现实的内在肌理与时代的纵深地带之中，这也使得他的小说带上了一种绵延不绝的"力量感"与"命运感"。而在《黄河交响曲》中，导夫则以诗人的高亢激昂的语调这样写黄河：

　　　　你是一首上行音乐　一首无标题上行音乐

　　　　千百年的痛楚与不幸　无法

　　　　无法忽略你强有力的性灵

　　　　无法聚积成你一刻的沉默

　　　　多少世纪的事业由你播下种子

　　　　多少世纪的末日由你传达着情绪

　　　　五千公里D大调的号子吹落五千年的风尘

　　　　你证明但也被证明着　你征服但也被征服着[1]

①导夫：《山河之侧》，宁夏人民出版社2016年版，第18页。

《黄河交响曲》共分为四个乐章，长达 152 行，这样体量的长诗在当时的宁夏诗坛实属罕见，即使在今天也是稀缺。"这些诗行不仅有着气势如虹的音乐的节奏与旋律，更带有对千年历史文化的哲学沉思与高度凝练，有着屈原式的'天问'与'忧患'，读来可谓是惊心动魄，其思想的能量借助于诗歌形式的回旋复沓而充分释放了出来，在文字的拟态中展现出了'交响乐'特别的冲击力。也正因为有这种纵穿历史时空的大视野与哲学气质，使得导夫的诗具有了鲜明的历史感或史诗意识，这是导夫诗歌有别于其他诗歌的重要特征之一。他深谙辩证法思想的精髓，以巨大的精神魄力，最终完成了对千年中国精神史的诗意言说。"①这也就是说，诗人导夫有着更高远的、更具野心的"史诗情结"，他笔下的黄河成了"千年中国精神史的诗意言说"。当然，在《河的子孙》与《黄河交响曲》中，受制于时代的影响与制约，更多的是写出了共性的黄河、民族性的黄河与精神性的黄河，还没有写出个性的黄河、地方性（宁夏）的黄河与物质性的黄河，这也意味着宁夏的作家们在这些地方可以继续"接着写"（而不是"照着写"）。

　　第二，书写黄河需要实证性的写作。黄河主题写作是面对现实（本土）的写作，要求作家必须走出书斋，回归当下，深入基层（民间），拥抱大地，用自己的脚步一寸寸去丈量，用自己的心灵一次次去触摸，因为只有建立在广泛而细致的实地调查与亲证体验基础之上的作品才更加真实可信。主题写作，不等于概念化的写作，不等于拼图式的写作，不等于冥想式的写作，不等于"传声筒式"的写作，但多年以来它一直

①张富宝：《山河之侧的苦难言说与诗意咏叹——导夫诗歌论》，《宁夏大学学报》，2019年第 5 期。

带着这些不良的名声，也曾让我们深受其苦。所以，我觉得，在新时代的背景下，我们应该重新认识主题写作的价值和意义，有效规避主题写作曾经带来的各种弊病与损害。其实这个问题也就是马克思在致作家斐·拉萨尔的信中所谈到的"莎士比亚化"与"席勒式"的问题。马克思认为，文学作品应该"更加莎士比亚化"，应该写出人物内在的丰富性，写出生活的复杂性，把对人性的深刻体察、对历史状况的真实感受与艺术形象的塑造融合在一起；而不是所谓的"席勒式"书写模式，不是以图示化和概念化的方式去呈现，不能"把个人变成时代精神的单纯的传声筒"。①

那么，什么是实证性的写作呢？举个小例子来说，今年暑期我去了一趟中卫，在北长滩夜宿的时候，在黄河边唱歌、戏水、捡石头，看着满天闪烁的繁星，听着黄河雄浑的涛声，那种感觉非常奇妙。在那一刻，我强烈感觉到我与黄河是血脉相通的，我与黄河是亲密共在的，唯有身临其境难以体会。这就是一种实证性，它来自个体的切身感受，它是文学的发生学依据。再比如，很多优秀的导演在拍电影的时候，都要尽可能去复原故事人物的生活环境，一座城市、一个街道、一间屋子、一张桌子等，都力求做到原物原样，通过物理的真实（物质的真实）与生活的真实（事理的真实）而实现艺术的真实（审美的真实）。文学也应该如此。如果细节是粗糙的、虚假的，如果物质基础经不起逻辑推敲与生活验证，那么整个作品就失去了公信力与感染力。正如评论家谢有顺所说的，"小说是由经验、材料、细节构成的。如果小说的物质外壳

---

①马克思：《致斐·拉萨尔》，《马克思恩格斯选集》第4卷，人民文学出版社1995年版，第554–555页。

（经验、材料、细节）失真了、不可信了，那整部小说的真实性也就瓦解了。一个细节的失真，有时会瓦解整部作品的真实性，这也就是王安忆总是在自己的文章中强调'经验的真实性和逻辑的严密性'的缘故。"（《小说的物质外壳，逻辑、情理和说服力 》）在中外文学史上，杜甫、曹雪芹、巴尔扎克、托尔斯泰、陈忠实、路遥，包括张贤亮等都是实证性写作的典范，这样的写作具有巨大的包容性与延展性，它能全面而深入地反映时代风貌与社会状况，它能重新激活作家的思想力与创造力。

所以说，实证性的写作一定是在场性（在地性）的写作，一定是鲜活生长的写作，一定是细节饱满的写作，它能根治那种隔靴搔痒的、浮光掠影的、自我意淫的、陈旧俗套的写作，它是从土地的内部、现实的内部、生命的内部生发出来的带有自我独立性与革命性的写作。当然，实证性的写作（面对现实）与前述研究性的写作（面对历史）并不冲突，而是互为内里，互相融合，互相补充。事实上，中国作家一直比较缺乏实证精神的写作，很多人都习惯于闭门造车、主观臆断、过度虚构，失去了写作本来应该具有的物质性与真实性基础（即所谓的"不接地气"），从书本到书本，从知识到知识，从概念到概念，在很多方面只能浅尝辄止、流于表层，造成写作的空洞化与虚假化，近些年来，在后现代文化的冲击之下，这种空洞化与虚假化现象更加突出。

第三，书写黄河需要个性化的写作，亦即创造性的写作。个性化是文学表达和文学审美的根本特征之一，它要求作家要写出自己的独特性（即布罗茨基所谓"表情独特的脸"），讲好自己的而非别人的故事。说起来容易，但做起来最难。需要我们特别注意的是，很多重大主题的写作，往往都因为现实的迫切要求而具有速成性的特点，也容易写得四平八稳而缺乏个性，甚至牺牲了艺术性的追求而变成了新闻宣传的衍生品，从而带上符号化、平面化、同质化与庸俗化的特征。这就要求我们在进行黄河主题书写的时候，不仅要练就多样化的写作技巧，更要深度开掘自己独有的写作资源，努力去建构宁夏的新形象与新内涵。比如青铜峡引黄灌区（"世界灌溉工程遗产"），比如中卫沙坡头黄河治理，比如贺兰稻渔空间，比如永宁闽宁镇，比如贺兰山东麓与葡萄酒，再比如硒砂瓜、枸杞、羊肉、大米等，都可以写，而且这些都是宁夏得天独厚的东西，都与黄河息息相关，都是目前还没有被充分重视与深挖的写作题材。

个性化的写作必然是创造性的写作，它必然要求作家创造性地去处理各种矛盾冲突与艺术难题，比如大与小的关系，时代与个人的关系，历史与现实的关系，共性（普遍性）与个性的关系，文学性与真实性的关系，等等。这些问题都对作家的思想能力与艺术水平提出了巨大的挑战。在这方面，著名作家徐迟 1978 年 4 月 4 日完成的报告文学作品《哥德巴赫猜想》①堪称典范性的文本，当会给我们很多有益的启示。在这部作品中，徐迟以"爱"与"美"为底色，从政治、工作、生活与主体状态等多个维度，以独具魅力的文学形式去再现"壮丽时代"与"英雄人物"，把数学家陈景润这样一个所谓的"科学怪人"成功塑造成了"知识分子英雄"，把那些抽象深奥的数学公式演绎成形象动人的诗性文字。比如在《哥德巴赫猜想》一书的第八节，作者先是抄写了一大段数学公式与数学证明，之后引出这样一段话：

---

① 原载《人民文学》，1978 年 1 月第 1 期。

何等动人的一页又一页篇页！这些是人类思维的花朵。这些是空谷幽兰、高寒杜鹃、老林中的人参、冰山上的雪莲、绝顶上的灵芝、抽象思维的牡丹。这些数学的公式也是一种世界语言。学会这种语言就懂得它了。这里面贯穿着最严密的逻辑和自然辩证法。它是在探索太阳系、银河系、河外系和宇宙的秘密，原子、电子、粒子、层子的奥妙中产生的。但是能升登到这样高深的数学领域去的人，一般地说，并不很多。

且让我们这样稍稍窥视一下彼岸彼土。那里似有美丽多姿的白鹤在飞翔舞蹈。你看那玉羽雪白，雪白得不沾一点尘土；而鹤顶鲜红，而且鹤眼也是鲜红的。它踯躅徘徊，一飞千里。还有乐园鸟飞翔，有鸾凤和鸣，姣妙、娟丽，变态无穷。在深邃的数学领域里，既散魂而荡目，迷不知其所之。

这段话用诗的语言、诗的意象与诗的意境，极为形象地表现了数学的无穷魅力，大大地拉近了普通大众与科学家的距离。正因为如此，《哥德巴赫猜想》"触摸时代的精神结构与核心关切"，"对于凝聚读者的共识，推动社会的转型起到了重要的作用，从而成为曾经在转折关头发挥过重要影响的文学文本"。学者普遍认为《哥德巴赫猜想》具有"起源性的意义"，其中包孕着非常丰富的思想命题与文化内蕴，这对于我们今天的主题书写依然有着重要的价值和意义。"陈景润式的新人叙写，关涉新时期以来关于'人应当如何存在'的感觉方式与评价方式的巨大转变。它所触及的专业、政治与生活的张力关系，学习能力与个人价值的内在关联，专业主义与社会团结等议题，不仅在彼时引发共鸣，同时也是我们今日所要继续面对的问题。"①

黑格尔说："一切材料，不管是从哪个民族和哪个时代来的，只有在成为活的现实中的组成部分，能深入人心，能使我们感觉到和认识到真理时，才有艺术的真实性。正是不朽的人性在它们多方面意义和无限转变中显现和起作用，正是这种人类情境和情感的宝藏，才可以形成我们今天艺术的绝对的内容意蕴。"②归根结底，黄河主题的写作，只有立足于本土（当然并不排斥更广阔的比较视野与他者视野），让其成为"活的现实"，才能写出"不朽的人性"，才能成为"人类情境和情感的宝藏"。当然，不管怎样去书写，我觉得其中最重要的、最难的依然是人的问题，尤其是在新时代的语境中如何写出"新人"的问题（书写"新人"的问题，一直是中国现当代文学的重要命题）。文艺理论家钱谷融早在名作《论"文学是人学"》一文中就说："人是生活的主人，是社会现实的主人，抓住了人，也就抓住了生活，抓住了社会现实。……文学要达到教育人、改善人的目的，固然必须从人出发，必须以人的注意为中心；就是要达到反映生活、揭示现实本质的目的，也还必须从人出发，以人为注意的中心。"③他还说："一个作家，即使对某一时期、某一地区的现实生活非常熟悉，他心目中要是没有一个或几个使他十分激动，不能忘怀的人物，他还是不能进行创作。一部世界文学的历史，也就是一部生动的、各种各样的人物的生活史、成长史。"④这些经典性的论述，对于黄河书写依然有效。从某种意义上来说，我们能否写出

①李静：《"科学家英雄"的诞生及其后果——论徐迟报告文学〈哥德巴赫猜想〉》，《中国现代文学研究丛刊》，2020 年第 2 期。
②[ 德 ] 黑格尔：《美学》（第 2 卷），朱光潜译，商务印书馆 1997 版，第 381 页。
③见《钱谷融论学三种》，河南大学出版社 2008 年，第 7 页。
④见《青年报》2017 年 10 月 15 日，钱谷融、王雪瑛《学术上的原则是修辞立其诚不是人云亦云 我们的文艺创作要有审美趣味给人以力量》。

一个或几个甚或一群生动的具有"时代感"与"命运感"的人物形象，是衡量黄河主题书写是否成功的重要标准之一。

第四，书写黄河需要规划性的写作。规划性的写作是面对未来的写作，是新时代文学写作的题中应有之义，具有"介入性"与"生产性"的特征。黄河主题写作决不能仅仅寄希望于作家个人的孤军奋战与单打独斗，在不违背艺术创作的基本规律的前提下，更要发挥集团优势，在推进个人写作的基础上组织集体创作，扬长避短，群策群力，集中攻坚；要整合多方资源，充分发挥作协、评协、文联等其他职能部门的联动功能与引领作用，未雨绸缪，先发而动，以文艺项目为抓手，以顶层设计为导向，围绕一些重要的时间节点和重大主题，制订短期写作（出版）计划与中长期写作（出版）计划，分阶段、分层级地推进和实施，这样才能有效避免高峰期的"抢道堵车"与"粗制滥造"的现象。如2018年是宁夏回族自治区成立60周年，我们就可以做很多事情，之后还有70周年，80周年等，都可以提前着手。再比如，2020年是脱贫攻坚收官年，2021年是建党一百周年，都大有文章可做，没有远景规划恐怕是不行的；要多管齐下，推动多类型与多层次的写作，我们既需要气势磅礴的"大合唱"，也需要个性各异的"山花小调"。比如要抓长篇小说，也要抓中短篇小说，还要抓诗歌、散文、影视剧本、报告文学、非虚构文学等，争取齐头并进、多点开花；同时，还要在精品工程、队伍建设、阵地建设、作品库建设等多方面多动心思、多下功夫，这样才能形成真正的合力，搭建更大更高端的写作平台，使我们的写作更具实力、活力与持久力，产生更为广泛而深远的影响。

总之，书写黄河是一种通观式的写作，就像司马迁的《史记》一样，要坚持不懈地去追求"究天人之际，通古今之变，成一家之言"，从某种意义上来说，它揭示了写作的三个重要维度，即"究天人之际"，"通古今之变"和"成一家之言"，这三者缺一不可，共同构成了写作的最高准则。只有每一个重大主题写作者都能以此为理想目标，才可能会写出不同凡响的作品。

　　古希腊史学家希罗多德说过："埃及是尼罗河的馈赠。"把这句话改一下可以这样说："宁夏是黄河的馈赠"，因为"天下黄河富宁夏"，黄河在进入宁夏之后呈现出截然不同的样貌，变得极为温驯和宁静。这近乎是一种奇迹，更是一种偏爱。众所周知，黄河全长5464公里，为宁夏贡献了397公里的河流长度和3.48万平方公里的流域面积。"宁夏川，两头尖，东靠黄河西靠贺兰山。年种年收水浇田，金川银川米粮川。"黄河这条母亲河和贺兰山这座父亲山，共同成为宁夏人民永恒的守护神。对于宁夏的作家们来说，只有写出真正的好作品，才能回馈它们的恩典与滋养，才能真正无愧于时代，无愧于人民。

　　"大漠孤烟直，长河落日圆。"（《使至塞上》）当我们再次吟诵王维的诗句时，眼前又浮现出黄河落日那无比壮丽的景象。世事沧桑，时光轮回，唯有黄河依然那么博大深沉，默默流淌。事实上，它一直都在垂怜着我们，也一直都在召唤着我们，凝视着我们！

## "大视野"之下的杂文景深：
## 读王岩森"中国杂文档案"系列著作

众所周知，在当代中国特殊的语境之中，杂文的学术研究显然是"一项艰难的事业"，同时也是"一项孤独和寂寞的事业"。杂文研究的难度不仅在于材料的搜集、整理与爬梳所面临的困难与挑战，更在于它的高度敏感性，它与意识形态之间的复杂纠葛以及由此所形成的各种压力与阻力。这其中可能有太多难以言说的尴尬与无奈。事实上，单是从杂文学术史本身的现代进程来说，杂文的研究也一直处于现当代文学整体研究格局的边缘位置，很难与小说史、诗歌史、散文史这些领域的热闹繁荣相匹配。查检 20 世纪 90 年代以来的杂文研究论文，其中更多的还是个案的研究，其中鲁迅杂文的研究依然是重中之重，占了压倒性的比例，这不能不引发我们更多的深思；与此同时，在杂文史的研究中，缺乏历史性的整体把握与宏观视野，缺乏学术史的深度清理与自我反思，在基础理论的建构方面长期停滞不前等，都是值得重视的问题。当然，杂文研究所取得的重要成就也是有目共睹的，譬如张华的《中国现代杂文史》（西北大学出版社 1987 年），姚春树的《中国现代杂文史纲》（河北教育出版社 1990 年），姜振昌的《中国现代杂文史论》（人民文学出版社 1995 年），邵传烈的《中国杂文史》（上海文艺出版社 1991 年），吴兴人的《中国杂文史》（上海人民出版社 2002 年），姚春树的《20世纪中国杂文史》（福建教育出版社 2011 年）等，都各有所长，各具特色，但这些研究成果从整体上来说都还有一定的局限性，并不能令人满意。

在这样的背景之下，王岩森先生选择比较"冷硬"的杂文进行研究，可谓是知难而上，其中的苦辛酸甜恐怕只有他自己体会得更为清楚，这种思想者的勇气让人钦佩。当然，王先生的杂文研究之所以能步步深入，风生水起，就在于他能够独辟蹊径，采用一种全新的理论视角，以编年体的方法和体例、以历史档案的形式，重新梳理杂文的历史与问题，大大拓展了杂文的研究领域，大大提升了杂文研究的深度与厚度。这是他长期进行学术研究的厚积薄发的结果。从 20 世纪 80 年代末至今，王先生的杂文研究算来已经有近 30 年的时间，可谓是"万涓溪水汇流成河"，从个案到群像，从微观到宏观（如对邵燕祥、陈四益、王小波等作家的研究），从年度观察（如《1992 年以来杂文创作述评》）到杂文史的整体呈现（《游弋于历史与现实之间：1978—2000 年中国杂文专题研究》，宁夏人民出版社，2003 年；《"香花"与"毒草"：1955—1957 年中国杂文档案 》，中国社会科学出版社，2014 年；《解冻与复苏：1978—1982 年中国杂文档案》，中国社会科学出版社，2015 年），一路走来，可以说是稳扎稳打，由点及面，渐成气候。这个过程像滚雪球一样，越滚越大，越来越厚重。就好像前面的所有准备都是为了写成一本大书，当然这本大书现在还没有写成，还有更多值得期待的东西。而这其中，我觉得最值得我们关注的是王先生独特的学术方法、学术旨趣与学术境界。

总体上来说，王先生想呈现给我们的是一种"大视野之下的杂文景深"：虽然名之为"杂文档案"，似乎带有普及性与工具性，似乎是人人可用，人人可懂的，但我觉得它恰恰不是写给大众的，而可能是写给"无限的少数"的，也就是写给那些真正懂得它的价值的同道中人的；在一个速朽的容易遗忘的时代，作为一种文化记忆与社会记忆的"档案"，它必然要展现历史的真实面貌，由此带给我们更多的警醒与思考。所以，它不仅是写给过去的，更是写给现在和未来的；作为一种专业著述，在那些庞杂的文献资料的爬梳与整理之中，其实也必然隐含着书写者本人的学术个性与更高远的精神追求。以我的浅见，王先生的杂文研究实际上做到了这样几个统一，即"杂"与"文"的统一，"文"与"史"的统一，"文"与"人"的统一。

所谓"杂"与"文"的统一指的是，它的研究对象"杂"（不局限于传统的杂文概念），但这些"杂"都是以"杂文"（文学性标准）为中心统摄起来的；它不仅是一部动态的文学史，更是一部鲜活的思想史和文化史，甚至还包含着政治史和社会史的成分。从某种意义上来说，王先生杂文研究的特色之一就在于他对杂文概念的重新认识上，他所研究的杂文是一种"大杂文"，不仅仅涉及一般意义上的杂文，还广泛涉及日记、文件、档案、回忆录、口述史、检讨书、揭发信等，尤其是后者，在以往的杂文研究中并未引起足够的注意和有效的梳理，从而造成了杂文研究的单面化与僵化，甚至许多重要的史实和重要的问题都被一些似是而非的结论遮蔽了。所以，当王先生深入到一个更为广阔、丰富和复杂的杂文"历史现场"时，他的那些不断涌现的新的发现就有了更为重要的价值和意义。

所谓"文"与"史"的统一指的是，在对文学的研究中，既承接了中国传统的纪年体的史学传统，又吸收了法国年鉴学派的综合性的研究方法，还融入了档案体例的"知识考古学"式的呈现方式，让事实本身与历史本身说话，让客观性与真实性本身说话。我在想，这是不是也是一种"学术正义"的体现呢？也就是说，它不是以论代史，从文本到文本，而是注重实证、事实与细节，注重材料的甄别与选择，规避空泛无当的结论；它不是从理论到理论、从概念到概念的纯粹纸上的研究，而是关于杂文史发生、发展"现场"的研究；它不是以个人的偏见与独断去裁定历史，而是用历史的方法来尽可能地复原历史，再现历史。我觉得这是一种最"老实"的问学方式，也可能是一种最"先锋"最不容易过时的问学方式，当然也是对当下学术研究浮躁、空泛风气的有效反拨。这里面贯穿了一种"面向事情本身"的历史精神，实现了学术求真的意志与追求，在广泛占有第一手资料、充分尊重事实、运用科学的方法与手段的基础上，从大处着眼，从小处入手，考镜源流，正本清源，发隐烛微，从而文史合一，构建了一种丰富复杂的杂文历史演进"场域"。

比如读《阴霾满天：1955年中国杂文档案》的时候，就有非常强烈的"历史现场感"，通过每月每日的杂文档案的呈现，让人仿佛身临其境，真切地进入了1955年的文艺现实，全面了解了对胡风集团进行批判从发酵到爆发的过程，不同材料的并置把这一过程的不同声音与学人心态"自然"地展现出来，让读者如闻其声，感同身受。尤其是其中提到的一系列赫赫有名的人物，他们对胡风的各种批判让人极为震撼。我觉得这里面最打动人的是吴宓的日记片段，其中的自省、犹疑、无奈、焦虑、恐惧等，让人不甚唏嘘。最近读到著名文学史家洪子诚先生的《材料与注释》（北京大学出版社2016年）一书，其中自序中这样写道："收入本书的是近年来写的一组资料性文章。最初的想法是，尝试以材料编排为主要方式的文学史叙述的可能性，尽可能让材料本身说话，围绕某一时间、问题，提取不同人，和同一个人在不同时间、情境下的叙述，让它们形成参照、对话的关系，以展现'历史'的多面性和复杂性。"我觉得王先生实现的正是洪先生所说的"以材料编排为主要方式的文学史叙述的可能性"，"这和在某种理论框架、信念下进行评判的工作方式不同"（其可能的结果就是"历史事实、情境被肢解了，失去原来的那种丰富性，遗漏了对象本身的复杂性、对象内部的差异，细节成为一种填充物"），它更关注"对事实、对材料的全面、细致、历史性的把握"，可以有效地抑制好坏优劣的评判的"欲望"，始终保持一种反思的立场与"怀疑的智慧"。

所谓"人"与"文"的统一指的是，王先生的著作不是一部单纯的文学史著作，而是在对历史现场的追蹑中完成了对"人"的拷问与关切，在微言大义中寄寓着一个知识分子的"人间情怀"，在诸多历史细节的还原中，体现出一个正义凛然的学者"力透纸背"的批判与思考、道义与责任。萨义德认为，"从事批评和维持批判的立场是知识分子生命的重大方面"，知识分子的职责应是"时时维持着警觉，永远不让似是而非的事物或约定俗成的观念带着走"。在我看来，王先生身上所散发的正是这种具有独立立场与批判意识的知识分子的人格魅力，正是因为如此，他"不愿接受简单的处方、现成的陈腔滥调，或迎合讨好、与人方便地肯定权势者或者传统的说法或做法"（《世界·文本·批评家》），努力去发出自己微弱却又尖锐的声音。在一个众声喧哗却又噪声满耳的时代，这一点可能更加难能可贵。可以这样说，在人文学科领域，如果没有对历史的研究，就很难认清当下的现实和未来的方向；而没有对"人"的追索，学术研究就没有鲜活的生命力，就只能是冰冷的故纸堆。正因为如此，我觉得王先生的"杂文档案"是"另类的"人文档案，是有温度的档案，是活着的档案，这种档案的意义要远远大于它本身。

当然，我觉得王先生的杂文研究工作正渐入佳境，这三个统一尚不足以概括他的学术价值与学术贡献，况且对于我这样一个杂文研究的门外汉而言，所见所识毕竟非常有限。因此我们有理由期待能早日看到一部具有王氏风格的完整的杂文史论问世，也希望王先生能把研究过程中的一些新的发现，甚至一些颠覆性的认识及时拿出来与我们分享。

# 行走的诗学与优雅的表达：
## 谈谈唐荣尧的人文写作

在我的印象中，酒桌上的唐荣尧一定不会安于坐下来，他总是能口吐莲花，找到合适的话题撩拨一众饮者的情绪，不停地串场，不停地碰杯，他似乎真的需要把自己喝透了才能获得最好的"滋养"。他貌似是谦逊的、温和的、笑眯眯的，但怎么都掩饰不住流浪日久的"江湖习性"与骨子里的"文人气质"，深沉、清高而孤傲，那些坊间流传的传奇与故事，像他脸上弥漫的红晕一样生动。

唐荣尧是一个不折不扣的跨界者，近些年来，他的影响力和声誉主要是来自对西夏史与贺兰山以及《宁夏之书》《青海之书》《内蒙古之书》《大河远上》等方面的人文写作，带着"中国行走记者"（第六届"中国当代徐霞客"）的标签和"不到现场不动笔"的写作理念，他把历史、地理、文化、考古、文学等进行打通，匠心独运，引领风骚，创造出一种令人耳目一新的书写范式。

因为近些年关注宁夏诗歌比较多，所以我对唐荣尧的了解是从他的诗歌开始的，尽管唐荣尧身上有记者、学者、行者、编剧等多重身份，但我觉得他最本真的身份还是诗人，而且是一个风格鲜明、笔力非凡的优秀诗人。不过长期以来，他作为诗人的一面在很大程度上被隐藏和遮蔽了，他也似乎一直都在恪守着诗人的沉默、低调与羞涩。其实唐荣尧的写作基点正在于诗歌，他根本上是个以天地为心的诗人，从未放弃诗歌的优雅以及文学的尊严，也一直在源源不断地获取诗歌的教诲与回馈。早年的时候，唐荣尧就是著名的校园诗人，获得各类诗歌大奖40多次，曾入选"中国十大校园诗人"，至今已在《星星诗刊》《诗歌报》《诗刊》《绿风》等诗歌刊物发表千余首诗歌作品，著有诗集《腾格里之南的幻象》。"我多年的诗歌实践还是与自己游走山河、抱定烟火有关，从生活了10多年的腾格里沙漠之南到山河搭建出的银川平原再到游历青藏、策马天山、横越帕米尔高原，一个个中国北方的地理单元及其衍生的文明，常常成为我牧养诗歌的营养基地，这种基地的辽阔与壮美，成了一种格局与视野催生的独特！更能催生一种创作前、创作中的自信。"[1]这段话是唐荣尧的自白，非常准确地概括了他的诗歌写作状况与艺术追求，也再次清晰地表明，他的创作的自信与格局、他的诗歌的发生动力，无不是通过脚踏大地的"行走"与"穿越"而实现的。《贺兰山的七封来信（七首）》[2]无疑是唐荣尧近年来最有代表性的组诗之一，依然是取材于贺兰山这部"立着的史诗"，诗中弥漫着柔情而豪迈的双重气质，

---

①唐荣尧，《诗人内心的安抚与自我肯定》，《星星》2017年第1期。
②唐荣尧，《贺兰山的七封来信（七首）》，《朔方》，2017年第12期。

意象新奇，情感浓郁，"未被时光驯服的诗句携盐而行"，最终抵达了一种深沉、辽阔而迷幻的诗歌之境。事实上，这种"行走的诗学"已经成为唐荣尧人文写作的重要特征之一。

唐荣尧长期游走在祖国的壮丽山河之中，始终保持着一颗虔诚与敬畏之心。多年以来，他近乎凭借着一己之力，以罕见的勇气与坚韧，抱着决绝的文学野心执着于为他所痴恋的山河立传。他的写作是一个积淀聚合的过程，是一个寻找自我确证与自我突破的过程，是一个从早期的"功利性写作"提纯升华到当前的"非功利性写作"的过程，他以超乎常人的体力、毅力和耐力，在书写一本大书，一本山河之书，一本历史之书，一本文化之书。无疑，在唐荣尧的身上，记者的敏锐、学者的理性、行者的虔诚以及诗人的激情构筑了一个光彩夺目的"思想晶体"，使得他的文字带上了一种迷人的诗性魅力。

从总体上来说，唐荣尧的写作是一种跨界写作，是一种人文写作，是一种创意写作，是一种非虚构写作，他的写作是渐趋自觉与通达的写作，是一种有使命担当与理想情怀的写作，厚重、新颖、独特，自由、多元、灵动，有着丰厚的文化内涵与开阔的发展前景。以此来看，在跨文化与多元化的语境中，唐荣尧的写作已经成为当下时代的一种新的表达范式，他的写作已不再是书斋里的冥想式的写作，不再是故纸堆里的概念化的写作，而是行走在荒野之中的实证式的写作，是穿越于历史与地理之间的诗意化的写作。

纵观唐荣尧的写作史，我觉得他的写作具有这样一些鲜明的特点。

第一，他的写作是"历史的诗性"与"诗性的历史"的统一。在他的笔下，历史不再是冰冷的档案、文物、遗迹与数据，历史不再是一堆僵死的材料与事件，而是一个个生动的故事与饱满的细节，是一种鲜活的生命经验与诗性记忆，是一种新颖而丰富的人文时空。历史从未远去，永不沉睡，它一如静水深流，注入在当下甚或未来的血脉与气息之中，只有在对其不断地发掘、对话与想象之中，才能复原、进入和激活它，并从中获得更多的滋养与启示，改变甚至颠覆大众头脑中那些陈旧而刻板的认识。

第二，他的写作涉猎广泛，开掘精深，取材于大地与山河，奉行一种"行走的诗学"，具有鲜活的现场感，像摇动穿梭的纪实"镜头"，把田野调查、科学认知与人文想象进行了很好的融合，具有丰富的史料价值、审美价值、文化价值和生态价值。对此，唐荣尧有着非常清醒而透彻的认识："我一直执拗而卑微地在中国文坛倡言：人文写作！它是基于人文认知，在理性阅读前人留下的宝贵史料基础上，通过大量的、诗意激情支配下的田野调查，不断地确认写作对象的人文历史和人文地理的交叉坐标，并对这些坐标进行散文化写作的结果！它更适合对山河立传，对消失的文明现象给予一种有尊严的恢复！"（《贺兰山：一部立着的史诗》）

因为出身于新闻媒体，唐荣尧始终保持着对于写作现场的敏感与信赖，他的大部分时间都是在行走与亲证的途中，餐风饮露，风雨兼程，一步步丈量着脚下的土地。他的执着、勤奋与绵延不断的创造力，都令人叹服。

第三，他的写作具有独特的个体视角，深挚的文化情感，以开阔的视野，深厚的底蕴，优雅的表达，创造了一种新的写作模式与美学风格。这里的"优雅"就表现在，唐荣尧的系列作品不同于新闻纪实，不同于小说故事，不同于游记散文，不同于学术论文，而是居于其间，"入乎其内，出乎其外"，既保持着历史的严肃性与地理的真实性，又加入了文学的趣味性与哲学的沉思性，为我们这个时代的新作开拓了新的方向与领域。在这样的书写中，既有对中国文学传统的继承、延续和创新，也有对西方非虚构写作资源的借鉴、内化与超越。一如司马迁在写《史记》的时候曾经追求"究天人之际，通古今之变，成一家之言"，那种伟大的史诗精神无时无刻不在召唤着唐荣尧的创作。当然，唐荣尧在《罗马帝国兴亡史》（罗伯特·格雷夫斯）、《瓦尔登湖》（梭罗）、《修道院纪事》（若泽·萨拉马戈）、《一个巴黎女子的拉萨历险记》（大卫·妮尔）、《万历十五年》（黄仁宇）等具有典范性作品中都汲取过无穷的营养。

第四，他的著作，大都印制精美，图文并茂，有细节有考证，有故事有想象，以一种"超文本"的方式出版发行，取得了很好的社会美誉与市场效益，甚至有的作品变成了畅销书和长销书，成为文化传播的最好名片。

当然，上述这些梳理与归纳还远远没有穷尽唐荣尧的全部价值和意义，如何在更大的视野、更深的背景中去书写历史、书写现实、书写河流、书写山脉，依然是我们需要继续探究的话题。比如，关于"西夏学"的研究已渐趋成熟，但"贺兰山学""黄河学"等或许才刚刚开始，唐荣尧的人文写作还有很大的发挥空间。需要强调的是，直到目前为止，唐荣尧依然是一个被评论界所忽略的作家，事实上他在宁夏乃至全国都有着不可或缺的重要意义。另外，由于他的写作涉猎甚广，作品甚多，对他的评论也对评论者提出了很大的挑战。正如朱光潜曾说的那样，要研究但丁就要达到但丁的高度，要研究唐荣尧也要达到唐荣尧的高度。这的确困难重重。"山无言，但山一定在等待。"（《贺兰山：一部立着的史诗》）我相信，唐荣尧也一直在等待着。

# 素朴的诗与面向大地的写作：田鑫散文论

　　青年作家田鑫是近些年来散文界一颗冉冉升起的新星，是宁夏新生代作家中最具有实力和代表性的人物之一，尤其是在当前宁夏作家出现集体断层与滑坡的境况之下，作为80后的他就显得弥足珍贵。

　　据我的了解，田鑫曾经是散文与诗歌并重，或者不妨说他的写作源点是在诗歌，早在大学本科读书时期，他就在《诗刊》《诗选刊》《中国诗歌》《飞天》等重量级的刊物上发表过不少作品，还曾主办过影响广泛的校园文学社与文学刊物，是一个不折不扣的校园诗人。应该说，田鑫的文学起点很高，他的才华由此可见一斑。后来，田鑫也曾坚持过一段时间的诗歌创作，但大约在2015年前后，他有些决绝地"舍弃"了诗歌而独钟于散文，甚至一度让人遗忘了他作为诗人的身份，散文的创作呈现出井喷之势，成了名副其实的青年散文家，在宁夏散文乃至中国80后散文的园地中，都站稳了自己的一席之地。我觉得这种转向背后的"地质演变"是值得勘察的，经过多年的写作积淀，伴随着散文集《大地知道谁曾经来过》的出版①，现在应该是梳理总结的时候了。

## 1

众所周知，宁夏文学最具有标识性和成就的是小说和诗歌，而散文似乎一直是"无足轻重"的。但事实恐怕并非如此。有研究者就认为："宁夏文学六十年，散文的成就不在小说、诗歌之下，甚至更为繁盛和丰厚。主要是散文的评论和研究，少有人倾心而为。"②说宁夏散文比小说和诗歌更为繁盛和丰厚，多少显得有些言过其实，但它的确需要重新"发现"与"勘探"，它的成就的确需要重新去评估与度量。

自新时期以来，宁夏散文就一直在茁壮生长，其中如吴淮生、张贤亮、张涧、许乐江、高耀山、杨森翔、崔宝国、杨继国等人都奉献出了高水准的文本；进入新世纪和新时代以来，散文写作群体已经蔚为大观，编辑、学者、小说家、诗人、农民等都加入了书写大潮。在1999年编选出版的五卷本《宁夏文学精选》中，共收入103位作家的作品，其中多是以小说家和诗人为背景的写作者，无论是从写作的纵深度与丰富度，还是从写作的艺术性来说，都有了极大的提升，比如石舒清、陈继明、梦也、郭文斌、季栋梁、漠月、朱世忠、火会亮、李进祥、李方等作家的散文都各有特色，郭文斌的《一片荞地》（主要写娘）与季栋梁的新作《苦下到哪达哪达亲》（主要写父亲）前后呼应，都堪称经典

①"21世纪文学之星丛书"（2019年卷），作家出版社2020年8月版；本文所引田鑫散文作品，如无特殊说明，均出自此书。
②李生滨：《宁夏文学六十年（1958–2018）》，宁夏人民教育出版社2018年，第129页。

之作。另外伴随着阿舍、程耀东、牛红旗、高丽君、彦妮、刘汉斌、田鑫等散文写手的快速崛起，使得宁夏散文的面貌焕然一新，也使得宁夏文学有了更为丰厚的内涵。作为宁夏文学生态的一部分，宁夏散文可谓"静水流深"，有着不可替代的社会意义、文学功能与美学价值。

不过一个基本的事实是，宁夏散文并没有呈现出显见的集团优势，专事散文写作的代表性作家依然少见，尤其是 80 后与 90 后作家更是少之又少。2019 年田鑫凭借散文集《大地知道谁曾经来过》入选含金量甚高的"21 世纪文学之星丛书"，对于一个青年作家来说，这是一种莫大的成就与荣耀，而对于宁夏文学来说，也具有重要的结构性的意义。迄今为止，宁夏先后有石舒清、马宇桢、陈继明、张学东、了一容、牛学智、刘汉斌等作家与评论家入选"文学之星"，田鑫作为"第八颗星"，无疑是宁夏文学未来可期的希望之星。

## 2

按照诗人批评家布罗茨基的观点，诗歌对散文的写作是滋养性的，一个散文写作者会在诗歌当中领受无穷的教诲，无论是从写作技艺上还是思想品质上，都要接受诗歌的"训导"。布罗茨基说："……对于散文而言，诗歌是一个伟大的训导者。它教授给散文的不仅是每个词的价值、而且还有人类多变的精神类型、线性结构的替代品、删除不言自明之处的本领、对细节的强调和突降法的技巧。尤其是，诗歌促进了散文对形而上的渴望，正是这种形而上将一部艺术作品与单纯的美文区分了开来。"①他还说："谁也不知道诗人转写散文给诗歌带来了多大的损失；不过有一点却是可以肯定的，也即散文因此大受裨益。"②

布罗茨基的这些精辟论断放在田鑫的身上也是合适的，虽然他现在已经远离了诗歌，但他的散文写作其实一直都在受惠于诗歌，他的很多作品从题目开始到诗性的内核（意象），写作的灵感，语言的张弛度与精妙的想象力等，都与诗歌密切相关。进一步而言，田鑫的散文书写动力主要源自于童年、故土和他心中的那种素朴而丰盈的诗意，甚至从某种意义上来说，我觉得诗歌其实一直是田鑫散文的种子，"把诗学思维的方法论重新植入散文文本中，使诗歌生长到散文中"③，已经成为田鑫散文的重要特色之一。也就是说，田鑫的散文本质上是诗性的、抒情的、意象的，精神气质上更近于诗，或者是对诗的改写与延伸。把田鑫早期的诗歌和转向之后的散文放在一起阅读，这种印象会更为深刻。

由诗歌而散文，在田鑫来说，几乎是"自然发生"的，排除其他可能的因素，这种抉择的背后，或许正是他建构自我、寻求突围的必由之路。比如《收脚印的人》《吃土豆的人》《人总有一天会空缺》《隐喻的麦子》《河流给不出答案》《标记》《飞翔》等这些作品，无不像一首首忧郁而感伤的童话诗，但同时又具备了散文更大的灵活度与包容性，语言质朴清新，想象精巧独特，读来别有意味。"河流把我紧紧地抱住。河水温度适中，浸泡在水中的时候，我突然想起子宫，那个我已经无法再回去的地方，有着河流一般的温度。它的味道和河流的味道相

①布罗茨基：《怎样阅读一本书》，见《悲伤与理智》，刘文飞译，上海译文出版社 2015 年版，第 105 页。
②布罗茨基：《诗人与散文》，见《小于一》，黄灿然译，浙江文艺出版社 2014 年版，第 151 页。
③布罗茨基：《诗人与散文》，见《小于一》，黄灿然译，浙江文艺出版社 2014 年版，第 151 页。

似。我就像个婴儿，躲在温暖的子宫里，小心翼翼地，用手和脚划拉着。"（《河流给不出答案》）在这段文字中，河流与母亲、人与自然、回忆与想象等之间的关系，以一种诗意化的方式呈现了出来，那个"温暖的子宫"，成了充满象征意味的精神圣地。这样的文字在田鑫的作品中比比皆是。我觉得这是目前更适合田鑫的一种写作方式，也许在将来的某一天，当散文不足以承接田鑫的生活经验与文学想象的时候，他还能找到更自由更切己的艺术样式。

## 3

迄今为止，田鑫的大部分作品都没有超出"一个人的村庄"，他近乎稚拙而深情地书写着村庄里的各种人、事与物，渴望在纸上的家园留住它们的气息与痕迹，破败的村庄、远逝的村庄、变老的村庄、空寂的村庄，当然还有美丽的村庄、诗意的村庄、温暖的村庄、富饶的村庄……都是田鑫不断重复的写作话题，一如孤独的牧羊人一样，他就是村庄里的"行吟诗人"和"浪漫主义者"，"清楚大地的脉动，也知道草木的秘密"（《失传》），见证过很多失传的"风物"与"本事"。

田鑫的这种写法很容易让人想起新疆作家刘亮程的散文集《一个人的村庄》。我不知道田鑫是否从那里获得过启示或滋养，抑或体验过某种"影响的焦虑"，他的村庄书写与刘亮程的村庄书写还是有着一定的"亲缘性"与差异性。如果说刘亮程的村庄书写要达到或上升为一种"乡村哲学"的终极境界，具有深刻的启蒙意味的话，那么田鑫的村庄书写则放弃了这样的一种企图与野心，显得更为平实和克制，他没有过多的思想抱负，只是忠诚于一个人的情感真实（但也是尽量做到"哀而不伤，乐而不淫"），尽可能如其所是地去观察、记录和呈现。这样的书写方式，与田鑫的童年经历有关，也与他的个性禀赋有关，甚至与他作为媒体工作者的职业习性有关。童年的不幸与早熟，个性的谦卑与内向，新闻人的敏锐与精准，都在田鑫的作品中打上了深深的烙印。无疑，田鑫在写作的时候带着属于自己的忧思与惆怅，而那个童真懵懂的写作主体似乎就一直停留在遥远的村庄，没有（或者不愿）长大成熟。或者，这正是一种"天真的感伤"与"素朴的诗"，我们也可以把它视作田鑫散文最为独特的美学气质。田鑫希望通过对"那时候"的时光岁月的追忆、还原甚至想象，"抱紧草"，"抱紧村庄"，"抱紧大地"，抱紧他所追寻和迷恋的一切。"抱紧一棵草就抱紧了村庄，就抱紧了大地。这是我最近才发现的秘密。这么多年以来，我一直在试图寻找一种抱紧村庄的方法。我曾经从村庄的一头走到另一头，从村庄的低处走到高处，我试图抱紧白云、风和流水，试图抱紧村庄里最老的屋子（当然只能是一小部分），抱紧刚出生的婴孩，抱紧轱辘、锄头、铁锹和连枷，可是我除了抱紧过村头那棵老槐树和一头瘦驴子之外，其他什么也没抱紧过。"（《抱紧草就抱紧了村庄》）希望能够抱紧，终究却还是无法抱紧，那个渐渐消逝的"诗意的童年""村庄乌托邦"以及其背后的农业文明，让人唏嘘不已。

显而易见，童年和村庄，构成了田鑫作品的时间维度与空间维度，成为了一种源源不断的写作资源，甚或是一种越来越熟稔的写作模式；童年和村庄的一切，在田鑫的笔下都被赋予了"一种完整的文学归宿"（加西亚·马尔克斯语）。"我从童年开始，就在经历各种空缺，并记住它们所带来的滋味和创伤。"（《人总有一天会空缺》）"离开村庄多少年了，除春节之外的每一个节日，我都是一个缺席者……我也成了很多人陌生的面孔。"（《人总有一天会空缺》）这在很大程度上决定了田鑫的写作是作为一个创伤者和蒙难者对童年的不断治愈，是作为一个远离者和缺席者对村庄的无限回归。"不愉快的童年是作家最好的早期训练"（海明威语），的确如此，在城市化愈演愈烈的现代化进程中，"村庄的终结"成了难以规避的命运，而田鑫的写作，无疑是对村庄的最后的坚守与凝望。

## 4

充斥在田鑫的作品中的多是"空缺""失传""省略""逃离""衰败"等这样的词汇，似乎处处都弥漫着一种哀痛的阴影与挽歌的气息。而在这之中，没有什么比在童年时期过早地失去母亲更大的创伤了。"十岁那年秋天，母亲出车祸长眠于自己劳作了一生的土地，我的童年就这样被硬生生撕开一个洞。"（《收脚印的人》）如今，田鑫自己变成了一个"收脚印的人"，珍藏着那些村庄的、大地的和人的故事与记忆，但是这个撕裂的洞却永远难以愈合，甚至成为他凝视世界的一双"明慧的心眼"。

在田鑫的大部分作品中，都有对母亲去世一事的反复书写，从心理学的意义上来说，它构成了某种心理情结，是个人为自己建立的一种宣泄方式与代偿机制。"是一个黄昏，母亲被一辆吉普车送回村庄，在此之前，她被侧翻的一架子车土豆压在下面，父亲扒开土豆和架子车，母亲软塌塌的，抱在怀里像抱着一股风。送到医院后，母亲的嘴巴、鼻孔、胸腔……到处插着管子，一瓶又一瓶的液体，还是没能让她软下去的身体再恢复过来。"（《人一死事情就堆下了》）这是对母亲之死的细节记忆，真切而清晰。在一个孩子的心中，甚至会对夺取母亲生命的土豆产生怨恨："在众多植物中，我只跟土豆有仇，虽然玉米曾划烂过我的手臂，豇豆曾让我食物中毒呕吐不止，但是它们都没有要我的命，也没有要我身边人的命，而土豆，众多的土豆，集合在一辆车上的众多的土豆，却夺走了我母亲的命。"（《吃土豆的人》）而在《花儿与少年》一文中，作者悲伤地写道："母亲就躺在白色的花朵中间，红色的棺材像花蕊一样，缓慢被送进土中。这颗种子被种到地里，每一年我们都会去看看，头戴白孝身穿白衣跪倒在坟前，但是不管怎么磕头，母亲却一直也没有发出过芽来。""现在，母亲和堆金躺在地面之下，像一颗种子和另一颗种子。我喊破嗓子，他们却从来没有给过我任何回应。母亲的坟头野草蔓延，已经无法分辨哪一棵是替母亲站立在人间。"人间最大的伤痛，莫过于生离死别，无法长出母亲的大地，终究是一片荒芜。

由此，死亡所造成的空缺与悲伤，一次次被重复讲述，成了田鑫文学表达的一种内驱力。法国人类学家罗伯特·赫尔兹认为，"在与个体有关的情况下，机体的生理现象并不是死亡的全部。人们将一系列复杂的信仰、情感和行为加诸在这个只与机体有关的生理现象上面，从而使它具有了独特的性质"（《死亡与右手》）。也就是说，死亡并不仅仅是一个瞬间发生的生理行为，而是一个持续进行的过程与文化事件，时间并没有让死亡消失和空无，而是被一遍遍触及和填充。"……望着母亲的坟头。越看越觉得，那哪里是坟啊，分明就是一份供品，母亲躺在一抔土隆起在大地上，分明是被大地献给老天爷一样。哎，到头来，母亲也仅仅是个供品。"（《供品》）"母亲这盏灯还是灭了。我们小心翼翼地把她埋进土里，她成了大地的灯芯。"（《灯光》）母亲的死成了一种永无止境的缺憾与教诲。因此，对于田鑫来说，面向死亡的写作不仅是为了摆脱哀痛、抗拒遗忘，而更是为了告白倾诉、治愈悲伤，是为了回忆美好、回归母亲。

之所以要强调这些，一方面是为了探究作家隐秘的创作心理，另外一方面是想说明田鑫散文的情感底色，它始终是沉郁的、挚爱的、童真的，充满人性的谦卑、悲悯与温暖。我觉得，散文最重要的无疑就是情感和趣味，而这两者，在田鑫的散文里很好地实现了统一。"我们抓住过那么多鱼，抓住过那么多的麻雀，总觉得没有什么是我们所抓不住的，但是偏偏却抓不住给我们布下陷阱的时光。当我们沉迷于用陷阱抓小鱼儿和麻雀的时候，它已经把陷阱挖好，就等着我们一步一步靠近。而我们每一个人都排列整齐，朝它布下的陷阱走去，一个一个掉进去，却迟迟不见有人来收网。"（《时光的陷阱》）"再不去南墙根，听老人们说话，村庄的秘密就真的要被带进黄土里了。"（《南墙根》）"有时候，在大地上，人和麦子真的一模一样。人用智慧和精力经营大地，让麦子成长；而麦子用营养回赠人。作为被隐喻的麦子，我们谁也躲不过岁月的收割。"（《隐喻的麦子》）这些语句，直击生命的真相，触碰到人心中最柔软而又最幽深的那些部分，这恐怕就是好散文的情感威力。其实对于一些散文来说，它可能不需要理性的阐释与分析，只需要在情感的流淌与浸润中聆听和感动。

# 5

在人们的印象中，散文似乎是更贴近于中年或老年的一种文体，它需要书写更为丰富的经历、情感和故事，需要更为充足的思想、格局与智慧。"散文易学而难工"（王国维《人间词话》），作为一个80后青年作家，在散文写作的巨大风潮中，如何去书写耳目一新的作品，恐怕是一个很难的问题。尤其是作为一个散文家，更是有别于一般的写作者，如何去自觉写作，如何去创新和突围，如何形成自己的风格，都是必须关注的事情。

作为一个"散文圈"之外的文学读者，我对近些年来中国当代散文的写作状况与发展现场并不是很了解，这在一定程度上可能会影响我对田鑫散文价值的精准评判，因为把田鑫的写作放在新世纪散文发展的背景之中去看，这样才能显现出他的独特性。但至少在现象的层面来看，田鑫的散文似乎一直很受主流刊物编辑的青睐，他的散文作品大都发表在《散文》《散文百年》《鸭绿江》等这些业界重量级的刊物上，很多作品也都入选过《散文选刊》《散文海外版》以及各种年度选本当中。这在很大程度上证明了田鑫的写作实力，也充分说明田鑫的散文有着自己独到的艺术特色与美学品格。

总体来说，田鑫的散文虽然注重记忆时空的再现与情感肌理的深描，但他更加善于融合诗歌、小说甚至新闻纪实的多种写法，尤其是突出了想象与虚构的因素，增强了其作品的现场感与表现力；尤其是，他的散文大都以一种近乎纯真混沌的儿童视角与口吻切入生活与世界，不是居高临下激扬文字，也不是故弄玄虚卖弄知识，更不是自恋絮叨一地鸡毛，而是带着一种难得的诚实、新颖而独特的"童话气质"，轻轻地去回忆和讲述。很多时候，我觉得这种气质正是田鑫散文成功的奥秘之一，它在当代中国的散文中显得尤为难能可贵。我记得田鑫曾经私下里说他最喜欢的作家是意大利的卡尔维诺，我不知道田鑫是否受到过卡尔维诺的影响，但他的作品确乎有卡尔维诺的气息。譬如："胖子飞翔过之后，变得轻盈了许多，轻得一个木盒子就能装得下他。大家谁都不再提飞翔这件事了，只知道胖子被接回来的时候是坐着飞机的。"（《飞翔》）"胖子的飞翔"，也许正是对卡尔维诺所说的"轻逸"风格的最好阐释。田鑫笔下的"那时候的我"，总是让我想起卡尔维诺短篇小说集《马可瓦尔多》当中的那个与众不同的城市小工马可瓦尔多，在钢筋水泥的城市森林中，他虽卑微却并没有消沉堕落，而是敏感细腻地捕捉着自然的乐趣和城市的秘密，"四季的变化，心里的欲望，自身存在的渺小，这些他都能发现"。虽然田鑫的那个"我"是生活在村庄里，但他与城市里的马可瓦尔多其实具有相似的精神气质，纯粹、本真而性情，他们是同一个家族的兄弟。

在一个"后情感"与"后乡土"的全球化的时代，田鑫的作品所写的那些消逝、离开、空缺等，正在沉积为一种深深的"文化乡愁"与"恋地情结"，叩击着那些寓居城市、远离故土的人们。无疑，散文是一种讲述内心秘密的艺术。在田鑫的讲述里，并不是局限于一种单一的视角，除了儿童的视角之外，他还借用了其他多种视角，比如风的视角，草的视角，河流的视角，麦子的视角，狗的视角，牛的视角，鸡的视角，鸟的视角……正是在这样丰富的讲述中，我们一次次洞悉了村庄的各种秘密。诺瓦利斯说："较之可见之物，我们与不可见之物结合得更紧密。"在某种意义上来说，田鑫的散文就是在不断探测那些深藏的抑或远逝的不可见之物，从而把我们与它们紧密地结合起来，让我们重新感受乡土童年的无尽魅力，从而获得更多的灵魂滋养。

值得注意的是，田鑫近几年来开始尝试以"词条"的方式进行写作（如《标记》《飞翔》《准确》《灯光》《省略》等），在我看来，这不仅是一种散文写作形式的创新，而同时也是作家趋向成熟的标志。也就是说，所谓的"大地词条"，是作为散文家的田鑫自觉写作的开始，在散文的疆域经历多年的摸爬滚打之后，他终于找到一条独属于自己的写作路径，有效地整合和吸纳了过去的写作经验，有了更为明晰的美学旨趣与风格诉求。纵观田鑫这一时期的散文，相对而言饱满度更足，叙述更为流畅，语言更为丰富，主题相对更为集中，而且更多了一份沉思与悲悯。其实大地就像一部无穷无尽的词典，大地之上的一切事物，无不是它的词条，而面向大地的写作，恐怕才是散文写作走向深邃和阔大的通途。从这种意义上来说，从"村庄"转向"大地"，可以看作是田鑫向青春期写作进行的告别，也是他向更高层次写作迈进的开始。

6

在某种意义上，以文集的形式对自己的作品进行集中展示，是对一个散文家尤其是青年散文家的很大的考验，是对其作品的丰富性、延展性与成熟度的综合检测。一本好的散文集并非只是单篇文章的简单集结，而应该显现出一本书独有的气质、体量与格局。我的阅读经验是，有些作品，单篇来读的时候可能没有任何问题；但如果结集来读的话，就会发现一些重复性的瑕疵与不足。以此来看，作为一本散文集，《大地知道谁曾经来过》还是真实地暴露了一个青年散文家的成长印记。

说实话，我一直担心田鑫这样的写作极容易形成一种写作惯性或者写作惰性，它对一个青年作家的全面成长并不是特别有利，甚至会形成某种自我限定抑或是自我伤害。田鑫需要警惕的是那些模式化的情节和思维方式，需要更为"野蛮"与自由的成长，需要不断开拓新的写作领域，以此与同质化的地域文学甚至同质化的自己告别。好在田鑫一直保持着较为清醒而自觉的反思意识，并没有走向流俗的矫情与滥情，他的文字始终保持着朴素而诚实、理性而节制的"土质品格"（即所谓"土生土长"，"我一直很喜欢土生土长这个词，觉得它简约、质朴，用四个字就恰当地总结了一个人与某一个具体的地方的关系"（《远去的尘土》），保持着到源头去取水的"上游美学"（诗评家沈奇用语），这使他得以避免误入歧途。"任何一种艺术形式，如果长期为人们所钻研，就会逐渐显示出它内蕴的尊严、秘密思想及它和其他艺术形成的关系。它需要你不断以更多地劳动来侍奉它。"（《寻找美国的诗神》）也许诗人罗伯特·勃莱对写作的忠告会有助于田鑫找到散文的"内蕴的尊严、秘密思想及它和其他艺术形成的关系"，因为他现在有了越来越多、越来越好的劳动成果。同时，"对于一个真正的作家来说，每一本书都应该成为他继续探索那些尚未到达的领域的一个新起点。他应该永远尝试去做那些从来没有人做过或者他人没有做成的事。这样他就有幸会获得成功。"（海明威）由此，有了今天的"新起点"，我们有理由期待田鑫的下一本散文集，他是否能够走出村庄，回到城市？

"走得再远，还是要回来。每年腊月，我都会趁着夜色回到故乡，回到这片怀揣着细软的大地。可以不用走亲访友，但是一定会带着女儿去我捡拾过地软的地方，拨开枯草，寻找大地的细软。这个时候，我才发现，和我一样的人不在少数，年少时曾经佝偻着腰身捡地软的孩子们，已经到了带着自己的孩子捡地软的时候，而这些高不过任何草木，也没有鲜艳的外观，藏在大地的犄角旮旯的细软，不仅用藻类的特性疗治我的眼疾，还在我们这些人的身体里装满细软，让我们在离开村庄以后，乡愁丰满，目光有神。"（《细软》）匍匐于大地的那些平凡普通的黑色"细软"，最终成了一种神奇的灵丹妙药与用之不竭的精神财富，正是有了它，"我们在离开村庄之后，乡愁丰满，目光有神"。"走得再远，还是要回来"，"人们吃了一辈子土，最后被土一口吃掉，准确无误，没有任何回旋余地"（《准确》），田鑫的写作最终指向的是挥之不去的伤逝与乡愁，无论身在何处，回到村庄，回到故土，都是一种永远的信仰与行动。

# 爱的"疼顾"与"欢喜"：
## 电影《红花绿叶》观感

  《红花绿叶》是我一直在期待的一部电影。近些年来，宁夏作家"触电"的越来越多，势头越来越好，这是一件令人欣慰的事情，也充分说明"宁夏特质"具有很大的吸引力。但我觉得还不够，还可以打开更大、更多的市场和空间，最好能形成某种持续延伸的产业链和品牌效应。多年之前，张贤亮凭着"出卖荒凉"让文学宁夏产生了世界级的影响，"西部影视城"作为他最重要的作品，也成了中国电影的重镇，张贤亮的多部文学作品被改编成影视作品之后，产生了更为深远和持久的影响，比如大家耳熟能详的《牧马人》《邢老汉与狗》《灵与肉》等。而如今，我们已无需出卖荒凉，我们有满地的"金山银山"，我们有太多动人的"宁夏故事"。

  观影之前，我查看了银川的几家院线，都没有排片，只有悦海新天地的华联国际影城排了中午十二点四十的一场。观影的人并不多，在意料之中，后来电影结束时才发现是几个熟识的文友。大家都是慕名而来的，满怀期待。这也再次说明，在商业片一统天下的时代，文艺片注定是孤独的，但我们在享受过一场场的视觉盛宴之后，恐怕更需要这样的文艺片来清洁内心，开掘更隐秘安静的私人空间。

因为有了观看电影《清水里的刀子》的经验，就只管从容地看将起来，——有作家石舒清亲自掌控和认可的作品不会差；换句话来说，有坚实而饱满的"文学性"与"作者性"作为根底和灵魂的作品不会差。石舒清自己也坦承："即使从小说变成了电影，作为小说作者，我还是从新的艺术形式里嗅到了自己熟悉的气息和向往的气质，还有对人的深度体贴及关怀，默契如此，自是欣悦"。我们且一起"欣悦"着。我常常觉得，当下中国的很多电影之所以失之于浅薄与粗疏，很大程度上与此有关，它们普遍缺乏文学的滋养，沦陷于过度的编剧游戏之中。

果然，和《清水里的刀子》相比，我似乎更喜欢这部电影，隐忍、干净、流畅，没有过多的叙事意图，没有过度的情绪宣泄，没有密集的隐喻符号，它就像一段截流的生活，就那么静静而欢喜地流淌。作为西海固的一员，在远离故土的都市一角，一看到那些熟悉的风物与人情，瞬间就会触及内心最柔软、最痛楚的地方。那时候，我们都像是脱去面具和伪装的孩子，投入了久违的母亲的怀抱。感同身受，这种强烈的代入感可能会在某种意义上影响我的真实判断，但没有办法，谁也无法去除自己的故土胎印。

手头正好有"文学宁夏"丛书中石舒清的一本小说集《眼欢喜》，才突然发觉"欢喜"这个词在石舒清的小说中具有非常重要的意义，"欢喜"是浮世的面相，但也是浮世的本质，也许所有美丽的天堂都难以抵挡人间缭绕的烟火。但为数众多的评论者似乎都没有注意到这一点，人们更多凝视了不幸与苦难。在我看来，《红花绿叶》中其实表达的正是爱情的欢喜，但它不是那种轰轰烈烈的爱，不是那种急促和物质的爱，不是那种时尚和华丽的爱，而是文火慢炖的爱，是慢慢打开和生长的爱，是带着隐秘和缺憾的爱，是在伦理秩序坍塌的乡村而依然朴素坚韧、清新稀缺的爱。

于是，就想把石舒清的原作《表弟》找出来，对照电影来看。结果无论是从书上还是网上，都没有找到，问了几个熟悉的文友，也都说没有。心里痒痒的。电影的文学改编，只有与原作放在一起细读的时候，才能发现更多的问题。而我一直觉得，在不同文本的缝隙与错位之处，是更具有生长力与魅惑力的地方。

我喜欢刘苗苗导演"不隔"的处理方式，克制、从容，但不冷漠、压抑，也不绝望和悲伤，她是以一种钻入泥土内部的方式，在自然呈现生活本身。这或许与导演本人的成长背景有关，与她的西海固经历有关，与她的美学趣味与文化情怀有关。除了这些，电影选取的"素人"演员，带有纪实性的取景，还有一些细节的打磨，地道的西海固方言，恰到好处的旁白，等，都增添了作品的生活味和熟悉感。比如，见面相亲买衣服的情景，古柏在第一次见面时就情愿给阿西燕买一千八一件的衣服；比如古柏挖地窖存土豆的细节；比如阿西燕手擀长面待客的场面；比如阿西燕怀孕后嘴馋想吃生瓜子的情节……

需要特别注意的是，电影从头至尾都在使用西海固的方言土语，仿佛不这样就难以恰切地再现这片神奇的土地，就难以真实地讲好这个地方性的爱情故事。在某种意义上来说，这些语言是还"未被伤害的语言"，依然保持着一定的纯粹度，在它的背后，深藏着一个相对完整和传统的西北文化风貌与精神生态，这正是魂系所在。我在以前的一篇文章中曾经谈到，"细思当前中国甚嚣尘上的网络语言、商业语言与新闻语言，恐怕早已跌入媚俗的深渊。正是在这种媚俗与冷漠当中，今日的语言已经是伤痕累累，充满了矫情的、虚假的、夸饰的、暴力的、污浊的色彩"①。是的，在一个语言饱受"伤害"的时代，西海固方言已不仅仅是一种语言形态，而更是一种文化仪式与伦理传承，那些我们心心念念的道义、真诚、良善等，就存续在这其中。"古言说：世下个啥，就是个啥。我心里服气着呢。我的想法是：尽量把自个活灵干些，尽量不要活成个累赘。我常常劝自个说：古柏，你要记牢，想得越少，活得越好。"这段话似乎说出了整个西海固人的"天命"和"生存之道"，其中有对命运的自觉承受（知天安命），也有对生活的隐忍和抗争。"尽量把自个活灵干些"，"灵干"是"累赘"的反义词，近似于利落干练、自主独立的意思，它既是生存的底线，也是最高的目标。"说是见面买衣裳，实际上是要验人呢。验人就免了吧，验得了人的皮皮儿，还能验得了人的瓤瓤儿？我是个啥瓤瓤儿我知道呢。"这种表达非常质朴生动，远胜于很多花言巧语，现代人的最大弊病恐怕就是没有这样的自知！"我是个啥瓤瓤儿我知道呢"，这是多么清明的生活理性啊！古柏虽然是一个带病的弱者，但在妻子怀孕之后，他越来越懂得"慈悯"，越来越像一个成熟的男子汉一样去担当一切，"通过你，通过一个男人和一个女人，把一个婴儿往这个红尘世界上引领，世上的事情里，没有比这个事

①张富宝：《重塑批评的力量与自立的威望》，《朔方》，2017 年第 11 期。

情更重要更担责任的了！"这是一种真正的"成人礼"，它是生而为人最可贵的地方！类似上面这样的语言，在电影中不胜枚举，这是生活的语言，也是诗性的语言，它再次印证了哲学家海德格尔的深刻论断："语言是存在的家园"。

当然，在一个急剧变化的后工业时代，西海固也在面临着巨大的冲击，传统的乡村伦理秩序与超稳定的文化结构都在面临着失范与碎裂的危险，电影中也隐隐涉及低保、打工、移民等诸多现实问题，但无论如何，那种生生不息的文化之魂与精神血脉都永远在深水中流淌。在古柏这个低微、柔弱、隐忍的人物身上，在阿西燕这个单纯、善良、美好的女性身上，在他们的言谈举止中，依然在薪火传承那些最朴素却又最珍贵的东西。"哪怕是一个残缺的麻雀，它的指望也是全美的啊。主啊，你把你的考验放在我身上，你把你的疼顾放在阿西燕身上！"这句话无疑是整部电影的"文眼"，是电影的主题，当然也是电影中最触动人心的东西。

电影的一头一尾，都是与男主人公古柏的病相呼应，开放式的结局放在一个大雪纷飞的场景之中，连同下一代人未卜的命运，让人不免陷入沉思。在默默怜惜的同时，我们又在暗暗祝福。这里的疾病当然是一种现实，但未尝不可视之为一种隐喻，电影就在这儿戛然而止，虽让人有意犹未尽之感，但其实是恰到好处。生活何尝不是如此，每天都像这样，貌似平静地重复和延续，但它的每一个瞬间都充满旋涡与暗流。而最重要的是，面对生活中遭受的一切，我们要学会爱，学会领受，学会承担，一如古柏与阿西燕，要能不断克服自己的隐痛与不完美，去向往和憧憬一个美好的未来。也许，只有充满"考验"和"疼顾"的爱才更具有弥合与救赎的力量！

电影的名字来自石舒清的另外一篇同名小说《红花绿叶》。我特别喜欢这个名字，除了充满诗意的丰盈和视觉上的饱满之外，有一种难言的欢喜和自在，它是一种积极健康的生命状态，也是一种圆满和谐的生活理想。红花和绿叶，不可分割，不可孤离，它们相互依赖，相互成就。在具体而微的日常人伦之中，每个人都可能是红花，但需要更多的绿叶烘托；每个人也都可能是绿叶，需要时时守护和陪伴着红花。其实，红花即是绿叶，绿叶即是红花，你中有我，我中有你，这才是生活的最大真谛。

石舒清在一篇创作谈中提到，他的写作要寻找"忧伤而充实"的感觉。电影《红花绿叶》给人的，也正是同样的感觉。略微有点遗憾的是，电影中缺少一些刺点而多了些诗意与理想化的成分，这当然与电影导演的取舍有关，她有自己的考量，我总觉得这是一部带有某些女性特质的电影。不过，在浪漫而聒噪的七夕档，它的上映，就像一股清流，让人们在"有情人终成眷属"的祈愿当中，依然坚信一种纯净而古朴的爱情。在一个越来越钝感和异化的"无情时代"，我们更需要恪守一个"有情的世界"！


喜鹊叫着

除了这点艺术

剩下的全是生活


——石舒清的诗《喜鹊叫着》

在石舒清的文学世界中，除了"艺术"，剩下的全是生活，是普通而日常、鲜活而诗性的生活。卡尔给诺说："我对文学的未来是有信心的，因为我知道有些东西只能靠文学及其特殊的手段提供给我们。"同样，我们对石舒清是有信心的，这也正是石舒清在他的文字里苦心经营的东西，那些"只能靠文学及其特殊的手段提供给我们"的也正是他的大欢喜。

# 一部充满"土味"的良心之作与情感大剧：
## 评电视剧《山海情》

　　"走咧走咧着，越走嘛越远了，眼泪的花儿飘满了，哎的哟，眼泪的花儿把心淹了……"伴随着这首熟悉而伤感的花儿名曲《眼泪的花儿把心淹了》，23集电视剧《山海情》在一片叫好声中落下帷幕。我相信很多和我一样追剧的人还一直沉浸在其中，看着、想着，笑着、哭着，回忆着、谈论着……还感觉有点没看够，不过瘾。尤其是，作为一个土生土长的西海固人，在观剧过程中，更是有着很强的代入感，有着比较复杂热切的心理纠葛与情感痛点，剧中那些熟悉的人和事，那些生动的故事和细节，那些涌动的历史与现实，都深深地激荡着我的内心。当"我的故土""我的乡亲"和"我们的故事"第一次被艺术化地搬上屏幕时，我从未如此感动过、骄傲过和充实过。

　　毫无疑问，《山海情》是一部主旋律的现实主义佳作，作为并不容易讨巧的扶贫主题的作品，它却引发了始料未及的追剧热潮和广泛讨论，豆瓣评分甚至高达 9.4 分，为此类电视剧树立了典范，这在中国电视剧史上也并不多见。我们注意到，近段时间以来，伴随着《装台》《江山如此多娇》《大江大河2》等一系列主题剧的持续热播，在某种程度上表明，当前的主题创作已经达到了一个全新的高度，呈现出巨大的艺术可能性。

《山海情》讲述了 20 世纪 90 年代以来，宁夏西海固的移民们在国家政策的号召下，在福建的对口帮扶下，通过东西协作，不断克服困难，通过劳动改变命运，将飞沙走石的"干沙滩"建设成寸土寸金的"金沙滩"的故事。这是一部宏大主题的作品，它可以说是一部关于脱贫攻坚的历史画卷，具有鲜明的中国特色，但它却是以"微观叙事"展开的，通过小视角与小切口进入人物的心理现实与时代纵深；它是"莎士比亚化"的，而不是"席勒化"的①。也就是说，它不是概念化的、图谱化的、悬空的，而是细节化的、生活化的、实证的，将人物和故事放在充满特征化的环境氛围与故事情境中加以本色化地呈现；它没有聚焦于所谓"主角光环"，没有沿袭流行剧或偶像剧以两三个主人公为中心的叙述模式，而是塑造了一批个性迥异、鲜活生动的人物群像或时代"新人"的形象。无论是基层扶贫干部马得福、张树成、陈金山等，还是蘑菇专家凌一农和他的科研团队；无论是大友叔、白校长，还是水花、得宝等，都是真实饱满的，浑身洋溢着生活的气息。这些人物都是小人物，都缺

---

① 马克思认为，文学作品应该"更加莎士比亚化"，应该写出人物内在的丰富性，写出生活的复杂性，把对人性的深刻体察、对历史状况的真实感受与艺术形象的塑造融合在一起；而不是所谓的"席勒式"书写模式，不是以图示化和概念化的方式去呈现，不能"把个人变成时代精神的单纯的传声筒"。见马克思：《致斐·拉萨尔》，《马克思恩格斯选集》第4卷，人民文学出版社 1995 年版，第 554–555 页。

乏英雄气质，他们的身上都具有某种程度的"不彻底性"与"矛盾性"，但他们都在不断地成长和超越，坚韧而勇敢地与苦难和命运抗争，尤其是当他们作为人物群像整体呈现出来的时候，却具有了一种震撼人心的精神力量，——脱贫攻坚，改天换地，他们是西海固精神的实践者，是宁夏故事的书写者，更是时代"新人"的代表者，是中国传奇的创造者。这对于主题创作来说，无疑是一种重大的突破。在中国当代文学史与艺术史上，塑造新人形象一直是一个重要的主题，也是一个经常遭遇的难题，尤其是在和谐社会与和平年代。由此，在更大的意义上，《山海情》不仅是一部电视剧，更是一部启示录；不仅是一部影像志，更是一部励志书：它不仅真实地记录了西海固从"吊庄移民"到"生态移民"的历史变迁，史诗地展示了脱贫攻坚的时代主旋律，还艺术地再现了西海固人民改变命运的心路历程，生动地塑造了中国劳动人民的精神品格与崭新的时代精神风貌。

这是一部"土味"和"情味"十足的良心之作，是一部能给人带来丰富审美体验与情感共鸣的优秀之作。

首先，这是一部"土味"十足的作品，是一部难得的有滋味、有韵味、有意味的电视剧。"土味"实际上就是生活味，就是吊庄移民的酸辣苦甜的生活本身，就是那些热火朝天的劳动场景，就是那些琐碎日常的喜怒哀乐……这些在很大程度上颠覆了当前影视剧"白美富"的流行趣味与"心机婊"的套路美学。《山海情》的"土"来自它的真，它的原汁原味。它不仅指满屏袭来的黄土与泥沙，生存环境的贫穷与落后；不仅指演员"丑化"的服装和造型，黝黑皲裂的皮肤和脸上的"红二团"；它的"土"还指扑面而来的极具表现力的西北方言与"西北味"。尽管被改造的"泛西北话"在方言区的人听来比较别扭，但对于方言区之外的人来说却具有很强的感染力，它无疑是这部剧成功的重要艺术元素之一。我总觉得，在今天这样一个语言饱受"伤害"的时代（譬如媒体语言、网络语言、暴力语言等对语言的伤害），方言已不仅仅是一种语言存在形态，而更是一种文化仪式与伦理传承，方言的生动鲜活、精确传神甚或幽默风趣都具有特别的还原意味，那些我们心心念念的道义、真诚、善良与情感等，就存续在这其中。

其次，这是一部"情味"十足的作品，是一部可以"共情"的情感大剧，在一个都市文化背景下的景观社会与消费社会，"共情"是衡量一部影视剧是否成功的重要标准。虽然《山海情》是一部充满时代感（年代感）的主题剧，但它很好地引发了观众的共鸣，不仅吸引了闽宁两地的观众，还吸引了其他地区许多不同年龄段尤其是青少年的观众，从而完成了一种普世而深入的"情感教育"与价值认同。当然，《山海情》里面的情不是单一的、平面化的，而是多维度的、多层次的，总能在某一点触发不同圈层的观众的泪点。它不仅超越了私情与小我情，更是闽宁情（同胞情）与大我情（山海情）；它不仅是苦情、悲情，也是欢情、乐情；不仅是爱情、亲情、友情，还是故乡情、土地情与家国情。比如以吴主任、凌一农、陈金山为代表的福建援宁工作者与马得福、马得宝等涌泉村的村民之间的情谊，就是典型的同胞情与山海情；比如得福与水花之间的爱情与友情，格外让人感动与心痛；比如得宝与尕娃、水旺等人之间的兄弟情，同样触人心弦；比如马喊水、大友叔与李太爷等人的故乡情与土地情，那正是涌泉村与闽宁镇的根脉。这些情是浓情与深情，但绝不矫情与滥情，它是隐忍的、克制的、包容的；尤其是，当这些情感汇聚在一起的时候，就不仅仅是一种私人情感，而是形成了一种更具感召力与提升力的家国情与中华情（"命运共同体"）。在一个越来越钝感和异化的"无情的时代"，我们更需要坚守和缔造一个"有情的世界"；而这个"有情的世界"，更加彰显出中国传统文化的人伦秩序和中华民族的凝聚力。尤其是新冠肺炎疫情依然严酷的境遇之下，这种久违的、饱含热血的情味更具有抚慰人心的力量。

总之，《山海情》是一部"求真""唯美"与"向善"相统一的作品。说它"求真"，因为它做到了真实、真诚与真挚，能低下腰身，扎根本土，尊重生活逻辑和艺术规律，做到了生活真实与艺术真实的统一。真实，是指它近乎复原和再现了 20 世纪 90 年代以来西海固吊庄移民的生活日常，包括每一句话，每一个细节，每一个道具和场景，小到袜子、水杯，大到蘑菇棚、扬水工程等，都力求做到严苛和忠实。真诚，是指从导演到编剧到剧中的每一个演员，都能为艺术全心全意地付出，甘于奉献和吃苦，和剧中人物感同身受，同呼吸共命运。比如剧中水花光脚踩泥与进棚种蘑菇的细节，演员热依扎的表演就很真诚，没有任何明星包袱，以至于没有一丝违和感，因而特别能打动人。真挚，是指情感的浓度，它是热烈的、恳切的、深沉的，将剧中人、演员和观众熔铸为一个伦理整体；说它"唯美"，是指它构思精巧，台词讲究，表演到位，制作精良，体现出一种朴拙却又不失精致的古典美学品质。比如它的片头和片尾就极具设计感，像是一幅幅优美的油彩画。比如全剧具有很强的结构感，围绕着扶贫搬迁这条主线之外，多线并进，互相呼应。像开头的时候是得宝、水旺、尕娃、麦苗等几个孩子逃出大山的情景，而结尾的时候是强强、贝贝等得宝们的几个孩子重回家乡寻根的故事，从父辈的离乡到子辈的返乡，形成了一种对照。像凌一农教授的科技扶贫与白校长的教育扶贫（"扶志""扶智"）也形成了一种呼应；说它"向善"，因为它深植时代，深入到了当代中国人的心理现实和精神内里，塑造了以西海固移民为代表的中国人的坚韧不屈、奋发有为、积极向上的群体肖像，对每一个人物都充满了热爱、同情与理解，像一曲深情的精神赞歌，面对脱贫攻坚的历史壮举，唱响了时代的最强音。

当然，《山海情》也并不是完美的，23集的内容毕竟容量有限，因此有些部分的叙事节奏太快，没有进行充分铺垫就一跳而过；生态移民的部分相较于吊庄移民的部分，艺术感略有不足，叙述的力量有所减弱；结尾的部分虽然美好，但过于抒情化的渲染与铺陈，反倒使得它有点冗余和生硬。不过瑕不掩瑜，作为一部西海固人的扶贫剧，作为中国故事的一部分，《山海情》不仅完成了脱贫攻坚的宁夏影像档案，替我们保存了那些美好珍贵的时光岁月与乡土记忆，而且无疑会成为宁夏的一张新名片，将产生巨大的"蝴蝶效应"。

对话与潜对话

# 静水之下，不为人知的惊涛骇浪

## ——张学东长篇小说《尾》访谈录

　　张富宝：去年获悉你的长篇小说《尾》入选 2013 年度中国作协全国重点作品，最新的《十月》杂志（2014 年 3 期）已全文首发了这部近 20 万字的作品。迄今为止，你已相继出版了《西北往事》《妙音鸟》《超低空滑翔》《人脉》等多部长篇小说，可以说长篇小说在你的整个创作中占据着越来越重的地位，这也是近年来宁夏文学的重要收获，那么在你看来，长篇小说的特殊性与难度到底在哪儿？

　　张学东：比之中短篇的短小精悍，长篇也许更像是一场马拉松比赛，等待你的有长度、难度、深度、维度等一系列考验，还有来自身体和情绪上的种种"不测"，这些都会影响到你日常的写作进度。因此，每当我着手写一部长篇小说的时候，我就在心里一遍遍告诫自己，不会那么简单，走着瞧吧，少则一年半载多则三四年，你会碰到很多绊脚石的，不经风雨何以见彩虹。

张富宝：在我个人的阅读印象中，你是一个具有自觉文体意识的作家，你的每一部小说几乎都有不同的面貌。无论是中短篇小说的写作，还是长篇小说的写作，你在这方面都有近乎严苛的要求。作为70后作家，这一点殊为难得。事实上，做一个小说家易，做一个文体家难，文体家对语言、结构、细节、表达形式等都会精益求精，作出独具个性的尝试与探索，因此，他们具有更为重要与深远的文学史意义。

张学东：我写小说有个习惯，我不希望自己的这部作品跟上一部如同孪生兄弟，怎么看都一模一样，尤其是长篇小说，前后花去两三年或更多时间，不慎重考虑后果实在是说不过去的。比如《妙音鸟》对魔幻现实主义手法的应用，《超低空滑翔》对新现实主义的一次尝试，还有《人脉》在第一、三人称之间的不断转换跳跃，等等，当然，所有这些努力最终是为故事情节和人物性格服务的，如果仅仅是为了文体而文体，那就会变成两张皮，明眼人一下子就看破了。最可怕的情形是，一个作家只会不断复制各种好看的故事，而所有文本看上去千篇一律，这样的作品注定会速朽。

张富宝：每一部作品的诞生都不是偶然的，我一直相信它后面有一种神秘的驱动力，诺贝尔文学奖获得者、诗人特朗斯特罗姆说："不是我在找诗，而是诗在找我，逼我展现它。"那么，《尾》这部小说呢，是不是它也在"逼你展现它"？能不能简单介绍一下《尾》这部小说的创作动机与创作背景？

张学东：逼你展现它，这个说法非常恰当。我觉得自己绝大多数作品都有类似的创作经验，就是那种非写不可的冲动。《尾》缘于我自己的一两次驾车出行的擦碰事件，事情本身不值一提，甚至算不上什么交通事故，连保险公司的理赔员都有点儿不屑一顾。可问题往往是，人和人之间一丁点摩擦很容易会升级，会酿成一种恼人的祸事旋涡，瞬间将彼此吞噬，就像我在小说中所描述的那样，你根本来不及作出任何反应，很多从未料想过的局面就会一股脑儿扑向你。近期我注意到，文学界不时地在谈论"在场"和"现实"问题，大伙普遍认为中年作家对现实生活失去了掌控能力，在他们的作品里除了堆砌新闻素材（最典型的如余华《第七天》）之外，丝毫看不出这批作家曾经拥有的天赋和才情了。我想，究其原因就在于，作家闭门写作的时候，完全把自己从生活中割裂出来，笔下的人物跟自己一点儿关系也没有，更谈何真情实感？我个人以为，不论写什么，首先要从自己入手，你在现实中有困境吗？你的困惑源于何处？千万不要无病呻吟！写这本书的时候，我一直让自己生活在《尾》的氛围中，跟小说的人物一样，我每天面对的问题并不比他们少。我有自己的工作，有妻子和女儿，有时候为了从一个地方开车赶到另一个地方，我会莫名其妙地就陷入到一场从天而降的危机当中。总之，书中涉及了我所有的生活和情感，得意、失意、喜悦、愤怒、焦躁、愁烦、忧郁、绝望、无奈、彷徨……而且，我相信这也是所有活在这个时代的人都要时时面对的。在所有人渴望成功的时候，也许我们首要面对的是，这个时代带给每个人挥之不去的挫败感。

正是这些情绪旋涡不断地推波助澜，最终逼着我走向故事，也走向自己的内心世界。

张富宝：《尾》是一部直面现实的原生态书写，它本色化地展现了当下生活本身，所以它没有惊心动魄的故事，没有宏大壮观的结构，而是对准了普通人与普通家庭，对准了"生活的混沌"与"生活的溃疡"，写出了血淋淋的真实性与残酷性。在一个"文学已死"与"娱乐至死"的时代，作为一个具有强烈现实主义精神的书写者，你对"作家"这一特殊的身份是如何理解的？

张学东：其实也很简单，作家唯一要做的是，不要回避生活，不要回避矛盾，更不要装出一副你好我好大家好的假相，我深深知道，只要活在当下，有谁能够真正自由和快活呢？如果说十多年前写作是为了发表和出版，那么，时至今日我完全可以说写作是为了内心的自由，为了表达我对现实的种种忧虑，或者，即便偶尔陷入混沌和晦暗，我也要极力寻找那一抹最别致的光亮，因为它会照亮别人，同样，也照亮我自己。

张富宝：《尾》给人一种挥之不去的"切身感"。我所谓"切身感"，即小说与当下生活的同构性，在其腾挪跌宕的故事中能让我们每一个人都看到自己的面貌和影子，尖锐而无情地刺破了生活缤纷多彩的泡沫背后那些可怕的虚无与荒诞。让一个医生充当小说的主角显得意味深长，他可以去诊治生理的疾病，但如何去诊治心理的疾病与社会的顽疾呢？牛大夫、熊副主任、马先生、母鹤老师等，似乎都在隐喻着人"动物化"的生存，正如小说中所说的"现实世界如此冷酷无情，教人不寒而栗"。我们不无惶恐地发现，小说当中的每一个人似乎都是病态的人，他们似乎就生活在我们身边，甚至就是我们自己，"异化"已经成了某种"天命"。由此，这部小说准确、深入、细腻地刻画了当前时代复杂、幽暗、病态的社会心理，通过描摹生活的溃疡、瘤肿、疼痛与苍白，更是为我们展现了当下城市日常生活秩序与伦理溃败的图景：无论是孩子还是成人，无论是女人还是男人，他们都充满了荒诞感、孤独感、无助感和溃败感，他们都成了孤立无援的"被侮辱与被损害者"。在这样的情境之中，我们还有没有勇气去问：在生活的静水之下，到底还潜藏着多少不为人知的惊涛骇浪？正是在这样的意义上，我倾向于把《尾》看作是你"中年写作"的产物，稳定、从容、隐忍，似乎不动声色却极具穿透力，是我喜欢的小说类型，叙事分寸感与节奏感很好，结构上收放有度，中心意象的营构（特别是"尾"与"L形划痕"等意象）让人印象深刻，尤其是，你用"手术刀一般精准的笔墨"剥开了生活温情脉脉的面纱，让我们看到了触目惊心的黑暗真相。可能作家都不愿意过多阐释自己的作品，但我还是想听听你自己是如何评价这部新作的，或者小说以《尾》命名是出于怎样的考虑？

张学东：小说之所以取名《尾》，我想至少包含三层含义：一是冯梅的儿子家驹在幼儿园整天把手伸进裤腰里面挠痒痒，老师批评多次甚至惩罚也无济于事，她后来发现儿子的尾骨处果然抠得一片血红，于是就带儿子去妇幼医院检查身体，故事就由孩子的"尾巴骨瘙痒事件"开始；其次，牛大夫因开车接女儿在去学校的途中发生交通事故，几乎一夜之间网络、媒体、网友、报纸、记者等麻烦接踵而来，他感觉就像一直有人尾随或跟踪自己，这恰恰是网络传媒时代的最大特征，只要你不夹紧尾巴做人，随时都会深陷被拍摄、被曝光的旋涡中；第三，据汉语词典解释，"尾"本义即人或动物的尾巴，做动词有尾随、跟踪、交媾之意，另外也指主要部分以外的部分。在这部小说中，所有偶然或突发事件都可能是生活以外的部分，但也是最隐蔽最容易被忽略的部分，就像两辆汽车一旦追尾或相撞，瞬间便酿成大祸，矛盾双方剑拔弩张不可调和。

张富宝：与你以往的长篇小说迥然不同，这是一部"主题离散式"的作品，在艺术表达上可谓独具匠心，更加彰显出它的混沌性与复杂性。它的每一部分都有小标题，都有相对独立的主题内涵，但它们又巧妙地组合成一个"蜂巢"一样的整体，充满了多向延伸的可能性。我觉得好小说就是一座迷宫，布满了秘密交叉的曲径，它既向我们全部开放，又悄悄隐没了它的终点。譬如《隔离》《美丽的女医生》《恨透了这个夜晚》《没尾巴的狗》《L形划痕》等章节处理得很好，具有迷宫般的特征。我想知道你为什么要这样去写？

张学东：小说中有两个孩子，一个刚上幼儿园不久，一个是十一二岁的小学生。悉心者不难发现，除了小标题和相对独立的故事单元，还有两种视角的不断切换，即成人视角和孩童视角。我想通过对一次偶然事件抽丝剥茧地叙述，将两个家庭、四个大人、两个孩子一周之内的日常生活点滴细致入微地展现在读者面前，字里行间充满了中年人的疲倦和无奈、未成年人的孤独与忧伤。小说着重刻画当下社会中年人的情感危机与人生困惑，同时，也或多或少涉及贫富差距、职场际遇、医疗腐败、医德缺失、子女教育、校方渎职等现实问题。我很喜欢博尔赫斯的那个名篇《小径分岔的花园》，仅题目就让人浮想联翩，正如你谈到的迷宫问题，好的小说就应该是节节分岔葳蕤滋生，只有枝繁叶茂才能长成参天大树。那些曲径、分岔、迷宫或秘密，几乎是我在叙述故事的同时最用心的地方，尤其是写到两个孩子的时候，那种"迷藏感"便油然而生，让我欲罢不能。

张富宝：不难发现，小说文本中嵌入了美国小说家霍桑的《红字》，形成一种"互文性"写作，更加意味深长，它直接指向"伤害与救赎"的主题。另外，我觉得车祸现场的人群以及网络与媒体的"舆论暴力"，似乎与非理性的"文革思维"有着惊人的相似性；而那些无知的、暴戾的"看客""哄客""骂客"们，与鲁迅笔下的国民群像一脉相承。这些能不能也看作是一种"互文性"的设计？在此意义上来说，"国民性母题"一直是你的小说创作的纵深背景。我觉得真正的好小说都是在历史与现实的张力中找到切入点的，《尾》在这方面的探索与实践值得我们深思。

张学东：我想两方面都兼而有之吧。小说客观上有两条主要线索，其一是一场小小车祸引发的舆论狂欢；其二，则是医疗卫生系统声势浩大的行风大检查———事实上是形式主义，把这两个极具新闻眼的东西结构在一起，成为这部书最大的看点。当然，于我来说这些都是表面的，所谓冰山一角，我所关注的还是人物内心由此而引发的"风暴"。身处事件旋涡边缘，人们总会一拥而上的，或做无知看客，或沦为丑恶的暴徒。这样的事件几乎每天都在全国各地上演，我们的"国民性"一再遭到质疑，改革开放30余年，追名逐利之风太甚，社会戾气更盛，加之前些年对"文革"的反思遮遮掩掩半推半就，这种不彻底性也造成了整个民族对伤害的冷漠和对救赎的忽略。但是回想一下，你不难发现每一次当我们被卷入舆论暴力的时候，谁会有心去检讨自己，哪怕只是在内心深处呢。在这个意义上，《尾》里没有好人和坏人之分，没有是非对错，有的仅仅是人性。

张富宝：读这篇小说的时候，我的内心受到了很大的震动，比如小说非常敏锐地触及到"独生子女社会"的很多问题，教育与成长的问题、婚姻与家庭的问题、情感与伦理的问题等。我觉得"独生子女社会"似乎还没有引起作家更多更深入的关注，事实上，作为某种"时代性"，它可能已经对我们的社会生态产生了难以估量的影响。《尾》在这方面确有自己独到的一些思考。

张学东：有朝一日，当独生子女成为这个社会的顶梁柱时，我们再去思考这些问题或许为时已晚。更多时候，我们的社会总是习惯于头痛医头脚痛医脚，缺乏的恰恰是超前意识和忧患意识。作为作家，我觉得自己这些年没有停止过类似的观察和思考，比如中篇小说《谁的眼泪陪我过夜》《栏杆》《夜色中的男人》等，均观照过这一社会群体。其实，你的担心也正是我的忧思，如果能用一部小说引起更多有识之士的反思，我想自己的所有汗水和尝试都是值得的。

## 复调性话语空间与悲悯的诗意：
## 回族作家李进祥访谈录

张富宝：李老师好，很高兴你能接受我的访谈。近些年来，宁夏作家和宁夏文学广受外界的关注和好评，也引发了越来越多的专业研究，这是一件幸事。然而目前，对宁夏作家的研究整体上还远远不够，尤其是关于作家本身的第一手资料和传记性资料还比较缺乏，这些都大大制约了研究的深入。对作家的访谈，总是带有某些"窥测"的动机，因为这可能是了解作家创作奥秘的便捷途径之一。因此，我想做一些基础性的工作，准备选取宁夏一些代表性的作家做"深度挖掘"，希望通过系列访谈的形式，集中地、"全景式"地、多层面地展现他们的生活与创作状况，包括创作心理、写作困境、写作美学、文化幽怀等多方面内容。

你是我的第二个访谈对象，我希望通过对话的方式进行深入的交流，谈一些你最想谈的东西，谈一些别人较少谈及的东西。

李进祥：能够系统而全面地展示和研究宁夏作家，这是好事。

张富宝（以下简称张）：你把写作看作某种"宿命"，我想，没有人会无缘无故走向文学之路，那么你是怎样走上文学之路的，或者说是哪些因素成就了你的文学之路？能不能具体谈谈童年时期的生长环境、人生经历、自然风物与你的文学之间的关系？

李进祥（以下简称李）：写作的确是一种宿命。当然了，不全是注定的，与个人性格、生长环境、人生经历、地域风貌都有一定的关系。这些东西也是无法选择的，也可以看作是一种宿命吧。我出生在宁南山区，南部山区干旱苦焦，条件艰苦，但却出了不少作家。我的看法是，那块地方比较感性，感性的东西与文学很接近。

张："感性"？这个说法比较有意思，从某种意义上来说，"感性"也可以理解为"诗性"与"审美性"。我的专业是搞美学的，其实"美学"的本义不是"美之学"而就是"感性学"。我常常觉得，可能越是自然环境恶劣、物质条件匮乏的地方更容易孕育丰盈的想象力，更利于关注灵魂的生长，产生精神的升华。

李：的确如此，像我的故乡尤其是清水河一带，生活的大多数是回族，是苏菲的一支，有点柏拉图的色彩，崇尚苦行苦修、沉思冥想，追求精神的完美，这些特点也与文学很接近。这些有可能与我走上文学之路有关。就我个人来说，小时候并无写作天赋，也无作家梦想。中学期间，还是理科好，文科差，尤其不会作文。直到上了师范，还是不会作文。但那几年，正是文学最热闹的时候，我也有了文学梦。读了很多书，也试着写过些东西，都不成形。师范毕业，回原籍教书，不久结婚，有了孩子。妻子没学历，没有工作，生计困难。我便一边教书，一边做生意。新疆西藏都跑过，羊绒发菜都贩过，还开过粮油店、玻璃店、打印部等。最后没有成为商人，却成了文人，有些出乎我自己的意料。

张：你的经历再次说明，作家不是培养出来的，总有些冥冥之中的神秘色彩。事实上，这些看似不如意的生活过往，也成就了你的文学人生。

你是在 2001 年发表第一篇小说的吧，当时你已经 33 岁了，这多少有点大器晚成的意思，因为很多作家在 30 岁之前就已经"完成"，就已经写出经典性的作品，而你却才刚刚开始。那时候，你是怎样一种心态？文学对你意味着什么？

李：我走上文学之路的确比较晚些，但大器晚成不敢说，因为到现在为止，还没有成，也许真到晚年会有点成。我走上文学之路，有些无奈的成分，做生意不成，事业上也前途不大，就写小说了。我没有通过文学改变生活，甚至改变命运的想法，更多的是喜爱和一种表达的欲望。

张："单纯的喜爱"与"表达的欲望"，这可能是文学最本真的起点。爱德华·萨义德曾经提出一个概念叫"晚期风格"，他研究了一些天才作家和艺术家晚期的作品，发现大多数作品中都充斥着深刻的冲突和一种难以理解的复杂性，从而呈现出一种独特的"晚期风格"，非常有启发性。但我个人比较看重作家早期的作品，它们虽然可能还不够成熟，带有这样那样的缺陷和不足，但"早期风格"里面往往孕育着一个作家的各种可能性，奠定了一个作家的基本路向和写作格调。你在 2003 年就出版了长篇小说《孤独成双》，这与宁夏其他作家大为不同。他们大都是从中短篇小说开始，然后慢慢进入到长篇小说的写作。而你却在刚一出道就推出了长篇小说，此后却渐入佳境一直专注于中短篇小说的创作。作为一部早期作品，虽然《孤独成双》没有引起特别的关注，但它显然是一部包孕着野心的作品，你想通过这部作品探讨极为复杂的民族问题，这是一种非常敏感的现代性意识。我感兴趣的是，你是怎样评价自己的这部作品的？贯注于《孤独成双》中的"初衷"与"野心"对你以后的文学创作有什么样的影响？你是怎样理解"孤独"的？

李：《孤独成双》是我最早的作品，也是我最看重的作品。虽然写得不是很成功，但到目前为止，我的创作还没有完全超越那部作品。前两年，我试着把它重写了一下，但还是没有达到我预想的效果，又放下了。我要等着真正能写好的一天，我要把它重写出来。你可以想见我对这部书的重视。实际上，我的很多中短篇小说就是从那里走出来的，其中有很多一脉相承的东西。每个作家都有一脉相承的东西，一辈子都不会割舍，不管是在早期的作品中，还是在晚期的作品中，都会找到，那才是这个作家的内核。对一个有良知的作家来说，表面上可能关注的是民族历史、民族心理，关注的是当下的生活现实、生存困境，但实质上关注的是人类的生存与发展、战争与和平、恐惧与孤独、无奈与挣扎这些永恒的东西。

张：你觉得中短篇小说写作的难度在哪里？你通常是怎样获取灵感，怎样构思一篇小说的？有没有一些欣喜若狂的时刻？

李：写小说难，写短篇小说更难。难在篇幅字数有限，结构情节限制，不能注水，不能铺张。还难在写短篇不能出名，不能得利，于自己升迁无用，于家庭生计无补。我写了十年短篇，感觉越写越不会写了。这不是自谦，不是矫情，而是实实在在的困惑。有时想想，不光是我，常写短篇的人，大约都面临过和我一样的困惑。可困难就如疼痛，之于别人，似乎要轻些，也容易过去；加之自己，总是难以忍受，也难以克服。技术上的难度还好克服，写一篇能发表的小说还是很容易的。但要写出真实的生活、真切的感受，超越别人、超越自己，就难了。不过，有难度，对作家来说，是一件好事，没有难度的写作是没有意义的。我写小说一般构思时间比较长，人物和事件在心里发酵了很长时间，偶尔灵感来了，就写出来了。写小说的一般沉稳些，灵感来的时候，是豁然开朗的感觉，很少欣喜若狂的时刻。

张：我能理解你的这种"焦虑感"与"疼痛感"，虽然我没有小说创作的经验，但我也断断续续写过一些诗歌作品，深知其中的甘苦。瑞士心理学家荣格将创作力看成是一种扎根在人心中的有生命的东西，他称此种东西为"自主情结"，作家很难摆脱这种"自主情结"的操控。

在你迄今为止的作品中，我比较偏爱《换水》《口弦子奶奶》《挣脸》《女人的河》，还有近期的《生生不息》等，它们写得深情、隐忍、饱满，极具艺术张力，很好地体现出民族性、地方性与文化性的多重内涵。那么，你最看重自己的哪些作品？为什么？

李：你偏爱的都是我早期的一些作品，其实我也看重早期的一些作品。那时候想法少、羁绊少，写的自然、本真。后来学得多了，想法多了，反而写不出好作品了。

张：在一个作家的写作中，往往都有自己的显在或隐在的"写作谱系"，都有自己钟爱的"文学家族"，这其中无疑隐含着作家本人的写作理想与写作标准。在中西方作家中，哪些是你喜欢的？哪些作品是你喜欢的？能不能谈谈你"一个人的文学史"？

李：少年时期，没见过啥书，也就见过几本小人儿书。上中学，才读过一些民间故事、杨家将、岳飞传之类的书。到上师范，才算是真正读了些书，古今中外的很多名著都是在那时候读的。西方作家中，喜欢托尔斯泰、巴尔扎克、屠格涅夫、茨威格、梅里美等，中国古典文学，《三国》《聊斋》《红楼梦》《西游记》都喜欢，不喜欢《儒林外史》。现当代作家中，喜欢沈从文、萧红、汪曾祺、孙犁等作家。能读到的读了些，很少有计划地、系统地、研究式地阅读，所以，很难理出个文学史脉络来。

张：除了对经典作家的不断阅读和重读之外，你还喜欢读什么样的作品？你的阅读和写作之间有什么样的关系？

李：我有时还读一些宗教典籍，神话故事，那些都是文学的根，是最久远、最深长的根。我对描述自然的书籍也很感兴趣，比如法布尔的《昆虫记》，看电视我也是最爱看《动物世界》《人与自然》。其他方面的书籍有时也浏览一些。总体来说，我算是读书比较少的。对作家来说，多读书很重要，读书少、底子薄、眼界窄，很难写出好作品来。

张：从你的阅读史中不难看出，你的小说与民间文学、民间故事（即西海固土语中的"古今"）有很深的渊源，这无疑增强了小说的传奇性与历史感，丰富了小说的表达技巧。比如近期的短篇小说《生生不息》就非常出色，它更像是一篇"寻根"的民族寓言，具有民间故事般的灵异氛围与传奇色彩。叙述简洁、灵动、大气，显示出了不凡的控制力。我记得我小时候就听过好多"古今"，那可能是最早的"文学启蒙"与"诗意启蒙"，它在我的心灵中早早种上了真善美的种子，让我受益终身。当人们都热衷于现代性与后现代性的时候，我觉得重新拓展民间文化资源，走一条回溯之路，或许更能切近文学的本根。在这方面，你的创作对我们有很大的启示性意义。这让我想到了沈从文，他的根就在湖南凤凰，就在民间，他对"湘西世界"的文学想象与诗意建构就离不开民间文化资源的血脉与滋养。在宁夏青年作家中，同为回族作家的石舒清在这方面也有比较深入的思考与尝试，可惜没有引起学术界的足够重视。比如石舒清的短篇小说善于写人（普通老百姓），善于写小事琐事，善于写日常生活，但也不乏一些民间奇幻的色彩，表达上精微、简洁、克制，这些都与中国小说的民间传统渊源极深，如魏晋志怪体、唐传奇、宋元话本以及明清笔记体等，在石舒清的小说中都打下了秘密的烙印。我不知道你对此有什么样的看法？

李：我小时候就喜欢听"古今"，听过很多古今。那时候还不知道那叫民间故事。上初中的时候，我住在公社，公社有个图书馆，藏书不是很多，但却有不少民间故事书，《维吾尔族民间故事集》《达斡尔族民间故事》等，好多民族的都有。我每周借一本，看三四遍，几乎把那些故事全记下来了。星期天回家，给弟弟妹妹们讲。弟弟妹妹们也听得很过瘾，我每周回去，都缠着我给他们讲。有那么大半年时间，我就成了"讲故事的人"。书上看到的故事讲完了，我就按照套路，自己胡诌乱编些故事，弟弟妹妹们也听不出来。只可惜那些故事没有记下来，要是记下的话，可以算是我最早的文学创作了。这是玩笑。其实，民间文学是最朴素、最本真的文学，里面往往包含着最真实的民族起源、迁徙、生产、生活的信息；也包含着最朴素的民族伦理道德、价值标准；最重要的是，包含着文学的种子。我走上文学的道路，与听古今、看故事一定有关系。我写的一些小说，比如说《口弦子奶奶》等，就是从古今中来的。到现在为止，我越来越喜欢各民族的民间文学，也越来越希望能从中汲取营养，写出类似的小说来。很多中国作家，包括石舒清，大概都有着和我差不多的经历，也有着差不多的看法和想法。

张：我知道你非常喜欢《聊斋志异》，甚至读过几十遍之多。这里面或许能探测出你的一些"创作秘籍"。作家格非 2014 年推出了一本新书叫《雪隐鹭鸶：〈金瓶梅〉的声色与虚无》，专门谈自己读《金瓶梅》时的各种心得，读来很有意思。你有没想过把自己读《聊斋》的感受写成专门的文字与大家一起分享？你为什么要如此钟情于《聊斋》（近乎偏执）？你从《聊斋》里到底读到了什么？

李：《小说月报》去年曾请部分作家推荐几本图书，我首推的就是《聊斋志异》。记得我的推荐词是这样说的，对普通读者来说，是很好的传统文化读本，中华传统文化中最优秀的一些内容，这本书里都有。对写作者来说，是很好的中国小说教本，是讲好中国故事的经典范文。我读《聊斋》，快 30 年了，一本《聊斋》一直在床边案头，几乎天天都读，读了多少遍，也没法算清楚了。人家都是"书读百遍，其义自见"，我却是越读越糊涂，早些年还能叙述出《聊斋》中绝大多数故事，读到后来，故事互相融合，人物颠倒串乱，完全搅成一锅。有时候和人谈起《聊斋》故事，我常说得牛头对不上马嘴。读了这些年，很惭愧，也没写过一篇"聊学"文章（好像还没有"聊学"，应该有的）。我自己也不清楚从《聊斋》里读出了些啥，有时候，就读一种感觉，一种味道。

张：这或许正是经典的意义，常读常新，意味无穷。那么，《聊斋》与你的"都市聊斋系列"小说有着怎样的"纠葛"？你在写"都市聊斋系列"的时候，是怎样构想的？

李：首先要说，我的"都市聊斋系列"，写得不是很成功。我最初想的是，一方面向《聊斋》致敬，另一方面拓展自己的写作领域。但写出几篇后，自己很不满意，都市气息不浓，聊斋味道不足，只是些荒诞奇怪的故事，却没有聊斋的神韵。原因主要是，我对城市生活不熟悉。还有一点，就是想得太多了，想法多了，往往会伤害到文学。

张：我相信你的这些说法不是自谦之词，实验性的写作总是有很大风险。不过我是从另外一种角度看问题的，我倒是觉得你的"都市聊斋系列"里面可能潜藏着当代城市文学发展的一种新的可能性，它大大拓展了我们的文学想象。多年来，宁夏文学几乎就是乡土文学，城市文学一直是其比较薄弱的领域。正是从这个意义上讲，我非常看重你的这些写作尝试与努力。"都市"与"聊斋"之间能够激发出怎样的话语空间与诗性穿越，非常值得期待。

李：对这一领域的探索，我不会停止，也许能从中找出一条小路来。

张：众所周知，宁夏作家大都喜欢写童年，写自我，因而呈现出鲜明的"成长性"特征。但是你的作品中这部分东西却比较少，你似乎走着一条完全不一样的"成人之路"。而且，我感觉你的创作少见青春期的情绪与躁动，是理性多于激情的创作，你比较看重作品的思想性内涵。比如获得鲁迅文学奖提名的《四个穆萨》，关注叙利亚、阿富汗等战乱地区，"较深入地以小说形式思考了战争与生命、反抗与救赎、压抑与温暖等命题，带有罕见的国际主义立场和迫切而深沉的人道关怀"，获得了很多好评。但这篇小说我觉得只是成功了一半，成功在于它的思想高度与开阔视野,不成功在于它似乎有一些主题先行的概念化的痕迹,而缺乏更为生动、具体的细节。当然,这种尝试是非常好的,它所彰显出来的"人类情怀"与"全球性视角",或许能为中国当代少数民族文学走出困境提供一条出路。我觉得中国当代作家在这一点上整体上还是比较欠缺的。

李:在宁夏作家中,我算是个"早熟型"的,说"早老型"的,更准确些。我刚开始写小说,别人就以为我是个老头子。这大概与我的个性和文风有关系。正如你说的,我比较看重作品的现实性、思想性,作品中有我对现实的一些思考,多是对中国当下的,也有对世界的。世界上发生了很多的事情,伊拉克、利比亚、阿富汗都发生了战争,数十万生命死亡了;还有叙利亚等一些国家,发生了内乱,数百万人在遭难。这么多的事,我们的作家却很少关照,几乎没有为他们写下一行文字。我觉得是不应该的。我试着写了一篇《四个穆萨》。作品写了四个同名叫穆萨的人,一个在叙利亚,一个在阿富汗,一个是中国的农民工,还有一个是作家"我"。叙利亚的穆萨身处内乱,妻子受辱,儿子受伤,绝望地呼喊着"救救我的儿子呀!"阿富汗的穆萨在战乱中失去了家人,失去了自我,成为一个自杀式袭击者,但最终善良的人性使他没有按下引爆器。中国的农民工穆萨生活中也有很多的不如意,家庭中也发生了矛盾,但玉米上的闪光照亮了他平庸、卑琐的生活,他有了一种巨大的满足。这三个穆萨都是作家"我"想象的产物,但我觉得和其他几个穆萨是同一个人,我感受到了他们的疼痛。疼痛的感觉太浓烈了,想表达的东西太多了,就影响了文学表达。最重要的是,没有亲身经历,表达也就欠缺了。小说艰难发表出来，获得了一些好评，还获得了鲁奖提名，也有些认为小说不成功。这些都不重要，重要的是，我说出了我的态度。对当下的世界，中国作家该有自己的态度，中国文学该有自己的态度。中国文学不关注世界，世界也不会关注中国文学。

张：你觉得你目前的创作遭遇了什么样的困境？是你个人的困境还是文学的困境？你对文学的未来发展之路有什么样的预想？

李：一个作家的创作、一个民族的文学、一个国家的文学，遇到困境是很正常的，或者说是必然的。从古至今，文学发展从来都不是一帆风顺的，停滞、倒退的情况也经常发生，但终究会向前发展。因此，对文学、民族文学的发展，我一直持非常乐观的态度。对我个人而言，的确遇到了一些困难，是我个人的原因，与文学发展无关。

张：说到这儿就不得不谈"清水河"，有人说，你发现了"清水河的文学地理"，"清水河"已经成为你的重要标识，成为一种内涵丰富的文学意象而被广为传颂，就像当代文学史上苏童的"香椿树街"，莫言的"高密东北乡"，贾平凹的"商州"，海子的"德令哈"，西川的"哈尔盖"等一样。清水河其实是从六盘山奔流到黄河的一条细小的咸水河，但经过你的文学想象，它成了民族性、地域性与文化性的象征物，成了一种用之不竭的写作资源，这是清水河之幸。在中国现代文学史上，沈从文就把写作与水的关系发展到了某种极境，沈从文曾说："我幼小时较美丽的生活，大部分都与水不能分离。我的学校可以说是在水边的。我认识美，学会思索，水对我有极大的关系。"你有没有从沈从文那儿受到一些影响或者是获得一些启发？你是怎样发现清水河的？你还继续把清水河写下去吗？

李：清水河一直都在那里，用不着谁去发现。清水河也不是我的，是两岸人民的。我出生在清水河边，在河边长大，自然就写清水河。如果把我的写作与清水河联系起来的话，不是清水河之幸，而是我的幸运。那是养育了我生命的河，也是滋养了我文学的河，我会一直写下去。

张：评论家们在谈你的作品的时候，大都会用到这样一些话语，比如"温暖的色调""沉郁的诗意"与"悲悯的情怀"，但我觉得这些还不足以概括你的小说风貌。那么，你的小说美学是什么？能不能简要概括一下？

李：我真没好好想过这个。一些论者说的"悲悯""沉郁"等，我也不能完全赞同。悲悯有一种在上的地位、俯视的姿态，我有些不敢当。沉郁有些消极，我还是相信生活可以更好，人可以更好，世界可以更好，我并不悲观，但我喜欢悲剧。我的小说中，应该受到悲剧美学的一些影响。

张：作家石舒清认为，你的部分作品中有一些"毒气""鬼气"和"戾气"，有时候读起来会让人感觉"不舒服"。这种倾向的确需要警惕，不过，我觉得这可能也体现出你的另一种特质，你的笔端也聚集着悲剧性的、残酷的、荒诞性的东西。当然，这与我们当下不无尴尬和龌龊的社会现实联系在一起，也充分彰显出你积极关怀现实的精神勇气。这是否与你的"坚守"和"责任"有关？你觉得对于一个作家来说最为重要的东西是什么？

李：石舒清眼光很厉害，说得很到位。我的一部分小说中的确有些"戾气"在的，是一些关注现实的作品。现实中总有些让我感到疼痛的东西，我想大声说出来，我想在这些作品中有些批判的色彩、呐喊的声音，这样作品中的戾气就出现了。也许是现实中固有的戾气影响了我，也许是我自己的个人修为、文学修为还不够。文学作品中不应该有戾气的，它不仅不能增强作品的思想性，反而会伤害作品的文学性。中国古人对文学的要求是"哀而不伤、怨而不怒"，这是很高的要求，实际上就说的是要消除作品中的戾气。石舒清说出那句话，我看到了，像被人猛拍了一下头顶一样，清醒多了。

对一个作家来说，应该对社会有责任，需要就社会问题发声，但发声的方式不能是网络式的，而应该是文学式的。作品的思想性要建立在文学性的基础上。在这方面，我还需要修炼。

张：你觉得文学信仰与宗教信仰一样吗？你是如何处理这二者之间的关系的？

李：很多人把宗教信仰和文学信仰混为一谈。有人说"信仰是文学的根"，也有人说"文学是一种信仰"，都是不准确的命题。还有的作家干脆说"文学是我唯一的信仰和宗教",这表明的只是一种对文学的态度。实际上,文学信仰和宗教信仰并不是一回事。文学有自己的信仰,向真、向善、向美,坚信世界是可以更美好的,这是文学应有的信仰。我觉得文学不是用来传播和阐释宗教信仰的。文学不具备,也不必要具备传播和阐释宗教信仰的功能。作家不应该,也不能够代替牧师的岗位。

张:一直以来,宁夏都被视作"外省""偏远地区",但宁夏文学却有独特的气象,它也是西部文学的重要组成部分。你对宁夏文学整体上有什么期待?你觉得在哪些方面还可以有更大的突破?

李:财富一般会青睐繁华之地,但文学往往偏爱偏远地区,宁夏文学的崛起就是很好的证明。经济发达的地方会给予文学更多的支持,但往往会惯坏了文学;西部经济欠发达的地方,地域和生态保持着原貌,文学也保持着原貌。我这样说,不是说文学不需要支持和帮助,相反,越是在欠发达地区,越应该支持文学发展。宁夏文学这些年有了很大的发展,从绿化树到三棵树,再到文学林,已经成为一种引人注目的文学现象。但宁夏文学并没有达到应有的高度,这块被文学偏爱的地方,应该再出几个像张贤亮一样的大树、高峰,这是我对宁夏文学最大的期待。宁夏文学要想有所突破,还是要有真正的大家出现。

张:当然这是我们共同的期待,你已经在路上了。我知道你近期有两部长篇小说的创作计划,《绿叶红花》与《拯救者》,现在进展如何?

李:《绿叶红花》30 多万字，已经完成，《拯救者》初稿完成，约25 万字。

张:先表示祝贺吧！无疑，这些作品将会成为宁夏文学的重要收获，等它们正式印行的时候我们找机会再面谈。说点稍微轻松的吧，你现在的生活状况怎样？银川与你的故乡同心有差别吗？你是怎样理解我们当下的生活与现实的？

李:到银川工作快四年时间了，家人也都搬过来了，算是稳定下来了，生活也比较安逸。太安逸对作家不是个好事，进城对作家也不是好事，尤其是对习惯写农村题材的作家。银川和同心还是有很大的差别，人们的生活习惯、行为方式都不相同。最大的差别是，在同心，我很容易接触到农民，很容易就见到一些能走进我小说中的人。而在银川，我走不进人们心里去，他们也走不到我小说中来。我还是最熟悉农民，对一个农民，他咋想、咋做，我能跟得上；对一个城里人，他出了家门要去哪里，他进了家门会干什么，我都不知道，跟不上。这几年写不出好作品，与此关系很大。脱离生活，不可能写出好作品。我们有好多作家，都进城了，居住在县城、省城、京城，却在描写乡村，只能描写过去的乡村、理想中的乡村、概念中的乡村、想当然的乡村。但实际上，乡村早就不再感性、不再守旧，乡村早就理性了，在努力地脱贫致富奔小康，在千方百计地赚钱过好日子。乡村破败了，也光鲜了。光鲜的是房子，破败的是人心。繁荣而又破败，进步而又堕落。乡村面貌、乡村秩序、乡村伦理、乡村传统、乡村的魂儿，乡村的一切都变了，变化之大远远超过城市，远远超乎文学的想象。

张：你说的这些现实状况，正在日益严峻地考验着作家的良知与心智，它是我们无法回避的真实性与残酷性。高尔基曾说，托尔斯泰生活在海洋里一定是一条鲸鱼，我希望你成为宁夏文学中的鲸鱼，我希望你的作品能捍卫生活的尊严与文学的尊严！

再次感谢你接受我的访谈！

# "时光炼心，清水出尘"：
## "70后"女诗人林一木访谈录

　　张富宝（以下简称张）：你好啊，林一木！时间过得真快，恍惚之间我已接近不惑之年，而你也从一个热血的文艺青年成长为宁夏70后诗人中的翘楚！看到你这些年的成长与进步，我感到非常高兴。作为宁夏文学的重要组成部分，宁夏诗歌近些年来取得的实绩与突破大家有目共睹，但相对于小说，它却一直处在一种被忽视和被遮蔽的状态。这是多少有些让人尴尬和遗憾的事情。作为一个诗歌的拥趸，我一直想为宁夏诗歌做点事情，终于有了这样机会，我们可以"重聚"在一起，好好谈谈与诗歌相关的话题。还是说说你新近出版的诗集《在时光之前》吧，先表示祝贺，在这个"诗歌已死"的时代里能出诗集是一件很幸福的事情。这是怎样的一本书？

林一木（以下简称林）：相比于我的第一本诗集《不止于孤独》，《在时光之前》长大了一点点，收录了我近七年公开发表的大部分作品。

张："哦，世界，是一篇未完成的诗稿 / 一页没有写完的信：'孤独的人，期待，一场雪在温暖的清晨降临' / 很多个时候，我都以为 / 窗外有雪，很多时候，被它提醒"（《清凉之光》）。"被雪提醒"，我很喜欢这样的表达，让人难以忘怀。这样的诗没有了青春期的感性与矫饰，充满某种宽容与知性，视野更为开阔，艺术技巧上更为圆润，的确是比第一本诗集丰厚了许多。你自己对这两本诗集是如何评价的呢？

林：前者是朝露花瓣，后者是人世火焰。

张：从"朝露花瓣"到"人世火焰"，是不是意味着你已经完成了某些本质性的转变呢？在我看来，《不止于孤独》时期的你，有点过度沉溺于私人的情感与情绪，常常在对影自怜、临水照花的"镜像式"语境中纠葛，更多表达的是自我的困惑与痛苦，因此，黑夜、疼痛、苦涩、苍凉（冰凉）、孤独、虚无、绝望等，成为了最为常见的主题。而在《在时光之前》这一时期，你已经由青春期步入了成熟期，在生活的历练与催逼中完成了自我的蜕变，作品也显得更为厚重、开放和"及物"，并且因为哲学之思的注入而获得了一种超越性的境界。当然，从我个人的阅读体验来看，你的诗如果再能"放下"一点会更好！

林："放下"？能不能说得再明白一点。是接地气？还是口语化？

还是结构、语言再"随意"一些？是不是看起来有些"紧张"？一个自觉的作者其实是明白自己作品的，好比一个生活规律的人，对自己的身体也是明白的，哪个地方健康，哪个地方有毛病，哪里紧张，是知道的。写作者于作品也一样，尤其诗歌。你的"放下"的要求我意识得到，写作时也感知得到。"放下"需要时间，一切都需要时间。或许很快，或许很久，作品在诞生期间，记录了真实状况。像玛丽安·摩尔一样，一生都在不断修改某一幅作品，但最终也并不臻于满意，这是另外一个问题。我不会这样去做。活到现在，我更信赖时间的修正胜过信赖自身。

张：这些方面可能都有吧，也许仅仅是我的偏见，只可意会……

林：我个人是欣赏"讲究"的，我厌恶口语、白话言。不是说不好，只是我欣赏不了。真正的汉语诗歌精神和传统，就在古典现代诗歌里，它讲究结构、格律、句式、语言，才能更好地体现诗歌文本的意义。从技术来说，这也是必须的。好比，在一个法制严格的社会，人们才能生活得比较体面尊严。但是真正的"讲究"和人为的"讲究"不一样。前者是天成，后者是巧匠。

张："放下"未必不是"讲究"，而是本色天然地呈现。当代诗坛，不"讲究"的东西太多，大大降低了诗歌的难度，败坏了诗歌的趣味。在此意义上来说，你的"我执"也是对诗歌尊严的守护！

林：真正的"放下"一定是"讲究"。这是法，是道，感谢你的点拨。

有一位诗人，他把"放下"的语言经营得很好。语言以"低"至诗意"高"，我很喜欢，却学不来。他是辽宁的前辈柳沄。

张：在你近期的作品中，你比较看重长诗《寻找广宗寺》，之所以如此，可能是因为这首诗颇能体现你现在的诗学观念。"如今，很多事情说起来，都不值得一提——/哦，阳光照着阶前的/积水，檐下，/一对灰鸽，像转世的情人/依偎在一起/转动着孔雀一样蓝绿色的脖颈/麻雀忽地落在瓦上/又忽地飞走了……"这里，叙事与抒情在一种张力中很好地融合，舒缓、从容、细致，像万涓溪流汇成大河，最终奔向"涅槃"的境界。这似乎成了你现在的一种基本写作思路与策略。

林：它能体现我的求索之路。这本来是个草稿，一气呵成，写完发现不能改动，只有个别词语调整过。其实我2014年未发表的40多首短诗更能体现我的观点，当然，那其中有的诗形式与内容不是很妥帖和契合，有点"作"的感觉。《广宗寺》也有些问题，除了开头结尾，中间有失控的感觉。

张：未发表的短诗？希望你的这些短诗能更早、更集中地与读者见面。事实上，我对长诗从来都是持怀疑态度的，我更认可短诗，它们是灵魂穿过黑暗时瞬间的光亮，更能体现出诗的生命状态。你所体会到的"作"，也是我所担心的。这也是"放下"的一部分。

林：好的，我回头再体会一下。

张：你从大学毕业之后就一直在银行工作，一面与钱打交道，一面写诗，有没有"人格分裂"的痛苦？你是如何处理的？

林：前些年分裂，如今麻木，适应了。

张：想来这也是一种历练，它可能让你有了更为自觉与清醒的写作意识，我觉得你的写作不是"沉浸式"的，而是"省思式"的，带着某种审视的距离感，也可能与这种生活环境有关。你的诗有绵密的结构和纹理，意象的营造繁复而丰富。近期的这些诗，常常使我想起美国诗人伊丽莎白·毕晓普。那么，在你的阅读史中，有哪些诗人曾给予你"影响的焦虑"？

林：李清照、毕晓普、玛丽安·摩尔、安妮·塞克斯顿、普拉斯、俄国白银时代的诗人……

张：像阿赫玛托娃、茨维塔耶娃，还有吉皮乌斯，我也比较喜欢。她们给了你什么样的滋养？

林：2009年到2014年这几年，我沉溺于外国当代女诗人，迥异的语言风格与思维结构很吸引我。我是天生的消极颓废派。她们给予的是暗处的力量，那是一种流淌在血液中的营养。

张：我喜欢颓废派！因为我觉得对于文学而言，颓废并不是消极的，而恰恰是一种丰盈的诗性的状态，痛苦和忧郁才会产生更好的诗。菲茨杰拉德就曾经说过，"当一个人痛苦的时候才会变得才华横溢"。不过你现在可能还真不是颓废派，因为我发现你现在所有的诗在结尾的时候，"万物都达成了和解"！

林：是的，我在努力让它们和解。诗人不好过，太煎熬。"时光炼心，清水出尘"，这是我的自我要求。

张：我在细读的过程中发现，你的诗歌中的"自我"的建构，好像较少女性主义的色彩，而更多的是一个理性的、冷静的自我，一个超性别的自我，一个自然化的自我，甚至是某种神性的自我。

林：早年的时候，我极力在回避诗歌中的女性身份。

张：为什么？

林：因为它代表着一种被弱化的概念，那个时候，美女作家叫嚣尘上，女性诗歌作者极力凸显女性身体暗示，我非常反感，视为一种耻辱。当然，这是我个人的一种选择。写作者的性别和作品里的呈现没有刻意必然的联系吧。一个被净化过的自我，这是在作品中的呈现。诗歌的写作历程就是美的历程，也是人的历程，应该是一个去粗取精，去伪存真的过程，是一个从混沌走向真善美的过程。神性一直都在，诗人的那个含义，最终是不是因为他可以和神对话？诗歌的写作没有性别，所要致力的是唤醒和激发自身的神性，神性有性别之分吗？现在的生活，退化到底线、负面，这种秩序是必然要崩溃吧。

张：如此说来，你对"宁夏诗人"这样的区域化命名也有不满吧？能不能顺便谈谈你对"宁夏诗歌"的看法？

林：不满，尤其是对"西海固作家"这样的命名。当然，它对研究工作有意义，但是对于作家诗人本身无意义。宁夏有好诗人，不多。宁夏诗歌需要自觉的努力，写诗歌是一个辛苦的过程，更多的人可能并不愿意走。同样，写诗需要天分，也不是一厢情愿的事情。

张：命名本身难免会有遮蔽与偏见，但也是为了表述的方便，它往往高度概括，能显现出最大的特征，所以，不管怎样的命名都有其存在的意义。我读过你写的一些关于贺兰山的诗，觉得整体上写得都不错，比如《红枕高过贺兰》，就非常具有代表性，当然其中的部分作品也难免有些僵硬的"嵌入"！在我看来，有了文化地理的纵深，诗就丰满了许多。比如"我越来越习惯，守着／暮色中的贺兰山，我们／越来越沉默"，这样的诗句本身就带有无限的意味。

林：那是我给自己曾经找过的一个文化地理背景，它在诗人的某一段写作历史中非常重要，但它仅仅是驿站，绝不是终点。驿站是为了走得更远。

张：我倒宁愿把"西海固""贺兰山"等这些看作是你的"词根"，正因为它们的根性存在使你的诗更接"地气"！

林：历史文化背景是产生优秀诗歌的肥沃土壤。但是不朽的经典是从天上来的……无住生心，而处处皆生。

张：我很反感当下诗歌写作中的"游记化"倾向，动辄写山写水，写风景名胜，像旅行日记和宣传广告一样泛滥无聊。

林：这种诗歌确实无聊，这样的诗歌没有难度，没有精神，不读它就是了。《荷马史诗》《失乐园》《神曲》《吉檀迦利》……最好的诗都没有国度。

张：你对写作一直充满了虔诚与激情，而且对自己有近乎苛责的要求，我越来越觉得你对自己还是有"经典化"的要求与野心的，这样可能会比较痛苦，比较累！

林：能走多远走多远吧，没有限制和规则，写诗和修道一样，要看悟性、机缘，光死磕也不行。

张：从这个意义上讲，诗人永远是孤独的，因为诗人总是走在人迹罕至的路上！不知为什么，我总觉得你更像一块暗夜之中闪光的钻石，冷傲而坚韧。

林：谢谢！热闹怎么会产生好诗呢？孤独是一个真正诗歌写作者的常态吧。可那样太苦了。

张：中国现当代诗人中有哪些对你产生过影响？

林：郑敏、昌耀、洛夫。

张：哪些方面的影响？诗歌语言，诗歌技艺，诗歌精神，还是人格境界？"在伟大的作品前突然成长"（庞德语）？

林：都有吧。

张：郑敏给了你"金黄的稻束"！

林：是的，她是中国现代诗歌的高峰，现在也难以被超越！她给诗歌注入哲学的玄思，语言、精神，都让我折服。我专门拜访过她，通过信，给她写过一个散文，三首献诗。

张：我记得郑敏有本书叫《哲学与诗歌是近邻》，曾经认真读过，她晚年对解构主义哲学与诗学颇有研究。

林：在我诗歌青春期结束时，是郑敏的诗歌拉了我一把，走过了吊桥。

张：你说到了昌耀，我觉得昌耀是一个一直没有得到充分重视的大诗人！

林：昌耀是被遮蔽和低估的卓越诗人。他的诗歌精神、结构和语言，都有极其独特的风格。

张：昌耀的语言极有特色，充分彰显出汉语诗歌之美，古雅、生涩，却摇曳多姿，极有现代性张力！他一个自我完成的诗人！这在中国现当代文学史上极为难得！

林：嗯。是的。同时我认为洛夫是将古典汉诗与现代诗歌融合最好的诗人。

张：洛夫的诗在古典与现代之间有一种迷人的张力，他的贡献可以看作是"台湾传统"的成果，与"大陆传统"迥然不同。郑敏的诗富有哲理，昌耀的诗意境辽阔，洛夫的诗灵动飘逸。

林：我一直认为这三位诗人解决了现代汉诗的几个主要症结，之后好一点的诗人都在步其后尘。

张：哦，你认为现代汉诗的主要症结是什么？你觉得你的诗有没有很难解开的"症结"？

林：我觉得可以概括成三个问题，中国诗歌的现代性，结构和汉语表达，还有传统与现代的结合，很多诗人只能做到解决其一，还解决得不好。分行诗歌并不代表现代性，郑敏则是；传统与现代的结合，不是写几句鸳鸯蝴蝶，洛夫则是；汉语的张力和生命力，既不是晦涩的古典汉语，也不是白话语，昌耀则是。

张：这些都是大问题，比较复杂，需要更多诗人的更多的努力！天主教神学家龚加尔曾说，传统有着更深的内涵，有一种持续存在的精神和道德态度，有一种精神的连续性。这是一种很有启发性的理解。那么，你认为诗歌的现代性从哪儿体现出来呢？

林：诗歌所表达的精神。

张：你的好多想法我都比较认可，所以这样的对话与交流会更有意义。在我的阅读体验中，你的每一首诗里基本上都有比较多的"动物意象"与"植物意象"，这些意象大大拓展了诗歌的艺术空间。你好像还曾经说过，"我渴望像植物一样生活"，这是你个人的创造性表达呢，还是由来有自？

林：山水万物滋养人，唯人可恶。思维的多了，自然会进入笔下。

张：这种写法是如何形成的？

林：多年慢慢形成的吧，我的诗歌中的每一个细节，都在我的日常生活中反复出现。某一个时机降临的时候，它们就都来到眼前，像会心的老友。

张：算不算是你的一种个性化风格？

林：算是吧，我个人比较喜欢这种来自万物的语言。人是什么呢？人太有限了，来自人本身的"语言"带有原始生命的肮脏气息。

张：你近期的诗似乎一直都在致力于克服"人"的局限性，它追求的是一种"大自在"。

林：功利，世俗，急于得到什么，急着向宇宙万物表达自己的"不凡"，而那只是有限的自命。

张：很多时候，可能我们仅仅需要聆听就够了，万物都有自己丰沛的声音。这或许是诗人的使命与职责吧？

林：那是所有愿意聆听的人的使命吧，殊途同归，诗人和诗歌只是其中的一条道路吧。

张：其实我不太喜欢用"使命"这个词，可能"命运"更准确!

**林：诗人有其独特的职责与使命吗？没有。说便说了，正如一棵树，它的职责和使命是什么？都一样吧。**

张：对，一棵树只管生长、衰败和死亡就够了。每每站在一棵千年古树旁，我们都会有莫名的感动。

**林：是的。**

张：诗歌存在的意义就在于，它会让我们越来越发现"人"的成见与偏见，它会赋予我们某种特别的"上帝视角"。

**林：是，因为诗歌具有神性，只有神性才能对比出人性的自由，兽性的堕落。**

张：从这个意义上来说，诗歌的本质是不是"爱"？

**林：无爱无不爱。**

张：你的意思是，诗歌是像自然一样的存在？近些年来，我感觉佛老思想对你的影响越来越深!

林：诗是"文章本天成，妙手偶得之"吧。

张：诗即是一种"隐秘的激情"，存在于完成与未完成之间。

林：你所言极是。所有其他艺术，都有一个"剧本，乐谱，编剧"，唯独诗歌没有，以赤心直取天地。其他都有一个"故事，乐符，唱曲，舞蹈"，唯独诗歌没有，以语言的本来面目直面读者。因此，诗歌对读者的要求苛刻，在读者那里，诗歌才能完成自己。

张：一如生命本身。

林：是的。

张：这年头，糟蹋诗的人太多。你对当下那些聒噪的诗歌事件有何看法？

林：正常的，有它的社会基础，文化基础，经济基础，和国情相符，泡沫和渣滓太多。或许对于诗歌而言，偶露峥嵘才是常态吧。我倒不希望是热闹起来，那种全民皆诗的状况很恐怖。诗歌到底是小众艺术。

张：那么，你是如何处理诗与时代，诗与政治的关系的呢？

林：诗与时代紧密相连，但诗不是时代的代言。政治是时代的一部分，诗更不是政治的代言，诗可以处理政治，但必须遵从诗的规则。我尝试处理过它们之间的纠缠，但是我自己并不喜欢那些作品，那只是我的一个必经之路，自己很清楚。每一首诗都有自己的历史语境，但是作为诗，它必须超越历史语境的束缚而无限抵达"永恒性"，它允许带着时代的"世间法"，但只有它具备了超越时代的"出世间法"才能是一首好诗吧。

张：它们之间有复杂的纠葛！不可回避，但也不能简而化之。你的这种说法让我想起了王国维的一段话，"诗人对宇宙人生，须入乎其内，又须出乎其外。入乎其内，故能写之。出乎其外，故能观之。入乎其内，故有生气，出乎其外，故有高致。"诗人就是在宇宙人生中能够自由出入来去穿梭的人。这里，"能否以诗的方式进行"很重要！可能不是时代与政治在生长诗，而是诗在生长时代与政治。《诗经》里有时代与政治吗？肯定有，但它远远大于时代与政治。

林：在诗歌的国度，政治的存在令人反感，我们每天经历的日常生活，又何尝不是！走到今天我们还有对神性的诉求吗？对此，我曾经比较悲观。如你所言，"能否以诗的方式进行"很重要。

张：今天的中国人，夸张一点说，恐怕更多的是精神错乱，人格分裂，失去了敬畏之心。道德秩序日渐坍塌，整个社会暗涌着某种暴戾之气，在很多方面像泡沫一样，我甚至担心，在一定的极限境遇中，可能会有更可怕的事情发生。

林：其实，悲观来自妄想，和喜悦一样。而它就是它，生灭无常。经云，观五蕴皆空可度一切苦厄。心无挂碍则无有恐怖。这自然讲的是圣人，我们的痛苦，身临其境，只能勉力为之。

张：一言以蔽之，要尽量做到"一无所是"。陶渊明说："纵身大化中，不喜亦不惧。"以历史之眼看现在，不过如此。回到你的诗歌创作之中，如果说你早期的诗歌核心词是"孤独"的话，那么现在的诗歌已经超越了孤独，变得越来越通达。原先那种紧张、焦躁与忧虑少了，而更多了些宁静、大气与开阔；原先的诗歌声音更多的是"独白"，而现在更多的是各种事物的"和声"与"交响"。在我看来，这是你能在宁夏诗人群中显得卓尔不群的最主要的原因。

林：这可能正是我努力的方向，我希望有更多的尝试，我坚信，诗歌的历程就是美的历程，就是人的历程。

张：非常期待下一本诗集能看到又一个新的林一木！最后，还是以你近期的一首诗结束我们这次愉快的访谈吧。"如果不是每夜聚集的风暴，水不会一次次／无休止地冲上岸堤／当我说服自己，写下／对生命的陈述，我就要将席卷的水浪／——交还／被它冲刷，到一无所有／没有别的什么可以被带走／风在晚涛／而夜鹊，正努力成为一种飞向天堂的鸟／可当我到来时，一切都凋谢了／现在，河水轻推沉浸的枯草／

光再次照临 / 我看到自己内心的草木，轻轻摇动 / 高天之上，流云弥漫"
（《水浪》）

## 科幻之魅与人文之光：
## 儿童文学作家赵华访谈录

　　张富宝：从总体上来看，近些年来，宁夏文学比较侧重于宁夏青年作家群、西海固文学和宁夏回族文学的研究，偏重小说的倾向比较明显，对诗歌、散文、杂文、儿童文学、报告文学等方面的研究比较薄弱，尤其是对宁夏70后作家这一群体缺乏整体性的关注和深入的个案剖析，对其文化背景、精神气质、创作风格以及审美趣味等方面缺乏针对性的研究，这不能不说是一种遗憾。事实上，70后作家作为宁夏文学的生力军和重要组成部分，早已取得让人瞩目的成绩，譬如其中的佼佼者，如金瓯、张学东、赵华、了一容、安奇、平原、阿舍、唐荣尧、马占祥、杨建虎、阿尔、林一木、查文瑾、程耀东、高丽君等，都颇有全国甚至国际知名度。但与宁夏70后作家所取得的成绩相比，评论界发出的声音还比较微弱。当然，这与宁夏文学批评的整体性匮乏与滞后不无关系。

在这样的背景之下，我希望做一些基础性的工作，选择部分具有代表性和广泛影响力的作家做深度交流，通过系列访谈对话的形式，希望能集中地、"全景式"地、多层面地展现他们的生活与创作状况，包括创作心理、写作困境、写作美学、文化幽怀等多方面内容；把微观研究和宏观研究相结合，作家专访与作家专论相结合，以期全面、综合地展示宁夏70后的创作风貌。

毫无疑问，在宁夏70后作家以至于宁夏作家群中，你都是一个"另类"，倒不完全是因为你的外在形象与个性的特立独行，而是因为你写的是儿童文学。在大家的印象中，儿童文学不仅是比较稀缺的，也似乎是难登"大雅之堂"的，在文学的大家庭中比较边缘化。这其实是一种"傲慢与偏见"。当然，这种现象在全国也是普遍的。对此，你是怎样看的？


赵华：如果世界是一艘大船的话，毫无疑问，驾驭它的走向、维系它的运行的船长一定是成年人，世界永远是以成年人为主角和主要内容的。正因如此，文学的主脉一定是以成年人为阅读主体的文学，而不可能是以未成年人为阅读主体的儿童文学。在这一点上，每个选择儿童文学创作的作者事先都要有清醒的认知。当然，尽管许多类型文学也是以成年人为阅读主体的，但它们多半也不会成为文学的主脉。能成为文学主脉的一定是能够表现一个时代、一段历史，能够描述各个阶层人物悲欢离合，能够反映复杂生活和深刻人性的严肃文学作品。

儿童文学作品是反映儿童的情感、经历、生活以及儿童的感受、认知和心理活动的作品，它在语言、主旨、故事情节、情感深度、题材等方面都要考虑和顾及儿童的兴趣、接受能力和认知程度，因而它有许多禁区，无法像严肃文学作品一样能够直接而深刻地展现罪恶和灾难，展现苦痛和绝望，展现人的复杂性和多变性。除此之外，它的语言、架构、长度和深度也都难以同优秀的严肃文学特别是长篇严肃文学作品相提并论。

当然，这并不是说儿童文学就一定是小儿科，不加鉴别地对其予以轻视和排斥是不科学的，也是不负责任的。优秀的儿童文学作品也需要阅历和思想，也需要对生活和人性的把握，也需要语言的丰富和别致，也具有相当的创作难度，而且优秀的儿童文学作品一定是老少咸宜的。我们都曾经是孩子，都曾经渴望看到有趣丰盈的故事，我们的孩子也需要童书的滋养和陪伴。因而，不加区别地鄙视儿童文学作品和儿童文学作家是不可取的，正确的态度应该是对儿童文学有所期待，有所重视，有所肯定，有所批评。

张富宝：我的看法可能与你有点不同，真正伟大的儿童文学作品完全可以去展示"人的复杂性与多变性"。比如安徒生童话，他不仅是写给儿童的，更是写给成年人的，它有很多我们其实忽略了的"暗黑情节"。你的儿童文学创作是宁夏文学非常重要的组成部分，不仅丰富了宁夏文学的内涵，也拓宽了宁夏文学的发展面向，惜乎还没有引起评论界的充分重视。但愿我们的对话与交流能是一个新的开始。在人们的刻板印象中，宁夏文学似乎就是"乡土文学"，就是"苦难文学"，就是"边地文学"，而你的儿童文学的写作，多少有些横空出世的意味，它为文学界提供了一种特殊的类型。能不能给我们介绍一下宁夏儿童文学创作的基本状况。

赵华：宁夏儿童文学的起步其实很早，起点也很高，因为 20 世纪 80 年代，路展先生就获得过第一届全国优秀儿童文学奖。在路展之后，查舜、漠月也创作了许多少儿小说，陆续在《少年文艺》等杂志发表。除此之外，刘岳华、李银泮、莫叹等也在儿童文学创作领域有着较深的耕耘。这两年，宁夏最具知名度的作家之一马金莲也创作了《数星星的孩子》《小穆萨的飞翔》两部长篇儿童小说，具有很好的口碑。宁夏文学以中短篇小说和诗歌见长，细腻、淡定、从容地描写西部乡村生活是宁夏文学的一大特征，也是它最具辨识度的地方。相形起来，近些年来宁夏的儿童文学还是很薄弱的，究其原因，一方面是从事儿童文学创作的人少之又少，为数不多的几个人都是在孤军奋战，自我摸索，自我挣扎；另一方面，如我之前所言，儿童文学是相对边缘的文学类型，具有先天不足的地方，就算付出毕生心血也很难在文学史上有其位留其名，这也是很多作家不愿意从事儿童文学创作的原因之一。我在 20 余年的儿童文学创作过程中有一个很深的感触，那就是别说专事创作的作家，就连普通人也对儿童文学充满了偏见，一提儿童文学就认为它是小马过河乌鸦喝水，是哄娃娃的不入流的东西。因而，若非对它发自内心的热爱，是很难将创作坚持下来的。

张富宝：这样看的话，宁夏儿童文学其实还是有着某种隐性的传统。说来惭愧，我对儿童文学基本没有怎么关注过，也不知道其中的门道与深浅，但我有很多困惑。我女儿今年 9 岁了，这些年在陪女儿的过程中，我发现很多的问题。首先是，能供小孩子选择的优秀影视作品包括动画片非常少，尤其是国内原创的。我女儿小时候看的国产动画片是《熊大熊二》《喜羊羊与灰太狼》《大耳朵图图》《大头儿子与小头爸爸》等，后来她觉得这些不好看，太幼稚，开始喜欢《猫和老鼠》《海绵宝宝》《哆啦A梦》等，再后来干脆转向电视娱乐节目《爸爸去哪儿啦》《奔跑吧，兄弟》《王牌对王牌》《中国好声音》《歌手》《我就是演员》。平常时间能看到的国产儿童电视剧几乎没有，而一到假期，各个卫视频道除了扎堆播出《西游记》《巴啦啦小魔仙》之外，就再难看到其他的作品，这很奇怪。我喜欢看电影，经常带着女儿去电影院，后来发现她最喜欢的还是《冰雪奇缘》《疯狂动物城》《海洋奇缘》《海底总动员》等这些作品，国产片很少，像《西游记之大圣归来》《哪吒之魔童降世》也是她的所爱。其次，从可供选择的图书来说，虽然选择面比较广，但好像还是相对集中在郑渊洁、杨红樱、沈石溪、曹文轩这些人的作品上，市场发行量非常大，而这些作品距离国外优秀的儿童文学作品尚有差距。所以，我有时候是充满了焦虑的。就此，我想请你谈谈中国现在的儿童文学的生存环境与发展状况，你觉得这里面的问题出在哪儿？

赵华：进入新世纪以来，中国经济迅猛发展，中国儿童文学创作出版也进入了前所未有的黄金发展期，它被称之为"黄金十年"。据统计，现在全国580多家出版社中有500多家都出版少儿读物，全国每年有近4万种少儿图书，印数高达6亿多册。全国专业少年儿童出版社有35家，还有不少非专业社也都有少儿分社。而在中国，从事儿童文学创作的人也有数千人。应该说，中国儿童文学迎来了最好的时期。但让人遗憾的是，最好的发展期并没有诞生最好的作品。

目前的中国儿童文学存在着较为严重的同质化和平庸化的倾向。一本书卖得火了，马上有人跟风模仿。举个例子说，杨红樱的《淘气包马小跳》在市场上热卖，马上就出现了同马小跳相仿的胡小闹、米小圈。这些校园故事不仅人物如出一辙，故事情节也大同小异，缺乏独创性和新趣味。另一方面，每年出版的儿童文学作品中，故事精彩、语言丰沛、能够触动人心的作品确实不太多，许多作品平淡无奇，流于平庸，只是为了出版而出版的作品，绝非那种呕心沥血、披阅数载、增删数次，真正希望表达自己的生命体验和思想、传递温暖与光芒的作品。

造成这种同质化和平庸化的原因主要有五个。第一个原因是部分儿童文学作家缺乏对文字的敬畏，缺乏对文学的信仰，更缺乏自律与自重。儿童文学本来是为孩子们塑造良好的人性基础，让他们在故事之中获得爱与美、良善与崇高的，但因为童书具有较大的市场，部分儿童文学作家从事创作的主要目的便是获取版税。在童书市场上，最好卖的是那种搞笑轻松的校园故事，于是，每年出版的童书中绝大多数便都是小学生校园故事和小学生生活故事，儿童散文、儿童科幻、儿童诗歌、儿童报告文学等作品数量很少，出版社也不热衷于出版这些作品，这也就造成了目前的儿童文学类型单一、内容浅薄的局面。

第二个原因是部分儿童文学作家缺乏深厚的生活积淀和充足的人生阅历，也缺乏漫长的文字积累和素养提升，更缺乏甘于清贫甘于寂寞的定力。正是这些缺乏，使得他们不会选择创作难度相对大一些的科幻、散文、小说等体裁的儿童文学创作，而是选择了校园故事、冒险故事这些门槛相对较低且回报比较丰富的体裁的创作。

第三个原因是出版机构的逐利。出版机构大都经过了改制，成为了企业，它们需要盈利来生存，因而对那些虽然浅显单薄但具有市场的校园故事和冒险故事开了绿灯，甚至不遗余力去推广，扩大其影响，增加其销售额。

第四个原因是儿童文学理论和儿童文学批评的滞后，目前，儿童文学学科在高校中少之又少且地位不高，全国专门从事儿童文学理论研究的学者屈指可数，这也使得儿童文学创作缺乏有力的评价体系，制约了儿童文学的创作实践。

第五个原因是杂志社儿童文学编辑的口味固化。儿童文学是一个相对独立和封闭的体系，因而编辑的审美会逐渐僵化，并形成一个默认的标准。这种僵化的标准会将具有创新精神的作品排斥在外，使得儿童文学的品质难以获得提升和突破。


张富宝：你已经总结得很全面了，中国儿童文学的发展还需要更多的人付出更多的努力。事实上，在中国现代文学史与艺术史上，"儿童的发现"是一个非常重要的命题，包括鲁迅、周作人、沈从文、叶圣陶、丰子恺、萧红等，在他们的作品中都塑造了非常生动鲜活的儿童形象。但遗憾的是，这一传统并没有得到很好的继承。我一直觉得，儿童文学不仅仅是面对儿童的，它更需要面对广大的人类，更需要特别的创作天分和超凡的想象力。儿童文学作品之所以难有传世佳作，恐怕与它的写作难度大有关系，一个优秀的作家不一定能够写出优秀的儿童文学。那么在你的写作中，真正的难度是什么？你是怎样处理传统与西方，现实与想象，历史与当下等这些问题的？

赵华：优秀的儿童文学作品一定是老少咸宜的，无论是孩子还是成年人都能够从中有所获益，都能得到想象与未来之美，得到光明与温暖、爱与希望、良善与救赎、信念与力量。

在我的创作过程中，最为困难的事情是如何构思出足够新鲜、足够吸引人的故事情节来。随着互联网和移动终端的普及，科幻小说的创作越来越困难，因为每个人都可以通过手机随时随地了解到各种物理学知识，哪怕是那种最为前沿的科技和定律。可以说科学对多数人来说已不是什么神秘难及的事物，而是唾手可得、时时能触的事物。在这种情形下，如何巧妙又自然地将物理学知识融合在故事之中，重新唤起读者对物理学知识的新鲜感和敬畏感是一件难之又难的事情。科幻小说终归是小说，是文学，它不是科普文章，因而除了故事要圆润丰沛、跌宕起伏外，它还得具有文学作品所应具备的其他特征，比如说立体饱满的人物形象、文学性的语言和真切深挚的人文关怀。如何在科幻小说中塑造典型人物形象，如何令它的语言错落有致，如何表述深邃的思想和人文关怀对我而言都是巨大的挑战。

科幻小说是舶来品，它源自于国外，目前世界水准的科幻作品仍大都在国外，因而广泛涉猎阅读国外的科幻作品，开阔自己的眼界和思维是每个科幻作者的不二选择。当然，我们必须在借鉴的基础之上进行创新，并进行本土化的改造。我们所在的这方土地历史悠久、饱经苦难，在我们的身边有太多太多的故事可以书写，因此将它们同科学内核结合起来创作成为具有典型中国特色的科幻故事同样是我们的不二选择。写自己熟悉的环境，写自己熟悉的人，写自己熟悉的事，这是每个写作者都该秉持的金科玉律。

科幻小说并非是空中楼阁，要创作好它除了具备丰富的物理学知识外，最重要的就是要有足够的生活经验、足够成熟的阅历、足够犀利的辨识能力和足够深刻的思想，缺少了这些东西做基础，所创作出来的科幻小说注定是浅薄轻飘的。因此，不管想象有多么空灵，它都得源于现实；不管描写的未来有多么遥远，它都要反映当下的生活。


张富宝：其实你的这些创作理念，还是显现出了"宁夏文学"所共有的那种"精神内核"。我最喜欢的儿童文学作品除了《安徒生童话》《格林童话》等之外，还有《小王子》，《汤姆·索亚历险记》，谷川俊太郎与石川啄木的诗等，它们可以说是常读常新的经典。这当然是个人的趣味。那么，你认为理想的儿童文学应该是什么样的？儿童文学是否具有自己的特殊品质？在你现在的作品中，你自己最为认可的是哪些？


赵华：在我看来，要创作一本向经典靠近并且具有文学特质和文学品味的童书，首先要有引人入胜的故事情节。未成年人更愿意在跌宕曲折、引人入胜的故事里感悟勇气、执着、乐观、同情、怜悯、宽容等美德，逐渐对生活有初步的认识，形成自己的价值观和世界观。各种先锋实验类型的作品和过于平铺直叙的现实作品对他们缺乏足够的吸引力。其次，要有圆润丰沛的想象力。基于现实，基于自然规律，能够自圆自洽的想象最为儿童所喜闻乐见。再次，要有文学性的语言。许多儿童文学作品之所以遭人诟病正是因为它们的语言过于浅显幼稚。文学作品是文字的艺术和语言的艺术，无论是何种类型的作品都需要有形象生动、充满灵性的语言。在儿童文学作品中同样需要精准的描述和生动的比喻，同样需要艺术张力和收放自如。通过文字之美，孩子们才能够更深刻地体会故事主角的处境、思想和悲欢；才能够被深深触动，开始进入人的内在世界和繁缛复杂的生活。最后，一定要有人文关怀。一部好的纯文学作品必定充满了人文关怀，它描述时代之殇，既同情好人的不幸遭遇，也同情坏人的蒙昧无知。童书具有启蒙心智、滋养心灵的作用，它更应该具有人文关怀；更应该具有怜悯、悲慈、同情、宽容、勇敢等特质；更应该具有温暖和光芒。

雷蒙德·卡佛说："我想，文学能让我们意识到自己的匮乏，还有生活中那些已经削弱我们并且正在让我们气喘吁吁的东西。文学能够让我们明白，像一个人活着并非易事。"其实，儿童文学同样能让孩子们看到世间的光芒，看到世界的不完美，他们会从中认识生命，并且珍惜万物。

我目前创作的作品中，《三十二个月亮》《卡加布列岛》等相对成熟一些，将科幻、温情与现实结合了起来，也算是自己一直追求的路子。


张富宝：你被大家称为"光光头赵华"是什么时候的事？这个形象很可爱，我看过你的一个新闻报道，印象特别深刻，一张照片上有两个小女孩笑嘻嘻地抚摸着你的光头，满脸都是幸福的笑容。这在某种程度上印证了你是"最温情的科幻作家"。是不是"光光头"是童话作家的标配，像郑渊洁那样？你的作品的读者群怎么样？在写作的过程中，你是如何面对不同年龄段的读者的？

赵华：2007 年到鲁迅文学院进修时，班里的同学给我取了个外号"光头王子"，从那以后，"光头王子""光头赵华""光头老赵"就成了我的别称了。至于和郑渊洁撞"发型"，纯属巧合。我早期主要为小学生创作童话故事和科幻小故事，读者年龄段较低，现在主要以创作科幻小说为主，应该说未成年人和成年人都能够看。

张富宝：看得出来，你其实一直在努力拓宽自己的写作之路，这也是一个作家趋向于成熟的标志。当然，任何作家的写作都有发生的源头。你是出生在宁夏北部的一个农场里，那里有崖谷险峻的贺兰山，有芦荡丛生的大湖，有灿烂浩瀚的星空，这些都可能成为你写作的资源。那么，你为什么要选择儿童文学，这其中有什么样的机缘？能不能谈谈自然环境、家庭氛围、童年经历、阅读爱好以及审美风尚等这些对你的影响？

赵华：经常有人问我：你为什么会选择写儿童文学？冰心先生的一段话可以帮助我回答这个问题——"提起童年，总使人有些向往。不论童年生活是快乐，是悲哀，人们总觉得都是生命中最深刻的一段；有许多印象，许多习惯，深固地刻画在他的人格及气质上，而影响他的一生。"

童年生活是一个作家巨大而珍贵的馈赠，是他用之不竭的创作源泉。我出生在宁夏北部的一个农场中，父亲是名会计，母亲是名种植枸杞的茨农（在宁夏，民间俗称枸杞为"茨"，枸杞园为"茨园"，种植枸杞的农民为"茨农"）。在我很小的时候，母亲便给我讲述毛野人的故事，并且带我到首蓿地和枸杞地里玩耍。在田野间我认识了许多草木和昆虫，令我记忆最为深刻的是一种雪青色的小花，母亲告诉我说里面有很多只"小狗娃子"，我不相信，因为小狗的个头都那么大，而小花仅有分币大小。母亲对着小花像呼唤小狗一样唤了几声后，令我意想不到的是，真的有许多只细小的黑色的昆虫欢天喜地地跑了出来。雪青色的小花让我知道了万物的神奇和聪慧。

母亲生性善良，每逢过年，看到生产队里的人家开始杀猪宰羊，听到那些凄惨绝望的哀嚎时，她总是会叹息落泪，格外难过。在母亲的影响下，我对动物的遭遇深感同情，总是期盼它们都能有好的结局。母亲还喜欢养小猫小狗，可以说，在我的童年时代里，我从母亲那里得到的最多的便是爱心——对弱小生灵的怜悯，对穷苦弱者的同情，对自然万物的珍惜。

弗洛伊德说："幸福的人从不幻想，只有感到不满意的人才幻想。未能满足的愿望，是幻想产生的动力。"尽管我拥有一个幸福的童年，但我对世界并不满意，因为它并不是完美的，有很多弱者会遭受欺凌、奴役与伤害，甚至无法得到一个好的结局。我只是一介书生，无力改变太多，但我希望用自己的笔来诉诸自己的愿望。"多一所学校，就会少一所监狱"，同样的道理，多一份良善与悲慈，就会少一份蒙昧与伤害。正因为如此，基于童年的经历和经验，我情不自禁地开始创作儿童文学作品，这些故事仿佛是写给孩子们的，又仿佛是写给自己的。也正因为如此，在我写的故事里，不论是《小猪的宠物》还是《苏珊的小熊》，不论是《雏菊》还是《卡加布列岛》，都充满了救赎的主题。

我在童年时代里所得的另一个馈赠便是星空，因为缺少光污染和大气污染，那里有最美不胜收的星空。冬夜里，猎户座三星蔚为壮观；夏夜里，银河的臂膀清晰可辨。几乎每个夜晚，我都要满心欢喜地仰望那些光华璀璨的星星，我懵懵懂懂地意识到万千星轮，银河的臂膀，它们都是同我们有所联系的。童年时代的星空映照了我的一生，所以在笔下就出现了《大漠寻星人》这样的以璀璨星空为背景的故事。

张富宝：其实我们的童年生活具有很多的相似性，特别是你讲到的那些毛野人的故事，让我对世界充满了无限的恐惧和惊奇，直到今天也是一种美好的回忆。奥地利著名的心理学家阿尔弗雷德·阿德勒说："幸运的人一生都被童年治愈，不幸的人一生都在治愈童年。"很难说我们到底是幸运的人还是不幸的人，但我们都得感谢童年的馈赠！时至今日，你已经成了儿童文学界的"获奖专业户"（如"华语科幻星云奖"，"冰心儿童文学图书奖"，"大白鲸世界杯"原创幻想儿童文学奖，全国优秀儿童文学奖），在区内外也产生了比较广泛的影响，近年来的创作呈现出井喷的态势，写作之门完全打开了。这里面有没有一些写作的奥秘？在你的写作史中，有没有产生过瓶颈期，你是如何克服的？

赵华：有句玩笑话说，一个男人变得成熟必须要参加过亲人的葬礼，喝过爱的人的喜酒，上过法庭，进过手术室，饿过肚子，受过煎熬。的确，一个人只有煎熬过、挣扎过、绝望过才可能变得成熟稳重坚毅，才可能有独立的见解和成熟的思考。文如其人，幼稚的人写出的文章必然幼稚，浅薄的人写出的文章必然浅薄，成熟的人写出的文章才会成熟。在文学创作中，不能否认有许多才华横溢的天才，但我不大认同"出名要趁早"。文学是个静水深流的事业，是个需要耐心、恒心和牺牲的事业，因此经历挫折、欺凌、欺骗，经历生离死别和磨砺苦难是个必须的功课。当我们淬过火之后，当我们有了足够的阅历时才会对人生、对人性、对世界有深刻的了解与把握，这个时候我们写出的文章才会深邃有力，才会发人深省。从20出头写到年逾不惑，我没有什么奥秘，我不是天才而是笨鸟，一路跌跌撞撞地煎熬了过来。最初的时候，没人给发表，更没人给出版，也遭受了不少冷嘲热讽，回头望去，要说写作有什么秘笈的话，那就是坚持到底。写作是条漫长艰难的道路，我们要像夸父一样，哪怕看不到希望与光亮，哪怕渴死在途，也要坚持下去。

张富宝：正是有了这份特别的执着和坚持，才有了今天光彩夺目的你。我知道，你的主业是新闻媒体工作，要面对纷繁多变的社会现实，处理复杂纠葛的人际关系，这些似乎都是与从事儿童创作所需要的那种"纯净与天真"相背离的。这些工作有没有影响到你的创作？你是如何处理的？

赵华：我在电视台工作了20多年，平心而论，电视台是个工作忙碌且人际关系异常复杂的地方，在这里会遇到形形色色的人。要说工作没有影响到创作那是假话，也是在自欺欺人。其实，许多非专职写作的人都会遇到相似的困难，要克服这些困难就看你愿意为文学牺牲多少。我29岁成为了电视台最年轻的制片人，照此下去当个处级干部是水到渠成的事情，但为了给写作腾挪时间，我还是辞去了职务，尽管断了"仕途"，尽管每月要少拿不少薪水，但我觉得是值得的。生而有涯，一个人要知道自己一生中最喜欢的是什么，也要知道自己最想做的是什么。

张富宝：我个人的感觉是，你现在的作品更加成熟、更加丰厚、更加多元化了，而且慢慢溢出了儿童文学的园地，比如新近的一些作品，开始将中华优秀传统文化与科幻小说进行融合，开始有意识地调适文学与现实的距离，这些都是很好的尝试与突破。"儿童文学家"这一称号恐怕已经很难涵盖你的写作了。近期，由浙江文艺出版社着力打造的《疯狂外星人》系列已经隆重上市，非常值得期待。你今后还有什么样的写作计划？有没有更大的野心，比如写一部比较纯粹的科幻作品，像刘慈欣《三体》那样的？

赵华：这几年除了儿童文学作品，我还写了不少诗歌、传记小说等。随着自己阅历的增加和练笔的增加，自然而然地就开始涉猎一些之前未曾尝试过的作品。在写作上我没有什么野心，写作不是从政也不是做生意，不该有什么野心。不断增加自己的素养、提升自己的认知、增强自己的笔力才是一个文人最应该做的事情，才是文人的王道。一个人在年过不惑后会发现生命中的许多事情都充满了变数，还有许多事情就算你竭智尽力也未必能做成，因而保持初心，顺其自然就是最好的选择。书有书命，人有人命，淡泊名利，随遇而安，这是我在写作上的态度，也是我的人生态度。

张富宝：科幻小说的写作恐怕需要一些特殊的知识背景，比如天文学的、物理学的、地理学的、考古学的等，或者可以说"科学性"是获取"文学真实性"的基础和保证。对此，你是怎么做的？宁夏曾一度被大家认为是西北边地，是一个贫穷落后的地区，这些似乎都与科幻文学的要求相去甚远。但如果读了你的《大漠寻星人》等这样的作品，我们就会发现，西北独特的历史地理风貌恰恰成了你的写作优势，其中还有很多可以开掘的写作资源。不知道你是怎么看的？

赵华：宁夏自古是农耕文明与游牧文明的分界线，在这块偏远但古老的土地上有过无数次的硝烟战火，也发生过无数次的生离死别。以我所出生的农场为例，那里就有着漫长曲折的历史，那里也曾生活过许多我不曾认识的人，发生过许多我不曾知晓的事情。我托人获得了一本珍贵的农场志，了解了它的过往与历史，知晓了有那么多的惊心动魄的事情在此发生。如果将这些事情用文学之笔写下来的话，它将是一本厚重的史诗。可惜我的素养有限，笔力不逮，无法完成这样的事情，但在科幻故事的创作中我已经有意识地以故乡为背景，以故乡的死去或活着的人为主角。我希望人们知道，在我的家乡曾经居住过哪些人，发生过哪些事，有过哪些悲欢与离合。我没有能力记录一个时代，但作为文人我起码得零零星星地记录这里的事件和人物。

张富宝：我有这样的一个看法，可能有点偏颇，我始终觉得中国现在的文艺作品普遍缺少一种观照未来的视角或维度，我们特别容易沉醉在妄自尊大的过去式的回忆之中，或者是沦陷于无限度的当下娱乐之中，我们既缺乏直面现实的勇气，也缺乏审视未来的能力。在这样的背景之下，你的科幻小说可能还肩负着更重要的责任与使命。

赵华：我们的国家发生了不计其数的历史大事，在近些年来也发生了天翻地覆的变化，但未能产生能够媲美《静静的顿河》的作品，原因是多方面的，一定要全面地看待。不管怎么说，文学不该只是"经国之大业，不朽之盛事"，还应该直面时代，关注普通人的际遇，关注人的生命与尊严。当然，要记录时代，只能依靠严肃文学，特别是鸿篇巨制的长篇小说，科幻小说毕竟只是类型文学，类型文学是很难担负起这样的重任的。

张富宝：我注意到这样的一个现象，你的很多作品的主人公都是外国人的名姓，这样的安排是出于什么样的考虑？

赵华：这是故事背景的需要，因为科幻小说要涉及大孔径射电天文台、巨型粒子加速器、太空望远镜等设施，而它们大都在国外，操作它们的也都是外国人。当然，这两年来，我的科幻故事开始大面积地中国化和本土化，故事的主人公都是中国人了。

张富宝：对，讲好中国故事，这是基本的发展方向。因为创作成绩突出，你已经当选为宁夏作家协会副主席，可以说有了更大的舞台，现在更是成为了第90届奥斯卡最佳动画长片《养家之人》特邀中文版小说作家，已经走向全球化与国际化。能不能介绍一下这方面的情况？在写作之外，你还在关注或从事哪些文学活动？今后还有哪些打算？

赵华：当选为作协副主席，这体现了文联领导和作协领导的不拘一格和宽阔胸怀。对我而言，一定要对得起这份信任与关怀，这两年来我变得更自律，也更勤奋。"但有故人供禄米，微躯此外更何求？"我已年逾不惑，余生其实并不长了，与我而言，唯一能做的就是将更多的时间，将自己的一切都献于文学创作之中。今后除了儿童文学，还是会更多地涉水其他文学体裁。

# 探寻只属于自己的幽微之地：
## 散文作家彦妮访谈录

张富宝：你是怎样走上文学之路的，或者说是哪些因素成就了你的文学之路？能不能具体谈谈童年时代、生长环境、人生经历、自然风物与你的文学之间的关系？

彦妮：我的为文可能还是因为阅读。另外，也因一直没有找到合适的职业，所以后来选择了写作。

小时候家里穷，但喜欢看小人儿书。那时只要有一毛钱，我都会去县城的新华书店，来回步行60多里路，就为了能买一本小人儿书。小学三年级时借到一本没有封皮的长篇小说，字认不全，总将"赤裸裸"念成"赤果果"，还连蒙带猜地给同伴讲。设法借到一本《邱少云》，怕人家第二天要，就趴在炕头上，一整夜也不睡觉。早上起来，我的鼻孔里都是煤油灯熏的黑烟。大哥家用旧报纸糊顶棚，叫我过去帮忙，结果，我一看见那一大堆旧报纸，就一张一张往过翻，再也挪不动腿。

父亲去世后，我得过一场病。那时我13岁，就辍学回家了。我先去一家建筑工地给推车子，每天挣一块五毛钱。后来家里没人放羊，我就又回家放了两年羊。一个初中就上了一学期的孩子，从此变成了一个正儿八经的羊把式。放羊的日子是很寂寞和无聊的，它绝不是诗人们所描写的那样诗情画意。为了打发时光，我有时会拿起自己的《语文》课本翻一翻，有时会捡起地上飞来的油腻腻的报纸看半天，有时我甚至会顶替另一个羊把式放一天羊，就为了能跟他借到全套的《三国演义》。

那时我对故乡没有概念，为了摆脱繁重的体力劳动，就总想找个机会逃出去。但因家境拮据和信息闭塞的缘故，我蹦跶了好多次都还在原地转圈儿。苦闷之余，我无意中接触到了诗歌。天长日久，我也试着天马行空地写几首。开始是"古体诗"（其实就是打油诗），凑不够字数时加助词。后来读到北岛舒婷的"朦胧诗"，以为愈是读不懂的诗歌愈是好诗，就又眯着眼睛，有些清高地坐在山头上，选生僻字，甚至自造词，以便显示自己的诗句与他人有别。因为内心空虚时间充足，我逮着机会就会写几句，有时一天能写七八首。内容不外乎青春寂寞命运不公，完全是一副"少年不知愁滋味，欲赋新诗强说愁"的腔调。

我的表兄得知我的情况后，就让我返校学习。他那时就在写诗，所以我有更多的机会接触诗歌。班里可能借不到《骆驼祥子》，但《诗刊》《诗潮》《诗林》却一纸风行。正是"朦胧诗"流行的时期，北岛、舒婷、顾城都是大家崇拜的偶像。我们的班主任在地区级刊物上发了一首诗，全班每人买了一本杂志！那种对诗歌的热爱和崇尚，真是十二分的虔诚。黄昏来临，夜色笼罩，我们坐在教室里上晚自习，周围是死一样的静寂。做完作业，猛一抬头，望见好几个同学都在翻阅那本素淡的杂志时，内心真是被一种力量悬托了起来。那种巨大的、隐形的诗歌力量，使人无端觉出了高贵！

当时学校也成立了文学社，经常会收到各班送过来的手抄稿件。那些练习本上撕下来的诗稿，虽然没有几篇成样子的，但是却能在字里行间体味出同学们在贫瘠生活之余所迸发出的丰富才情。我一边学习一边看稿子，常常在别人睡了之后，还躲在学校的配电室里"加班"。

小报出版以后，我们除了给校长和老师送几份、给周边的学校寄几份，然后就给班上同学人手发一份。看到校园里到处传阅着我们编出的报纸，那种骄傲和幸福的感觉，真是叫人脚都不知往哪儿迈！我们表面装作无所谓的样子，内心却像一团烈火在燃烧。那时我穿着露满棉花的棉裤，却要在最洁净的纸上留下诗句。不管发表与否，我总是像个最勤劳的农夫，一首接一首地复制着别人看不懂的诗歌。因为自己把自己当个"诗人"看待，所以胸部自然就挺了起来，动辄还在无人处高声朗诵，常常无端地泪流满面……

张富宝：在一个作家的写作中，往往都有自己的显在或隐在的"写作谱系"，都有自己钟爱的"文学家族"，这其中无疑隐含着作家本人的写作理想与写作标准。在中西方作家中，哪些是你喜欢的？哪些作品是你喜欢的？能不能谈谈你"一个人的文学史"？

彦妮：我的"写作谱系"便是我的阅历。除了写乡土，我钟爱的还是打工漂泊的经历，以及都市小人物的遭际。

少时求借《邱少云》，一夜灯花伴天明。一本《格林童话》，让我七窍生风，恨不能早生五百年，邂逅良善女神。落榜回家，种瓜点豆。能卖蛮力，轻看庄稼。白日临摹《百家姓》，夜晚再看《山菊花》。牧羊最难将息，空山难觅人迹，三本《西游记》，万千妖魔鬼怪，陪我从夏熬到冬。《高山下的花环》，让我忽然泪奔；《少年维特之烦恼》，令我凡胎也柔情。

自小养成的阅读习惯使我一度保持着良好的心态。我总认为绝望是别人的事情。《钢铁是怎样炼成的》里的保尔，《假如给我三天光明》里的海伦·凯勒，他们面对苦难时百折不挠的情景，常在我的眼前浮现。

感谢县城图书馆，为我留了最后一扇门。那些年我无数次骑着破旧的自行车，坡上坡下60里去县城，不为五斗米，仅为借本书。

老舍的《骆驼祥子》，让我明白了个人奋斗不是劳动者摆脱贫困改变境遇的最好办法；语言大师的幽默笔锋，使我学会了苦中也作乐。

汪曾祺的《晚饭花集》，让我看到了中国最后一个纯粹文人的简洁，他充满禅意的写作手法，使我懂得如何在满头大汗赶车的时候，突然戛然停下。

托尔斯泰的《复活》，告诉我"幸福的家庭都是相似的，不幸的家庭各有各的不幸"，他改动了20多次的玛丝洛娃的肖像描写，使我再也不敢走半点捷径。

卢梭的《忏悔录》，使我惊叹一个人的真诚：写东西的人要有怎样的赤胆忠心，才能将生活中那些违背道德良心的"劣迹"披露于世？

梭罗的《瓦尔登湖》，优美得令人神往！它似乎一下子使我恍悟了散文的真正写法：大到自然交替的景色变化，小到两只蚂蚁的争斗，都使我瞠目结舌醍醐灌顶。

米兰·昆德拉的《生命不可承受之轻》，更使我看到了小说中潜藏的繁复意象，那种哲理性的语言以及对人性的思考，令我倾倒。

王蒙天马行空的想象与密集的长句，以及"咣的一声，太阳就落下去了"的"意识流"，也给了我意料之外的惊喜。

贾平凹的《白夜》与散文，更使我看到了大家手笔和其演绎市井生活的无穷能力。他美妙的文字背后，无不潜藏着离家游子对家的怀念和隐忧。

刘亮程的《一个人的村庄》，曾让我深夜在塔吊林立的月光下，不时望着渐行渐远的村庄方向，怅然垂泪……


张富宝：除了对经典作家的不断阅读和重读之外，你还喜欢读什么样的作品？你的阅读和写作之间有什么样的关系？


彦妮：还喜欢莎士比亚、关汉卿的戏剧。大量的阅读之后才慢慢开始写作。正是那一本本廉价的图书，让我在最拮据的年月里，依旧顽强地坚守着自己的梦想。后来因为写东西，认识了一些作家老师。我就有更多机会接触一些外国作家的作品，那些书仿佛使我站在了村里最高的山头上，看到了先前从未看到的景色。我似乎愈加清晰地看到了自己的短处和局限，也恍悟自己何以像个行吟诗人一样，落魄、无能、还有点儿忧伤。

那些大师级的作品，使我犹如夜行的旅人，在酒旗和灯光的召唤下，终于沿着前辈们探索出的路径，渐渐找到了自己想要表达的某种语境。我不再是盲人摸象般的写作，也不再是东一榔头西一棒槌地看书，俨然受了指教似的，我开始有意识地朝一条路上前行了。

张富宝：你最看重自己的哪些作品？为什么？

彦妮：其实我的每一篇东西自己都很看重，因为每一个文字都浸透了我的情感和思索。但《我的报刊亭》带给我的幸运好像更多一些，它首次被《散文选刊》选载，且获了《朔方》文学奖。从此之后，我的散文才似乎进入了部分人的视野，渐渐引起了某些人的注意。

张富宝：你觉得散文写作的难度在哪里？你通常是怎样获取灵感，选取材料，完成一篇散文作品的？你目前有没有比较系统、比较宏大的写作计划？

彦妮：散文的难度就是深度。没有深度的散文就是"甜腻的""平庸的"。要想写出深意，就得避开人多的地方，探寻只属于自己的幽微之地，它是私密的、无可替代的。

不管别人怎样，也不管别人说得多么容易，我写东西确是要一个字一个字去抠的，绝没有人家嬉笑怒骂皆成文章的本领。加之谋生，写作时间就更显得有一搭没一搭，有时一篇千字文也要好多天才能理出头绪……我不相信灵感，只相信坚持。稍微一手懒，一篇文章就可能与我擦肩而过。

没有宏大、系统的写作计划，只想每天都写一点。并不是坚信自己能有所成就，而实在是别无长物，没有其他可供选择的余地。就像一个人旅行惯了，遇到好风景他就想多看几眼。明知道一切都似过眼云烟，旅途定然还是孤独和落寞的，可他还是愿意往前走走。不是宿命，没人逼迫我这样做。之所以不顾凶险地往前走，就是因为我总想着下一处没看到的景色可能会比现在看到的更迷人⋯⋯

张富宝：你觉得你目前的创作遭遇了什么样的困境？是你个人的困境还是整个散文创作的困境？你对中国当前散文创作的未来发展之路有什么样的预想？

彦妮：我的困境就是题材的拓展越来越难。我不再满足于山水风景，不再重复"小人物"的遭际，而是把注意力延伸到了更为陌生的群体。我想探寻他人不为所知的民俗与文化，从生活的细节中寻找不同民族的记忆。

关于散文，我一直不平的是它的关注度。"毋庸置疑，散文在当下依然是个弱文体。这种境况极大地制约了散文的创作和批评两个环节，尤其是评论和批评场域，人才的流失和匮乏特别严重。卓有建树的理论批评人才，多集中于小说、诗歌两种文体上面，散文评论和批评似乎成了鸡肋。"

在网络智能时代，我觉得散文有着巨大发展的可能。但是，我也有忧虑，觉得人人都会涉足的东西，说不定就会变得无足轻重和司空见惯。这个时候，作家就得拼思想和智慧，否则很难写出新意。

张富宝：你的散文观或文学观是什么？你的散文写作的资源有哪些？

彦妮：先前写东西喜欢摆架势，动辄做深情状，满篇惊叹号，总想弄点与众不同的词句，现在，则更愿意自然些本真些。从未接受过培训或指导，所以我的文字，没有旁征博引、没有哲思和禅意，更不敢妄谈"美学"或"黑格尔"……

我以故乡为蓝本，写底层的喜怒哀乐、写芦苇尖上掠过的微风、写山泉、秕谷、苦蔓花……故乡的山水、草木畜禽，总像一根扯不断的绳索，拴住我不切实际的幻想。我喜欢用最直接的笔触，反映故乡淳朴清洁的真实生活。

放眼世界文学史，大凡有独特风格的作家，都有自己的文学共和国。福克纳有他的"约克纳帕塔法县"，马尔克斯有他的"马孔多小镇"，鲁迅有他的"鲁镇"，而我的村庄和我打工的经历，便成了我回忆和想象的源头。

张富宝：你觉得何为"散文家"？对于一个散文家来说最为重要的东西是什么？他应该如何处理自己与时代、民族、地域的关系？

彦妮：散文家是指从事散文创作的作家。他的文笔一定是流畅清新的，在平易中有着感人的力量，而不是牵强的虚构、干巴巴的文字堆砌。对于一个散文家来说最为重要的东西是他的作品，是让读者承认的文字，而非名望。尽管"身边小事皆可入文，村中动静皆可成诗"，但是，还是要有对历史、文化的追溯、思索和反问，又透着灵性与活泼。要写自己熟悉的事物，也要与时代同步。作家不是个人的代言，而应反映大众的心声。

张富宝：你是怎样理解我们当下的生活与现实的？它对你的散文创作产生了什么样的影响？

彦妮：有人说我的散文看上去就是一个小说，而我的小说看上去又像散文。但我界定散文的标准就是叙事是真实的，而非虚构和想象。理想中的生活和现实中的生活有差距，所谓理想很丰满，现实很骨感。我遗憾自己并不能通过写作告诉人们该怎样怎样，而只是记录自己做了什么看见了什么。

我从没有刻意要求自己必须写什么，或是怎样写。我总是等脑海里的东西逐渐变得清晰起来，才慢慢琢磨下笔。开始绝不考虑要写成什么样子，就只是埋下头去写，一切等写完之后再说。否则，如果我左思右想非得如何如何，结果可能啥都写不成。

张富宝：一直以来，宁夏都被视作"外省""偏远地区"，但宁夏文学却有独特的气象，它也是西部文学的重要组成部分。你对宁夏文学整体上有什么期待？你觉得在哪些方面还可以有更大的突破？

彦妮：宁夏文学以短篇小说见长，散文几乎不被提及。但"偏远地区"的作家，大多都会把文学当作自己的信仰和生命，他们都会从惯常的生活经验表层中发掘隐含的疑问、惶惑和纠结的情思轨迹。期待宁夏文学能上更高的台阶，不要只局限于"浓郁的生活气息和泥土芬芳"。

　　我其实一直在想着另辟蹊径，但限于阅历和能力的欠缺，可能走得并不稳定。在迷雾中穿行，脚踩在泥土上，看看山水或竹林，并不触及灵魂深处的东西。也不故作高深、不搜奇列怪，就只是自然、随性、真切地将自己的想法或见闻写出来。如果有人能从我的"豆腐块"里闻到盐的味道、村庄的气息，或者，看到一个底层兄弟的泪水怎样从他的眼眶里慢慢逬出来，我就知道我在干什么了。

# 严酷的真实与广阔的诗意：
## 诗人郭静访谈录

张富宝（以下简称张）：你是怎样走上文学之路的，或者说是哪些因素成就了你的文学之路？能不能具体谈谈童年时代、生长环境、人生经历、自然风物等与你的文学之间的关系？

郭静（以下简称郭）：一个文学爱好者在某个阶段成为作者，必然与其生活环境、人生经历和兴趣爱好有关。对于我，学生阶段最主要的还是在校学习，回家干一些农活，除了几本作文选和少量的学生报刊，是没有多少机会更多地接触到文学的。我依稀还记得87年前后的《语文报》上，推出了一批文学之星，他们基本都是在校学生，比如洪烛、田晓菲等，有时一个人走在路上，脑海中也会回响起多年前听到的评说或小说连播如《平凡的世界》等，这一切，都让我与文学产生了一种若即若离的联系。直到上了固原师专，才算了解了古代、现当代及外国文学作家和作品，也对文学的意义有了进一步理解。

20世纪八九十年代，文学正处于热潮和神圣阶段，一个人的作品上了报纸或杂志，是一件令人自豪和被人崇拜的事。作为中文系的学生，身处于这样的文学氛围中，有一种写作的愿望和冲动并付诸实践，是自然而然的事。平凡的生活大都相似，忙碌而杂乱，而生活的诗意总是在不经意间撕扯一下日子的平庸，俗世的空茫，让人对身边的物事和世相产生出某种表达的欲望。

张：在一个作家的写作中，往往都有自己的显在或隐在的"写作谱系"，都有自己钟爱的"文学家族"，这其中无疑隐含着作家本人的写作理想与写作标准。在中西方作家中，哪些是你喜欢的？哪些作品是你喜欢的？能不能谈谈你"一个人的文学史"？

郭：在我有限的阅读视野中，我一直喜欢鲁迅沉郁悲愤的情感，犀利辛辣、惜墨如金的语言风格和他强烈的忧患意识、批判精神，这让文学有了一种不同寻常的意味和力量。我的记性不好，阅读习惯也不好，每本书看过之后像是一本新的，没有任何旁注或记号，但有些书还是给我留下了深刻的印象。苏联作家肖洛霍夫的鸿篇巨制《静静的顿河》，其气势雄浑的战争和革命场面与细腻的日常生活场面相互转换，风景描写与人物心理变化彼此衬托，呈现出"严酷的真实"和广阔的诗意。另一位苏联作家维克托·阿斯塔菲耶夫的《鱼王》，是一部伟大的自然主义之作，围绕着人与自然的关系，描绘了充满神秘诱惑的西伯利亚以及人们的生活，表现了生命不息的尊严。这本在上师专偶遇于降价书店的书，阅读时会让人安静，令人沉迷。至于诗歌，特别是西方诗歌我读的并不多，在零星的阅读中也感受到中西方诗歌不同的叙述背景和各自不同的着力点。

我长期生活在六盘山西麓的农村，村庄、麦子、羊群、炊烟、石磨等不可避免的出现在我早期的诗歌中，后来意识到这种自恋式书写的重复和对诗歌内在的遮蔽，就有意识地减少乡土化书写，侧重关注人的心灵和现实世界的联系。其实更多的时候，诗歌是对自己生活方式的一种自省，它可以让快节奏的物欲时光慢下来，慢到能听见一声鸟鸣，闻见青草的香气，感觉到自己的心跳，慢到一束月光流泄在疲惫的面孔和心灵上，内心会得到莫名的宽宥和平静。


张：除了对经典作家的不断阅读和重读之外，你还喜欢读什么样的作品？你的阅读和写作之间有什么样的关系？


郭：原来喜欢读小说，文化散文，现在比较喜欢非虚构类、带有亲历性质的作品，这种既有文学性、艺术性又有实践意义的文体，参与当下，有现场感，觉得比较踏实。

阅读是思维的一种延续，是为了索取更多的文学给养，扩大思考的区域，更好地给事物或事件以多角度的观照和理解，也可以给诗歌写作提供某些罅隙中的光亮或呼吸。

张：你最看重自己的哪些作品？为什么？

郭：我希望自己的诗歌呈现不同的姿态、色彩和声音，蕴含陌生化的意味和张力，由乡土转向自我心灵的抒写和对现实人生的思考与理解，这些其实也是相融的。一段时间，我喜欢不分行的偏向于口语的诗，一段时间，又特别对诗歌的内在节奏、意韵等感兴趣。总之，诗歌应有不一样的意味，意味弥漫的现场，意义有时是多余的，这是独属于诗歌的一种忧伤、浪漫、欲说还休、意犹未尽之境，有一种内在的隐秘力量，触动人心。

张：你觉得诗歌写作的难度在哪里？你通常是怎样获取灵感，选取材料，完成一篇诗歌作品的？你目前有没有比较系统、比较宏大的写作计划？

郭：诗歌写作的难度其实也是阅读进入的难度。诗歌触及点太多，写法各异，没有一定信息量和理解力，缺乏对事物的敏感与悟性，很难进入诗歌的内质。而如何使一首诗在生成后有一种自然、舒展的姿态和含蓄、隽永的质地，这很关键。在阅读和思考的过程中，往往就有某个词或某个句子带着诗性的光芒，一闪而过，如果能有幸抓住它的尾焰，也许就能成就一首诗。

我的生活是一个俗人的生活，充满了烟火和无聊，写作也很随意，能写时写一些，有时可能几个月也写不出一首。但我随时提醒自己不要忘记观察、思考和感知，不要让诗意离得太远，甚至消失。

张：你觉得你目前的创作遭遇了什么样的困境？是你个人的困境还是整个诗歌创作的困境？你对中国当前诗歌写作的未来发展之路有什么样的预想？

郭：关注并坚持诗歌写作二三十年，阅历不高，视野不宽，勤奋不足，没有写出几首令人满意的作品。人到中年，还有许多事情等着去做，诗歌只是我精神的副产品，在我阅读别人精致诗行的同时，也希望自己有可能写出几首好诗。

当下，泛滥化的乡土呓语，无关痛痒的抒情礼赞，无病呻吟的自恋自娱，似曾相识的意境意象……这一切，让诗歌沦为公众眼中的土豆、洋芋和马铃薯。陌生化，新鲜感，内在的节奏和韵律，诗意的饱满或空灵，依然是好诗的标准。避免重复别人，避免重复自己，诗歌之路，在于不断的发现和规避平庸。

当代诗歌仍处于混杂中的调整期，诗人和诗歌很多，读诗者反而少了，官刊的坚守，众多诗歌民刊和微诗平台的推波助澜，使诗歌呈现出某种虚假的繁荣。诗歌应是一种被诵记的文体，而一二十行甚至数行的短诗将是这个网络时代流行的趋势，短而有意味，有冲击力，更适合推广和被大众接受。

张：你的诗学观或文学观是什么？你的诗歌写作的资源有哪些？近些年来，你的诗歌写作呈现出了一些新的变化，相对于你的早期作品，你觉得你在哪些方面有了更大的进步或突破？

郭：诗无定法，一切景语皆情语，每个人都有抒情言志的权利，这也就决定了诗歌创作的多样性。拒绝过分的晦涩或直白，还原生活中真实的诗性，可以避免诗歌走向极端的自恋、孤僻或庸常。

我的诗歌不太自然，有生硬和断裂感，而如何直入诗歌的内核，用精炼的语言构建诗歌的塔身是今后努力的方向。近几年我也写过好多"截句"，但这种写法会破坏诗的完整性，让正常的叙述变得似乎多余。诗歌呈现的是习惯于被人忽略的细节和体验，它是小的，薄的，锋利的，不易觉察又真切存在的，它钟情于敏感和具有悲悯情怀的诗人。

张：你觉得何为"诗人"？对于一个诗人来说最为重要的东西是什么？他应该如何处理自己与时代、民族、地域的关系？

郭：对我而言，我接触到的大多是一些诗歌爱好者或写作者。诗人是一个严肃的称谓，他必然会有与之相佐的文化精神背景和优秀的文本支撑，会在某一领域树立文本标杆和思想高度。

诗歌更多的是搭建心灵庇护之所，疏通与灵魂、与神对话的渠道。它不太可能解决现实中存在的各种矛盾和囧态，它对现实世界的干预大多是无效的，它只带有对精神的指向性。诗歌在本质上是一种个人化的产物，当它一旦浸染了历史风云，渗透了时代呼吸就自然而然的具有了社会性、现实性。一首好诗，可以为一个时代、一个民族精神代言。

张：你是怎样理解我们当下的生活与现实的？它对你的诗歌创作产生了什么样的影响？

郭：现实生活远比文学丰富，我们往往被变化着的世界挟裹着走。李展燕说："诗人们可以按照自己的内心写作，却不能按照自己的内心生活。"当无奈的困惑在现实中凸现时，突围便意味着唯一的解脱，这时，文学便成为一种突围的手段和救赎的途径。

诗歌关照心灵，而心灵在现实生活中得到塑造，所以，诗和远方都不是虚幻的，它的根扎在现实的生活土壤中。

诗歌既要有高贵之气度，又要有人间之烟火，"每个人都有泪流满面的秘密"，诗歌在于发现并呵护这个秘密，寻找人与自然相处共生的契合点，这是我们写诗的理由。


张：一直以来，宁夏都被视作"外省""偏远地区"，但宁夏文学却有独特的气象，它也是西部文学的重要组成部分。你对宁夏文学整体上有什么期待？你觉得在哪些方面还可以有更大的突破？


郭：宁夏的小说，特别是短篇小说的创作在全国有一定的影响，诗歌的影响相对小一些，这与宁夏诗人的个性有关，与诗人的自身努力与诗歌批评在一定程度的缺失有关。宁夏的地理风貌较为独特，处于西北边塞和历史主流文化分界地带，必然会产生各种文化的交融与碰撞，有产生出好诗、大诗的精神土壤。

事实上近十几年，宁夏诗歌也处于稳步的探索与发展过程中，诗人更多观照现实存在和精神烛火，诗歌的烟火味相对重了一些，创作上趋向于传统，在保持诗歌低调、内敛的同时，也限制了诗歌的视野。不过，宁夏 80 后 90 后诗人，已自觉地融汇于当代诗歌的审美和流变，其诗歌创作值得期待。

# 诗作底蕴苦作床　质朴天地写文章：
## 青年作家田鑫访谈录

　　张富宝：田鑫好！首先要祝贺你的散文集《大地知道谁来过》在入选"21世纪文学之星丛书"后，又获得第十一届丁玲文学奖散文新锐奖。对于一个青年作家来说，这是一种莫大的成就与荣耀。据我所知，宁夏先后只有石舒清、马宇桢、陈继明、张学东、了一容、牛学智、刘汉斌等作家与评论家入选，你是宁夏"第八颗星"。能不能简单介绍"21世纪文学之星丛书"和第十一届丁玲文学奖的相关情况。

　　田鑫：谢谢张老师。毫不夸张地说，我是读着石舒清、陈继明、张学东等前几位入选21世纪文学之星的宁夏作家作品进入写作的。2006年我在宁夏大学读中文系时，比较叛逆，专业课逃课成瘾，歪打正着在图书馆扎了根，巧的是遇到石舒清的《苦土》、陈继明的《一人一个天堂》和张学东的《跪乳期的羊》，于是从这些宁夏本土作家作品读起，一直读到张贤亮、汪曾祺、鲁迅，再到卡夫卡、卡尔维诺、马尔克斯。没想到十多年之后，自己也有幸入选21世纪文学之星丛书。入选的散文集《大地知道谁来过》，共收录了60多篇散文，有极少数是大学期间写的，大多数作品是在2015年之后成型的，它们有个共同的特征，乡土味太浓，童年气息重。虽然毛病很多，但目前我还是很看重这一部分文字，以后极有可能会为此感到后悔，因为我写来写去，也没写出个来头。

丁玲文学奖是以湖南常德籍著名作家丁玲的名字命名，1987年3月由原常德地区文联和丁玲的第二故乡北大荒共同发起，由常德丁玲文学创作促进会具体组织实施的跨地区文学奖项。2019年10月，第十一届丁玲文学奖评选活动在北京启动，决定由《文艺报》《人民文学》《诗刊》《小说选刊》四家学术支持单位组织开展各门类评选工作，散文是由《人民文学》来负责评选的，当时评委看到丛书入选的新闻之后，就让我报送了信息，没想到能得奖，这是我在宁夏以外得的第一个文学奖，也是我写作爬坡过程中的助推器。


张富宝：我相信，一个作家的写作都会有他的"前世今生"，这是深入了解他的基本路径之一。那么你是怎样走上文学之路的，或者说是哪些因素成就了你的文学之路？能不能具体谈谈童年时代、生长环境、人生经历、自然风物与你的文学之间的关系？

田鑫：如何走上文学之路的，第一个问题已经有了涉及，不过那个是直接诱因，我这里重点说说间接原因，也就是我之所以写作的"前世"。应该是从小就对文字比较感兴趣，小小的时候，看电视，觉得电视上的字很有意思，春节的时候看人家的对联，会一笔一画描摹，那时候家家户户糊墙用的是报纸，一旦遇到，我会多看几眼。上了小学，遇到一个很不错的语文老师，他很注重让我们写日记，并且他有一个让我们背《新华字典》的癖好，得益于诸多因素，我的作文就写得比较突出了，然后跟很多人写的一样，作文被当作范文读，一直持续到高中。这可能是我写作的一个文化背景，这个背景让我受益无穷。因此，我觉得一作家在文学道路上能走多远，除了天赋和后期的努力之外，童年经历也是很关键的一个因素。

我的童年和很多西海固长大的孩子基本差不多，不过我对童年的感受可能比他们多一点，那时候我痴迷于在乡村里流行的秦腔，对春节这些传统的年俗比较感兴趣，放牛的时候别的孩子关注的是草和牛粪，我会观察山的样子、树的样子，会想象一些没有见过的场景和事物。十岁的时候母亲去世，我开始感受孤独，开始变得敏感。据说孤独和敏感是一个人成为作家的必备心理素质，那么我感谢孤独和敏感，让我像一台摄影机一样，把童年记录了下来，虽然只很少的一部分，但是已经足够我在文学里驰骋了。


张富宝：你在很多文章里都写到母亲的去世对你的童年生活所产生的影响。"十岁那年秋天，母亲出车祸长眠于自己劳作了一生的土地，我的童年就这样被硬生生撕开一个洞。"（《收脚印的人》）对于一个孩子来说，这是一件过于残酷的事情。在读你的散文作品的时候，我觉得在那些作品背后始终有一个孩子的影子，可能正是这个孩子的存在，影响了你的写作风格，包括你的叙事与言情的方式，观察与认知世界的角度等。你的写作是不是也可以看作是"对童年的治愈"？

田鑫：有一种说法，幸运的人一辈子都在被童年治愈，不幸的人一辈子都在治愈童年，我应该属于后者。我有个明显的感觉，从童年开始，我的心中开始储藏神秘之物，比如秘密、欲望、悲伤、自卑等，因此我的童年经历有了与众不同的功能，它制约了我的一生，包括写作。由于家庭变故，我的性格在童年时期开始变得敏感，渐渐成为一个独处的、孤僻的个体，我时常自觉不自觉地远离群体，将自己置于一个寂寞的角落，时常因为感觉低人一头而惶恐、焦虑、自卑，我以为我会成为一个性格有缺陷的人，没想到接触到了文学，它的疗伤抚慰功能，让我得以重回人群，重拾信心，我庆幸我治愈童年的效果尚佳，感谢文学！

张富宝：你日常的工作都是在和新闻媒体打交道，这种独特的职业经历和身份有没有影响到你的散文写作？

田鑫：有很多事好像冥冥中注定了的，比如我喜欢文学，大学毕业后就进了报社，天天和文字打交道。可是，新闻和文学完全是两个概念，好在相互之间有良好的互动和影响。作家的身份，让我在媒体圈里，获得了额外的赞许，在写作新闻稿件的时候，也自然会轻松很多，但是我刻意不让文学写作和新闻写作之间出现交集，它们是完全不同的两条河。不过不影响不可能，具体来说，新闻的属性让我的文学创作更加多元化，特别是近几年开始跨界电视新闻，很多人都说我的散文作品画面感和节奏感变强了，不想受影响，最后还是被影响。

张富宝：在一个作家的写作中，往往都有自己的显在或隐在的"写作谱系"，都有自己钟爱的"文学家族"，这其中无疑隐含着作家本人的写作理想与写作标准。我最近读到意大利作家卡尔维诺的短篇小说集《马可瓦尔多》，觉得那里面的主人公马可瓦尔多，那个充满了天真与梦想的城市游荡者，与你的作品中的"我"具有某种"亲缘性"。所不同的是，马可瓦尔多大多漫游于城市，而"我"常常神游于乡村。这是非常有意思的一种呼应。在中西方作家中，哪些是你喜欢的？哪些作品是你喜欢的？能不能谈谈你"一个人的文学史"？

田鑫：很巧，我最近也正在读《马可瓦尔多》，这是我读的卡尔维诺作品里字数最少的一本书，也是最吸引我的一本书。马可瓦尔多这个人物形象太好玩了，我有时候忍不住会对号入座，有时候就觉得那个人就是我。中国古典文学里，深刻影响了我的作品是《二十四史》和《古文观止》，它们集合了历史、文学，有深度，有趣味，也培养了我的古文修养。蒲松龄的《聊斋志异》是我最喜欢的古代小说，毕飞宇说，蒲松龄把中国短篇小说推向一个极高的境界，我深以为然，在他笔下，魔幻现实主义、现代性、后现代这些几百年以后才有的文学概念，比比皆是，每次读蒲松龄，都有收获。近现代作家里，读的最多的是鲁迅，上学时读《从百草园到三味书屋》就觉得有趣，后来再读《孔乙己》等篇章，才发现不仅仅是有趣，还很深刻，刻刀一样把现实刮出血；汪曾祺是读的第二多的作家，从他的散文开始，追到小说。最喜欢的西方作家都是那种比较怪的，比如卡夫卡，他笔下的甲壳虫让我痴迷；再比如卡尔维诺，竟然让一个男孩子住在树上，那本《看不见的城市》更是快要翻烂，上面密密麻麻写了很多想法。最近跟风读波兰作家奥尔加·托卡尔丘克的《太古和其他的时间》和《白天的房子，夜晚的房子》，觉得它们不像小说，更像散文，于是就痴迷了。我喜欢没有界限，没有文体的作品，这些作品总能给我启发，现在越来越不喜欢看别人讲故事，特别是那种硬讲的。

说到一个人的文学史，我可能没有办法线条清晰地表述，不过有几本书能串联我的文学史。我高中的时候开始痴迷阅读，最早读的是《故事会》《小小说选刊》之类的杂志，后来痴迷《资治通鉴》《史记》，考大学的时候因此受益，语文成绩不错，上了大学，经常读的是《唐诗三百首》以及中外著名诗人作品，等到快毕业才发现小说世界也很丰富，于是读鲁迅、汪曾祺他们，大学毕业才进入外国文学阅读，系统读了马尔克斯、卡尔维诺等喜欢的作家，这些作家和作品，在我人生的不同阶段都影响了我，我将他们称之为我的文学史。


张富宝：除了对经典文学作品的不断阅读和重读之外，你还喜欢读什么样的作品？你读不读同时代作家的作品？你的阅读和写作之间有什么样的关系？


田鑫：从一开始，我的读书就不成体系，小时候见啥读啥，糊墙的报纸、电线杆上的广告、药盒上的说明书、没有封皮的武侠小说，都吸引过我，影响过我，最后让我形成了乱读的习惯。我读书有时候会跟风，比如马尔克斯热的时候，买回来一堆他的书，去年年底才静下心来系统读了一遍他的作品。其实，我并没有读过多少经典作品，四大名著基本没读过，鲁郭茅巴老曹也就读了几本鲁迅的，喜欢的篇什确实也反复读过几遍，现当代作家里，读的最多的也就剩下汪曾祺、张贤亮、贾平凹、石舒清和刘亮程了，从读的这些作家来看，我的阅读口味偏大众，没有特点。最近几年，喜欢读一些小国家的作家作品，比如安哥拉作家若泽·爱德华多·阿瓜卢萨的《贩卖过去的人》，哥伦比亚作家艾玛·雷耶斯的《我在秘密生长》，是我近两年比较喜欢的作品，他们有小国家的异域风格，对我有很多启发。同时代作家的作品，相对来说就谈不上阅读了，大多是通过微信平台、杂志和一些作品集，了解下他们的写作方向和写法，谈不上有收获。

阅读对我最大的好处是，让我一直有存在感。我是一个不善于交际，也没有多少爱好的人，扔在人群里，没有一点特点，而读书则让我内心变得强大，让我的生活不至于单调。读书的影响是，买了一堆一直都没读的书，导致家里到处是书，乱糟糟的。至于和写作之间的关系，我说不太清楚，应该是启发了我的，比如我读一些书的时候，读得越深入，写的时候就越流畅，去年底通读马尔克斯的时候，一口气写了好几万字的散文。这个很奇怪，为啥不是写几万字小说呢，那样的话，稿费会高一些。

张富宝：我知道你刚开始写作的时候是写诗的，大学期间就在《诗刊》这样重量级的刊物发表过不少诗歌作品，后来你几乎放下了诗歌，专门从事散文写作。我特别好奇这是为什么？为什么选择散文而不是其他？

田鑫：我一直觉得，诗歌是年轻的产物，当然有很多诗人在年长之后写出了很多优秀作品，但这不影响我固执地将诗歌理解为是青春、激情、活力等因素构成的文学类型。刚开始写作，模仿是必不可少的一步，应该是散文和小说太长，模仿不来，就选择了模仿诗歌，洛尔迦、里尔克、泰戈尔这些我都模仿过，不过那时候模仿的作品就不是文学作品，写完扔了就行，后来读了一些国内诗人的作品，似乎写诗歌的那道门被打开了，就开始一瘸一拐地写自己的稚嫩文字。当时文学论坛流行，你写出来的是不是一首优秀的诗歌不重要，重要的是会不会在动辄几万人的论坛里被关注，我很享受这种被关注的感觉，因为这时候会有人点评你的作品，这时候就觉得有了读者，有了动力，然后就更加努力地去学习写诗歌。后来在网络的裹挟之下，我认识了一些别的高校的校园诗人，然后大家开始交流，开始共享投稿经验，一些作品就从宁夏出发，慢慢地发表到外面去。最令我自豪的是，大四的时候，已经在全国几十家刊物发表过作品，并且之所以能在媒体找到一份工作，也是因为写作积攒下来的人脉。可以说，我是诗歌写作的受益者，因为写诗歌，大学生活充实而诗意，因为写诗歌，最后做了自己想做的事情。

诗意很快就被毕业之后更大的力量裹挟，一进入社会，我便失去了方向，工作、房子、车子的压力，让我逐渐和诗歌越来越远，等有一天意识到自己曾经还是个诗人的时候，才发现诗意已经消失了，但是心里还有很多东西没写出来，于是就选择了介于诗歌和小说之间的文本——散文。之所以会这样，我的一个理解是，曾经经历过的很多事，在内心郁结已久，需要文字来疏通，散文这个文体，具有这个功能。

张富宝：你对散文是如何理解的？或者说你的散文观或文学观是什么？可否谈谈你的散文写作的资源有哪些？

田鑫：断断续续写了几年散文，说实话对什么是散文这个问题的理解还处于懵懂状态。有时候我在想，散文不就是过滤生活中最复杂的情感和故事，并将它们呈现出来，以寄托某些情绪么，不过肯定没有这么简单。而对于散文的理解，我还需要继续在写作过程中打探。我的散文大多是关于自我、心灵、家庭、社会的叙事，我希望能把握最能感动自己的那些人与事，从而形成强烈的矛盾冲突与心灵阵痛，我一直追求一种饱含悲剧感的审美诉求，希望它是充满现代性的追求，因为我要借它化解童年的悲剧，从而将险情变为平易，把悲情化为温暖。因此，我的散文资源直接来自大地、村庄和童年，它们是我熟悉的，也是我可以借用的。

张富宝：你觉得何为"散文家"？对于一个青年散文家来说最为重要的东西是什么？他应该如何处理自己与时代、民族、地域的关系？

田鑫：散文家首先必须是杂家，他需要有丰富的生活阅历，需要有丰富的感情世界，需要有丰富的词汇量，需要有丰富的想象力，需要有丰富的审美和鉴赏能力。鉴于此，我觉得很多人只是散文爱好者，包括我，要提升的东西还有很多。

对于一个青年散文写作者来说，好好感受生活，深入思考以及深度阅读，缺一不可，不过最为重要的，是要保持一颗向生活学习的心。

我写乡土散文，并不是简单的回忆和记录，我会经常地回到乡下，把我看到的听到的感受到的东西揉杂进文本里，让它有立体感，让它有新鲜感。我经常会把诗歌和小说的一些手法加进去，我不想让我的散文一早就让人看出来是我的，我要让它变得复杂，因为生活本身就很复杂。有读者说，在我的一篇散文里能看到好几个时间维度，能看到好几个不同的我。确实如此，我一直在刻意回避时间，在我的文章里，有现在的时态和我，有过去的时态和我，有时候我会琢磨怎么把未来的时态和我加进去，我想让我的作品时代感看上去并不是很明显，让它拥有更多的可能性。我的散文还有一个明显的特点，在每一篇文章里，找不到具体的地域名称，也就是说，村庄没有名字，山没有名字，水没有名字，路没有名字，这样的目的是想拉近和读者的关系，但凡有过乡村生活经历的人，我希望他能在我的文章里找到自己童年的影子，找到属于自己的村庄、山、水和道路。

张富宝：我们这个时代的散文写作蔚为壮观，但其实精品并不是特别多，要推陈出新更是难上加难。你觉得散文写作的难度在哪里？你通常是怎样获取灵感，选取材料，完成一篇散文作品的？

田鑫：我属于靠灵感写作的。说起来很玄乎，我从来不会给自己一个题目，然后像模像样地趴在桌子上一板一眼地写。有时候，脑子里突然出现一个片段，或者一句很有意思的话，我就会把它们当作一篇散文的开始，然后顺着往下写，这时候其实如何开始，如何叙述，如何结尾，这些问题都没有想明白，也来不及想明白，可是不影响我继续往下写，写到自己觉得该结束的地方，就顺其自然地结束了，所以我的散文里，看不到构思的痕迹，都是一气呵成的，因此也显得没有章法。举个例子，《花儿与少年》这篇散文，就完全来自灵感，写前者的时候，我在打台球，一个球眼看着就要进洞了，结果停在了门口，当时对手喊了一声停，它就真停住了，我就觉得这多有意思，如果我有这本事就可以把童年喊停，然后阻止那些意外的发生，于是就从写死亡开始写了这篇《花儿与少年》；灵感总是没有任何预兆，它什么时候来，我无法控制，它们突然就撞到我，我立马拿出手机把它们记录下来，然后就有了一篇散文，一段时间再看，它们也流畅而又让我惊讶。我的散文，选材基本上靠童年，每一个切口都和乡下的光阴和事物有关，没有什么特别之处，不过有个问题我要强调一下，我一直在规避目前我所能看到的涉及乡土的散文表达方式，努力寻找适合自己的语境和手法。

张富宝：你最看重自己的哪些作品？为什么？

田鑫：最看重的是刚开始写散文时的那些篇章，大多是在《散文》杂志发表的，它们有个共同特点，没有套路，没有雕琢痕迹，几近天然形成。说个题外话，在外省的报刊亭遇到《散文》后，我就被吸引了，写出第一组散文（严格意义上说应该是散文诗）后，就打印了邮寄到编辑部，没想到很快接到编辑信息，竟然发表了，随后就持续在一本杂志发了十来篇，这些作品有试验品的意思，检验自己是不是会写散文，结果编辑部照单全收，一一发表，然后才有了后面的坚持。所以，我很在意这一部分作品，散文写到20万字以后，我的写法开始变得油滑，套路、技巧、小聪明——藏在字里行间，所以我开始警惕，我要的是浑然天成的东西，而不是拿腔拿调的伪艺术品。

张富宝：我觉得你的散文本质上可能写的还是一种"文化乡愁"，它的主题也主要集中在"大地""乡村""时光"与"人"等几个方面。这些可能是你的优势，也可能会成为你的障碍。你觉得你目前的创作有没有遭遇什么困境？是你个人的困境还是整个散文创作的困境？再追问一个更大的问题，你对中国当前散文创作的发展之路有什么样的看法？

田鑫：大家谈到我的散文，总会联想到刘亮程，也会把我自觉不自觉地归纳到乡土派，这是因为我的写作本来就没有摆脱乡土范畴。从我的书名就能看出来，大地是我写作的一个主体，翻开作品就会发现，乡村是我散文的大背景，时光是我要追忆的重点内容，而人是串联这一切的重要因素，因此，我认同您的"文化乡愁"说。正因为如此，我才有了散文写作的困境，比如题材的单一化，写作欠缺纵深感，虽然我用诗歌和小说的一些方式在规避，可终究呈现出来的，是和市面上大多数写乡土的作家一样的面孔，所以我2020年就基本没写散文，想在生活和阅读里寻找一些破解困境的方法。

纵观当下乡土题材作品，有一个通病就是过度诗意，营造诗意的乡土，把乡土诗意化，这似乎是当下作家面对乡土写作时无法避免的死穴。一方面因为自己离开当下的村庄而刻意避免面对最真实的乡村，一方面沉醉于过去的时光而描述出乌托邦一般美好而虚幻的乡土，这样写下去，必然会出现一种结果，那就是把乡土题材写假了，以至于很多优秀的乡村题材作品失去了该有的活力，无法真实有力呈现变迁中的中国乡村，更难具备震撼人心的文学作用。好在，目前国内的散文已经不是乡土散文的天下，出现了一批既关注私人和小我，又关注众生和世界的写作者。再加上互联网的普及，也给散文带来改变，散文似乎成为"全民写作"体裁，散文的边界开始模糊，表现形式变得复杂起来，这是一个值得期待的现象。

张富宝：一直以来，宁夏都被视作"外省""偏远地区"，但宁夏文学却有独特的气象，它也是西部文学的重要组成部分，而外界对宁夏文学的印象可能主要集中在小说和诗歌上。宁夏散文创作的整体情况如何？你对宁夏散文整体上有什么期待？你觉得在哪些方面还可以有更大的突破？

田鑫：这几年的阅读积攒下来的经验表明，宁夏散文的整体情况目前并不乐观，更远的前辈作家就不列举名字了，我对他们也是一知半解。相对熟悉的60后作家里，郭文斌、季栋梁等目前以小说见长的作家，曾写过大量很有影响力的散文，也在全国引发过关注；70后作家群体中，阿舍的作品让我感到了散文的惊艳，《小席走了》《我不知道我是谁》等作品，风格迥异，手法独特，有很强的冲击力；当然彦妮、程耀东、林混等比较熟悉的作家，也写了一批代表自己水准的作品，对我影响也很大；到了80后这一代，同龄人里我比较熟悉的有刘汉斌，他的散文瞄准植物，发力均匀，质量齐整；而最近在《黄河文学》杂志开了"风物记"专栏的 80 后诗人刘岳，作品中带着泥土味，却兼具诗歌的特质，也是很独特。

至于期待，就希望多一些陌生、多元化的表达，虽然每个人都在自己熟悉的领域里努力争上游，但是总感觉大家在同一个区域游离，差异性太小。正因为如此，宁夏散文的突破值得期待，有很多领域我们还没有涉及，有很多题材我们还没有写，期待有更多的目光关注不同的东西。

张富宝：你对自己未来的期许是什么？除了专精于散文写作，还有没有其他尝试？

田鑫：此前关于未来，有很多设想，后来证明纯属扯淡。比如，我总想着去一家杂志社做个文学编辑什么的，可是我发现自己连给编辑投稿时少几个错别字都做不好，更别说去做编辑。再比如，我老想着回到家乡去，陪老人孩子，种地、写作，结果现在一年也回不去几次老家，一年也写不出来几篇好文章，遂收起妄想，好好上班，业余读书写作。在写作上，其实我也有点野心的，大学那会写诗歌，心高气傲，想着成为全国知名的诗人，结果因为诗歌里带了"乳房"二字，只在中文系出了名，当然是恶名。没想到大学毕业，诗歌大业就宣告终结，到现在原因不明。后来写散文，刚开始想着能在刊物上发表就行，有了一点影响力，就想着修筑一座散文长城，把内心想表达的东西垒起来，坚持了 5 年，才够两本散文集，所以又开始怀疑自己，到底能不能吃散文这口饭。我写得慢，写得少，可能是因为别人太过强大而我自己又没有远大的理想吧，就想着散文这东西，不能急，慢慢来，写到哪里算哪里吧。散文写到一定份上，也有不安分的想法，就想着打破文体界限写点别的，也尝试过几个小说，最终以失败告终，未来一段时间，还是写散文吧。

# 后记

这原是一本"意外之书"。说实话，从事宁夏文学评论与研究多年，也断断续续写过数十万字的东西，但似乎一直都散漫随性、不成体系，也从未想过要把这些速朽的文字成书出版。一次闲来无事，在微信朋友圈发了一则动态，大意是总结了这些年的一些"圈外"的"工作"和"成果"，不料却引起了"圈内"的热心关注，成了本书面世的契机。感谢自治区党委宣传部文艺处闵生裕处长的特别关注，感谢宁夏作协和评协的大力举荐，本书最终得以入选自治区重点文艺扶持项目，有了一个最为理想的归宿。

本书是作者在美学与文艺理论研究之外的"业余产物"，是"出于自愿的饥饿"（齐奥朗语）而非"科研任务"的需要；本书不是体大虑深的学术专论，而是作者沉浸于宁夏文学近十年的兴趣记录；本书不是对宁夏文学作整体、全面、系统的盘点，而是选取一些富有"症候性"意义的个案与截面，更强调现实关怀、问题意识与个人偏好，并最终指向"宁夏文学的特质与魅力"这一中心论题；本书收文近30篇，共分为5辑，每辑各有侧重，既有宏观的梳理，又有微观的剖析，既有对小说与诗歌的深度阐释，又旁及杂文、散文、非虚构写作、儿童文学等多种文类，以期像本雅明所谓的"星丛"一样，从多角度与多面相揭示宁夏作家创作心理、写作处境、美学旨趣、文化幽怀等方面的内容。

之所以这样说，可谓"用心良苦"，其实无非是想让这本小书能显得高大上一些，与那些已经出版的同类著作形成某种呼应与对话。在我看来，"中国文学的宁夏现象"已经成为一个毋庸置疑的事实，但何为宁夏文学？为什么是宁夏文学？宁夏文学在中国当代文学中的地位与价值是什么？等，这些问题并没有得到深度阐释。"写作最大的使命并非呈现所见，有野心的作家想要建立一条隧道，一头是已知的所见，一头通向未见。"（苏童语）其实在某种程度上，写作与评论都是如此。但限于编排的体例和作者的能力，本书更多囿于个人所见，不能面面俱到，尚有一些重要的作家、作品以及理论问题未能论及。另外，在编辑成书之时，所收文章也尽量保持其面世时的原貌，缺憾与错漏在所难免。因此，这注定是一本遗憾之书，它离理想的模样还有很大的距离！

"千呼万唤始出来"！新书诞生之后，除了略有一些喜悦和兴奋之外，更多的却是焦虑与惶恐，而它如同迷雾一样，难以言说。但无论如何，它都是送给我自己的最珍贵的礼物。希望它能成为一个新的起点，引领我在这条路上继续奋力前行。

最后，还要再说一些感谢的话。特别感谢我的恩师们的提携与指导，感谢文友们的支持与鼓励，感谢家人们的包容与理解，感谢阳光出版社的精心编辑！

张富宝

2021 年 8 月 银川